DANIELLE STEEL

Doch die Liebe bleibt

Als Tochter eines deutschen Vaters in New York geboren, kam Danielle Steel als junges Mädchen nach Frankreich. Sie besuchte verschiedene europäische Schulen. An der Universität von New York studierte sie französische Sprache und Literatur. Seit 1977 schreibt sie Romane, die in Amerika wie auch in Deutschland Bestseller sind.

Von Danielle Steel sind
als Goldmann-Taschenbücher erschienen:

Abschied von St. Petersburg. Roman (41351) · Alle Liebe dieser Erde. Roman (6671) · Es zählt nur die Liebe. Roman (8826) · Familienbilder. Roman (9230) · Das Geschenk. Roman (43741) · Glück kennt keine Jahreszeit. Roman (6732) · Das Haus hinter dem Wind. Roman (9412) · Das Haus von San Gregorio. Roman (6802) · Herzschlag für Herzschlag. Roman (42821) · Jenseits des Horizonts. Roman (9905) · Die Liebe eines Sommers. Roman (6700) · Liebe zählt keine Stunden. Roman (6692) · Nachricht aus der Ferne. Roman (43037) · Nie mehr allein. Roman (6716) · Nur einmal im Leben. Roman (6781) · Palomino. Roman (6882) · Der Preis des Glücks. Roman (9921) · Der Ring aus Stein. Roman (6402) · Sag niemals adieu. Roman (8917) · Schiff über dunklem Grund. Roman (8449) · Sternenfeuer. Roman (42391) · Töchter der Sehnsucht. Roman (41049) · Träume des Lebens. Roman (6860) · Unter dem Regenbogen. Roman (8634) · Väter. Roman (42199) · Verborgene Wünsche. Roman (9828) · Verlorene Spuren. Roman (43211) · Vertrauter Fremder. Roman (6763) · Gesegnete Umstände. Roman (35079) · Ein zufälliges Ereignis. Roman (43970) · Nichts ist stärker als die Liebe. Roman (35023)

DANIELLE STEEL
DOCH DIE LIEBE BLEIBT

Roman

Aus dem Amerikanischen
von Willy Thaler

GOLDMANN

Deutsche Erstveröffentlichung

Titel der Originalausgabe: Going Home
Originalverlag: Pocket Books, New York

Umwelthinweis:
Alle bedruckten Materialien dieses Taschenbuches
sind chlorfrei und umweltschonend.
Das Papier enthält Recycling-Anteile.

Der Goldmann Verlag
ist ein Unternehmen der Verlagsgruppe Bertelsmann

Genehmigte Taschenbuchausgabe 10/84

Umschlaggestaltung: Design Team München
Druck: Elsnerdruck, Berlin
Verlagsnummer: 6412
AK/MV · Herstellung: Peter Papenbrok/sc
Made in Germany
ISBN 3-442-06412-0

17 19 20 18

Heimwärts geh' ich den Pfad, der mich emporgeleitet.
Die Eichen sind schon groß, denn ich war lange fort,
Erinnerung an dich, der fern, hat mich begleitet;
Jetzt steige ich hinab an einen stillen Ort.

Edna St. Vincent Millay

1

Es war ein strahlend sonniger Tag, und der Anruf der Werbeagentur Carson kam um neun Uhr fünfzehn. Die Dekorateurin war erkrankt, und sie brauchten jemanden für Dreharbeiten an der Küste. Ob ich frei war? Ob ich es machen wollte? Um wieviel? Ich war frei, ich wollte es machen, und der Preis ging in Ordnung. Hundertzwanzig Dollar pro Tag plus Spesen. Nachdem ich als Dekorateurin in New York gearbeitet hatte, hatte ich in Kalifornien Glück gehabt. Sie waren von mir beeindruckt und zahlten gut. Überdies war es eine leichte Arbeit. Ich brauchte nur ein oder zwei Mal die Woche einen Job, und mit diesem Zuschuß zu meinen Alimenten konnten Samantha und ich gut leben. Manchmal gab es einige Wochen lang keine Arbeit, aber wir kamen auch so über die Runden und waren glücklich.

Wir hatten New York an einem grauen, verregneten Tag wie Pioniere auf dem Treck in den Westen verlassen. Ich war achtundzwanzig, Samantha war beinahe fünf, und wir hatten beide Angst. Tapfere, neue Welt. Und los ging's. Nach San Francisco, wo wir keinen Menschen kannten, aber es war hübsch dort und es war einen Versuch wert. Also versuchten wir es.

Wir waren nicht ganz drei Monate dort, als Carson mich für den Job an der Küste engagierte. Wir lebten in einer kleinen Wohnung in der Marina, mit Blick auf die friedliche Bucht und auf Sausalito in der Ferne. Wenn wir aus dem Fenster blickten, sahen wir die Maste der Segelboote vor uns, die am Anlegeplatz des Jachtklubs festgetäut waren. An sonnigen Nachmittagen, wenn ich nicht beschäftigt war, konnte ich mit Sam an den kleinen Strand gehen. Dort lag ich, während sie auf dem Sand herumtollte und dann die Stufen zur Wiese hinaufgaloppierte. In New York schneite es noch, während wir am Strand lagen. Wir hatten uns richtig entschieden und waren an einem reizenden Ort gelandet. Dort waren wir glücklich. Wir waren allein und noch sehr unerfahren als Pioniere, aber alles war okay. Ich sah, wie braungebrannt und gesund meine Tochter war, ich sah mich selbst jeden Morgen im Spiegel und wußte, daß ich recht gehabt hatte. Ich sah um zehn Jahre jünger aus und endlich fühlte ich, daß ich lebte. Gillian Forrester war mit achtundzwanzig Jahren wiedergeboren worden, in einer Stadt, die sich über eine Reihe schöner Hügel erstreckte, nahe der Berge und in unmittelbarer Nähe des Meeres. San Francisco.

Ich blickte an diesem Morgen aus dem Fenster auf den Mount Tamalpais in der Ferne und dann auf meine Uhr. Es war halb zehn, und der Wagen von Carson sollte mich um zehn Uhr abholen. Das Team fuhr gemeinsam hinaus, mit Ausnahme der Leute von der Filmgesellschaft, die den Werbespot drehten. Sie hatten ihren eigenen Wagen. Und wahrscheinlich auch ihre eigenen Vorstellungen. Ich fragte mich kurz, was sie wohl davon hielten, daß ich ihnen »helfen« sollte. Wahrscheinlich nicht viel. Die Werbeagenturen hatten immer gern eine zusätzliche Kraft, aber Kameraleute und dergleichen waren nie sehr davon angetan. Bisher war es etwa so gewesen: »Wer ist sie? ... Was? ... Eine Dekorateurin? ... Mann, du nimmst mich wohl auf den Arm ... Aus New York? ... Du meine Güte ...« Ja, aber zum Teufel noch mal! Ich wurde für den Job bezahlt, und nirgends stand geschrieben, daß sie mich mögen mußten. Solang die Agenturen mit meiner Arbeit zufrieden waren und mich immer wieder anriefen.

Der Schulbus hatte Sam schon abgeholt, und mir blieb gerade genug Zeit, um zu duschen und eine alte Jeans, ein Baumwollhemd und meine Safari-Jacke überzuziehen. Mit dem Wetter war man nie sicher. Es war Anfang April, und es konnte kalt werden, wenn die Dreharbeiten länger dauerten. Und früher oder später würde auch Nebel einfallen. Ich schlüpfte in ein altes Paar Reitstiefel, steckte mein Haar zu einem Knoten zusammen, und damit war ich fertig. Ein kurzer Anruf bei der Nachbarin, die Sam vom Schulbus abholen und sie bei sich behalten würde, bis ich nach Hause kam, und dann war ich für die Werbeagentur Carson bereit.

Wir würden auf Felsen unmittelbar am Meer, nördlich von Bolinas einen Werbespot für eine Zigarettenmarke drehen. Sie verwendeten vier Modelle, einige Pferde und eine entsprechende Menge von Requisiten. Es sollte eine von diesen gesund wirkenden Werbungen mit dem trügerischen Anschein von Unbekümmertheit und frischer Luft sein. Frische Luft würde es geben, aber verhältnismäßig wenig Unbekümmertheit. Dafür brauchten sie mich. Ich mußte mich vergewissern, daß die Modelle gut aussahen, das Picknick vorbereiten, dafür sorgen, daß die beiden weiblichen Modelle nicht verkehrt rum auf den Pferden saßen und daß niemand von den Felsen abstürzte. Ziemlich leichte Arbeit für hundertzwanzig Dollar, und vielleicht würde sie mir auch Spaß machen.

Draußen ertönte Punkt zehn Uhr eine Hupe, und ich rannte mit meiner »Zaubertasche« am Arm hinaus. Heftpflaster, Aspirin, Tranquilizer, Haarspray, verschiedene Make-ups, ein Notizbuch, ein Arsenal von Kugelschreibern und Bleistiften, Sicherheitsnadeln, Wäscheklammern und ein Buch. Das Buch war eine Anthologie von Kurzgeschichten, und es war mir bisher nie gelungen, sie während der Dreharbeiten zu lesen. Aber es gab mir die angenehme Illusion, es »doch eines Tages zu schaffen«.

Als ich die drei Stufen vor unserer Wohnung hinuntersprang, sah ich einen dunkelgrünen Aufnahmewagen und einen militärisch aussehenden Jeep vor dem Haus stehen. Der Aufnahmewagen war bis unter das Dach mit Geräten und

Requisiten beladen; hinten saßen zwei schläfrig wirkende Mädchen in Rollkragenpullis und Kopftüchern. Sie sahen aus wie die Bobbsey-Zwillinge. Unsere weiblichen Modelle. Vorne saßen zwei erschreckend männlich aussehende Kerle, auch in Rollkragenpullovern, mit sorgfältig frisiertem, über die Ohren reichendem Haar und energischem Kinn. Ihre ganze Aufmachung verriet mir, daß sie schwul waren, und ich wußte, daß sie die männliche Hälfte unseres heutigen Modellteams waren. Alles in Ordnung. Jedenfalls waren sie zu den Dreharbeiten erschienen. Aber ich machte mir wegen solcher Probleme keine Sorgen mehr. In San Francisco kreuzen die Leute auf. Es ist nicht wie in New York. Hier gibt es nicht so viel Arbeit, und wenn sie gerufen werden, kommen sie auch. Die männliche Schönheitskönigin, die am Fenster saß, winkte, der Mann am Fahrersitz stieg aus und kam lächelnd auf mich zu. Er war klein und kräftig, hatte kohlschwarzes Haar und buschige Augenbrauen, und ich kannte ihn von anderen Dreharbeiten mit der Agentur Carson. Er war ihr erster Atelierleiter und ein verdammt netter Kerl. Er hieß Joe Tramino.

»*Hi*, Gillian. Wie geht es dir? Ich freue mich, daß du dabei bist.«

»Ich freue mich auch. Scheint ein angenehmer Tag für die Dreharbeiten zu werden. Gehören die Jungs in dem Jeep auch zu euch?« Wir standen auf dem Gehsteig, und er rollte die Augen wie ein Neapolitaner.

»Darauf kannst du wetten. Das sind die Leute, die den Werbeetat über haben. Drei von ihnen. Dieser Spot ist für unseren größten Auftraggeber bestimmt. Ich werde euch miteinander bekannt machen.« Er schlenderte mit seinen kurzen Beinen hinüber, und einer der Männer im Jeep kurbelte ein Fenster nach unten. »Das ist unsere Dekorateurin, Gillian Forrester. Gill . . . John Ackley, Hank Todd, Mike Willis.« Alle nickten, lächelten und reichten mir die Hand, ohne sonderlich interessiert auszusehen. Sie hatten einen Fünfzigtausend-Dollar-Spot für einen wichtigen Kunden abzuliefern. Das war alles, was sie interessierte. Sie sahen keinerlei Notwendigkeit, einer Dekorateurin gegenüber besonders liebenswürdig zu sein.

»Willst du mit ihnen fahren oder mit uns? In beiden Fällen wird es ziemlich eng sein.« Joe zog die Schultern hoch, blickte mich an und wartete, wofür ich mich entscheiden würde. Ich sah ihm an, daß ich ihm gefiel und daß er mich für eine »gutaussehende Biene« hielt. Ich war etwas größer als er, und mein Teint war ebenso hell wie der seine dunkel. Wahrscheinlich faszinierte ihn das. Ich hatte mein braunes Haar und meine blauen Augen nie für großartig gehalten, aber ihm schien diese Zusammenstellung zu gefallen, und ich merkte, daß ihm auch mein Po gefiel.

»Ich werde mit der Crew fahren, Joe. Kein Problem ... Freut mich, Sie kennenzulernen, meine Herren. Wir sehen Sie also am Drehort.« Ich sah Joe an, während wir zurückgingen, und begann zu lachen. »Erstaunt? Wofür hältst du mich? Für einen Snob?« Ich gab ihm einen freundschaftlichen Stups, dann sprang ich auf den Rücksitz des Aufnahmewagens zu den Mädchen. Eine von ihnen schlief, die andere las ein Magazin; die Jungs vorne waren am Fachsimpeln. Ihrer Ansicht nach ging die Männermode vor die Hunde. Ich sah, wie Joe die Augen verdrehte und mir im Rückspiegel zugrinste, dann fuhren wir los. Er schaltete auf Drive, löste die Bremse und stieg aufs Gaspedal; wir rasten an dem Jeep vorbei in Richtung Lombard Street, die uns zur Golden-Gate-Brücke brachte.

»Du lieber Gott, Joe, du fährst wie ein verdammter Italiener.« Ich hielt mich am Vordersitz fest, um das neben mir sitzende schlafende Mädchen nicht zu zerquetschen.

»Ich bin auch in der Liebe ein Italiener.«

»Das glaube ich gern.«

»Warum nur glauben? Probier es einmal mit mir ... Versuch es ... es wird dir gefallen.«

»Aber natürlich.« Ich erwiderte sein Lächeln, dann versank ich in meine eigenen Gedanken, als wir uns der Golden-Gate-Brücke näherten, die mich jedesmal aufs neue beeindruckte. Ein Gefühl von ungeheurer Kraft und Schönheit überkam mich, ich hob den Blick zu schwindelnden Höhen, wie ein Kind, und die Wirkung war überwältigend. Die satt orangefarbenen Pfeiler hoben sich vom blauen Himmel ab, und ihre schwungvollen Linien erinnerten mich an Drachenschnüre.

»Was siehst du, New York?« Joe hatte gesehen, wie sich langsam ein Lächeln auf meinem Gesicht ausbreitete, während ich mich ans Fenster lehnte und nach oben blickte.

»Ich sehe mir deine Brücke an, Joe, wie jemand aus der hintersten Provinz.«

»Komm, ich werde dir eine bessere Aussicht bieten.« Er lehnte sich zurück, drehte eine Kurbel an der Decke des Wagens und schob eine Platte nach hinten. Es war ein Schiebedach, und wenn man es öffnete, wurde die Aussicht noch grandioser. Die Golden-Gate-Brücke erhob sich über unseren Köpfen im Sonnenglanz, und die frische Luft Nordkaliforniens peitschte unsere Gesichter.

»Mensch . . ., das ist herrlich. Darf ich aufstehen?« Die Öffnung schien für mich gerade groß genug.

»Sicherlich. Steig aber nicht auf die Mädchen. Und gib auf die Bullen acht. Die verpassen mir sonst einen Strafzettel.« Ich sah, wie er wieder meinen Po bewunderte, während ich vorsichtig meine Füße zwischen die beiden schlafenden Mädchen stellte und mit dem Oberkörper durch das Dach verschwand. Der war vielleicht ein Italiener. Und das war vielleicht eine Brücke! Das Atmen fiel einem schwer, wenn man dem Wind ungeschützt ausgeliefert war, und mein Haar begann um meinen Kopf zu peitschen. Und über uns war . . . sie. Meine Brücke. Und meine Berge und mein Meer. Und hinter uns, in der Ferne, die Stadt. Mein Kalifornien. Es war wunderbar.

Joe zupfte an meiner Jacke, als wir das Ende der Brücke

erreichten, und ich kletterte nach unten und setzte mich wieder.

»Bist du jetzt glücklich?«

»Ja.«

»Ihr aus dem Osten seid alle verrückt.« Aber er schien sich über meine Begeisterung zu freuen. Es herrschte eine angenehme Atmosphäre im Wagen, jeder kümmerte sich um seine eigenen Angelegenheiten, wir fuhren alle zur Arbeit, und niemand war mißgelaunt. Es unterschied sich gewaltig von den Erfahrungen, die ich bei meiner Arbeit in New York gemacht hatte, zuerst bei einer Anzeigenagentur und später bei einem Einrichtungsmagazin. In Kalifornien gingen die Uhren anders.

»Wer dreht den Werbespot? Shazzam oder Barlay?« Ich hatte erfahren, daß die neue Gruppe Shazzam »in« war, die die meisten der wirklich modebewußten Werbefilmspots in der Stadt drehte, und Barlay war das renommierteste Produktionshaus am Platz.

»Keiner von beiden. Deshalb kamen auch die Jungs vom Werbeetat mit. Sie reißen sich die Beine aus. Ich arbeite mit einer neuen Firma. Sie sind jung, aber sie sind gut. Eigentlich sind sie nicht einmal eine Firma, nur ein Team. Ein verrückter junger Kerl und seine Crew. Sie sehen aus wie faule, nichtsnutzige Ausgeflippte, aber sie haben wirklich was los. Und ihr Angebot war toll. Ich glaube, sie werden dir gefallen, es arbeitet sich leicht mit ihnen.« Ich nickte und fragte mich, ob ich ihnen gefallen würde. »Ausgeflippte« haben gewöhnlich für Dekorateurinnen aus New York nicht viel übrig, auch wenn ich nicht mehr so aussah.

Inzwischen waren wir schon über Sausalito und Mill Valley hinausgekommen und fuhren über eine kurvenreiche Bergstraße zur Stinson Beach. Sie war mit riesigen Bäumen bestanden, und der Eukalyptusgeruch war überall spürbar. Allmählich hatte ich eher den Eindruck, einen Tag auf dem Land zu verbringen als zu arbeiten.

Alle Modelle waren nun wach und guter Laune. Wir fuhren den Berg auf der anderen Seite hinunter, und die Aussicht war atemberaubend. Es gab immer wieder weite Ausblicke, die Berge fielen unerwartet zu niedrigen Felsen ab, und das Meer brandete mit einem großen Schwall von Gischt gegen sie. Alles war üppig grün, sanft und strahlend blau. Gottes eigenes Land.

Wir rollten singend den Berg hinunter und fuhren dann an Bolinas vorbei, die Küste entlang zu einem Ort, den ich nicht kannte. Es war ein ähnliches Szenarium, wieder Berge, wieder Meer, wieder Felsen und wieder Herrlichkeit. Ich war froh, daß ich mitgekommen war.

»Du siehst aus wie ein Kind bei einer Geburtstagsparty, Gill.«

»Ach, halt doch den Mund, du blasierter Spaghetti. So fühle ich mich eben in dieser Gegend.«

»Es ist ganz bestimmt nicht New York.«

»Gott sei Dank.«

»Wirklich?« Er grinste mir wieder zu und bog mit dem Wagen von der Straße auf einen Naturweg ab, der hoch über der Küstenlinie über einige Hügel führte.

»Wo, zum Teufel, liegt denn dieser Ort?« Die Modelle verrenkten sich die Hälse, aber es war nichts zu sehen. Wir waren meilenweit von jeder Zivilisation entfernt. Es war noch immer keine Spur von einem wartenden Filmteam zu sehen.

»Es dauert nicht mehr lang. Die Motivsucher haben drei Wochen gebraucht, um diesen Ort ausfindig zu machen. Er ist phantastisch. Gehört einer alten Dame, die auf Hawaii lebt und seit Jahren nicht hier war. Sie hat ihn uns für einen Tag vermietet.«

Wir kamen nach einer Kurve in der Straße zu einem Plateau hinunter, das zwischen den Hügeln und den Felsen lag. Das Meer warf sich mit größerer Wucht gegen das Ufer, als in Big Sur, und längs der Felsen ragten Bäume wie riesige Fahnen empor. Gewaltige Steinblöcke standen unten im Wasser, und die Gischt wurde an ihnen so hoch geschleudert, daß man den Eindruck hatte, sie bewässerte die Bäume. Vielleicht war es wirklich der Fall.

Dann sah ich den Jeep und fragte mich, wie sie vor uns dort ankommen konnten, besonders angesichts von Joes Fahrstil, aber sie waren dort und parkten neben einem Anhänger für Pferdetransporte und einem verwahrlosten Laster, auf dem ein Haufen Hippies herumkletterte. Wir sprangen aus dem Aufnahmewagen, und die verschiedenen Gruppen verschmolzen zu einer einzigen, während alle sich bereit machten, an ihre Arbeit zu gehen, und die Show ins Rollen zu bringen.

Die Leute vom Werbeetat der Agentur Carson standen ein wenig abseits, sie bildeten eine nervöse kleine Clique und begannen ihre Notizen durchzugehen. Die Modelle sprangen wieder in den Aufnahmewagen und brachten ihr Make-up und ihre Frisuren in Ordnung. Sie ließen mich mit Joe und einem Haufen zerlumpter Burschen zurück, die aussahen, als wären sie am Tag zuvor von zu Hause durchgebrannt.

Ich sah zu, wie sie ihre schweren Geräte ausluden, als ob sie gewichtslos wären, während Joe mit einem hochgewachsenen blonden Jungen neben der Fahrerkabine des Lastwagens stand. Er hatte einen kräftigen, muskulösen Körper, dichtes struppiges Haar, merkwürdig weit auseinanderstehende Augen und ein unglaubliches Lächeln, bei dem sich zwei tiefe Grübchen in den Wangen bildeten. Ich sah, daß er mich beobachtete.

»Gill, komm einen Augenblick hierher«, rief Joe und winkte mir, und ich schlenderte zu ihnen, wobei ich mich fragte, zu welcher Crew dieser Junge gehörte. Er sah jünger aus als die übrigen und schien weniger zu tun zu haben. »Gillian Forrester, Chris Matthews. Er schmeißt den Laden.«

»Hi.« Sein Lächeln wurde noch breiter, und ich sah, daß er schöne Zähne hatte. Seine Augen waren sanft und grün. Er

gab mir nicht die Hand, schien sich auch nicht sonderlich dafür zu interessieren, wer ich war. Er stand einfach dort, nickte mir zu und schien seine Leute im Auge zu behalten, während er sich weiter mit Joe unterhielt. Ich fühlte mich ein wenig überflüssig.

»Hey . . . wohin gehen Sie?« fragte Chris. Ich hatte beschlossen zurückzugehen und meine Modelle zu überprüfen.

»Ich dachte, ihr beide habt zu tun. Ich komme wieder.«

»Warten Sie eine Sekunde, ich komme mit Ihnen. Ich möchte sehen, was ich drehe.« Er verließ Joe und ging mit mir den Hang entlang, wobei er mit seinen Stiefeln durch das Unkraut stapfte und zum Himmel blickte. Er hatte ganz das Gehabe eines jungen Burschen.

Die Modelle stellten sich vor, und ich bemerkte zu meiner Freude, daß sie sich richtig zurechtgemacht hatten. Sie waren Profis, und das hatte den Vorteil, daß man mit ihnen nicht von vorne anfangen mußte. In der vorhergehenden Woche hatte ich mit einem Haufen von Anfängern gedreht, die sich kaum frisieren konnten.

Chris sonderte sich einen Augenblick von der Gruppe ab und schüttelte den Kopf. »Joe!« Das Gebrüll drang bis zum Fuß des Hügels und weckte sofort Joes Aufmerksamkeit. Der Bursche hatte eine unglaubliche Stimme. Er winkte Joe, und ich erkannte, daß es ein Problem gab, wollte mich aber nicht einmischen. Es war offensichtlich eine Angelegenheit zwischen ihm und Joe.

»Okay. Was ist los?« Der kleine Italiener schnaufte und pustete, als er ankam und sah nicht sehr glücklich aus. Er spürte, daß es Ärger gab, und genau das hatte ihm noch gefehlt, da ihm die Leute vom Werbeetat sowieso im Nacken saßen.

»Wir haben ein Problem. Es wird unsere Kalkulation über den Haufen werfen. Sie haben fünf Modelle, wir brauchen aber nur vier.« Chris war über die Verschwendung böse, und Joe war verblüfft.

»Wirklich?« Er warf einen Blick in den Wagen und schüttelte den Kopf. »Nein, Sie Knülch. Was ist mit Ihnen los? Können Sie nicht zählen? Eins, zwei, drei, vier.« Er zeigte nacheinander auf sie, und er hatte recht. Vier.

»Fünf.« Chris schüttelte den Kopf und zählte ebenfalls. Daraufhin fingen Joe und ich zu lachen an. Er zeigte auf mich.

»Vier. Beruhigen Sie sich. Ich bin die Dekorateurin. Ich dachte, Sie wüßten das.« Joe versetzte ihm einen freundschaftlichen Stups. Chris begann ebenfalls zu lachen, und die Grübchen tauchten auf. Dann schüttelte er den Kopf.

»Mein Gott, Sie hätten es mir sagen sollen. Woher, zum Teufel, soll ich das wissen? Ich bin nur für hübsche Aufnahmen zuständig. Ich würde ganz gern auch einmal welche von Ihnen machen.« Er ließ seinen Blick lange und anerkennend auf mir ruhen.

»Schmeicheleien werden Sie nicht weiterbringen, Mr. Matthews.«

»Nein. Aber ich kann damit eine Dekorateurin für mich einnehmen. Setzen Sie Ihren Po in Bewegung, Lady. In fünf Minuten fange ich an zu drehen. Und wenn Ihre Modelle dann nicht soweit sind, wissen Sie, was geschieht?« Er sah mich scharf, ja ausgesprochen feindselig an, und ich fand plötzlich, daß hier eigentlich fast derselbe Ton herrschte wie in New York. Sie sind doch alle gleich. Ich schüttelte den Kopf als Antwort auf seine Frage und wartete auf die Drohung, daß er mich dann feuern würde. »Wenn sie nicht fertig sind, ist es einfach. Wir hören auf und lassen uns vollaufen. Glauben Sie denn, ich will mir ein Bein ausreißen, indem ich den ganzen Tag arbeite? Kommt nicht in die Tüte.« Er schüttelte den Kopf, hob die Hände und sah Joe und mich freundlich an, während wir wieder zu lachen begannen; dann versuchte Joe, ein ernstes Gesicht zu machen. Er sah, daß die Männer im Jeep uns beobachteten.

»Hören Sie, Sie fauler Bastard. Hören Sie auf, meiner Dekorateurin zu drohen. Und setzen Sie Ihren Arsch in

Trab.« Er stieß ein militärisch klingendes Gebrüll aus, und Chris lief den Hügel hinunter. Endlich waren wir soweit, daß wir beginnen konnten.

Die Pferde wurden zu uns geführt, die Modelle waren in vollem Wichs und die Kamera einsatzbereit. Einige von Chris' Leuten zündeten ein loderndes Lagerfeuer an, und ich kontrollierte die Speisen, um sicherzugehen, daß sie für das »Picknick« richtig wirkten. Alles war an seinem Platz festgeklebt und dick lackiert, so daß es einen guten Eindruck machte, und ich fand alles bestens. Ich breitete das Essen auf dem Boden aus, lockerte einem Jungen den Schal, kämmte das Haar der weiblichen Modelle glatt, legte dem zweiten Mann noch ein wenig Rouge auf und trat dann zurück. Ich würde später während der Dreharbeiten stärker beschäftigt sein, wenn die Kleidung zerknittert auszusehen begann.

Ich beobachtete Chris amüsiert, während er mit der Arbeit begann. Er scherzte mit allen, filmte aus den verschiedensten seltsamen Blickwinkeln und neckte die Modelle. Nach einer halben Stunde hatte er alle hysterisch gemacht, und die Leute vom Werbeetat sahen abwechselnd wütend und von panischem Schrecken erfüllt aus. Irgendwann verschwand er über die Felsen, und ich bekam ein scheußliches Gefühl in der Magengrube, weil ich annahm, daß wir unseren Fotografen verloren hatten. Joe und ich liefen angsterfüllt zum Rand des Kliffs, um zu sehen, was geschehen war. Wir beugten uns vor, Joe schrie Chris' Namen zum Wasser hinunter, aber es kam keine Antwort und er war auch nicht zu sehen. Er war verschwunden . . . Du mein Gott . . .

»Chris . . .« Joe versuchte es noch einmal, und das Echo hallte endlos wider, doch dann erblickte ich ihn.

»Schsch . . . was wollen Sie denn? Mich zu Tode erschrekken? Ich rauche nur. Kommen Sie runter.« Er saß auf einem tiefer liegenden, schwer einzusehenden Felsvorsprung, keine zwei Meter unterhalb von uns, rittlings auf einem kräftigen Busch und rauchte einen *Joint.*

»Sie verrückter Hund, was, zum Teufel . . .« Joe war wütend, aber auch sichtlich erleichtert. Ich brach in nervöses Gelächter aus. Der Bursche war offenbar verrückt, gab sich dabei aber so natürlich, daß man ihm die Extratouren, die er sich leistete, gern verzieh.

»Ist das unsere Frühstückspause?« Ich versuchte mich sc zu geben, als wäre ich nicht beeindruckt, war es aber. Einen Augenblick lang war ich davon überzeugt gewesen, daß er abgestürzt war.

»Ja. Stimmt. Rauchen Sie?« Ich nickte, dann schüttelte ich den Kopf.

»Ja, aber nicht bei der Arbeit.«

»Sie sollten es auch nicht tun, Sie verrückter Kerl. Kommen Sie, zum Teufel, herauf und zurück an die Arbeit. Wie soll ich das den Leuten vom Werbeetat erklären?« Joe schien wirklich nervös zu sein.

»Sie wollen wirklich wissen, was Sie ihnen erzählen sollen?« Der Gedanke schien Chris zu gefallen. »Sagen Sie ihnen, sie können mich mal . . .« Joe unterbrach ihn und sah mich entschuldigend an.

»Kommen Sie, Chris . . . bitte . . .« Ich saß schon wieder wie auf Nadeln. Die ganze Szene war so absurd, Joe und ich beugten uns über den Rand eines Felsens nach unten und sprachen mit einem unsichtbaren Busch auf dem Hang, und unser Haupt-Filmgenie inhalierte in aller Ruhe einen Joint. Wir hatten dem Rest des Teams schon mit Handzeichen klargemacht, daß alles in Ordnung war, es mußte aber trotzdem auf jeden Außenstehenden lächerlich wirken.

»Okay, little Joe, ich komme schon. Nichts wie rauf und weg.« Und damit segelte der lange, schlanke, muskulöse Körper von Christopher Matthews an uns vorbei und landete wieder auf dem Plateau. Er nahm etwas aus der Tasche, und als nächstes erscholl ein gellender Pfiff. Er hatte in eine kleine Spielzeugpfeife geblasen, und dann zog er eine Spritzpistole aus der Tasche. »Los, Jungs, laßt uns die Sache in Angriff nehmen.« Dann begann er, alle in Reichweite Befindlichen, einschließlich der Leute vom Werbeetat Carson, anzuspritzen und schien mit sich und der Welt ungeheuer zufrieden zu sein. Er unterhielt sich jedenfalls blendend. »Auf die Plätze . . . Aufnahme . . .« Aus einer anderen Tasche fischte er eine Sonnenbrille und spielte eifrig Regisseur, während ich das Picknick wieder aufstellte. Eines der Pferde war über das Arrangement gelaufen. Es kostete mich zehn Minuten, alles wieder in Ordnung zu bringen, dann setzte ich mich wieder auf das Trittbrett von Chris' Laster, sah ihnen bei den Dreharbeiten zu, fühlte mich überflüssig, genoß aber das Ganze. Es war die beste Aufnahmetechnik, die ich seit Jahren erlebt hatte.

»Was meinst du, Gill?« Joe brach neben mir zusammen und zündete eine Zigarre an.

»Schwer zu beurteilen. Entweder ist er hervorragend oder eine Katastrophe. Ich warte mit meinem Urteil, bis ich den Film gesehen habe. Jedenfalls ist es nett, mit ihm zu arbeiten. Wie alt ist er?« Ich nahm an, daß er etwa zweiundzwanzig war und vielleicht frisch aus einer der Filmakademien der Nouvelle Vague kam.

»Ich weiß es nicht genau. Jedenfalls über dreißig, aber das hat ihm noch niemand zugetraut. Er benimmt sich, als ob er zwölf wäre. Ich hoffe nur, daß er heute gute Arbeit für mich leistet, sonst kann ich meinen Job sofort vergessen.« Wir blickten beide zu seinen Kollegen hinüber, und Joe schüttelte den Kopf. Er hatte recht, bei dem Theater, das Chris aufführte, mußte seine Arbeit schon phantastisch sein, um sein Herumblödeln zu rechtfertigen.

Ich sah leicht verwundert zu, wie alle auf Trab gebracht wurden, wobei es jedoch keine Schwierigkeiten zu geben schien. Seine Leute taten genau das, was er verlangte, die Modelle waren wunderbar locker und unbefangen, und die Arbeit ging flott voran. Es ließ sich schwer sagen, wie weit er genau war, aber es hatte den Anschein, als wären die Dreharbeiten beinahe zu Ende. Und dann wußte ich plötzlich, daß er den Film im Kasten hatte. Chris hielt für einen kurzen Moment inne, sah zerstreut in die Runde, griff nach seinem Herzen und begann langsam zur Seite zu sinken. Diesmal war ich sicher, daß er nicht schauspielerte, er war krank. Ich fragte mich kurz, ob er vielleicht eine Überdosis von irgendeinem Rauschgift genommen hatte, während er zu Boden sank und bewußtlos liegenblieb.

Joe und ich trafen gleichzeitig bei ihm ein, und Joe drehte ihn vorsichtig um. Er hatte mit dem Gesicht auf dem Boden gelegen. Während wir ihn auf den Rücken wälzten und ich nach seinem Puls griff, verzog sich sein Gesicht zu einem breiten, jungenhaften Grinsen, und er kicherte.

»Hab' ich euch reingelegt, was?« Er freute sich wie ein Schneekönig. Aber nicht lange. Joe hielt ihn am Boden fest, zeigte auf etwas hinter ihm und sah mir dabei auffordernd in die Augen. Ich wußte, was er meinte. Den Wassereimer für die Pferde. Ich holte ihn rasch, schüttete ein wenig Wasser aus, um ihn tragen zu können, lief zurück und goß ihn über Chris. Bis zum letzten Tropfen. Aber er lachte nur noch lauter, dann wurde ich auf den Boden gepreßt, und er zog an meinem Haar, das sich aufgelöst hatte.

Darauf kamen die Leute von der Agentur zu uns gelaufen, um zu sehen, was los war. Chris' Leute und die Modelle beteiligten sich an der allgemeinen Rauferei. Joes Stimme übertönte den Lärm, er schrie, daß wir mit den Dreharbeiten fertig wären, man solle sich keine Sorgen machen; ich rangelte weiter mit Chris Matthews, bis ich spürte, daß Chris mir etwas merkwürdig Spitzes an die Rippen drückte. Ich versuchte zu sehen, was es war.

»Keine Bewegung, Forrestal. Stehen Sie auf und gehen Sie vorwärts.« Sein Gesicht und seine Worte stammten direkt aus einem zweitklassigen Western.

»Erstens heiße ich Forrester, und zweitens, was glauben Sie eigentlich, wer Sie sind?« Ich bemühte mich, gelassen und zugleich ehrfurchtgebietend zu klingen, was mir aber nicht glückte.

»Wir werden ein bißchen reiten, kleine Lady. – Also, los . . . ganz ruhig . . .« Ich wußte, daß der Kerl verrückt war, als mir plötzlich klar wurde, daß er mir einen Revolver an die Rippen hielt. Verdammt, in was hatte mich Joe für ganze hundertzwanzig Dollar verwickelt? Herrgott noch mal, ich arbeitete nicht für ihn, um mich in den Rücken schießen zu lassen . . . was würde denn dann aus Samantha? »Nur schön weitergehen, so ist's recht . . .« Er ging vorsichtig neben mir, und meine Augen suchten in dem Gewirr von Armen und Beinen und Wasser auf dem Boden wütend nach Joe. Die Keilerei ging weiter. Chris führte mich zu den Pferden, dann band er eines geschickt mit einer Hand von ihrem Anhänger los, während er mir immer noch den Revolver, den ich aber nicht sehen konnte, in den Rücken drückte.

»Jetzt reicht's mir aber, verdammt noch mal. Schluß damit, der Spaß geht zu weit.« Zumindest war das meine Meinung.

»Nee, er beginnt erst.« Er entdeckte ein Megaphon, das neben dem Anhänger lag, holte es mit dem Fuß näher an sich heran und warf es dann mit einem Tritt in die Luft, so daß er es auffangen konnte, ohne die Zügel oder den Revolver loszulassen. Er schien genau zu wissen, was er tat, und begleitete seine Handlungen mit seinem Zahnpastareklamelächeln. Zum Teufel mit seinem Lächeln. Mir reichte es.

»Bruno!« Seine Stimme dröhnte durch das Megaphon. »Hol mich um acht bei Watson in Bolinas ab.« Ein Arm winkte aus der Menge, dann spürte ich, wie sich der Revolver tiefer zwischen meine Rippen bohrte. Wer oder was war Watson? Und warum um acht? Es war erst kurz nach eins, und was, zum Teufel, hatte er mit mir vor? »Aufsitzen! Sie können doch reiten, oder?« Für einen Augenblick huschte Besorgnis über sein Gesicht, wie ein kleiner Junge, dem man ein Spielzeuggewehr ohne Zündkapseln geschenkt hat.

»Ja, ich kann reiten. Aber ich finde das alles gar nicht

komisch. Ich habe eine kleine Tochter, und wenn Sie mich erschießen, werden Sie zumindest zwei Leben zerstören.« Es klang blödsinnig melodramatisch, aber es war unter den gegebenen Umständen das einzige, was mir einfiel.

»Ich werde es mir merken.« Meine Worte beeinflußten ihn seltsamerweise sehr wenig, und ich schwang mich in den Sattel; ich war froh, daß ich meine Stiefel angezogen hatte, und fragte mich, was als nächstes kommen würde. Er saß hinter mir auf, ich spürte den Revolver noch immer an der gleichen Stelle, und eine neue Welle von Besorgnis überkam mich, als er das Pferd zu einem schnellen Trab und dann zu einem langsamen Galopp anspornte. Und wenn die Waffe durch einen Zufall losging? Was würde dann geschehen? Die Berge waren ein rauhes Terrain, das Pferd konnte straucheln, und dann ...

In weniger als einer Minute hatten wir das Plateau, auf dem wir gedreht hatten, aus den Augen verloren, und vor uns lag die herrliche Landschaft, die ich bei der Hinfahrt bewundert hatte. Aber es war etwas ganz anderes, über die Berge zu reiten, und es war mir verdammt gleichgültig, ob sie schön waren, ich hatte keinen Blick dafür. Plötzlich überkam mich heftiger Zorn über diesen irrwitzigen, kindischen Kerl, der mit meinem Leben spielte. Er war ein rotznasiger, aufgeblasener, unbekümmerter, blöder Hippie, der glaubte, er könnte sich alles leisten, was ihm durch den Kopf schoß – high sein während der Arbeit, vortäuschen, daß er tot oder bewußtlos war, mich erschießen ... Nun, er sollte nicht recht behalten. Zumindest konnte er mich nicht ohne weiteres erschießen. Mein Körper versteifte sich wie eine Stahlstange, und ich warf mich herum, um ihn vom Pferd zu stoßen. Aber mein Angriff wurde durch einen kalten Wasserstrahl in mein Gesicht gestoppt ... Die Wasserpistole ... er hatte sie mir die ganze Zeit in den Rücken gedrückt.

»Sie lausiger, hinterhältiger ...« Ich spuckte fünf Zentimeter von seinem Gesicht entfernt, versuchte, mir das Wasser aus den Augen zu wischen, und wollte ihn umbringen. »Sie Scheißkerl ... Sie ... ich dachte ...«

»Mund halten!« Er spritzte mir mit der Pistole diesmal in den Mund, und ich erstickte vor Lachen. Christopher Matthews war schon eine besondere Nummer.

Das Pferd war irgendwann während Chris' Wasserkanonade stehengeblieben, aber ich merkte es erst, als ich mir das Wasser aus den Augen gewischt hatte und sah, daß wir schon wieder in der Nähe des Kliffs standen, vor dem sich der Pazifik so weit erstreckte, wie das Auge reichte.

»Schön, nicht wahr?« Sein Gesicht war friedlich, und er sah aus wie ein untätiger Cowboy. Das mutwillige Kind war für einen Augenblick in den Hintergrund getreten. Ich nickte und blickte aufs Meer hinaus, wieder mit dem großartigen Gefühl, den Weg dorthin gefunden zu haben, wo ich mein Leben lang hatte sein wollen. Verschwunden war das nervenzermürbende Gefühl, mit einer Pistole im Rücken über die Berge zu reiten, und ich beobachtete einen Vogel, der langsam auf das Wasser niederschwebte; ich hätte gern gewußt, wie man sich dabei fühlte, als Chris plötzlich mein Gesicht zu sich herumdrehte und mich küßte. Es war ein langer, zärtlicher, sanfter Kuß. Nicht der Kuß eines unreifen Jungen. Der Kuß eines erwachsenen Mannes.

Als wir uns voneinander lösten und ich die Augen aufschlug, lächelte er mir zu. »Sie gefallen mir, Lady. Wie sagten Sie, war noch Ihr Name?«

»Ach, geh zum Teufel.« Ich nahm ihm die Zügel aus den Händen, sagte ihm, er solle sich festhalten, und trieb das Pferd an. Das war etwas, das ich gut beherrschte. Ich hatte schon auf einem Pferd gesessen, als ich fünf war, und es war ein wundervolles, berauschendes Gefühl, über die Berge dahinzugaloppieren; kein Haus, kein Mensch weit und breit, nur ein prächtiges, langbeiniges Pferd unter uns und ein schöner Mann im Sattel hinter mir, auch wenn er so verrückt wie dieser war.

»Okay, mein Neunmalkluges, du kannst also reiten. Aber weißt du auch, wohin du willst?« Ich mußte lachen, als mir klar wurde, daß ich es nicht wußte, und ich schüttelte den Kopf im Wind, mein Haar flog ihm ins Gesicht, aber das störte ihn sicherlich nicht. Immerhin war sein Haar fast genauso lang wie das meine.

»Wohin willst du reiten?« Als ob ich die Gegend wie meine Hosentasche kennen würde. Wir befanden uns in seiner Welt, und ich war hier nur eine Touristin. Aber eine glückliche.

»Nach Bolinas. Reite zu der Straße dort unten, nimm die erste Abzweigung rechts, aber bitte, ohne ins Wasser zu fallen. Ich kann nämlich nicht schwimmen.«

»Unsinn.« Aber ich folgte seinen Anweisungen, lenkte das Pferd im Schritt den Hang hinunter und ritt dann in kurzem Galopp schweigend die Straße entlang, bis ich eine Straße sah, die nach rechts abzweigte.

»So ist's recht.« Er spornte das Pferd an meiner Stelle an, und ich versuchte, ihm spielerisch einen Klaps zu geben, doch plötzlich zielte die Spritzpistole wieder auf mein Ohr.

»Wissen Sie, was Sie sind, Mr. Matthews?« schrie ich in den Wind. »Eine Nervensäge. Außerdem sind Sie ein Tyrann.«

»Das hat man mir schon oft gesagt. He, nehmen Sie auch die nächste rechts, und dann die erste links.« Es fuhren nur ein oder zwei Wagen auf der Straße, ich lenkte das Pferd in die angegebene Richtung und nahm die richtigen Abzweigungen. Es machte Spaß, wieder zu reiten, und allmählich wurde mir der Narr mit dem zerstrubbelten Haar und der Spritzpistole sympathisch. Seine Hände lagen angenehm an meiner Taille, und seine Oberschenkel preßten sich an die meinen.

»Sind wir da?« Wir befanden uns an einem schwer zu beschreibenden Ort unten am Strand, aber es gab nicht viel anderes zu sehen als Bäume.

»Reiten Sie zwischen den Bäumen dort drüben durch ...

Sie werden schon sehen.« Und das tat ich. Ein langes Stück Sandstrand, das Meer und eine schmale Bucht. Auf der anderen Seite ein noch schönerer Strand, etwa zwei Meilen lang, der dann wieder durch die Berge begrenzt wurde, die bis ans Meer hinunterreichten. Es war ein herrlicher Anblick.

»Toll!«

»Das ist Bolinas und die Stinson Beach. Können Sie schwimmen?« Er freute sich über meinen Gesichtsausdruck, stieg ab und breitete die Hände aus, um mich in Empfang zu nehmen. Ich merkte wieder, wie groß er war, als ich neben ihm zu Boden glitt. Ich bin einsachtundsechzig, und er war mindestens einsneunzig.

»Natürlich kann ich schwimmen, aber Sie nicht. Erinnern Sie sich?«

»Dann werde ich es eben lernen.« Ich sah verwundert, was er tat, und fragte mich, was er vorhatte. Er hatte Jacke und Stiefel abgelegt und begann sein T-Shirt auszuziehen. Was kam als nächstes dran? Seine Jeans? Ich war nicht ganz sicher, was sich da anbahnte. »Warum sehen Sie mich so an?«

»Lassen Sie mich zuerst fragen. Was tun Sie?« Er hielt inne und sah mich lange an.

»Ich dachte, wir schwimmen mit dem Pferd von hier zum Ende der Landzunge – es ist gar nicht weit – und können dann auf dem Strand reiten. Und schwimmen und Spaß haben. Ziehen Sie Ihre Kleider aus, ich werde sie am Sattel festbinden.« Ja . . . sicherlich . . . und schwimmen und Spaß haben, Spaß, wie? . . . Na gut.

Ich steckte mein Haar wieder auf, dann zog ich Jacke und Stiefel aus . . . und dann mein T-Shirt, meine Jeans und mein Höschen. Es war niemand sonst am Strand. Es war ein warmer Apriltag, doch auf dieser Seite der Bucht und an diesem Dienstag nachmittag war außer uns niemand am Strand von Bolinas. Christopher Matthews und ich standen einander angesichts der Berge splitternackt und friedlich lächelnd gegenüber, während das Pferd sich zu fragen schien, was nun kommen würde. Genau wie ich. Ich fragte mich, ob Chris sich auf mich stürzen und mich vergewaltigen, mich wieder mit der Wasserpistole bespritzen oder was er sonst anfangen würde. Er war unberechenbar. Aber er wirkte sehr sachlich, während er meine Kleider am Sattel befestigte und das Pferd zum Wasser führte. Wir gingen zu dritt hinein. Chris schrak bei der Berührung mit dem kalten Wasser nicht zusammen, er führte das Pferd nur langsam hinein und sah über die Schulter zurück, um sich zu vergewissern, daß ich okay war. Ich war es, mein Hintern fror allerdings ein, und ich wollte es nicht zugeben. Ich tauchte unter, um zu sehen, ob ich mich so schnell daran gewöhnte, und schwamm an ihm vorbei zum gegenüberliegenden Ufer. Es war ein herrliches Gefühl, und ich lächelte, als ich auftauchte und über die Schulter zu Chris zurückschaute. Ich schwamm in Kalifornien mit einem Pferd und einem Jungfilmer von einem Strand zum anderen. Nicht übel, Mrs. Forrester, gar nicht übel.

Wir stiegen auf der anderen Seite langsam den Strand hinauf, und Chris band das Pferd an ein langes Stück Treibholz. Wieder war außer uns niemand auf dem Strand. Er streckte sich in der Sonne aus und schloß die Augen, ohne sich mir zu nähern. Er tat, was er wollte, und mir stand es frei, das gleiche zu tun.

»Führen Sie Ihre Dreharbeiten immer nach demselben Konzept durch, Chris?« Ich lag auf dem Sand, mit einem Respektabstand zu Chris, stützte den Kopf auf und blickte aufs Meer hinaus.

»Nicht immer. Nur meistens. Es hat keinen Sinn zu arbeiten, wenn es zu einer Belastung wird.« Anscheinend war das wirklich seine Ansicht.

»Joe behauptet, daß Sie gut sind.«

»Joe ist ein Dummkopf, aber er ist ein netter Kerl. Er hat mir viel Arbeit vermittelt.«

»Mir auch. Und ich brauche sie. Außerdem ist es angenehm, für ihn zu arbeiten.« Wir sprachen über angenehme

Dinge, und ich fand es ein wenig komisch, daß wir über unsere Arbeit plauderten, während wir nackt in der Sonne lagen.

»Woher stammen Sie, Gill? Aus dem Osten?«

»Ja, aus New York, aber ich gebe es ungern zu.«

»Das ist ein schlechter Ort. Schlecht für den Kopf. Ich würde nicht einmal in zwölftausend Meter Höhe darüber hinwegfliegen.«

»Wahrscheinlich haben Sie recht. Ich bin jetzt drei Monate hier und fange schon selbst an, das so zu empfinden.«

»Sind Sie verheiratet?« Es war ein bißchen spät für diese Frage, aber vielleicht war das so sein Stil.

»Nein. Geschieden. Und Sie?«

»Nein. Frei wie der Vogel dort über dem Wasser.« Er wies auf eine Möwe, die in einem langgezogenen Bogen träge herniederschwebte. »Es ist eine angenehme Art zu leben.«

»Aber manchmal doch einsam. Für Sie etwa nicht?« Er sah nicht aus, als litte er sehr unter Einsamkeit. Er hatte den harten Ausdruck um die Augen, den man bekommt, wenn man ums Überleben kämpft.

»Ich nehme an, es ist mitunter etwas einsam . . . nun, ich arbeite viel. Und ich mache mir wenig Gedanken darüber, ob ich einsam bin.« Ich beneidete ihn darum und fragte mich einen Augenblick lang, ob er mit einem Mädchen zusammenlebte, wollte ihn aber nicht danach fragen. Ich wollte es nicht wissen. Er war seit langer Zeit der erste Mann, der Selbstsicherheit, Schwung und Sinn für Humor besaß. »Sie sehen aus wie eine Denkerin. Sind Sie eine?« Er hatte sich auf den Bauch gedreht und beobachtete mich mit belustigtem Grinsen.

»Eine Denkerin?« Er nickte. Ich zögerte . . . ja . . . ich war eine Denkerin . . . aber was war daran auszusetzen? »Ja, ich bin eine Denkerin.«

»Und Sie lesen viel.« Ich nickte. »Und Sie sind verdammt

einsam.« Ich nickte wieder, aber sein Gerede ging mir allmählich auf die Nerven. Es war, als würde er auf dem Gipfel des Olymps leben und auf mich herunterblicken.

»Und Sie reden zuviel.« Ich stand auf und sah ihn einen Augenblick lang an, ehe ich zum Wasser ging und mich in die Wellen gleiten ließ. Er gefiel mir, aber ich wollte für eine Weile mit mir allein sein. Er schien mir sehr nahe gekommen zu sein und scharf zu beobachten. Ich hatte das Gefühl, ich könnte ihn mögen. Sogar sehr, wegen seiner Ansichten und wie er sich gab. Sogar sein Äußeres gefiel mir ... Chris Matthews war der Mann, auf den ich gewartet hatte, doch nun, da er aufgetaucht war, bekam ich Angst.

Ein plötzliches Aufklatschen im Wasser überraschte mich, und ich drehte mich rasch um, um zu sehen, ob mich ein dortiges Meeresungeheuer überfallen wollte. Doch es war nur Chris, der vorbeischwamm, dann kehrtmachte und zu mir zurückkam. Er war wirklich nur ein großes Kind. Ich erwartete, daß er sich unter Wasser an mich heranpirschen würde, dann plötzlich auftauchen oder versuchen würde, mich unterzutauchen, aber er tat nichts von allem, er schwamm nur zu mir und küßte mich, während die Wellen an mir vorbeirollten.

»Schwimmen wir zurück.« Er schlug es ruhig vor, und ich war froh darüber. Ich hatte genug von den Spielchen.

Wir schwammen nebeneinander an den Strand, und ich wollte zu der Stelle zurückgehen, wo wir vorhin gelegen hatten, aber er ergriff meine Hand und sah mich an.

»Dort drüben ist ein ruhiger Fleck. Ich zeige ihn dir.« Er führte mich langsam, ohne meine Hand loszulassen, zu einer kleinen, in dem hohen Dünengras versteckten Grube. Plötzlich fühlte ich mich besser in Form und begehrenswerter als seit Jahren. Ich begehrte ihn, das wußte er, und ich wußte, daß er mich begehrte ... Aber es war zu früh, ich kannte ihn kaum ... es war nicht vernünftig ... es ... ich hatte einfach Angst.

»Chris ... ich ...«

»Schsch ... du wirst es nicht bereuen.« Er schlang die Arme um mich, während wir im hohen Gras standen und unsere Füße sich in den Sand gruben, dann spürte ich, wie mein Körper zugleich mit dem seinen zu schwanken begann, bis wir im Sand lagen, und ich mich ihm hingab.

2

»Treibst du das oft, Chris?« Die Sonne strahlte vom Himmel, und wir lagen immer noch in seinem geheimen Liebesnest.

»Was? Bumsen? . . . Ja . . . ich tue es oft.«

»Nein, du gerissener Gauner. Ich meine, auf diese Weise. In deiner Privatgrube. Mit einer Frau, die du nicht einmal kennst.« Ich meinte es ernst. Das Ganze wirkte ein wenig inszeniert, daß er von der versteckten Grube wußte und alles drum herum.

»Was meinst du? Zum Teufel, ich kenne dich doch. Du heißt . . . äh . . . warte mal eine Sekunde, gleich fällt es mir ein . . . du heißt . . .« Er kratzte sich mit ratloser Miene am Kopf, am liebsten hätte ich ihn verprügelt, aber ich lachte.

»Na schön, ich habe verstanden. Ich soll mich um meine eigenen Angelegenheiten kümmern, stimmt's?«

»So ähnlich. Ich werd' es dir sagen, wenn du mir auf die Nerven gehst. Die New Yorker stellen gern so viele Fragen.«

»Ach . . . tatsächlich?« Ich tat ein bißchen patzig, wußte aber, daß er recht hatte. Aus irgendeinem Grund sind New Yorker neugieriger als Kalifornier, wahrscheinlich weil sie gewöhnt sind, in engerem Kontakt mit viel mehr Menschen in einer beängstigend beziehungslosen Welt zu leben; wenn sie beginnen, jemandem Fragen zu stellen, so fragen sie ihm ein Loch in den Bauch.

»Möchtest du reiten, Gill?«

»Auf dem Strand?« Er nickte und scharrte auf der Suche nach Muscheln im Sand. »Mit Vergnügen. Aber diesmal sitze ich hinter dir.«

»Ohne Sattel, einverstanden?«

»Wunderbar.«

»Das bist du auch, du New Yorkerin.« Diese Worte hatte er nur geflüstert, er beugte sich vor und küßte mich, während er mich langsam hochzog. Alles, was er tat, war von so sinnlichem Reiz, als ob er gewöhnt wäre, das Leben in vollen Zügen zu genießen, doch als ob der Liebesakt für ihn das Wichtigste wäre. »Da ... ich habe ein Geschenk für dich gefunden.« Er drückte mir etwas in die Hand, während wir zu dem Pferd gingen, und ich warf einen Blick darauf, um zu sehen, was es war. Bei seinem Sinn für Humor konnte ich von Glück reden, wenn es keine Qualle war, die er eben am Strand gefunden hatte. Doch das war es nicht. Es war ein sogenannter Sanddollar. Eine merkwürdige, fossilähnliche Muschel mit Abdrücken von einer Blume auf beiden Seiten. Sie war so zart, daß man fast hindurchsehen konnte, und sie war reizend.

»Höre mal ... sie ist schön, Chris, danke.« Ich umarmte ihn, küßte ihn auf den Hals und fühlte, wie in mir die Erregung aufstieg. Ich hatte, seit ich nach Kalifornien gekommen war und sogar schon eine Weile vorher, mit keinem Mann geschlafen, und Chris war ein richtiger Mann.

»Hör auf, mich zu küssen oder ich bumse dich hier ohne Deckung auf dem offenen Strand.«

»Mach keine leeren Versprechungen, du denkst doch nicht daran, sie einzuhalten.« Ich neckte ihn und er wußte es, doch er ergriff meinen Arm, drehte mich herum und gleich darauf lagen wir auf dem Strand und trieben es wieder. Als wir genug hatten, begannen wir beide wie Kinder zu lachen.

»Du bist verrückt, weißt du das, Mr. Matthews?«

»Du hast mich dazu gezwungen, also schieb es mir nicht in die Schuhe.«

»Quatsch. Falls du versuchst, mir ein Schuldgefühl anzuzüchten, kannst du es vergessen. Ich fühle mich so.«

»Ich auch. Also ... wie gesagt, reiten wir.« Er nahm den Sattel ab und legte ihn auf den Sand, streichelte mit kundiger Hand Kopf und Flanken des Pferdes, dann sprang er elegant auf den Rücken der Stute und streckte die Hand nach mir aus.

»Wartest du auf eine Einladungskarte, Gill? Angst?«

»Nein, etwas anderes. Ich bin glücklich. Du siehst gut aus.« Das war die Wahrheit, er saß groß und stolz auf der sandfarbenen Stute, seine sonnengebräunte Haut hob sich von ihrem hellen Fell ab, und die Grazie der beiden Körper ließ mich an Gedichte denken, die ich als Mädchen gelesen hatte. Chris sah prächtig aus.

»Auch du bist ein hübscher Anblick, jetzt spring aber auf.« Er reichte mir die Hand, ich glitt hinter ihm hinauf, legte meine Arme um seine Taille und schmiegte mich an ihn, während wir uns in den Wind drehten. Es war das herrlichste Gefühl, das ich jemals empfunden hatte. Ich jagte auf einer blaßgoldenen Stute den Strand entlang mit einem Mann, den ich liebte ... liebte? ... Chris ... ich kannte ihn kaum. Aber das spielte keine Rolle, ich liebte ihn schon. Von diesem ersten Tag an.

Wir galoppierten bis zum Sonnenuntergang am Strand auf und ab und schwammen dann noch einmal, bevor wir schweren Herzens Abschied nahmen.

»Willst du mit der Stute auf die andere Seite zurückschwimmen?« fragte ich. Ich war ein bißchen besorgt, die Flut hatte eingesetzt, aber er hatte es ebenfalls bemerkt.

»Nein, diesmal nehmen wir lieber die Straße. Es ist zwar weniger unterhaltsam, dafür um so sicherer.«

»Wirklich? Allmählich frage ich mich, ob du nur herübergeschwommen bist, um mich dazu zu bringen, daß ich meine Kleider ausziehe.« Damals hatte ich gar nicht daran gedacht.

»Du kannst das im Ernst glauben?« Er schien beleidigt zu sein, und ich bedauerte meine Frage schon. »Also, zufällig hast du recht.« Er lachte vergnügt, und ich betrachtete ihn wieder. Der große Junge, der mein Herz mit seiner Wasserpistole erobert hatte. Kein übler Trick.

»Was steht als nächstes auf deiner Tagesordnung, du *Conceito Bandito*? Willst du mich bis morgen früh nackt an einen Telegraphenmast gefesselt zurücklassen?« Er wäre dazu imstande gewesen.

»Nein. Ich werde dich ernähren. Wie klingt das?«

»Intravenös oder normal?«

»Du bist abscheulich, Gillian. Normal natürlich. Das Watson House, das beste, was Bolinas zu bieten hat. Warst du jemals dort?«

»Nein.«

»Wart's mal ab.« Wir stiegen wieder auf das Pferd und trabten langsam über den Strand zu dem Teil, der in Staatsbesitz war, dann in langsamem Schritt an dem leeren Parkplatz vorbei zur Straße. Es war ein viertelstündiger Ritt nach Bolinas, wo wir eintrafen, als die Sonne unterging; es sah aus, als würde die ganze Welt in Rot und Gold leuchten.

Wir hielten vor einem kleinen, baufälligen viktorianischen Haus und banden das Pferd an, während ich mich umsah. Eine Anzahl von Hippies ging in dem Haus aus und ein, und auf einer unauffälligen Tafel stand »The Watson House«; es gab jedoch keine weiteren Informationen darüber, worum es sich handelte.

»Was ist dieses Lokal?«

»Ein Restaurant, Dummerchen. Was hast du denn gedacht?«

»Wie soll ich das wissen? Übrigens, ich muß meine Nachbarin anrufen und ihr sagen, daß ich später nach Hause komme. Sie kümmert sich um meine kleine Tochter.«

»In Ordnung. Es gibt hier ein Telefon.« Langsam stieg er die Stufen zu dem Haus hoch und öffnete die Fliegentür ohne anzuklopfen. Es sah aus wie ein Privathaus, das einer großen Familie gehörte, es gab keinen Hinweis darauf, daß es sich um ein Restaurant handelte. Auf einer Wäscheleine hing eine Menge Wäsche, und vor dem Haus stand eine merkwürdige Ansammlung von Fahr- und Motorrädern, während zwei Katzen und ein Hund im Gras spielten. Es wirkte freundlich und einfach, was mir gut gefiel und zu Chris Matthews paßte.

»Tag, Leute, was gibt es?« Chris ging geradewegs in die Küche und schaute in einen Topf, der auf einem glänzend sauberen Museumsstück von einem Herd stand. In der Küche waren drei Mädchen und ein Mann beschäftigt. Der Mann trug sein Haar taillenlang und hatte es im Nacken mit einem Lederriemen zusammengebunden. Über seinen Jeans trug er eine Art Pyjama-Oberteil, so sah es zumindest aus; was mir aber am meisten auffiel, waren die freundlichen Augen, die oberhalb seines Bartes leuchteten. Ohne daß sich ein Muskel in seinem Gesicht bewegte, schienen seine Augen zu lächeln und ein Dutzend Begrüßungsworte auszudrücken. Die Mädchen waren durch die Bank hübsch, jung und einfach gekleidet.

»Gillian, das ist Bruce ... Anna, Penny und Beth. Sie wohnen hier.« Bruce und die Mädchen sagten *hi*, und Chris führte mich in einen kleinen, viktorianisch eingerichteten Raum mit Tiffany-Lampen.

»Was ist das für ein Lokal, Chris? Es ist reizend.«

»Nicht wahr? In Wirklichkeit ist es eine Hippie-Kommune, aber um ihren Lebensunterhalt zu bestreiten, führen sie ein Restaurant, und hier gibt es das verdammt beste Essen diesseits der Bucht. Du solltest ihre Schnecken versuchen, sie sind erstklassig.«

»Das werde ich tun.« Ich bestellte Schnecken, und sie waren köstlich. Ebenso wie das *Coq au vin*, das hausgebackene Brot, der Salat, die *mousse au chocolat* und die Erdbeertorte. Es war ein wunderbares Festmahl. Chris hatte recht gehabt, das Essen war hervorragend. Aber es war auch die Atmosphäre. Die Gemütlichkeit des Lokals sorgte für Wohlbehagen. Ich hatte recht gehabt – es wirkte wie ein Haus mit vielen Kindern. Zur Zeit wohnten dort siebenundzwanzig Menschen, die alle im Restaurant mithalfen. Sie gingen aus und ein, während wir bei Kerzenlicht an einem der acht kleinen Tische saßen. Alle schienen Chris zu kennen, einige blieben stehen und setzten sich für einige Minuten an unseren Tisch, bevor sie in die Küche oder wieder nach oben gingen.

»Kommst du oft hierher?«

»Ja. Besonders im Sommer. Ich miete eine kleine Hütte in Bolinas und manchmal komme ich nur vorbei, um mit der Bande zu plaudern. Mitunter komme ich auch zum Essen hierher. Aber nur bei besonderen Anlässen.« Er neckte mich ein wenig, machte es jedoch auf nette Art. Dabei erhellte ein Lächeln sein Gesicht und seine Augen versicherten mir, daß es nur Spaß war. Er war ein freundlicher Mann.

»Wie alt ist deine kleine Tochter?« Er schien sich nur anstandshalber dafür zu interessieren, aber es war nett von ihm, daß er sich nach ihr erkundigte.

»Nächsten Monat wird sie fünf. Sie ist ein kleiner Quälgeist. Ihr größter Ehrgeiz ist es, Cowboy zu werden. Wenn sie wüßte, daß wir den Tag mit einem Pferd verbracht haben und sie nicht dabei war, würde sie eine Woche lang nicht mit mir reden. Ich glaube, sie hatte den Eindruck, daß wir hierhergekommen sind, um Cowboys zu werden.«

»Vielleicht könntest du sie einmal zum Reiten mitnehmen. Ist sie ein mutiges Kind?«

»Sehr mutig. Sie wäre begeistert. Ich war in ihrem Alter, als ich zu reiten begann.«

»Das dachte ich mir, aber auf einem Westernsattel bist du eine blutige Anfängerin.« Ich wurde rot und strengte mich mächtig an, um eine saftige Beleidigung zu finden, dann begann ich jedoch zu lachen und hob kapitulierend die Hände.

»Du hast recht.«

Wir plauderten noch eine gute Stunde über dies und das, zumeist über Kalifornien, unsere Arbeit und weshalb das einfache Leben für uns beide besser war, dann kam eine Gruppe herein, die mir irgendwie bekannt vorkam.

»Wohin schaust du?« Chris hatte bemerkt, daß ich sie ansah.

»Unwichtig. Ich dachte, ich kenne diese Leute, aber ich habe mich anscheinend geirrt.« Es waren drei Hippies, die Chris und den im Haus Wohnenden ähnlich waren, und sie waren mir nur aufgefallen, weil sie denselben Typ verkörperten.

»Du kennst sie?« Er sah überrascht drein.

»Nein. Ich habe es nur geglaubt.«

»Na, wir wollen es mal rausfinden. Das ist doch wirklich zu komisch.« Er winkte ihnen, sie sollten an unseren Tisch kommen, und ich wäre am liebsten gestorben.

»Chris ... nein ... wirklich ... schau, ich ...« Dann wußte ich, wo ich sie schon gesehen hatte. Sie waren Chris' Crew. Er merkte, daß ich sie erkannte, und er und seine Burschen begannen zu lachen. Sie hatten unsere letzten Worte gehört und wußten, daß Chris wieder einen seiner Späße gemacht hatte.

»Ach, du großer, ach, du lausiger Schweinehund Chris Matthews ... Abend, Jungs. Nett, euch wiederzusehen. Wie ist die Keilerei ausgegangen? Hat jemand die Werbeetatleute von Carson ertränkt?«

»Nein, sie fuhren sofort, nachdem ihr beiden abgerauscht seid, mit dem Jeep zurück. Wir haben den ganzen Nachmittag mit Joe und den Modellen Wein getrunken. Sie wurden für den ganzen Tag bezahlt, da dachten wir alle, wir nützen es aus. Wie ist es dir gegangen?« Sie wandten sich mehr an Chris als an mich, und ich überließ ihm die Gesprächsführung. Er wollte auch wissen, was sie über die Dreharbeit dachten und was sie im Kasten hatten. Alle hatten das Gefühl, der Film wäre gelungen, und ich war Joe Traminos wegen erleichtert. Es wäre mir unangenehm gewesen, wenn er für unseren Übermut hätte büßen müssen. Unseren? ... Nun, ich war mit Chris davongeritten, und das war schon schlimm genug. Das hatten sie von ihrer »Dekorateurin« aus New York nicht erwartet, ich übrigens auch nicht.

Wir bezahlten dann die Rechnung im Watson House und gingen alle fünf zu Chris' Laster, dem Wagen, dem Pferdeanhänger und der Stute hinaus. Es war nett, sie wiederzusehen. Sie erinnerte mich an die Szenen, die sich auf dem Strand abgespielt hatten.

»Ich nehme den Wagen. Danke dafür, daß ihr ihn mitgebracht habt.« Sie verabschiedeten sich und verluden das Pferd, während wir in Chris' einigermaßen zweifelhaftes Vehikel kletterten. Ich war nicht sicher, ob mir die Fahrt dahin über die kurvenreiche Bergstraße Vergnügen bereiten würde, aber vielleicht war es mit Chris zusammen etwas anderes.

Es war eine angenehme Fahrt. In dieser Nacht gab es keinen Nebel, und der Mond beleuchtete die Straße mit silbernem Licht.

Ich sang alte Balladen, die ich aus meiner Kindheit kannte, und dann und wann stimmte Chris ein. Wir sahen einander im Mondlicht an, küßten uns manchmal und sprachen sehr wenig. Das brauchten wir nicht. Es war einfach nett, beisammen zu sein.

Ich sah die Auffahrt zur Autobahn mit Bedauern und wünschte mir, der Weg nach Hause wäre länger. Ich sah die vielen Leute und Wagen mit gemischten Gefühlen. Unsere einsame Bergstraße hatte mir besser gefallen . . . und unser verlassener Strand.

»Wo wohnst du, Gill?« Wir fuhren schon über die Brücke, und die Lichter von Sausalito, Tiburon und Belvedere auf einer Seite waren ein hübscher Ausblick. Für gewöhnlich setzte der Nebel bei Sonnenuntergang ein, es war also ein seltenes Bild.

»Ich wohne in der Marina. An der Bucht.«

»Sehr gut.« Er nahm die erste Abzweigung, ich nannte ihm meine Adresse, und wir waren in wenigen Minuten daheim.

»Das reicht, Chris. Ich muß Sam im Nachbarhaus abholen.«

»Sam?« Er zog überrascht eine Braue in die Höhe.

»Meine kleine Tochter.« Er nickte, und ich freute mich bei dem Gedanken, er könnte vielleicht eifersüchtig sein.

»Soll ich warten, oder stört es dich?«

»Nein, das wäre angenehm. Ich komme gleich wieder.« Ich läutete bei meiner Nachbarin und ging zu ihr hinein, um mein auf der Couch schon halb schlafendes Kind abzuholen. Sie war benommen, aber noch nicht im Tiefschlaf. Ich stellte überrascht fest, daß es erst neun Uhr war. Ich bedankte mich bei der Nachbarin und ging hinaus; Chris saß auf unserer Veranda. Ich legte den Finger an die Lippen und gab ihm den Schlüssel, um Sam nicht zu wecken. Sie war in meinen Armen wieder eingeschlafen.

Er sah sie einen Augenblick lang an, dann nickte er beifällig, wandte sich um und öffnete die Tür. In diesem Augenblick fragte Sams krächzende, für eine Viereinhalbjährige typische Stimme laut:

»Wer ist das, Mami?« Ich grinste, und Chris lachte. Er hatte die Tür geöffnet, und ich stellte Sam drinnen auf den Boden.

»Das ist Chris Matthews, Sam. Und das ist Samantha ... jetzt ist es Zeit, ins Bett zu gehen, junge Dame. Ich werde deinen Pyjama holen, und wenn du willst, kannst du noch ein Glas Milch trinken.«

»Gut.« Sie setzte sich in einen Stuhl und betrachtete Chris schläfrig, während er auf der Couch lümmelte und die langen Beine von sich streckte, sein Haar sah nach unserem Tag am Strand strubbeliger aus denn je. Ich brachte Sams Pyjama und ging in die Küche, als ich hörte, wie sie Chris flüsternd fragte: »Bist du ein wirklicher Cowboy?« Ihre Stimme klang hoffnungsvoll, und ich war neugierig, was er sagen würde.

»Ja, das bin ich. Stört dich das sehr?«

»Stören? Nein ... nein ... Ich möchte auch ein Cowboy werden!« Im Tonfall von Verschwörern.

»Wirklich? Das ist großartig. Vielleicht können wir einmal zusammen ausreiten. Aber weißt du, was du zuerst tun mußt?« Ich konnte ihr Gesicht nicht sehen, konnte mir aber ihre weit aufgerissenen Augen vorstellen, während sie darauf wartete, was er sagen würde. »Du mußt viel Milch trinken und schlafen gehen, wenn deine Mami es dir sagt. Dann wirst du groß und stark werden, ein wirklich ganz berühmter Cowboy sein.«

»Ich muß dieses ganze lächerliche Theater mitmachen?« Es klang angeekelt.

»Natürlich nicht. Nur wenn du ein Cowboy werden willst, Dummerchen.«

»Ach ... also ... okay ...« Ich kam mit dem Glas Milch ins Zimmer und war für Chris' Unterstützung dankbar. Zum ersten Mal trank sie es in einem Zug aus und verschwand blitzartig in ihrem Bett, nachdem sie Chris ein letztes Mal zugewinkt und gemurmelt hatte: »Gute Nacht, Mister ... Mister Crits ... ich treffe Sie einmal bei einem Rodeo.« Ich deckte sie zu, gab ihr den Gutenachtkuß und ging zurück; Chris sah mit sich und der Welt zufrieden aus.

»Danke. Du hast mir damit vieles erleichtert.«

»Sie ist süß. Ich mag sie. Sie scheint ein liebes Kind zu sein.«

»Warte, du hast sie noch nicht in voller Aktion gesehen. Sie hat halb geschlafen. Das nächste Mal probiert sie vielleicht einen neuen Lassotrick an dir aus und verpaßt dir eine Brandwunde mit dem Seil. Sie ist eine Nummer.« Ich freute mich natürlich, daß sie ihm gefiel.

»Du bist auch eine Nummer. Und ich bin nicht sicher, ob ich dir bei einem neuen Lassotrick trauen würde. Du könntest versuchen, mich zu strangulieren. Ich glaube wirklich, du wolltest mich heute vom Pferd stoßen, als du dachtest, ich bedrohe dich mit einem echten Revolver. Aber ich war darauf gefaßt.« Er grinste belustigt, als er sich daran erinnerte.

»Dein Glück. Ich hatte die Absicht, dich durch Sonne und Mond zu schießen.«

»Willst du's noch mal probieren?« Er streckte mir die Arme entgegen, während ich auf der anderen Seite des Zimmers stand, und ich hatte das Gefühl, ich wäre neu geboren. Es war lange her, daß jemand etwas für mich übrig gehabt oder mich als Frau begehrt hatte. Und nun hatte ich jemanden, der mich als Frau begehrte. Ob er etwas für mich übrig hatte, würde ich mit der Zeit herausfinden.

3

Mittwoch morgen läutete das Telefon wieder um neun Uhr fünfzehn, und ich schwankte zwischen der Hoffnung, es möge Chris sein, und dem Wunsch, daß mir wieder ein Job angeboten wurde. Ich brauchte das Geld.

»Hallo?«

»Gillian? Hier Joe.«

»Oh, guten Morgen. Das war vielleicht ein Drehtag gestern.«

»Ja. Ich dachte mir, ich müßte anrufen und mich erkundigen, ob du schlecht auf mich zu sprechen bist, weil ich dich mit diesem Irren zusammengespannt habe. Außerdem wollte ich sicher sein, daß er dich nicht von einem Felsen hinuntergeworfen hat oder etwas Ähnliches.« Schlecht zu sprechen? Keine Spur!

»Nichts dergleichen. Ich habe mich prima unterhalten. Das waren die am leichtesten verdienten hundertzwanzig Eier meines Lebens. Er hat mir mit seiner Wasserpistole aber doch Angst eingejagt.«

»Wirklich? Ich dachte, du wüßtest Bescheid.«

»Nein. Infolgedessen hätte ich ihn beinahe vom Pferd gestoßen, aber so ging noch alles gut aus.« Ja . . . wirklich . . .

»Da bin ich froh. Hör mal, ich möchte dich etwas fragen. Bist du Freitag abend frei?« Wie? Freitag abend? Scheiße, kein Job. Eine Verabredung. Ich wollte doch mit Chris ausgehen, nicht mit Joe. »Der alljährliche ›Ball der Künstlerischen Leiter‹ findet statt, das ist eine allgemein zugängliche Veranstaltung und vielleicht macht es dir Spaß.« Verdammt, warum nicht.

»Sicherlich, Joe, ich komme gern.« Und wenn Chris anrief? Wenn . . .

»Ausgezeichnet. Du kannst anziehen, was du willst. Möglichst etwas Ausgefallenes, kein Abendkleid. Wir halten ihn in einem Lagerhaus im Geschäftsviertel ab. Klingt ein bißchen verrückt, wird aber bestimmt lustig.«

»Es klingt großartig, Joe. Danke für die Einladung.«

»*Prego, prego, Signorina.* Ich freue mich, daß du kommen kannst. Ich hole dich um acht ab. Bis dann. Ciao, Gill.«

»Wiedersehen.« Wir legten auf, und ich fragte mich, ob ich richtig gehandelt hatte. Joe hatte mich noch nie eingeladen, und ich wollte mit jemandem, der mir Arbeit verschaffen konnte, kein Verhältnis haben. Das war eine schlechte Taktik. Joe war eigentlich nicht mein Typ ... und wenn Chris anrief, was dann ... ach verdammt. Er würde es schon verstehen, jedenfalls hatte ich mich schon entschieden, warum sich also noch Gedanken machen. Ich konnte mit Chris darüber reden ... ich hätte es tun können, wenn er angerufen hätte.

Es stellte sich heraus, daß Chris die ganze Woche nicht anrief. Sam und ich gingen an den Strand, ich strich den Küchenboden mit roten, weißen und blauen Streifen und malte Sterne auf die Zimmerdecke; ich bekam einen Job von der Agentur Freeman & Barton, der mich am Freitag nachmittag ganze zwei Stunden beschäftigte, und noch immer gab Chris kein Lebenszeichen von sich. Ich hätte ihn anrufen können, wollte aber nicht. Er hatte mich Mittwoch morgen bei Sonnenaufgang verlassen und hatte versprochen anzurufen. Er hatte aber nicht gesagt, wann ... vielleicht nächstes Jahr? Vielleicht machte er auf cool, aber das war eigentlich nicht seine Art. Vielleicht war er nur beschäftigt ... drehte Filme ... aber nur Arbeit ohne Vergnügen paßte auch nicht zu Chris. Freitag abend, als ich Sams Abendessen zubereitete, war ich schon sehr niedergeschlagen.

»Warum gehst du heute abend aus, Mami?«

»Weil es lustig sein könnte, und du wirst ohnehin schlafen, also werde ich dir nicht fehlen.« Ich versuchte um Sams willen heiter zu klingen, aber ich fühlte mich lausig.

»Ja, ich werde schlafen. Bekomme ich einen Babysitter?« Ich nickte und zeigte auf ihr Abendessen, das sie noch nicht angerührt hatte. »Vielleicht binde ich den Sitter an einen Stuhl und zünde den Strick an. Das machen die Indianer. Es heißt Indianergeschenk.«

»Nein, ein Indianergeschenk ist, wenn man jemandem etwas gibt und es dann wieder zurücknimmt.« Ich dachte an Chris, und es gab mir einen Stich. »Du wirst den Babysitter nirgends anbinden, sonst verpasse ich dir, wenn ich heimkomme, die kräftigste Tracht Prügel deines Lebens. Ist das klar?«

»Okay, Mami.« Sie starrte mit einem gelangweilten, verzweifelten Blick in ihre Milch, und ich ging in mein Zimmer, um etwas zum Anziehen für den Ball der Künstlerischen Leiter herauszusuchen. Er hatte gesagt, etwas Ausgefallenes, also suchte ich und fand schließlich einen geblümten Zigeunerrock, den ich schon ganz vergessen hatte, und ein orangefarbenes Trägeroberteil. Ich besaß neue Schuhe aus orangefarbenem Wildleder und große Goldohrringe, das würde gut zusammenpassen ... und vielleicht würde ich mich nach einem Bad besser fühlen.

Sam rumorte in ihrem Zimmer, und um zehn vor acht ging ich zu ihr, um sie ins Bett zu schicken.

»Okay, Sam, räum deine Sachen weg und zieh deinen Pyjama an. Der Babysitter wird jeden Augenblick kommen.«

»Du siehst hübsch aus, Mami. Gehst du mit Mister Crits aus?« Mein Herz tat einen Sprung, fiel aber sofort in den normalen Takt zurück, und ich schüttelte den Kopf. Nein, ich ging nicht mit ›Mister Crits‹ aus, wünschte es mir aber sehr; plötzlich fragte ich mich, ob Chris vielleicht auch zu der Party kommen würde.

Es läutete um acht, und Joe Tramino und mein Babysitter kamen zugleich herein.

»*Hi*, Sam ist in ihrem Zimmer. Es ist Zeit fürs Bett, und ich bin fertig. *Hi*, Joe. Gute Nacht, Barbara. Wiedersehen, Sam.« Ich schickte ihr eine Kußhand ins Zimmer und trat mit Joe ins Freie. Ich wollte keinen von Sams Leitartikeln hören, sondern, zum Teufel, nur raus. Ich war nervös.

»Mein Gott, Gill, du siehst phantastisch aus!« Ich sah in seinen Augen, daß er es ehrlich meinte, und war einen Moment schuldbewußt, weil ich für den Abend so wenig Begeisterung aufbrachte. Verdammt, vielleicht würde es ganz unterhaltsam werden.

»Du siehst selber sehr gut aus, Mr. Tramino. Sehr schick.« Er trug tabakbraune Wildlederhosen, einen dunkelroten Rollkragenpulli und wir ergaben nebeneinander einen heftigen Kontrast. Aber vielleicht entsprang dieser Eindruck nur meiner Stimmung. Wir gingen zu seinem am Gehsteig geparkten Wagen, und er half mir beim Einsteigen. Es kam mir ein bißchen komisch vor, die Begleiterin eines Mannes zu sein, bei dem man »eine vom Team« gespielt hatte, aber das ist nun mal so, wenn man mit jemandem ausgeht, mit dem man zusammen arbeitet.

»Vielleicht könnten wir unterwegs irgendwo Abendbrot essen. Kennst du Nicole?«

»Nein, ich bin neu in der Stadt, hast du das vergessen?«

»Es wird dir gefallen. Französische Küche. Phantastisch.« Er bemühte sich so sehr um mich, daß es peinlich war. Armer Joe. Er galt in der Agentur als erstklassige Partie. Er war nicht schön, aber erst sechsunddreißig, hatte einen guten Job mit einem ordentlichen Gehalt, eine angenehme Art und viel Sinn für Humor. Mich reizte er nicht. Das war schon früher so gewesen, aber jetzt war es noch ausgeprägter. Er war nicht Chris.

Wir scherzten miteinander während des Essens, und ich versuchte ein Gespräch auf kameradschaftlicher Basis zu führen. Joe versuchte jedoch, den Spieß umzudrehen. Er nötigte mich zu einem schweren Rotwein, und wir hatten einen der besten Tische im Lokal. Er hatte ein wirklich stimmungsvolles kleines Restaurant gewählt. Es war wie ein großes Sommerzelt bei einem Gartenfest eingerichtet, die Tische waren mit rot-weiß karierten Tischtüchern gedeckt, und im ganzen Raum brannten Kerzen.

»Wer wird zu dieser Party kommen, Joe? Jemand, den ich kenne?« Ich bemühte mich, es wie eine beiläufige Floskel klingen zu lassen, aber ich war auf die Antwort gespannt.

»Gott, die üblichen Leute. Die künstlerischen Leiter der meisten hiesigen Werbeagenturen, eine Menge Modelle, ein paar Filmleute, nichts Besonderes.« Aber er hatte mich durchschaut. Er wußte, daß ich Chris gemeint hatte und wartete darauf, wie ich nun reagieren würde.

»Dürfte eine nette Gesellschaft werden. In New York steigt jedes Jahr so etwas, aber es ist so groß aufgezogen, daß man nie mit jemandem zusammentrifft, den man kennt. Nur ein großer, lärmender Haufen, wie das ganze New York.«

»Hier ist es anders. Alles ist kleiner. San Francisco ist eine relativ kleine Stadt. In der Branche kennt einer den anderen.« Was meinte er damit? »Ich weiß auch, daß du draufzahlen kannst, wenn du auf manche Leute reinfällst. Damit meine ich Chris, Gill.« So, da war es heraus.

»Ach?«

»Sieh mal, ich habe neulich nicht den Kuppler gespielt. Ich habe nur die Arbeit verteilt . . . Ich hatte sogar eine andere Dekorateurin vorgesehen, aber sie wurde krank. Chris ist ein prima Bursche, und ich habe ihn sehr gern, aber er kennt keine Moral, er wechselt die Frauen wie die Hemden und interessiert sich nur für sich selbst. Er ist sehr amüsant. Aber du darfst dich nicht in ihn verlieben. Vielleicht bin ich völlig daneben, aber ich wollte dich warnen. Und damit du dir keine unnötigen Hoffnungen machst, er wird heute abend nicht hinkommen. Er haßt diese Art von Parties. Der Junge ist ein Hippie. Du bist ein nettes Mädchen aus New York, wahrscheinlich aus einer guten Familie. Du hast Probleme gehabt, du bist geschieden . . . gib dich nicht mit ihm ab.« Du meine Güte . . . das war vielleicht eine lange Rede!

»Da gibt es nicht viel zu sagen, Joe. Natürlich bin ich nicht in ihn verliebt. Ich habe ihn nur letzten Dienstag kennengelernt und ihn seither nicht mehr gesehen« – verdammt noch mal – »und ich bin auch deiner Ansicht, daß es Spaß macht, mit ihm zu arbeiten, daß es aber wahrscheinlich nicht ratsam ist, sich mit ihm einzulassen. Ich bin jedenfalls erwachsen und kann auf mich achtgeben. Ich bin an ihm nicht interessiert . . . okay?« . . . Wer sagt das?

»Ich glaube dir. Es würde mir leid tun, wenn ich erfahre, daß zwischen euch etwas Ernstes los ist. Ich würde mich verdammt schuldbewußt fühlen . . . und wahrscheinlich in einem Eifersuchtsanfall die Wände meines Büros hochgehen! Auf dein Wohl.« Er prostete mir mit dem Rest des Weins zu, und während ich mein Glas leerte, wünschte ich mir im stillen, er möge möglichst bald diesen Eifersuchtsanfall bekommen.

Dann verließen wir Nicole, fuhren über den Broadway zum Geschäftsviertel, vorbei an dem hysterischen Gezwinker der Neonleuchten der Oben-ohne-Tanzlokale und bogen dann in die Battery Street, unweit der Auffahrt zur Bay-Brücke, ein. Es war einmal das Hafenviertel gewesen, und die Schiffahrtslinien unterhielten noch immer ein oder zwei Blocks weiter ihre Büros. Um 1900 hatte man einige sumpfige Stellen trockengelegt und mit Erdreich aufgefüllt, und das Gebiet war erst in letzter Zeit eines der interessanteren Viertel der Stadt geworden. Eine Menge Werbeagenturen zogen dorthin und die Innenausstattungsbranche hatte sich vor Jahren dort niedergelassen. Das Ergebnis war eine Reihe von düsteren Lagerhäusern, zwischen denen elegante neue Gebäude mit Backsteinmauern und Glasfronten standen.

Joe parkte vor einem der Lagerhäuser, und wir gingen hinein. Es war eine tolle Szenerie. Viele Kilometer von glänzenden, spiegelartigem Mylar hingen von der Decke bis zum Boden, im Licht der strahlenden Leucht- und Neonröhren sah der Raum aus, als würde er jeden Augenblick in die Luft gehen. Der Boden war mit Zellophankonfetti bedeckt, und eine harte Rockband in Silberlamé-Jeans und -Hemden peitschte ihre Rhythmen in ohrenbetäubenden, hektischen Synkopen durch das ganze Gebäude. In einer Ecke befand sich eine genial entworfene Bar. Sie sah aus wie ein Eisberg, und das Oben-ohne-Mädchen, das die Drinks einschenkte, trug einen Rock aus Plastik-Eiszapfen. In der Mitte des Raumes und an den Wänden hielten sich die Gäste auf. Sie waren alle genauso gekleidet, wie Joe angeregt hatte ... wirklich außergewöhnliche Aufmachungen. Fuchsienroter Satin und grünes Wildleder, Kleider ohne Vorderteil oder ohne Rückenteil oder scheinbar ohne beides, Haar in allen Formen, Farben und Spielarten. Lastwagenweise Stiefel und tonnenweise Jeans. Es war ein verrückter Anblick, den nur die Künstlergilde einer Stadt hervorrufen konnte. Niemand sonst würde es wagen. Ich fühlte mich in meiner Zigeuneraufmachung fast wie das kleine Aschenbrödel, war aber froh, daß ich mich dafür entschieden hatte. Sie gab mir die Möglichkeit, alle anderen in anonymer Unauffälligkeit anzustarren und dabei doch halbwegs »in« zu wirken.

Auf einer Seite des Raumes starrte eine Gruppe zur Decke hinauf, und Joe zupfte mich am Arm.

»Schau dir das an.« Als ich in die angegebene Richtung blickte, mußte ich lachen. Vier Meter oberhalb des Bodens hing von der Decke eine vollkommen normale Eisbahn herab, auf der ein Mädchen im Kostüm einer Eisrevue ruhig ihre Nummer abzog. Sie bewegte sich nach ihrem eigenen langsamen Takt, anmutig, vollkommen unabhängig von dem verrückten Sound der wildgewordenen Rockband. Sie war wunderbar.

»Wo, zum Teufel, haben sie die her?«

»Weiß ich nicht, aber du hast noch lange nicht alles gesehen. Schau mal dort hinüber!« Er zeigte diesmal auf eine

Ballerina, die in der Ecke ruhig ihre Pirouetten drehte und alle paar Minuten bewußtlos zu Boden sank. Dann erwachte sie wieder, erhob sich und drehte sich wieder eine Weile, ehe sie neuerlich auf den Boden sinkend zu sterben schien. Sie war noch interessanter als die Eisläuferin. Ich begann mich in dem Raum nach anderen Attraktionen umzusehen. Es gab aber nur noch eine, einen Herrn, der wie ein elegant gekleideter, wohlgenährter Bankpräsident aussah, gesetzt im Raum herumging, mit niemandem sprach und mit einer Masse von Bubble Gum in Faustgröße riesige Blasen hervorbrachte. Sie waren gigantisch. Meine Erkundigungen ergaben, daß die Vorführungen und die kunstvolle Dekoration des Saales von einer unternehmungslustigen Kundendienst-Organisation stammten, die »Miete-einen-Verrückten« hieß und von einem jungen Künstler aus San Francisco geleitet wurde, der damit eine Marktlücke schließen wollte. Er hatte recht, und er verhalf damit der Party zum Erfolg.

Joe und ich verloren und fanden einander mehrere Dutzend Mal im Lauf des Abends. Ich traf einige Leute, die ich von anderen Agenturen her kannte, und tanzte mit einer anscheinend endlosen Reihe auswechselbarer Partner. Sie sahen alle gleich aus, keiner von ihnen hatte eine Ähnlichkeit mit Chris, keiner von ihnen war Chris. Chris war nicht anwesend. Aber ich war es, und schließlich amüsierte ich mich doch noch.

Wir verließen die Party kurz nach drei Uhr morgens. Sie war noch in vollem Schwung, aber wir hatten genug. Joe fuhr mich zum Buena Vista auf einen Irish Coffee mit hübscher Aussicht auf die Bucht und Sausalito, das auf der anderen Seite glitzerte, dann war Schluß.

Er hielt vor meinem Haus, und ich stellte entsetzt fest, daß kein Licht brannte. Das bedeutete, daß der Babysitter sich hingelegt hatte. Verrückt.

»Danke, Joe, es war wirklich ein herrlicher Abend. Ich habe so eine schöne Party seit Jahren nicht mehr erlebt.«

»Und du bist eine meiner angenehmsten Begleiterinnen seit Jahren. Was hältst du von einem da capo?«

»Sicherlich, Joe. Und vielen Dank.« Ich gab ihm einen leichten Kuß auf die Wange, steckte meinen Schlüssel ins Schloß, drehte mich kurz um und sah erleichtert, daß er schon auf dem Rückweg zu seinem Wagen war. Kein Ärger. Kein Disput vor der Haustür. Friede.

Ich weckte die Babysitterin und bot ihr an, ein Taxi kommen zu lassen, doch sie sagte, sie wäre mit ihrem eigenen Wagen hier, somit verschwand sie kurz nach Joe, und Sam und ich waren in dem stillen Haus wieder allein.

Allzu still. Die Babysitterin hatte erwähnt, daß das Telefon den ganzen Abend nicht geläutet hatte. Keine Botschaften. Verdammt.

4

Am Sonnabend morgen war die Sonne vor uns aufgestanden, und Sam und ich gingen zur Marina-Bucht beim Jachtklub, um vor dem Lunch noch ein wenig in der Sonne zu bräunen. Auf dem Sand liegend unterhielten wir uns längere Zeit über die Vorzüge des Cowboylebens, und ich beschrieb ihr die Party. Sie war beeindruckt: eine Ballerina, eine Eiskunstläuferin und ein Mann, der Bubble gum kaute? Großartig! Das mußte vielleicht eine Party gewesen sein! Ich bemerkte belustigt, daß die Zeitung die Veranstaltung mit ungefähr den gleichen Worten schilderte wie Sam.

Zu Mittag aßen wir auf den Steinstufen beim Bootssteg Hot dogs und Kartoffelchips und warfen den Möwen, die darauf warteten, gefüttert zu werden, einige Brocken zu.

»Was machen wir heute, Mami?«

»Nichts Besonderes. Warum?« Ich hatte keine Pläne gemacht und war zudem ein wenig müde, da ich nur zu drei Stunden Schlaf gekommen war, bevor Sam anmarschierte und ihre Cornflakes verlangte. Ich genoß nicht das Vorrecht, Dornröschen zu spielen.

»Sehen wir uns doch Pferde an ...« Mein Gott ... warum nicht gleich ein Fußballspiel? ... Du bist doch ein Mädchen, Sam ...

»Vielleicht können wir zu den Pferden im Golden-Gate-Park gehen.« Aber ich war nicht gerade begeistert.

»Das hört sich gut an.« Die Stimme hinter mir stammte nicht von Sam. Es war eine Männerstimme. Ich drehte mich um, wußte es aber schon. Es war Chris.

»*Hi*, Gill, *hi*, Partner. Seid ihr Mädchen denn nie zu Hause? Ich kam diese Woche schon zweimal vorbei. Nie war jemand daheim.« Ich löste mich auf.

»Wirklich? Warum hast du keine Nachricht hinterlassen?«

»Daran hab' ich nicht gedacht. Jedenfalls nahm ich an, ich würde dich schon früher oder später einmal erwischen.« Ha, aber so wurde es später als früher, verdammt noch mal. Doch was machte es aus? Er war wieder da.

»Nett, dich zu sehen. Wie ist unser Film geworden?«

»Ausgezeichnet. Tramino kann uns dankbar sein.« Uns? Das war ein netter Zug. Er freute sich wirklich über den Film. »Aber laß uns nicht über die Arbeit reden. Ich nehme an, ihr wollt euch die Pferde im Park ansehen. Kann ich mich anschließen?« Willst du mich auf den Arm nehmen? Natürlich kannst du mitkommen! Nachdem ich ihn drei Tage nicht gesehen hatte, hätte er mich, wenn er gewollt hätte, auch zum Zahnarzt begleiten können. Die drei Tage waren mir wie Jahre vorgekommen.

»Kommen Sie mit uns, Mister Crits, bitte?« Sie dehnte das bitte und machte mein Herz weit, und ich nickte selig.

»Warum nicht, Chris?«

»Danke, meine Damen. Ich würde mich sehr freuen. Aber nenne mich bitte nicht Mister Chris, junge Dame. Sonst nenne ich dich Samantha. Wie würde dir das gefallen?«

»Bääähhh.« Sie machte ein Gesicht, das die Antwort veranschaulichte, und Chris und ich lachten.

»Das dachte ich mir. Also nenn mich Chris. Okay?« Sie wollte schon ihrer Begeisterung Luft machen, aber ich schüttelte den Kopf, und Chris zog eine Augenbraue hoch. »Nichts zu machen, Gill? Sei doch nicht so kleinlich. Okay, wie wäre es mit Onkel Chris?« Die Idee schien ihn zu belustigen, und ich fühlte mich besser. Manchmal machte sich die strenge Erziehung, die ich als Kind genossen hatte, im ungeeignetsten Zeitpunkt bemerkbar.

»Das klingt schon besser.« Ich gab meine Zustimmung, und alles war wieder im Lot.

»Okay, Sam, du nennst mich Onkel Chris. In Ordnung?«

»Das gefällt mir besser. Onkel Crits. So ist es richtig.« Sie nickte nachdenklich, dann lächelte sie und bot ihm ihren letzten Kartoffelchip an.

»Danke, Sam. Wie wär's, wenn ich dich Huckepack zu meinem Laster trage?«

»Ja! Ja!« Sie sprang ihm auf den Rücken, faßte ihn um den Hals, und ab ging die Post. Ich trug die Badetücher, war glücklich, und uns stand ein fröhlicher Tag bevor.

Wir schauten kurz zu Hause vorbei, wo Chris ein Thunfischsandwich bekam, Samantha das Klo aufsuchte, ich mich frisierte und ein paar Kleinigkeiten einpackte, wie Sams Teddybär und eine Flasche Wein, die wir im Park trinken wollten. Dann verfrachteten wir uns ins Führerhaus von Chris' Laster, und ab ging's zum Park. Dort fanden wir die Pferdekoppel und ritten auf zwei apathischen Braunen. Sam saß bei Chris auf, der ihr eine teilweise ›gereinigte‹ Fassung von unserem Ritt am Strand und unserer Schwimmtour von einem Strand zum anderen erzählte. Sam fand es wunderbar. Und auch mir machte das Zuhören Spaß.

Dann gingen wir zum japanischen Teepavillon, wo wir merkwürdige kleine Plätzchen aßen und dazu Tee tranken. Danach lagen wir bis fünf Uhr auf dem Rasen im botanischen Garten. Sam spielte mit ihrem Teddybär, Chris und ich tranken den Wein, wir spielten Fangen und Verstecken, und es war ein ganz wunderbarer Tag. Wir hatten eigentlich keine Lust, nach Hause zurückzufahren, aber es wurde schon kühl.

»Was hältst du von einem am heimischen Herd gekochten Abendessen, Mr. Matthews? Was wir so zu Hause haben.«

»Kannst du kochen?« Er schien die Einladung zu überdenken, und mir fiel Joes Warnung ein. Vielleicht hatte er etwas anderes vor.

»Ich kann es so einigermaßen. Aber wenn du heikel bist, kannst du gleich zum Teufel gehen.«

»Besten Dank. Da gehe ich lieber das Risiko ein, bei dir

zu essen.« Er nickte feierlich, und Sam stieß einen begeisterten Jubelschrei aus, der durchaus meinen Gefühlen entsprach.

Wir kauften einige Lebensmittel im Supermarkt, und als wir nach Hause kamen, badete Chris Sam, während ich Spaghetti mit Fleischsoße und eine Riesenschüssel Salat zubereitete.

Chris und Sam kamen einträchtig Hand in Hand aus dem Badezimmer. Sie schien sich über etwas schrecklich zu freuen und in mir keimte der Verdacht, sie hätten das Bad vielleicht nur vorgetäuscht. Was, zum Teufel, machte das schon aus? Es ist noch keiner an ein bißchen Schmutz gestorben.

»Hör mal, Gill ... es gibt ein Problem mit dem Abendessen.« Er flüsterte, und ich fragte mich, was wohl los war.

»Was gibt es?«

»In der Fleischsoße sind Würmer ... aber sag Sam nichts davon.«

»Würmer? Wo?« Ich schrie förmlich. Würmer? Mir war es gleichgültig, ob ich Sam damit erschreckte, allein der Gedanke machte mich schon krank.

Er nickte wieder, langte mit einer Gabel in die Schüssel und zog ein langes, glitschiges Stück Spaghetti heraus. »Schau dir das einmal an. Das ist der größte Wurm, den ich je gesehen habe.«

»Ach, du Esel. Ein Spaghetti!« Als ob er das nicht wüßte.

»Wirklich? Im Ernst?« Das jungenhafte Lächeln breitete sich über sein Gesicht aus, und ich hätte ihn am liebsten mit der Bratpfanne verprügelt.

»Würmer, Quatsch! Jetzt gehen wir alle zu Tisch.«

»Gillian!« Sein Gesicht verzog sich zu einer Miene, die mich sehr an meinen Vater erinnerte und weich werden ließ. Wir setzten uns zu dritt an den Tisch. Während der ganzen Mahlzeit herrschte das Chaos, bis Sam zu Bett ging und das Geschirr gespült war.

Es war ganz anders als an dem Abend, den ich auf dem verrückten Ball der Künstlerischen Leiter mit Joe verlebt hatte. Es war eine glückliche Zeit für uns drei. Ich schlug Joe

Traminos Warnung in den Wind. Chris Matthews war ein patenter Kerl. Er hatte seinen eigenen Lebensstil, machte gerne Scherze und spielte anderen gern einen Streich, er besaß eine bezaubernde Art, mit Kindern umzugehen, so daß es aussah, als wäre er mehr Sams Freund als der meine, aber er war ein guter Kerl, und ich durfte auf glückliche Zeiten hoffen.

»Kann ich euch beide morgen an den Strand mitnehmen?« Er lag auf der Couch, trank Wein und wartete darauf, daß ich in der Küche fertig wurde.

»Sicherlich. Klingt großartig. Stinson?« Unsere Blicke trafen einander einen Augenblick lang, während wir beide an die glücklichen Stunden dachten, die wir dort erlebt hatten.

»Ja, Stinson . . . und vielleicht gibt es eine Tatsache, die du erfahren solltest, Gill. Ich lebe mit einem Mädchen zusammen . . . stört es dich?«

5

Die Enthüllung, daß Chris mit jemandem zusammenlebte, war ein ziemlicher Schock für mich. Schon am ersten Tag hatte ich diese Möglichkeit in Betracht gezogen, aber ich hatte dann den Gedanken beiseite geschoben. Ich wollte es nicht wissen. Ich wollte es nicht wissen. Ich wollte nicht, daß er noch jemand liebte. Er behauptete, sie wäre für ihn nicht so schrecklich wichtig. Ich solle mir deswegen keine Sorgen machen, er würde schon alles deichseln. Er hatte so ungezwungen darüber gesprochen, daß ich wußte, daß er die Wahrheit sagte. Ich vertraute ihm.

Er verbrachte die Nacht bei mir und nahm es mir nicht übel, als ich ihn ersuchte, aus meinem Bett auf die Couch zu übersiedeln, bevor Sam aufwachte. Ich war der Ansicht, daß sie es nicht erfahren sollte. Noch nicht. Es war zu früh dafür.

Um zehn fuhren wir, nach einem kräftigen Frühstück mit französischem Toast und Eiern mit Schinken, zur Stinson Beach. Wir nahmen einen Picknickkorb für den Strand mit. Es war wieder ein strahlend schöner Tag, und als wir diesmal an den Strand kamen, bedauerte ich ein wenig, daß noch andere Leute anwesend waren. Er gehörte nicht uns allein. Sam rannte weg, um mit anderen Kindern unten am Wasser zu spielen, und Chris und ich blieben allein zurück.

»Ändert sich dadurch etwas für dich, Gill?« Ich wußte sofort, worauf er anspielte.

»Wegen deiner Freundin?« Er nickte. »Ja und nein. Es ist schon irgendwie schmerzlich, und ich bin eifersüchtig. Aber ich überlasse es dir. Wenn sie dir nicht so wichtig ist, wird es mich nicht allzusehr stören. Was wirst du wegen ihr unternehmen?« Das war der springende Punkt.

»Ach, sie wird eines Tages wieder verschwinden. Sie ist nur ein Hippiemädchen, das ich vorigen Winter bei mir aufnahm.

Sie hatte kein Geld und sie ist sehr jung; ich dachte, ich könnte ihr etwas unter die Arme greifen.«

»Mehr als das, vermute ich.« Allmählich begann sie mich zu stören. Sie nahm immer mehr Gestalt an, wurde zu einem ernstzunehmenden Mädchen. Sie lebte mit Chris zusammen.

»Hör mal . . . du bist wirklich eifersüchtig. Alles mit der Ruhe, Baby. Sie wird eines Tages gehen. Ich liebe sie übrigens nicht, falls du es unbedingt wissen willst.«

»Hat sie eine hübsche Figur?« . . . Ach verdammt . . .

»Ja, aber die hast du auch, also laß es gut sein. Es gibt nur ein Mädchen, das mir wirklich etwas bedeutet hat, und die gibt es nicht mehr in meinem Leben, also hast du freie Bahn.«

»Wer ist es?« Jetzt wollte ich alles wissen.

»Eine Eurasierin, mit der ich vor langer Zeit zusammengelebt habe. Marilyn Lee. Aber sie lebt jetzt in Honolulu. Weit, sehr weit von hier.«

»Glaubst du, daß sie einmal zurückkommen wird?« Ich hatte schon Wahnvorstellungen.

»Willst du endlich aufhören? Außerdem bin ich in deine Tochter verliebt. Also laß mich zufrieden. Als Schwiegermutter bist du phantastisch. Wie geschaffen für diese Rolle.« Ich pfefferte ihm eine Handvoll Sand an die Brust, und er nagelte mich auf dem Boden fest und küßte mich.

»Was tust du, Mami? Spielt Onkel Crits ein Spiel mit dir? Ich möchte mitspielen.« Sie legte sich auf den Sand und drängte ihren Kopf zwischen uns.

»Das heißt künstliche Atmung, und nur Erwachsene können das spielen. Bau mir ein Pferd aus Sand.« Sam hielt das für eine blendende Idee, und da ihr unser Spiel nicht besonders lustig vorkam, ging sie wieder hinunter zum Strand zu ihren Freunden, während wir ihr lachend nachschauten.

»Du kannst so gut mit Kindern umgehen, Chris. Ich frage mich natürlich, ob du eigene hast.«

»Das ist eine verdammt ungeschickte Frage, Gill. Nein, ich habe keine. Eigene Sprößlinge würden mich auf die Palme treiben.«

»Warum?« Es schien nicht wahrscheinlich. Er war so nett zu Sam.

»Die Verantwortung. Dagegen bin ich allergisch. Komm, wir laufen um die Wette zum Wasser.« Gesagt, getan, und ich schlug ihn um einen halben Zoll, womit ich mir einbrockte, daß er mich in die kalte Brandung tauchte . . . allergisch gegen Verantwortung, wie? Okay. Geschieht mir recht, daß ich neugierig war.

»Hat jemand Lust auf ein chinesisches Abendessen?« Wir rollten über die haarsträubenden Kurven der Straße von der Stinson Beach nach Hause, und alle waren gut gelaunt. Sam hatte den ganzen Nachmittag gespielt, und Chris und ich hatten über die Filmerei gesprochen. Er war von seiner Arbeit besessen, seine Augen leuchteten vor Begeisterung, wenn er darüber sprach. Ich beneidete ihn darum. Der Beruf einer Dekorateurin bietet keinen solchen Anreiz. Man besorgt den Aufputz zu der Arbeit der anderen. Zum Beispiel zu seiner Arbeit. Das Schöpferische blieb ihm vorbehalten.

Die Einladung zu dem chinesischen Abendessen wurde beifällig aufgenommen, und Sam war entzückt von dem bunten Treiben in Chinatown. Viele Häuser sahen aus wie Pagoden, und auf den Straßen reihten sich Läden aneinander, die mit faszinierendem Kram angefüllt waren. Die Luft war vom Duft der Räucherstäbchen erfüllt, und über jeder Eingangstür hingen kleine klingelnde Glöckchen.

»Magst du chinesische Speisen, Gill?«

»Sehr.« Es kam mir komisch vor, daß er es nicht wußte. Ich erwartete von ihm, daß er alles wußte. Als ob wir seit Jahren beisammen wären.

Wir kämpften uns zu dritt durch Huhn Fu-jong, süßsaures

Schweinefleisch, in dünnem Eierteig gebackene Garnelen, sautierte Haifischflossen, gebratenen Reis, Glücksplätzchen und Tee. Am Ende der Mahlzeit hatte ich das Gefühl, ich müsse platzen. Chris sah aus, als ging es ihm ebenso, und Sam schlief sogar am Tisch ein.

»Wir sind vielleicht ein Verein«, stöhnte er. Ich kicherte, als er sich umsah und die Hände hob. »Eigentlich hätte mir das letzte Glücksplätzchen vorher sagen müssen, daß ich am nächsten Morgen als Frühlingsrolle aufwachen würde. So fühle ich mich jedenfalls.«

»Ich auch. Fahren wir heim.« Er zog ein komisches Gesicht, als ich das vorschlug, aber er schwieg, und ich sagte auch nichts. Dann meinte er:

»Ich will dir etwas Hübsches zeigen, bevor wir nach Hause fahren. Sam kann ja im Auto schlafen. Ich werde sie hintragen.«

Wir gingen langsam zum Parkplatz, auf dem Chris den Wagen abgestellt hatte, und es tat mir leid, daß Sam keinen letzten Blick auf die Wunder von Chinatown werfen konnte, aber wir würden ja bestimmt einmal wiederkommen.

»Wohin fahren wir?« Er fuhr über den Broadway nach Westen, wir hatten soeben die Van Ness Avenue überquert und kamen in einen der vornehmeren Wohnbezirke.

»Du wirst schon sehen.«

Wir fuhren den Broadway weiter bis zur Kreuzung mit der Divisadero, dann bog er nach rechts ab und hielt an. Wir standen auf dem Kamm des Hügels mit dem Blick auf die Bucht und die Berge gegenüber, es war herrlich. Ringsum tiefe Stille und der aufregend schöne Ausblick. Die Herrlichkeit San Franciscos gehörte uns.

Dann schaltete er in den ersten Gang, und wir rollten langsam den Hügel hinab zur Bucht, vorbei an Reihen vornehm aussehender, gepflegter Häuser in Pacific Heights, bis wir die elegante, überladene Lombard Street erreichten, und es tat mir leid, daß es vorbei war.

Wir kamen in den Marina-Bezirk, und ich wußte, daß es zu uns nach Hause ging.

»Mach kein so trauriges Gesicht. Es ist noch nicht vorbei.«

»Wirklich nicht?« Ich freute mich.

Er fuhr an den Docks entlang und parkte dann in der Nähe des Jachtklubs.

»Wir wollen hier aussteigen. Sam schläft tief. Wir können uns für eine Weile dorthin setzen.« Wir gingen in die kühle Nachtluft hinaus und blickten über die Bucht. Das Wasser plätscherte an den schmalen Strand, es war ein angenehm beruhigendes Geräusch. Es war der friedlichste Augenblick des Tages, und er war bezaubernd schön. Wir setzten uns auf die niedrige Kaimauer, ließen die Füße baumeln und blickten aufs Meer, Worte waren überflüssig. Alles löste sich in Wohlgefallen auf. Ich fühlte mich nicht mehr einsam.

»Gill . . .« Er zögerte, während er auf die Bucht blickte.

»Ja?«

»Ich glaube, ich liebe dich. Es klingt verdammt komisch, wenn man es ausspricht, aber ich glaube, es ist wirklich so.«

»Ich glaube, ich liebe dich auch. Und mach dir nichts daraus, wenn es dir komisch vorkommt, für mich hört es sich wunderschön an.«

»Vielleicht wirst du es einmal bedauern, daß du mich liebst.« Dabei sah er mich ernsthaft an.

»Das bezweifle ich. Ich weiß, was ich tue. Ich weiß auch, wie du bist. Ich liebe dich, Chris.« Er beugte sich zärtlich zu mir, nahm mich in die Arme und küßte mich, dann lächelten wir uns im Dunkel zu. Die Welt war in Ordnung.

Wir fuhren schweigend die wenigen Blocks bis zu meinem Haus, er hob Sam vorsichtig aus dem Wagen, trug sie ins Haus und legte sie auf ihr Bett. Dann schaute er mich lange an und verließ das Zimmer.

»Was hast du denn, Chris?« Wir standen im Wohnzimmer, und er hatte etwas auf dem Herzen.

»Ich fahre heute abend zu mir nach Hause. Versuche nie,

mir deshalb Schuldgefühle anzuzüchten. Verstehst du? Nie, Gill, niemals ... außerdem würde es dir sowieso nicht gelingen.« Ich wollte ihm antworten, doch er war schon weg. In seinen Augen hatte ein seltsames Feuer geglimmt, als er das sagte ... und dann war er fort.

6

Montag war ich schrecklich unter Druck. Ich bekam einen Superjob von einer Werbeagentur, die mich bisher noch nie beschäftigt hatte, und ich verbrachte den ganzen Tag damit, Accessoires für die Dreharbeiten zu einer Textilwerbung am nächsten Tag zu besorgen. Es war eine interessante Arbeit, ich sauste von einer Boutique in die nächste, von einem Warenhaus ins nächste und suchte Schmuck, Schuhe in den richtigen Größen, Handtaschen, Hüte und alles mögliche Zeug. Was eine Dekorateurin wirklich braucht, ist Geschmack, Phantasie und kräftige Beine. Man muß sehr viel herumlaufen.

Der Künstlerische Leiter der Agentur lud mich zum Lunch bei Ernie ein, und es machte Spaß, die eleganten Leute aus und ein gehen zu sehen. Er war etwa fünfundvierzig, vor kurzem geschieden, und ich erlebte bei ihm den schlimmsten Fall von Geilheit, den ich je gesehen hatte. Er versuchte dauernd, mich nach dem Lunch zu Kaffee und Cognac in seine Wohnung auf dem Telegraph Hill einzuladen, von der man eine phantastische Aussicht hatte ... Hör mal, mein Lieber, du machst wohl Spaß? Ich hatte schließlich zu arbeiten. Und außerdem hatte ich Chris.

Mein letzter Einkauf an diesem Tag führte mich in I. Magnins Pelzgeschäft, und es machte mir Spaß, Zobelcapes, Hermelinstolen, Nerz-dies und Leoparden-das auszuwählen. Sie würden gut zu den Textilien passen, und es war ein herrliches, luxuriöses Gefühl, Pelze praktisch en gros auszusuchen.

Sam war für den Nachmittag wieder bei den Nachbarn untergebracht worden und sichtlich über mich verärgert, als ich gut gelaunt in einem neuen, schwarzen Wollkleid hereinrauschte, das ich bei Magnin erstanden hatte, kurz bevor ich das Geschäft verließ. Ich fühlte mich elegant und erfolgreich wie die Leute, die ich bei Ernie gesehen hatte.

»Ist das ein neues Kleid, Mami?«

»Ja, gefällt es dir?«

»Nein. Es ist schwarz.« Schade, Sam, mir gefällt es. Natürlich wußte ich, daß sie beleidigt war, weil ich den ganzen Tag gearbeitet und sie nicht zum Strand mitgenommen hatte. Aber es war ein großer Auftrag. Vierhundert Dollar für zwei Tage.

»Also komm, Sam. Ich koche das Abendessen, und du kannst mir erzählen, wie du den Tag verbracht hast.«

»Der war miberatzel.«

»Miserabel? So schlimm?« Doch plötzlich rannte sie wie aus der Pistole geschossen zu unserem Haus. Dann sah ich, warum. Chris stand davor, fein ausstaffiert, das struppige blonde Haar tadellos frisiert, in einem frischen Paar Jeans, den Arm voller Blumen.

»Nicht zu glauben! Wie hübsch.«

»Bist du auch, Gill. Hör zu ... Gestern abend war ich eklig zu dir, das tut mir leid. Wirklich, wirklich leid. Heute machen wir uns einen netten Abend, und ...«

»Nur die Ruhe. Ich hatte gestern einen netten Abend und am Vortag auch. Es ist alles in Ordnung, Chris. Ich verstehe. Es ist okay.«

»Wovon sprichst du? Ich verstehe nicht.« Ich hatte vergessen, daß Sam bei uns stand, und sie sah verwirrt aus.

»Nichts, Sam. Wasch dir die Hände. Ich koche inzwischen das Abendessen.«

»Nein, Gill, das wirst du nicht. Ich führe dich aus. Besorge dir einen Babysitter.«

»Jetzt gleich?«

»Ja. Ich werde inzwischen mit Sam die Friedenspfeife rauchen.« Er zeigte auf das Telefon, dann verließ er das Zimmer, um mit Sam zu sprechen.

Er hatte sein Ziel erreicht ... Blumen und alles. Und er

hatte recht, er war eklig gewesen. Aber nicht sehr. Er hatte mir nur erzählt, daß er mit jemandem zusammenlebte, was an sich anständig war, und er war zum Schlafen nach Hause gefahren, was mich ein wenig schmerzte, aber irgendwann mußte er ja nach Hause fahren. Das Komische war, daß ich wirklich Verständnis dafür hatte und wußte, daß er mich nicht verletzen wollte.

Ich rief den Babysitter an, und sie war einverstanden, in einer halben Stunde zu kommen. Aber ich mußte noch mit Sam einig werden. Es war nicht so sicher, daß Chris sie rumkriegen konnte. Mich vielleicht, aber nicht sie. Ich stellte seine Blumen in eine Vase und wartete darauf, daß sie erschienen. Es dauerte nicht lang.

»Onkel Crits sagt, ihr geht aus. Ich finde, es ist in Ordnung. Er hat mir erzählt, daß du den ganzen Tag gearbeitet hast und so weiter. Du darfst also ausgehen, Mami.«

»Danke, Sam.« Ich war gar nicht so sicher, daß ich mich freute, von einem neunzig Zentimeter großen Kind die Erlaubnis zum Ausgehen zu erhalten, aber es war besser, daß sie nichts dagegen hatte, was immer er ihr eingeredet haben mochte. Dann übernahm Chris die Leitung, und ich merkte wieder, wie angenehm es war, einen Mann im Haus zu haben.

»Du ziehst dich jetzt an. Such etwas Schönes aus, das sexy ist, denn ich will mit dir angeben. Und trag dein Haar offen. Übrigens, Mrs. Forrester«, er senkte die Stimme und flüsterte mir ins Ohr, als ich vorbeiging, »ich bin so verdammt verliebt in dich, daß ich kaum klar denken kann. Du treibst mich noch in den Wahnsinn.«

»Das freut mich.« Ich drückte ihm einen Kuß auf den Mund und entschwebte förmlich in mein Zimmer, wo ich mich zu der Tonkulisse von Chris' Gewieher und Sams Darstellung eines aufregenden Cowboys anzog. Es war nett, die beiden zu hören, und ich fühlte mich fabelhaft.

»Wohin gehen wir?«

»Zum Dinner in die Clay Street. Die Konkurrenz gibt eine Party. Aber vorher möchte ich dir etwas sagen.« Was jetzt? Er bremste und fuhr an den Randstein, dann wandte er sich mir mit einem merkwürdigen Blick zu, nahm mich in die Arme und küßte mich so heftig, daß es weh tat. »Du siehst phantastisch aus. Ich sagte, zieh dich sexy an, aber ich sagte doch um Himmels willen nichts davon, daß mir das Wasser im Mund zusammenlaufen soll.«

»Du Schmeichler.« Aber ich freute mich. Ich trug ein indisches Hemd in Grün und Gold à la Hippie, eine enge, schwarze Samthose und dazu schwarze Wildlederschuhe. Mein Haar hing auf meine Schultern herab, seinem Wunsch gemäß, und ich trug unter dem Hemd nichts. Anscheinend wirkte es. Chris sah eindeutig lüstern aus, als wir weiterfuhren.

Die Party wurde von einem Filmemacher aus San Francisco gegeben, der vor kurzem mit einem Film über Drogen großen Erfolg erzielt hatte und der diesen Erfolg in seinem nagelneuen Haus feiern wollte. Als wir eintrafen, wanderten mindestens zweihundert Leute in dem leeren Haus zum Gesang einer melancholischen Bluessängerin umher, der anscheinend aus allen Zimmern des Hauses ertönte. Das schien das erste und einzige Einrichtungsstück zu sein, das die neuen Mieter bisher investiert hatten: das Stereo. Es gab keine Möbel, keine Bilder an den Wänden. Die einzige Ausstattung waren die Leute, und die waren außerordentlich dekorativ, alle jung, gut aussehend, ganz in der Art von Chris. Es gab Mädchen in Hippiehemden und hautengen Jeans mit elektrisiert aussehendem Haar und Bambi-Augen und langhaarige Burschen in der gleichen Aufmachung. Fast alle waren high, und der Geruch von Marihuana schwebte in der Luft.

Das Haus selbst war ein großer, umgebauter viktorianischer Bau mit einer riesigen, geschwungenen Treppe, die zu einem kilometerweit entfernten Oberlicht emporzuschweben schien. Überall am Treppengeländer waren Gäste in ernste Gespräche vertieft oder knutschten wie wild. Es sah genauso aus wie die Parties, die angeblich für San Francisco typisch waren, die ich aber nie erlebt hatte.

»Ist es dir zu freizügig, Gill?« Ich fühlte mich in dieser Atmosphäre ein bißchen fehl am Platz, und ich fragte mich, ob ich auch so wirkte.

»Nein, ich finde es nett. Es gefällt mir.«

»Und du gefällst mir. Komm, ich führe dich herum, damit du ein paar Leute kennenlernst.« Er nahm mich bei der Hand, und wir schlenderten durch die Menschenmenge, gelegentlich zogen wir an einer Hasch- oder an einer Marihuanazigarette, blieben einen Augenblick stehen, um unsere Gläser an einem der Rotweinkrüge nachzufüllen, die auf dem Boden herumstanden. Ich zählte mindestens fünfzig davon an den Schlüsselstellungen.

Es schien eine besonders leise Party zu sein. Viel ruhiger als der Empfang der Künstlerischen Leiter am Freitag. Ich erwartete, daß jeden Augenblick irgendwelche aufregende Dinge passieren würden; die Leute sahen aus, als ob sie sich demnächst ausziehen und in orgiastischer Fröhlichkeit auf dem Boden winden würden. Die Menge schien im Gegenteil immer dünner zu werden. Wir hatten dem Treiben fast zwei Stunden zugesehen, und ich blickte Chris fragend an.

»Es sieht so aus, als müßte noch ein Höhepunkt kommen. Oder irre ich mich?« Er sah bei meiner Frage amüsiert drein und schien zu zögern.

»Was zum Beispiel?«

»Ich habe keine Ahnung.« Ich fühlte mich provinzlerisch, weil ich gefragt hatte. Vielleicht war das alles.

»Du hast gar nicht so unrecht, meine kleine Gillian, aber ich dachte, wir bleiben bei der Gesellschaft hier unten.« Wir befanden uns noch immer im Erdgeschoß. Wenn man das in San Francisco so nennen kann. In diesem Fall war das Erdgeschoß über zwei schwindelerregende Treppen einen

Hügel hinauf zu erreichen, und wir hatten uns dem Haus von der Straße aus genähert.

»Spielt sich denn im Oberstock etwas anderes ab?« Ich war neugierig.

»Möglich.« Chris sah mich merkwürdig an. Vielleicht wich er mir aus, oder es konnte auch die Folge des Marihuanas und des Haschisch sein.

»Ich will es sehen, Chris, zeige es mir.«

»Wir werden sehen.« Er stellte mich noch einigen Leuten vor, knutschte eine Zeitlang mit mir in einer Ecke herum, dann setzten wir uns auf den Boden und plauderten. Aber ich bemerkte nach einer Weile, daß die Leute vom Erdgeschoß ins obere Stockwerk wanderten und scheinbar nie mehr zurückkamen. Die Party zog um, und wir blieben zurück wie Kiesel am Strand, wenn die Flut zurückgeht. Kaum noch ein Dutzend Menschen saßen auf dem Boden.

»Ist die Party vorbei, oder hat sich der Schwerpunkt der Veranstaltung anderswohin verlegt?«

»Du bist ausgesprochen lästig, Gillian Forrester, aber du hast gefragt, also . . . dann eben los . . . steh auf. Wir gehen nach oben.« Es klang wie eine wichtige Entscheidung. »Ich bin nicht sicher, ob es dir dort gefallen wird.«

»Vor welchen drohenden Gefahren willst du mich bewahren, Mr. Matthews? Oder sollte ich abwarten und Tee trinken?« Wir bahnten uns einen Weg durch die noch vorhandenen Körper auf der Treppe; sie waren entweder high oder betrunken, schienen jedoch kaum mehr als einen Funken Leben in sich zu haben. Die Bluesmusik aus dem Stereo war von hartem Rock abgelöst worden, und die Klänge verursachten ein seltsames Rucken und Zucken in den Gliedern, und das im ganzen Haus.

Oben im ersten Stockwerk drehte sich Chris um und blickte mich lange an, bevor er mir die Hand um die Brust legte und mich heiß küßte. Das Hemd, das ich trug, war so dünn, daß ich mich bei seiner Berührung nackt fühlte und plötzlich den Wunsch verspürte, nach Hause zu laufen und mit ihm zu schlafen.

»Es gibt hier zwei Möglichkeiten, Gill ... da drinnen befindet sich eine Gruppe von Leuten, die LSD fixen. Da gibt es nicht viel zu sehen, und ich empfehle es dir nicht; im oberen Geschoß machen sie etwas anderes.«

»Was denn? Heroin?« Ich riß die Augen weit auf und fühlte mich nicht mehr glücklich. Mir gefiel diese Vorstellung ganz und gar nicht.

»Nein, mein dummes Kleines. Nicht Heroin. Etwas anderes. Komm, ich weiß wenigstens, daß du damit fertig werden kannst.« Er grinste hinterhältig, während er meine Hand unter seinen Arm schob und mit mir im Schlepptau nach oben lief. Dann standen wir unmittelbar unter dem Oberlicht, das zusammen mit zwei riesigen Kerzen für die einzige Beleuchtung im Raum sorgte. Ich brauchte eine Weile, bis meine Augen sich angepaßt hatten. Ich wußte, daß sich dort eine Menge Menschen befanden, konnte aber nicht sagen, wie viele es waren, was sie taten oder in was für einem Raum wir uns befanden. Es fiel mir nur auf, daß es verhältnismäßig wenig Geräusche gab. Dann sah ich, was los war.

Der Raum nahm die gesamte Breite und Länge des Hauses ein, es war eine Art Dachboden mit wenigen Fenstern, der wie der Rest des Hauses unmöbliert war. Aber es gab darin mehr Betrieb. Wesentlich mehr. Rings um uns lagen die meisten der zweihundert Körper, die wir unten gesehen hatten, ohne Jeans und Hemden, die Körper in seltsamen Stellungen verrenkt, in Gruppen zu viert und fünft und sechst ineinander verschlungen, und alle trieben es miteinander. Es war eine Orgie.

»Gill ... ist alles okay?« Er beobachtete mich im Kerzenlicht.

»Ich ... äh ... ja ... sicherlich, Chris ... aber ...«

»Aber was, Liebste? Wir müssen uns ja nicht daran beteiligen.« Eine Szene hinter ihm war mir eben aufgefallen. Zwei

Mädchen trieben es miteinander, während zwei Männer hingebungsvoll ihre Körper liebkosten und ein weiteres Mädchen seine Zunge zwischen den Schenkeln eines der Voyeure betätigte.

»Ich ... äh ... Chris ... ich glaube, das will ich nicht.« Ich wußte genau, daß ich das nicht wollte, war aber noch immer zu verblüfft, um zusammenhängend sprechen zu können. Ich war achtundzwanzig und hatte seit Jahren von solchen Spielchen gehört. Aber es war etwas anderes, wenn ich sie sah ... und ich wollte nicht mitmachen.

Chris nahm mich bei der Hand und führte mich langsam die Treppe nach unten, lächelte mir über die Schulter zu und blieb unterwegs stehen, um mich zu küssen. Der Kuß war sanft und sein Lächeln liebevoll. Es schien ihm nicht leidzutun, daß wir gegangen waren.

»Ich werde dich nach Hause bringen.« ... Und allein hierher zurückkommen? ... Mein Herzschlag setzte aus, und er mußte es von meinem Gesicht abgelesen haben. »Nicht so, mein dummes Kind. Keine Sorge. Ich kann ohne dieses Zeug auskommen. Gruppensex ist langweilig.« Ich hätte gern gewußt, wie oft er es versucht hatte, bis es ihm langweilig geworden war, aber ich sagte nichts. Ich war dankbar für seine Reaktion. Und ich war froh, daß wir nach Hause gingen. Ich hatte genug gesehen. Meine Erziehung war abgeschlossen, auch wenn ich nicht mit einem ganzen Verein intim geworden war. Ich hatte es gesehen. *Basta cosi.*

»Danke, Chris. Bin ich entsetzlich rückständig?«

»Nein. Eigentlich sehr normal.« Er grinste fröhlich mein durchsichtiges Hemd an, beugte sich vor, küßte eine Brust und führte mich ins Freie. Die Party war aus.

Die Rückfahrt zu meinem Haus war kurz und schweigsam, und ich fühlte mich ihm noch näher als zuvor. Er stellte den Laster vor dem Haus ab und half mir beim Aussteigen, ich fragte mich, ob er bleiben würde.

Ich bezahlte die Babysitterin, und sie verabschiedete sich.

Vorher sagte sie mir noch, daß niemand angerufen hatte, worüber ich lächeln mußte. Ich war mit dem einzigen Mann zusammen, dessen Anruf mich interessiert hätte.

»Ein Glas Wein, Chris?« Er schüttelte den Kopf und blickte mich lange an.

»Bist du böse, daß wir fortgegangen sind?«

»Nein. Deine Einstellung gefällt mir. Komm, Gill, es ist spät. Gehen wir schlafen. Ich habe morgen viel zu tun.«

»Ich auch.« Es war ein angenehm gemütliches Gefühl, als wir die Lampen im Wohnzimmer ausknipsten und leise an Sams Zimmer vorbei zu dem meinen schlichen. Ich freute mich, daß er blieb, und fand es komisch, daß wir so leicht in diese Art von Beziehung geraten waren – »gehen wir schlafen, es ist spät, ich habe morgen viel zu tun.« Ich erwartete, daß er seine Jeans ausziehen, sich träge auf den Bettrand setzen, dabei den Wecker stellen, und mir dann einen Gutenachtkuß geben würde, bevor er einschlief. Es machte mir nicht einmal etwas aus, daß wir keine Nummer abzogen, es war auch so schön.

Ich lächelte, während ich mein Haar bürstete, und Chris sah überrascht aus.

»Was machst du, Gill?«

»Was glaubst du denn? Ich bürste mein Haar, Dummkopf.«

»Zum Teufel damit. Ich schere mich keinen Pfifferling um Gruppensex, aber ich habe mir meine Orgie mitgebracht . . . Komm her, laß mich das besorgen.« Er stand auf und kam mir auf halbem Weg mit ausgestreckten Händen entgegen, um mich auszuziehen. Ich knöpfte sein Hemd auf, während er mit dem meinen das gleiche tat, wir standen Brust an Brust, seine und meine glatte Haut berührten einander und verschmolzen, während meine Hose zugleich mit der seinen zu Boden sank und sein ganzer Körper in mich einzudringen schien.

7

»Hallo ... Chris ... draußen wird es hell. Du hast überhaupt nicht geschlafen.« Ich fühlte mich ein wenig schuldbewußt, aber nicht allzu sehr.

»Ich beklage mich ja nicht. Du etwa? Ich muß bald an die Arbeit gehen. Wir fangen um sechs Uhr an.« Es war schon fünf. »Ziehen wir uns an und gehen wir hinaus. Ich will die Sonne aufgehen sehen.«

»Ich auch.« Doch in meinem Herzen war sie bereits aufgegangen. Wir schlüpften wieder in unsere Kleider, die noch kunterbunt auf dem Boden lagen, und setzten uns draußen auf den kleinen Rasenfleck vor dem Haus. Es war kühl, und das Gras war feucht, aber es war angenehm, dort zu sitzen und zuzusehen, wie die Sonne über der East Bay aufging.

»Heute gibt es keinen Nebel. Gut für die Dreharbeiten. Willst du mitkommen und zuschauen?«

»Gerne, aber es geht nicht. Ich muß Sam zur Schule bringen und habe um zehn Aufnahmen. Textilwerbung. Zuerst nehmen sie nur die Materialien irgendwo draußen auf, und dann kommen um zehn die Modelle dran. In der Oper. Kann interessant werden.«

»Natürlich ... wer meinst du, ist an der Kamera?« Er faßte belustigt nach meinem Haar und zog es nach hinten, um mich zu küssen.

»Hör mal ... du bist auch dabei?«

»Wer, meinst du, hat dich empfohlen?« Er bemühte sich, wichtigtuerisch zu wirken.

»Quatsch, du nicht. Sie sagten mir, daß Joe Tramino ihnen meinen Namen genannt hat, du Angeber.«

»Also gut ... aber ich sagte ihnen, daß du eine erstklassige Dekorateurin bist.«

»Nachdem ich den Job hatte.«

»Nachdem du den Job hattest. Mann, sind manche Frauen von sich eingenommen.«

»Ganz zu schweigen von manchen Männern . . . Ich freue mich, daß wir zusammen arbeiten. Meinst du, wir können auf einem Pferd durch den Orchestergraben und die Van Ness hinunter reiten?«

»Wir können es ja versuchen . . . Baby, wir können es immer versuchen.« Er wälzte seinen Körper näher zu meinem, und wir lagen eine Weile lächelnd in der frühen Morgensonne. »Jetzt muß ich aber gehen, Gill. Wir sehen einander bei den Aufnahmen.«

»Das ist der ungewöhnlichste Abschied am Morgen, den die Nachbarn je erlebt haben, Chris Matthews. Aber mir gefällt er.«

»Gut, weil es nicht der letzte ist. Und die Leute hier in der Gegend können nichts dagegen unternehmen, auch wenn er ihnen nicht paßt.«

»Sie könnten mich vertreiben.« Ich war ausgelassen und begleitete ihn zum Lastwagen.

»Darüber werden wir uns später einmal unterhalten . . . aber nicht gerade jetzt.« Er schlug die Wagentür zu, legte den Gang ein, ich hätte gern gewußt, was er mit seinen letzten Worten gemeint hatte. Was immer es war, es würde Spaß machen, mit ihm zu arbeiten, und es war nett zu wissen, daß der Leiter der Filmcrew das gleiche Handicap zu tragen hatte wie ich. Ich wußte genau, was er in der letzten Nacht getrieben hatte. Keiner von uns hatte eine Minute geschlafen. Zum Teufel mit der Orgie in der Clay Street. Chris und ich hatten unsere eigene gehabt.

Ich kam Punkt zehn zur Oper und trat zurück, um einen Augenblick die Pracht zu betrachten, bevor ich eintrat, dann lächelte ich. Sie paßte bestimmt nicht zu Chris.

Ich ging zum Bühneneingang, dort teilte man mir mit, wohin ich mich wenden sollte, und ich landete irgendwo hinter der Bühne, wo ich die Kleider und Requisiten inspizierte, die ich am Vortag ausgesucht hatte, und mit den Leuten von der Agentur konferierte, die mit meinen Fundstücken offensichtlich zufrieden waren. Es würden angenehme Dreharbeiten werden.

Sie hatten für den Tag sieben Spitzenmodelle aus San Francisco engagiert und drei aus Los Angeles importiert. Es waren durchweg schöne Mädchen, und die Kleider, die sie in dem Werbefilm tragen sollten, waren großartig. Von den Abendkleidern bis zur Strandausrüstung war alles aus einer neuen Kunstfaser, für die wir Reklame machen sollten.

Ich teilte jedem Mädchen die passenden Kleider und Accessoires zu, dann machte ich mich auf die Suche nach Chris. Es dauerte nicht lange. Er und seine Leute lagerten in dem Sektor der Streicher im Orchestergraben, kauten Tacos und Salami-Sandwiches und tranken Kirsch-Soda dazu.

»Frühstück oder Lunch? Hallo, Jungs.«

»Keines von beiden. Irgend etwas dazwischen. Komm herunter und iß auch einen Happen.« Chris sah einen Augenblick verrucht drein. Ich fragte mich, wie wenig oder wieviel seine Crew von uns wußte. Wahrscheinlich eher weniger als mehr. Und ich war froh ... ich wollte nicht, daß mir Joe Tramino sein Beileid aussprach. Nicht, bevor wir einander sicher waren.

Ich sprang in den Graben und landete neben Chris, dann setzte ich mich, aß eine Kleinigkeit und trank einen Schluck.

»Wißt ihr was, Jungs? Das Zeug schmeckt schauderhaft. Brrrr.«

»Wißt ihr was? Sie hat recht.« Alle stimmten erfreut zu, und wir aßen fröhlich weiter, bis man uns ausrichtete, daß die Modelle und die Dekoration fertig waren. Wir hatten die Erlaubnis, einige Versatzstücke der Opernbühne zu verwenden, und es machte Spaß, sie einmal von der anderen Seite zu sehen. Während ich in den Kulissen stand, jedes Mädchen inspizierte, bevor es hinausging, und darauf achtete, daß alles stimmte, wenn die Mädchen ein zweites oder drittes Mal in demselben Kleid drankamen, blickte ich zu den Logen und zur ersten Parkettreihe und fragte mich, wie es wäre, vor diesem Publikum zu singen . . . oder wieder an den versnobten, hoch feudalen Abenden im Publikum zu sitzen, wenn alles in Frack und Abendroben glänzte. Diese Zeiten lagen so weit hinter mir, daß es mir komisch vorkam, wenn ich daran dachte.

»Worüber grübelst du, Gill?«

»Nichts Besonderes. Was machst du hier hinten?«

»Wir sind fertig.«

»Schon? Es ist doch erst . . .« Ich sah auf die Uhr und schnappte nach Luft. Es war ein Viertel nach vier.

»Richtig. Wir haben sechs Stunden durchgearbeitet. Holen wir Sam ab und fahren wir ein bißchen an den Strand in Marina.«

»Ja, Boß.« Ich grüßte militärisch, und wir marschierten Hand in Hand ab.

Der Arbeitstag war wie im Flug vergangen. Diesmal hatte es keine verrückten Streiche gegeben, nur harte Arbeit. Und verstohlene Küsse im Orchestergraben.

Wir holten Sam ab und spazierten hinüber zum Strand, wo sie den Seemöven nachjagte und wir uns mit Wortspielen im Sand unterhielten, bis die Sonne unterging.

»Sam, es ist Zeit heimzugehen!« Sie trieb sich weit unten am Strand herum und dachte nicht daran zu folgen. Aber Chris schaltete sich schnell ein. »Komm, Partner, ich lasse dich reiten.«

»Okay, Onkel Crits.« Sie galoppierte über den Strand zu uns, hüpfte auf Chris' Rücken, und ich sah zu, wie sie nach Hause hoppelten. Mein Kind und der Mann, die ich liebte . . . Samantha Forrester und ihr »Pferd«. Mein Mann.

»Was machst du heute, Gill? Wieder einen Job bekommen?« Er war seit einer Woche jede Nacht bei uns geblieben, und das

Frühstück zu dritt war zu einer Institution geworden. Es sah aus wie normale Eheroutine, aber für mich war es jeden Tag wie Weihnachten ...

»Nein. Was wäre, wenn wir nach Stinson fahren, Chris? Wir könnten Sam nach der Schule abholen.«

»Ich kann nicht. Ich habe heute um drei einen Job. Wieder eine Zigarettenreklame.«

»Das ist fein, ich werde hier arbeiten. Kommst du zum Abendessen nach Hause?« Es war das erste Mal, daß ich ihn das fragte, und ich hielt vor Spannung den Atem an.

»Es ist möglich, daß es nicht geht. Aber wir werden sehen.«

Er ließ sich zwei Tage nicht blicken, und als er am Donnerstag wiederauftauchte, war er so, als wäre er nie weggewesen. Er sah genauso aus, sprach genauso, hatte aber einen kleinen Stachel in meinem Herzen hinterlassen. Ganz zu schweigen von Sam. Ich hatte mir schließlich vorgenommen, wenn er bis zum Wochenende nicht erscheinen sollte, würde ich ihren Lieblingstrick anwenden, sie an einen Stuhl fesseln und knebeln. Ich konnte nämlich ihre Fragerei nicht länger ertragen.

Ich wollte ihn schon fragen, wo er gewesen war, wagte es aber nicht. Ich machte Hamburger mit *pommes frites*, und nach dem Essen gingen wir alle zu Swensen auf der Hyde Street. Dort gab es die beste Eiscreme in der Stadt.

»Möchtest du mit der Drahtseil-Straßenbahn fahren, Sam?« Sie aß Erdbeereis, und wir tranken Gin on the rocks. Wir hatten die richtige Wahl getroffen.

»Eine Fahrt mit der Drahtseil-Straßenbahn? Prima!« Und das war es auch. Wir stiegen ein, als sie vorbeikam, und fuhren hinunter zum Fisherman's Wharf, wo ihr Chris eine bemalte Schildkröte kaufte. Wie kann man einem solchen Mann lange böse sein? Er tanzte um uns herum wie ein verspielter Hund, küßte mich, bis ich mich fast wieder geborgen fühlte, und bezauberte Sam noch mehr. Als wir nach Hause kamen, waren wir wieder ein festgefügtes Trio, und alles war in Ordnung. Beinahe.

»Wie wär's, wenn wir morgen nach Bolinas fahren, Gill?« Wir lagen im Bett, und das Licht war ausgemacht.

»Warten wir ab, wie das Wetter wird.« Ich war mir nicht sicher.

»Sei doch keine Spielverderberin, Miss Gillian. Ich meinte, über das Wochenende. Ich habe jemanden dazu überredet, mir bis Montag seinen Schuppen zu leihen.«

»Wirklich?« Ich freute mich. »Das wäre fein.«

»Das dachte ich mir auch. Und jetzt hör auf zu schmollen, ich bin wieder hier und ich liebe dich.« Er küßte mich auf den Hals, legte die Hand sanft auf meine Lippen, damit ich nichts erwidern konnte, und wir verzichteten wieder eine Nacht lang auf den Schlaf. Aber wir gewannen dafür einander zurück.

Das Wochenende in Bolinas war zauberhaft. Der Schuppen, den ihm jemand geliehen hatte, war etwas wesentlich Besseres. Es war ein Häuschen, das tief im Wald lag, und es hatte zwei Schlafzimmer. Wir gingen jeden Tag an den Strand, aßen an einem Abend im Watson House und verbrachten die übrigen Abende gemütlich zu Hause. In den wenigen Tagen, die wir dort verbrachten, herrschte eine wundervolle Atmosphäre des Friedens. Nach New York wirkte San Francisco ruhig, aber der Aufenthalt in Bolinas ließ sogar San Francisco allzu laut und betriebsam erscheinen. Diese Tage hatten eine goldene Stille in sich. Am Montag tat es mir leid, wegzufahren.

In der Woche nach dem Wochenende in Bolinas gab es viel zu tun. Ich bekam wieder einen Job von Carson, aber diesmal war Chris nicht mit von der Partie; er hatte anderes zu tun. Er kam jedoch zum Abendessen zu uns und blieb meist über

Nacht. Am Wochenende verschwand er wieder, erschien jedoch am Sonntagabend und verließ uns dann die ganze Woche nicht. Die Art, wie er kam und ging, war zwar ein wenig eigenartig, aber ich gewöhnte mich daran.

Wir waren unglaublich glücklich miteinander, und ich kam so weit, daß mir nicht einmal sein Verschwinden etwas ausmachte – es ließ mir Zeit für mich selbst.

Die Wochen verflogen, und Ende Mai wurde mir klar, daß wir zwei Monate miteinander verbracht hatten, obwohl es mir eher wie zwei Jahre vorkam. Ich war für Chris Matthews zu einer Kombination aus Ehefrau, Mutter, Freundin und Kumpel geworden und konnte mir nicht mehr vorstellen, daß es eine Zeit ohne ihn gegeben hatte. Er war mein bester Freund und der Mann, den ich liebte. Es machte immer Spaß, mit ihm zusammen zu sein. Er hatte auch einen gewissen Egoismus an sich – er tat nie etwas, das er nicht tun wollte, er ließ sich zu nichts zwingen – aber ich versuchte es auch gar nicht. Ich verstand seine Art und akzeptierte sie. Ich fühlte mich in vieler Hinsicht älter als er, aber ich hatte ein anderes Leben geführt. Außerdem hatte ich Sam, die dazu beitrug, daß ich mich erwachsen fühlte. Er hatte nie so eine Bindung gehabt. Er mußte nur an Chris Matthews denken, und wenn er dazu Lust hatte, auch an mich.

An einem Donnerstagmorgen lagen wir unter einem Baum im Park und hatten nichts vor, als die Welt zu genießen und einander zu lieben. Mir fiel ein, daß an diesem Wochenende, dem 30. Mai, der Heldengedenktag gefeiert wurde. Es änderte zwar für uns nichts – fast jedes Wochenende war für uns lang, außer einer von uns hatte am Montag einen Job, was sich immer kurzfristig ergeben konnte.

»Was machst du an diesem Wochenende, Chris? Es ist ein Feiertag.«

»Ja, das stimmt. Ich verlasse die Stadt.«

»Sehr komisch. Aber ich habe verstanden. Es war nur eine Frage.« Ich riß einen Grashalm aus und kitzelte damit seine Wange; ich hätte gern gewußt, wann er das Mädchen loswerden würde, mit dem er zusammenlebte. Es war noch nicht soweit.

»Das war kein Scherz, Gill. Ich übersiedle. Hinaus nach Bolinas über den Sommer. Willst du mitkommen?«

»Machst du Spaß oder ist das ernst gemeint?« Ich hörte zum ersten Mal davon, abgesehen von einer vagen Bemerkung vor zwei Monaten, daß er für gewöhnlich den Sommer in Bolinas verbrachte. Aber bei Chris war sehr wenig »gewöhnlich« und er schien niemals etwas zu planen.

»Es ist mein voller Ernst. Ich hatte vor, morgen oder Sonnabend zu übersiedeln. Ich wollte es dir schon früher sagen. Warum kommst du nicht mit Sam hinaus, und ihr bleibt dort?«

»Und danach? Sie hängt schon an dir, Chris, und wenn sie sich daran gewöhnt, daß du die ganze Zeit da bist, wird es ihr wirklich weh tun, wenn wir wieder hierher zurückkommen. Sie hat das schon einmal mit ihrem Vater erlebt . . . ich weiß nicht . . .«

»Sei doch nicht so muffig. Sie wird bei uns glücklich sein, und du hast doch erwähnt, daß du sie sowieso nach dem Osten zu ihrem Vater auf Besuch schicken wirst, dadurch wird sie sich daran gewöhnen, daß ich nicht ständig da bin.«

. . . Und was ist mit mir? . . . »Wann wird sie zu ihm fahren?«

»Von Mitte Juli bis Ende August. Ungefähr auf sechs Wochen.«

»Okay. Also wo liegt die Schwierigkeit? Sie wird sechs Wochen bei uns und sechs Wochen bei ihm verbringen. Und wir können eine Zeitlang allein sein. Gill, bitte . . . mir liegt wirklich daran, daß du mitkommst.« Er wandte sich mir mit dem Gesichtsausdruck eines verstoßenen, einsamen Kindes zu, und mein Herz schmolz. Ich wußte nicht, ob ich lachen oder die Gelegenheit beim Schopf packen sollte. Es würde schön sein, mit Chris zusammenzuleben ... aber was dann?

»Wir werden sehen ... aber was soll ich wegen meiner Arbeit tun?« Das war nur eine lahme Ausrede, das wußten wir beide.

»Mach doch nicht so viele Schwierigkeiten. Ich fahre von Bolinas zu meiner Arbeit, und das kannst auch du tun. Es gibt dort ein Telefon. Du wirst deine Anrufe bekommen ... verdammt noch mal, wenn du nicht willst, dann laß es eben!« Plötzlich war ich der Spielverderber, und er war beleidigt. Dabei hatte er mir nicht einmal gesagt, daß er umziehen würde. Das war typisch Chris.

»Ich will ja, ich will, um Himmels willen ... also gut, ich komme mit. Ich fürchte nur, ich werde mich zu sehr an dich gewöhnen. Kannst du das nicht verstehen? Ich liebe dich, Chris, und ich will mit dir zusammenleben, aber wenn wir Ende des Sommers nach San Francisco zurückkehren, gehe ich in meine Wohnung und du wieder zu deiner Freundin.« Ich hatte sie seit langem nicht erwähnt.

»Du hast unrecht, Gill. Sie zieht nächste Woche oder so ungefähr aus. Ich habe ihr gekündigt.«

»Wirklich? Sie wird ... He ... Das ist ja eine Wucht!«

»Stimmt, kleine Dame. Eine Wucht. Und wenn es diesen Sommer klappt, könntest du mit Sam im September zu mir ziehen. Das Haus ist groß genug für uns alle« ... Wie steht es aber mit deinem Herzen, Chris? ... Dieser Gedanke war dumm. Ich wußte, daß er uns liebte. Und ich war außer mir vor Freude, weil dieses Mädchen wegzog ... endlich.

»Weißt du was, Chris Matthews? ... Ich liebe dich. Bolinas wird super. Bring mich nach Hause. Ich will packen.«

»Aye, aye, Ma'am. Zu Ihren Diensten.«

Während wir nach Marina fuhren, dämmerte mir, daß ich sein Haus in der Stadt nie gesehen hatte. Ich wußte, daß es an der Sacramento Street lag, aber das war auch schon alles. – Ich hatte große Lust, es zu besichtigen, einen langen, glücklichen Blick auf das Haus zu werfen, in dem ich vom Herbst an wohnen würde, aber das konnte warten. Er hatte gesagt, »wenn es diesen Sommer klappt«. Warum sollte es nicht klappen? Ich sah keinen Grund, der dagegen sprach. Überhaupt keinen.

8

»Chris! . . . Sam! . . . Der Lunch ist fertig!« Auf einer großen Emailplatte lag ein Dutzend mit Erdnußbutter und Sülze belegter Brote, und daneben stand ein Krug Milch. Wir hatten vor, unter dem großen Baum hinter dem Häuschen zu essen, das Chris jeden Sommer mietete und das zu unserem Sommerdomizil geworden war. Es war ein Juwel. Chris hatte es im vergangenen Jahr frisch gestrichen, alles war leuchtend sonnengelb und überall waren Farbflecke verteilt. Es war ländlich und einfach, aber gemütlich, und es lag in der Nähe des Strandes, das war alles, was wir brauchten.

»Ich komme, Mami. Onkel Crits nimmt mich am Nachmittag zum Reiten mit.« Samantha stolperte unter dem Gewicht des Cowboyhalfters, den Chris ihr geschenkt hatte, zum Tisch und stopfte mit zufriedener Miene ein Sandwich in den Mund.

»Willst du nicht auch mitkommen, Gill?«

»Sicherlich.« Ich blickte über Sams Kopf auf Chris, und wir lächelten beide still vor uns hin. Unser Leben gestaltete sich wunderbar. Wir hielten uns seit einem Monat in Bolinas auf, und wir lebten wie im Märchen. Wir ritten und schwammen, aßen abends im Freien und waren so ineinander verliebt, daß wir kaum klar zu denken vermochten.

Sam sollte in zwei Wochen wegfahren und den Rest der Ferien bei Richard verbringen, und diesmal tat es mir weniger leid, daß Samantha wegfuhr. Ich freute mich darauf, mit Chris allein zu sein; obwohl ich mir nicht vorstellen konnte, daß mein Leben schöner sein könnte als jetzt.

»Hallo, Gill . . . was ist los?« Plötzlich wurde mir übel, und man mußte es mir ansehen. Mein Mageninhalt bewegte sich zu meiner Kehle und dann wieder nach unten, wie bei einer Berg- und Talbahn im Zeitlupentempo.

»Ich weiß nicht ... ich muß etwas nicht vertragen haben.«

»Erdnußbutter? Kann es nicht sein. Vielleicht zu viel Sonne. Leg dich doch nieder. Ich werde auf Sam achtgeben.« Ich folgte seinem Rat, und eine halbe Stunde später ging es mir schon wieder besser.

»Willst du noch immer mit uns reiten gehen, Liebste?«

»Vielleicht lasse ich es sein. Ich komme dann eben morgen mit.«

»Ach, verdammt ... ich vergaß es dir zu sagen. Heute abend fahre ich in die Stadt. Ich habe morgen zu arbeiten.«

»Du Glücklicher.« Ich hatte seit fast drei Wochen keinen Job mehr bekommen. Im Sommer gab es immer eine Flaute. Aber es machte nicht allzu viel aus. In Bolinas lebten wir billig. »Wann wirst du wieder zurück sein?« Es spielte keine Rolle, wir machten niemals Pläne und führten ein Faulenzerleben. »Morgen abend oder übermorgen. Hängt davon ab, wie lange wir drehen müssen. Es ist ein Dokumentarfilm für die Regierung.« Er lächelte mir zu. »Keine Sorge, ich komme wieder.«

»Freut mich, das zu hören.«

Er kam aber weder am nächsten noch am übernächsten Abend. Er kam erst nach drei Tagen, und ich hatte mir Sorgen gemacht. Ich hatte in seiner Wohnung in der Sacramento Street angerufen, doch es hatte sich niemand gemeldet.

»Wo, zum Teufel, warst du, Chris?«

»Ich hatte zu tun, verdammt noch mal. Weswegen hast du dir Sorgen gemacht? Du wußtest doch, daß ich wiederkomme. Also warum die Aufregung?«

»Weil dir etwas zugestoßen sein konnte, sonst nichts.«

»Du kümmre dich um dich, und ich kümmre mich um mich.« Das war's. Ende der Diskussion.

»Schön. Morgen muß ich in die Stadt ... Joe Tramino hat mich wegen eines Jobs bei Carson angerufen.«

»Ausgezeichnet.« Ja . . . ausgezeichnet . . . aber du warst drei Tage weg, und was, zum Teufel, hast du getrieben? Nicht einmal angerufen hast du . . . Aber ich wollte nicht fragen.

Am Abend tat er so, als wäre nichts geschehen, am nächsten Morgen übernahm er Sam, und ich fuhr in seinem Wagen über die Berge. Ich mußte um neun in der Stadt sein. Joe hatte mich zum Lunch eingeladen, falls die Dreharbeiten rechtzeitig zu Ende waren. Das war auch der Fall. Er führte mich zu einem späten Lunch zu Enrico auf dem unteren Broadway, mit Blick über die Montgomery Street zu dem neuerbauten Geschäftsviertel. Wir saßen im Freien, es war warm und sonnig, und die Blätter an den Bäumen raschelten im angenehm kühlen Wind.

»Du warst heute in Form, Gill. Wie behandelt dich das Leben?« fragte er besorgt. Er war gut unterrichtet.

»Sehr gut. Alles läuft glatt.«

»Du siehst aus, als hättest du abgenommen.«

»Und du redest wie meine Mutter.« Aber er hatte recht, ich hatte mich seit dem Tag, an dem das Erdnußbutterbrot beim Lunch mir nicht gutgetan hatte, nicht mehr wirklich wohl gefühlt. Das lag schon fast eine Woche zurück, aber wahrscheinlich war auch meine Sorge wegen Chris' Abwesenheit daran schuld.

»Also gut. Ich lasse dich in Ruhe. Aber ich hatte recht. Ich mache mir noch immer Vorwürfe, weil ich dir diesen Kerl vorgestellt habe . . . und ich klettere vor Eifersucht und Zorn in meinem Büro die Wände hoch. Hast du nicht davon gehört?« Wir begannen beide zu lachen, und ich schüttelte den Kopf.

»Du hast nur lauter Unsinn im Kopf, Joe. Aber du stärkst mein Selbstbewußtsein. Und unter uns, Chris und ich sind wirklich glücklich. Du hast uns beiden einen großen Gefallen erwiesen. Alles in Ordnung.« Ich fand es komisch, daß ich ihn beruhigen mußte, aber er war anscheinend echt besorgt, und ich meinte alles ernst. Er hatte uns allen, Sam eingeschlossen, etwas Gutes getan.

Der Lunch verlief angenehm, wir sprachen über die Dreharbeiten und über verschiedene andere Dinge, und als wir aufbrachen, bedauerte ich es. Er war ein angenehmer Gesellschafter, und es war nett, nur so dort zu sitzen, das Kommen und Gehen der Leute zu beobachten und eine anspruchslose Unterhaltung zu führen.

Auf dem Rückweg machte ich bei meiner Wohnung halt, holte meine Post und einige Kleinigkeiten, auch einen neuen Drachen für Sam, und fuhr dann zurück. Ich kam ein wenig früher heim als vorgesehen, aber ich freute mich schon darauf, wieder bequeme Kleidung zu tragen und schwimmen zu gehen. Es war an dem Tag recht heiß gewesen.

»Hallo, Leute, ich bin wieder da.« Anscheinend war aber sonst niemand da. Es war fünf vorbei, vielleicht waren sie nach Stinson gefahren, aber sie waren wahrscheinlich am Strand. »Hallo, ist jemand da?« Sichtlich nicht, sonst wäre Sam jubelnd auf mich zugelaufen.

Ich zog im Wohnzimmer die Schuhe aus, ging in die Küche, um etwas Kaltes zu trinken und bemerkte dabei, daß die Schlafzimmertür geschlossen war. Geschlossene Türen waren in unserem Haus in Bolinas ungewöhnlich, und ich fragte mich, ob alles in Ordnung war. Mein Mutterinstinkt meldete sich ... Sam? ...

Ich war mit drei entschlossenen Schritten bei der Schlafzimmertür, blieb stehen, holte tief Atem und drehte am Türgriff. Doch ich fand nicht Sam. Sondern Chris. Er bumste jemanden in unserem Bett.

»Ohhh ... ich ...« Ich blieb wie angewurzelt stehen, mein Mund war zu einem »O« erstarrt und meine Augen füllten sich mit Tränen. Chris drehte den Kopf und sah mich an, mir fiel nur auf, daß sein Gesicht ebenso ausdruckslos war wie seine nackten Hinterbacken. Er zeigte weder Bestürzung noch Entsetzen. Nichts. Das Mädchen unter ihm fuhr in die Höhe, als ich eintrat, schnappte entsetzt nach Luft und sah sich verzweifelt um, als wolle sie aus dem Fenster springen. Vielleicht hätten wir beide durch das Fenster verschwinden und Chris allein lassen sollen. Aber wir taten es nicht. Chris hielt sie mit eisernem Griff an den Armen fest, und ich schlug die Tür von draußen zu. Was sollte ich dazu sagen? Doch dann fiel mir ein, daß ich doch etwas zu sagen hatte, und in mir stieg Zorn auf, wie ich ihn noch nie erlebt hatte. Ich machte auf dem Absatz kehrt, riß die Tür wieder auf und schrie Chris an:

»Es ist mir scheißegal, was du treibst oder wer sie ist, aber wo ist meine Tochter?« Auf dem Bett schnappte wieder jemand nach Luft, und Chris sah mich mit einem Zorn an, der sich bei weitem nicht mit dem meinen messen konnte.

»Was, zum Teufel, glaubst du denn, Gill? Daß ich Sam gefesselt oder unter das Bett gelegt habe? Die Gillmours haben sie vor Stunden zu einem Picknick abgeholt. Ich soll sie um sechs abholen.«

»Spar dir die Mühe.« Das Mädchen wand sich unter Chris' brutalem Griff, und die Schamlosigkeit der ganzen Szene traf mich wie ein weiterer Schlag. »In einer Stunde komme ich zurück und hole meine Sachen.« Ich schlug die Tür wieder zu, schnappte im Wohnzimmer meine Schuhe, packte meine Handtasche und lief barfuß zum Wagen. Zum Teufel mit Christopher Matthews. Wenn es so werden sollte, konnte er bei seinem Lotterleben bleiben und es treiben, mit wem es ihm gefiel, verdammt noch mal. Ich wollte nichts mehr von ihm wissen ... nein danke ... dieser dreckige ... lausige ... treulose ... elende ... Tränen strömten über meine Wangen, und ich bekam vor Schluchzen kaum noch Luft, während ich zum Haus der Gillmours fuhr. Ich wollte nur Sam holen und dann aus Chris' verdammter Absteige verschwinden. Ich war plötzlich froh darüber, daß ich meine

Wohnung in der Stadt nicht aufgegeben hatte. Sam und ich konnten noch heute abend zurückfahren und so tun, als wäre nie etwas vorgefallen. In meinem Leben hatte es nie einen Chris gegeben ... Chris war fort ...

Mit quietschenden Reifen bog ich in die Einfahrt der Gillmours ein. Ich hielt hinter ihrem Kombi, zog die Handbremse an, schaltete die Zündung aus und wischte mir das Gesicht ab. Die Welt war soeben für mich untergegangen, und wie sollte ich Sam gegenübertreten?

Als ich ausstieg, kam Elinor Gillmour barfuß heraus, blieb in der Tür stehen und winkte mir.

»Hallo, Gillian. Hast du einen schönen Tag gehabt?« ... Ob ich einen schönen Tag gehabt hatte? Was für ein Witz.

»Sehr schön. Danke, daß du Sam zum Picknick mitgenommen hast. Es hat ihr sicherlich gut gefallen.« Die Gillmours hatten fünf Kinder, von denen zwei altersmäßig so gut zu Sam paßten, daß ein Ausflug mit ihnen wirklich Spaß machen mußte. – Ein Besuch bei ihnen war wie der Aufenthalt in einem Kindergarten.

»*Hi,* Mami, darf ich noch zum Abendessen bleiben?« Sam war herausgestürmt, als sie meine Stimme hörte.

»Nein, Liebling, wir müssen nach Hause fahren.« Ja wirklich ... nach Hause ... nach San Francisco, in unsere Wohnung an der Marina.

»Ohhh ... Mami.« Es folgte ein langer Heulton, aber ich schüttelte den Kopf.

»Heute meine ich es ernst, Sam. Wir fahren nach Hause. Danke, Elinor. Komm, wir gehen.« Ich nahm sie fest an der Hand und führte sie zum Wagen, während wir ein letztes Mal der nach und nach aus dem Haus tröpfelnden Gillmoursippe zuwinkten. »Hast du dich gut unterhalten?«

»Ja. Können wir zum Abendessen etwas Besonderes machen? Zum Beispiel ein Picknick mit Onkel Crits?«

»Nein, du hattest doch gerade erst ein Picknick, und ich habe eine Überraschung für dich. Wir müssen für ein paar

Tage in die Stadt zurück, damit Mami einiges erledigen kann.« Ein paar Tage erschienen mir als ausreichende Erklärung. Sie würde sowieso in einer Woche zu ihrem Vater fahren.

»Warum? Ich will nicht in die Stadt zurück. Kommt Onkel Crits auch mit?« Bei diesem Gedanken lebte sie auf.

»Nein, Liebling. Er muß hier bleiben.« Ganz richtig, das muß er. Als wir zu Chris' Haus zurückkamen, war ich fuchsteufelswild. Ich war nicht einmal mehr verletzt. Ich wollte ihn nur umbringen. Aber Sam sollte nicht mitbekommen, daß wir verkracht waren.

»Gill . . .« Er erwartete uns vor dem Haus.

»*Hi,* Onkel Crits, es war ein feines Picknick.«

»*Hi,* Sam. Könntest du mir einen großen Gefallen tun und wieder meine Pflanzen gießen? Sie sehen so durstig aus wie ein Cowboy in der Wüste. Danke.«

»Sicherlich, Onkel Crits.« Sie freute sich über die Aufgabe und lief hinter das Haus, um sie zu erledigen.

»Gill . . .« Er folgte mir ins Haus, während ich ins Schlafzimmer ging.

»Vergiß es, Chris. Spar dir die Mühe, es zu erklären. Es interessiert mich nicht. Was ich gesehen habe, war eindeutig, und diese Szene ekelt mich an. Ich fahre noch heute abend mit Sam in die Stadt zurück. Ich werde dafür sorgen, daß du den Wagen morgen irgendwie zurückbekommst.«

»Zum Teufel mit dem Wagen!«

»Aber, aber . . .« Ich riß in unserem Zimmer eine Schublade nach der anderen auf, und ein Großteil meiner Habseligkeiten häufte sich schon in meinem Koffer auf dem ungemachten Bett. Dem Bett. Auf dem er das Mädchen gebumst hatte. Dieser Scheißkerl. »Du hättest wenigstens das verdammte Bett machen können.«

»Hör zu, Gill, bitte . . .«

»Nein, kein ›Bitte‹ mehr. Verdammt noch mal, ich haue von hier ab. Jetzt gleich.«

»Hör zu, das war doch keine Sache von Bedeutung. Sie ist mir vollkommen egal. Es ändert nichts zwischen uns. Sie ist nur ein Mädchen, das ich in der Stadt aufgegabelt habe.« Es klang verzweifelt.

»Ach, wirklich? Da bin ich aber entzückt. Entzückt, weil sie dir nichts bedeutet. Aber mir scheint, ich bedeute dir auch nichts. Du hast, seit ich dich kenne, mit einem Mädchen zusammengelebt. Du kommst, du gehst, du kommst zum Abendessen, bleibst über Nacht, und dann verschwindest du für drei Tage. Und jetzt bumst du ein Mädchen, nur zum Spaß. Noch dazu in unserem Bett, und zum Teufel . . . es ist dein Scheißbett, aber mich schert das einen Dreck. Wir leben angeblich zusammen. Ich tue so etwas nämlich nicht. Wahrscheinlich ist das mein großer Fehler.«

»Nein, Gill, es ist nicht dein Fehler. Ich liebe dich so, wie du bist. Aber ich bin ein Mann, verdammt noch mal, und ich brauche ein wenig Spaß.«

»Was bin ich dann?«

Das schrie ich schon.

»Mit dir ist es nicht bloß Spaß, Gill. Bei dir ist es ernst. Ich liebe dich.« Seine Stimme war beinahe zu einem Flüstern herabgesunken, und er blickte mich ernst an. »Bitte, Gill, geh nicht fort. Ich brauche dich. Es tut mir leid, daß das passiert ist.«

»Mir auch. Ich gehe dennoch.« Aber mein Entschluß war erschüttert . . . Bei mir war es ernst? Was bedeutete das? »Chris, es wird immer wieder passieren, und das ertrage ich einfach nicht. Tut mir leid« . . . Leid? . . . Warum, zum Teufel, sollte es mir leid tun? . . . Aber so war es eben.

»Warum mußt du es zu einer Haupt- und Staatsaktion machen? Das ist es bestimmt nicht. Wirklich nicht.«

»Vielleicht nicht für dich. Aber für mich. Hast du eine Ahnung, was ich empfand, als ich ins Zimmer trat und sah, wie du deinen Schwanz in sie bohrtest, während dein blanker Hintern mir entgegenstarrte und sie die Beine kilometerweit spreizte.« Beim Gedanken an diesen Anblick wurde mir übel.

»Wenn du es schilderst, klingt es fürchterlich.« Er hatte sich beruhigt und wollte sich nicht mehr in die Enge treiben lassen.

»Vielleicht war es fürchterlich. Was weiß ich denn? Von dort, wo ich stand, sah es jedenfalls so aus. Weißt du, wie ich mich fühle? Dumm und unerfahren, als würde ich dir nicht genügen. Wenn du mit uns nicht glücklich bist, dann sag es mir. Ich weiß nur, daß wir wie verrückt ficken, und kaum drehe ich mich um, rennst du los und bumst eine andere. Joe Tramino hatte recht.« Ich bedauerte diese Worte, sobald ich sie ausgesprochen hatte. Ich hätte Joe aus dem Spiel lassen sollen.

»Was hat denn der kleine Spaghettifresser über mich zu sagen?«

Chris war plötzlich wütend.

»Nichts. Vergiß es. Er sagte nur, du würdest mich unglücklich machen, und es sieht so aus, als hätte er recht.«

»Quatsch. Wir waren vollkommen glücklich. Und wenn du dann nach Hause gekommen wärst, wann du es vorgesehen hattest, hätten Sam und ich in der Küche beim Abendessen gesessen, und es hätte sich nichts geändert. Du hättest es nicht gewußt. Wenn dir wirklich etwas an mir gelegen wäre, würdest du mich verstehen, und es würde alles bleiben, wie es war . . . Ha?«

»Willst du mich auf den Arm nehmen?«

»Nein, gar nicht. Es könnte dir auch passieren, Gill. Ich würde dich deshalb nie verlassen. Du hast recht, wir leben zusammen. Ich liebe dich, und habe Verständnis für andere Menschen, was bei dir nicht der Fall ist.« Ich fragte mich allmählich, ob er nicht vielleicht doch recht hatte, und wurde schwankend. Seine Stimme klang so kühl, so erfahren. Vielleicht passierten diese Dinge immerfort. Aber warum geschah es ausgerechnet mir? Und warum mußte ich es sehen? »Gill, willst du die Nacht hier verbringen und abwarten, wie du dich morgen fühlst? Wegzugehen ist unvernünftig, du wirst Sam ganz durcheinanderbringen, wenn du jetzt mit ihr in die Stadt fährst. Ich habe morgen in der Stadt zu tun; wenn du dann immer noch weg willst, fahre ich euch hin.« Ich wollte es nicht überschlafen, aber er hatte recht, was Sam betraf. Ich schwankte, und das merkte er.

»Also in Ordnung. Sam zuliebe. Aber bleib mir vom Leib. Ich werde auf der Couch schlafen. Du kannst dein Schlafzimmer ab sofort für dich allein haben.« Ich stellte meinen schlampig gepackten Koffer auf den Boden und verließ das Zimmer.

»Ich werde das Abendessen kochen, Gill. Ruh dich aus. Du siehst schlecht aus.«

»Ich fühle mich auch schlecht, danke. Aber ich werde für Sam kochen. Ich habe keinen Hunger, und du kannst selbst für dich sorgen.« Ich ging hinaus, um nach Sam zu sehen, bevor ich das Abendessen zubereitete. Sie goß noch immer hingebungsvoll Chris' Pflanzen, und es hatte den Anschein, daß sie von dem Krach nichts gehört hatte. Ich befürchtete aber das Gegenteil.

»Sam, was möchtest du essen, mein kleiner Liebling? Wie wäre es mit kaltem Huhn?«

»Fein, Mami.« Also hatte sie es gehört, zumindest teilweise, denn sie war so ungewöhnlich brav. Ich war ihr dafür dankbar.

»Du bist ein braves Mädchen.«

»Danke, Mami. Wird Onkel Crits mit uns essen?«

»Nein.« Ich verzog dabei unbeherrscht den Mund.

»Okay.«

Sie aß das Huhn fast wortlos, dann zog sie selbst ihren Pyjama an und meldete, sie sei bereit, zu Bett zu gehen. Als ich sie zudeckte, tat sie mir leid. Ich haßte mich dafür, daß sie wieder den Eindruck haben mußte, daß Männer nur in unser Leben traten, um es ehebaldigst wieder zu verlassen. Oder daß ich sie verließ. Ich haßte Chris, weil er daran schuld war, daß es wieder geschah, und mich selbst, weil ich es so weit hatte kommen lassen. Ich hätte nie mit ihm nach Bolinas ziehen dürfen, und ich bedauerte alles zutiefst, als ich Sam den Gutenachtkuß gab und das Licht ausmachte.

»Bis morgen früh, Liebling. Träume süß.« Eine Träne lief mir über die Wange, als ich in die Küche zurückging, um eine Tasse Kaffee zu trinken, und ich fühlte mich erledigt. Es war ein so gräßlicher Nachmittag gewesen. Ich konnte mir nicht vorstellen, daß es morgen viel besser sein würde.

»Wie geht es dir, Gill?« Ich hatte nicht gehört, daß er in die Küche gekommen war.

»Danke, gut. Würdest du bitte achtgeben, ob Sam etwas braucht? Ich möchte spazierengehen.«

»Ja, natürlich. In Ordnung.« Sein Blick lag auf mir, als ich ruhig die Tür öffnete und über die Straße zum Strand ging. Die Nacht war still und die Luft noch warm. Der Nebel war nicht eingefallen, aber ich war zuvor zu beschäftigt gewesen, um es zu bemerken. Ich blickte zum Himmel empor und sah die hell leuchtenden Sterne, aber auch dadurch wurde meine Stimmung nicht besser.

Die Meereswellen schlugen leise an den Strand, und ich legte mich auf den kühlen Sand, um nachzudenken. Oder auch nicht zu denken. Im Augenblick war es mir vollkommen gleichgültig, was geschah. Ich wollte nur allein sein, weg von Chris. So weit wie möglich von seinem Haus entfernt.

Ein streunender Hund kam vorbei und schnüffelte am Wasser, dann zog ich mich, ohne zu überlegen, aus. Ich glitt nackt ins Wasser und schwamm langsam zu der Landspitze am Ende der Stinson Beach; ich dachte an den Tag, an dem Chris und ich mit dem Pferd diese Strecke geschwommen waren. An dem Tag, an dem wir einander kennengelernt hatten. Der erste Tag ... das war drei Monate her, und der heutige Tag war so völlig anders gewesen.

Drüben angelangt, legte ich mich im hellen Mondschein auf den Sand und fragte mich, was mir die Zukunft bringen und ob ich jemals noch einem Menschen trauen würde. Es kam mir wie Stunden vor, daß ich dort lag, dann hörte ich Schritte im Sand hinter mir und wandte mich erschrocken um.

»Gill?« Es war Chris.

»Was tust du hier? Du hast gesagt, du bleibst bei Sam.« Das hätte er doch wenigstens tun können.

»Es geht ihr gut. Sie schläft tief, und ich wollte mit dir reden.«

»Es gibt nichts mehr zu besprechen. Woher wußtest du, daß ich hier bin?«

»Ich wußte es eben. Auch ich wäre hierher gekommen.«

»Ich nahm nicht an, daß es dir so viel ausmacht.« Wieder begleiteten Tränen meine Worte.

»Wenn du wüßtest, wieviel mir daran liegt, Gill.« Er setzte sich neben mir auf den Sand, und seine nasse Haut glänzte in der Dunkelheit.

»Ich schwimme zu Sam zurück.« Ich wollte nicht warten, bis er versuchte, mich herumzukriegen.

»Bleib nur eine Minute bei mir sitzen . . . bitte.« Etwas in seiner Stimme rührte mir ans Herz, beinahe genauso wie Sams Bravheit, als sie zu Bett gegangen war.

»Warum, Chris? Was für einen Sinn soll das haben? Wir haben doch schon alles besprochen.«

»Nein, das haben wir nicht. Aber wenn du dieser Meinung bist, dann laß mich noch ein paar Minuten bei dir sitzen. Ich kann den Gedanken nicht ertragen, daß du mich verläßt.« Ich schloß die Augen und unterdrückte einen Seufzer. »Willst du spazierengehen?« Ich nickte stumm, und wir gingen den Strand entlang, nebeneinander, aber doch in weitem Abstand voneinander. Ich fühlte mich noch immer schrecklich verlassen.

»Wir sollten lieber zurückgehen, Chris. Sams wegen.« Wir waren beinahe am anderen Ende, mußten zur Bucht zurück, zum Bolinasstrand schwimmen und von dort zum Haus gehen. Es würde eine gute halbe Stunde dauern, und ich machte mir allmählich Sorgen, weil Sam allein im Haus war. Sie würde Angst bekommen, wenn sie aufwachte und niemand dort war. Es bestand zwar keine Gefahr, aber ich hatte kein gutes Gefühl.

»Also gut, Gill, ich wollte bis zu unserer Mulde gehen.« Seine Stimme klang wie die eines kleinen Jungen, der eine große Enttäuschung erlebt hat, aber seine Worte wirkten wie ein Schlag ins Gesicht.

»Chris, wie konntest du nur? Du begreifst wirklich überhaupt nichts.« Der Friede des stillen Spaziergangs im Mondlicht war zerstört, und ich lief zur Bucht. Dort stürzte ich mich ins Wasser und schwamm so rasch ich konnte, auf die andere Seite. Aber er erreichte den Strand vor mir, und als ich aus dem Wasser stieg, zog er mich in die Arme und drückte mich an sich.

»Jetzt hältst du den Mund, verdammt noch mal, Gillian Forrester. Ich habe heute etwas Gemeines getan. Aber ich liebe dich, und wenn du das noch immer nicht begriffen hast, bist du dieser Liebe nicht wert.« Er drückte seinen Mund auf den meinen, und sein Kuß ließ mich im Innersten erschauern.

»Chris . . .«

»Sei still. Wir müssen jetzt zu Sam zurück.« Er nahm meine Hand fest in die seine, führte mich zu meinen Kleidern und sah mir beim Anziehen zu, während er in seine Jeans schlüpfte. Sonst hatte er nichts auf dem Leib gehabt.

Als ich angekleidet war, nahm er mich wieder bei der Hand, und wir gingen ohne ein weiteres Wort zum Haus zurück. Ich sah nach Sam und war erleichtert, als ich sie schlafend vorfand. Dann sah ich unser Zimmer. Chris hatte Ordnung gemacht, das Bett war frisch überzogen, und in einer Vase standen Blumen aus dem Garten.

»Kommst du ins Bett?« Er saß auf dem Bettrand und lächelte leicht.

»Das hast du hübsch gemacht.« Nichts mehr, das mich

daran erinnerte, was am Nachmittag vorgefallen war, außer dem bohrenden Schmerz in meinem Kopf.

»Du hast meine Frage nicht beantwortet. Kommst du ins Bett?« Er knipste das Licht aus, und ich wußte im Dunkel nicht, was ich tun sollte. Ich wollte nicht ins Bett gehen, wollte ihn aber auch nicht verlassen. Ich fragte mich, ob er damit recht hatte, daß ich nie davon erfahren hätte, wenn ich zur ausgemachten Zeit nach Hause gekommen wäre, und sich in unseren Beziehungen nichts geändert hätte. Nur war ich nicht zur vorgesehenen Zeit nach Hause gekommen.

Er drehte sich in der Dunkelheit auf die andere Seite, ich ging langsam ins Zimmer und begann mich auszuziehen. Ich würde neben ihm schlafen, aber nicht mit ihm. Vielleicht war es ihm ohnehin recht. Er hatte sein Quantum Liebe für diesen Tag bereits gehabt. Bei der Erinnerung zuckte ich wieder zusammen, während ich mich hinlegte, dann wandte ich ihm den Rücken zu und schlief erschöpft ein.

Am nächsten Morgen erwachte ich durch den Geruch von gebratenem Speck und blickte auf die Uhr. Es war fünf Uhr morgens, draußen lag alles im Nebel.

»Guten Morgen, Dornröschen. Das Frühstück steht auf dem Tisch.« Ich fühlte mich eher wie die böse Fee, und von dem Speckgeruch wurde mir übel. Meine Nerven waren offensichtlich durcheinander.

»*Hi,* Mami. Wir haben Waffern gebacken.«

»Waffeln. Du bist ja schon angezogen. Ihr beide scheint die ganze Nacht aufgewesen zu sein.« Ich fühlte mich, als hätte ich wach gelegen, aber ich mußte, zumindest für Sam, gute Miene zum bösen Spiel machen.

Ich stand auf, putzte mir die Zähne, fühlte mich danach schon etwas besser, die frischen Waffeln mundeten herrlich. Ich aß zwei, und Sam war begeistert.

»Sind sie nicht köstlich, Mami?«

»Fabelhaft, Sam.« Ich warf Chris rasch einen Blick zu, aber er machte gerade die Küche sauber. »Warum sind alle schon so früh auf?«

»Ich muß um sechs bei Außenaufnahmen sein, und wenn du noch immer in die Stadt fahren willst, müssen wir uns auf den Weg machen. Ich bin schon spät dran.« Er sah mich anzüglich an.

»Ausgezeichnet. Danke. Ich packe Sams Sachen und bin in zehn Minuten angezogen.« Blue Jeans und ein Hemd. Ich hatte sowieso nichts in der Stadt zu tun. Außer Joe Tramino zu seiner Menschenkenntnis zu beglückwünschen.

Sam sah niedergeschlagen drein, als wir wegfuhren, und ich versuchte sie aufzumuntern, während wir über die kurvenreiche Bergstraße fuhren. Ich war für den Nebel dankbar; ich hatte so nicht den weiten Ausblick auf Stinson und Bolinas vor Augen. Wir konnten nur ein kurzes Stück der Straße vor uns und die von Nebel verhüllten Hügel über uns sehen.

Die Straßen waren zu dieser Stunde kaum befahren, und wir waren in dreißig Minuten in der Stadt. Chris hielt vor meiner Wohnung und trug Sam huckepack zur Eingangstür.

»Auf Wiedersehen, Partner.« Sie sah aus, als würde sie gleich weinen, dann beugte er sich nieder und flüsterte ihr etwas ins Ohr, das ein Lächeln auf ihr Gesicht zauberte, als würde plötzlich die Sonne hervorbrechen.

»Okay, Onkel Crits. Auf Wiedersehen.« Sie lief ins Haus und schlug die Gittertür zu, während ich mich an Chris wandte.

»Was hast du ihr gesagt?« Ich wollte nicht, daß er ihr irgendwelche Lügen über seine Rückkehr erzählte. »Ich will es wissen.«

»Das geht dich nichts an. Es ist etwas zwischen Sam und mir. Und dir habe ich auch etwas zu sagen. Daß es damit nicht zu Ende ist. Vergeude keine Zeit mit dem Gedanken an Trennung, denn dazu kommt es nicht. Ich werde es nicht zulassen. Hast du mich verstanden?« Er starrte mir lange in die Augen, dann küßte er mich auf die Stirn, wandte sich um, ging weg und fuhr davon.

Er irrte sich gründlich. Für mich war es ein für allemal vorbei.

Ich brachte Sam um neun in die Schule und freute mich, weil es ihr anscheinend nichts ausmachte, wieder daheim zu sein. Dann fuhr ich nach Hause, um auszupacken.

Ich mußte auch alle Werbeagenturen anrufen, für die ich freiberuflich tätig war, und ihnen sagen, daß ich in die Stadt zurückgekehrt war. Und was dann? Sollte ich vielleicht weinen? Warum eigentlich nicht?

Aber dann saß ich zu Hause herum und trank Kaffee, bis ich Sam von der Schule abholte und wir in den Zoo gingen. Ich konnte mich weder entschließen auszupacken, noch die Agenturen anzurufen, es war zu deprimierend. Wir aßen auf dem Heimweg bei Hippe zu Abend, und Sam und ich hatten eine kleine Auseinandersetzung wegen der Speisekarte.

»Ich mag keine Gorillas, Mami. Sie sind grauslich.«

»Es ist nur ein Hamburger, Sam. Sie nennen es nur Gorillaburger. Sie haben mit den Affen nichts zu tun.«

Sie glaubte mir nicht recht, doch schließlich beschloß sie, einen Versuch zu machen, drohte mir aber, sie würde sofort weglaufen, wenn es grauslich wäre. Offenbar war es aber nicht der Fall, und der Hamburger mit den *pommes frites* verschwand in wenigen Minuten, während ich mich sehr bemühte, ein Lächeln zu unterdrücken.

Wir fuhren im schwindenden Licht des Sommertages, der doch noch sehr angenehm verlaufen war, nach Hause, ich badete sie und brachte sie zu Bett. Ich wußte aber, daß es mir früher oder später bewußt werden würde, daß Chris fort war.

»Darf ich eintreten?« Mein Herz machte einen Sprung, als die strubbelige blonde Mähne bei der Tür hereinsah. »Du solltest deine Tür abschließen.«

»Und du solltest zuhören, wenn man dir etwas sagt. Und ich habe dir gesagt, daß du wegbleiben sollst.« Ich war trotzdem so froh, ihn wiederzusehen, daß ich ihn am liebsten umarmt hätte. Das Zerwürfnis mit ihm hatte den ganzen Tag auf mir gelastet wie ein hundert Pfund schwerer Rucksack.

»Du redest nichts als Unsinn, Gill. Ich mußte auf jeden Fall herkommen. Ich hatte es Sam versprochen.« Er lag schon auf der Couch und sah zufrieden aus.

»Du hättest nicht kommen sollen.«

»Morgen bringe ich euch beide nach Bolinas zurück. Ich habe angenommen, daß euch ein Tag in der Stadt guttun würde.«

»Er hat mir gutgetan. Und wir bleiben hier.«

»Dann bleibe auch ich. Aber es ist idiotisch, das Haus in Bolinas leerstehen zu lassen.«

»Dann tu etwas dagegen. Fahr zurück. Mir ist es egal, wo du bleibst.«

»Ach, wirklich?« Er war aufgestanden und kam langsam zu dem Stuhl, auf dem ich saß, eine Zigarette rauchte und innerlich bebte. »Zufällig macht es mir eine ganze Menge aus, wo du dich aufhältst, Mrs. Gillian Forrester. Und ich will dich bei mir haben. Hast du das noch nicht begriffen?« Er beugte sich über meinen Stuhl und ergriff mit beiden Händen die Armlehnen. Sein Gesicht senkte sich langsam zu dem meinen, und ich wußte, daß er mich küssen würde.

»Chris, nicht!« Ich stemmte die Hände gegen seine Brust, aber er kam mir immer näher, und dann küßte er mich. »Hör auf!«

»Jetzt hör du doch endlich auf. Du hast es weit genug getrieben. Ich werde die ganze nächste Woche zu Kreuze kriechen. Aber ich lasse nicht zu, daß du diese Sache übermäßig aufbauschst. Laß dir das gesagt sein.« Damit hob er mich aus dem Stuhl hoch, trug mich ins Schlafzimmer und warf mich aufs Bett.

»Chris Matthews, verlaß dieses Haus!« Ich stand auf dem Bett und schrie ihn an, doch er schwang sanft den Arm und warf mich um. Dann schob er seinen Körper mit einer raschen Bewegung auf den meinen, und das Ende unserer Beziehung war vorüber. Wir hatten wieder begonnen.

»Fahren wir heute nach Bolinas zurück oder nicht? Das Wetter sieht nicht gerade einladend aus.« Wir lagen im Bett und konnten durch das Fenster sehen, daß der Nebel wieder eingefallen war.

»Es hat nicht viel Sinn, rauszufahren, Chris. Ich habe nächste Woche drei Jobs, und Richard holt Sam am Freitag ab. Bleiben wir doch hier.«

»Okay.« Er war sehr gefügig.

»Aber ich will hier bleiben, nicht in der Sacramento Street.« Chris' Wohnung.

»Warum?«

»Aus mehreren Gründen. Erstens hat es keinen Sinn, daß Sam allerlei aufschnappt und es brühheiß ihrem Vater erzählt. Es ist mir lieber, wenn sie ihm nicht erzählen kann, daß wir aus unserer Wohnung in deine übersiedelt sind. In Bolinas war es etwas anderes. Und . . . der Rest ist nicht wichtig.« Das war allerdings eine Lüge. Ich wollte einfach nicht in einer Wohnung leben, in der er schon mit hundert verschiedenen Mädchen geschlafen hatte. Mit einigen davon in den letzten drei Monaten. Sogar Bolinas war mir verbittert. Ich wollte in meiner Wohnung in der Stadt leben.

»Ich finde, du bist unvernünftig, aber ich bin trotzdem einverstanden. Ich habe ohnedies eine Menge Arbeit.«

Wir verbrachten also die nächste Woche in der Stadt, in meiner Wohnung, und kitteten unsere Beziehung wieder zusammen. Ich war überrascht, wie leicht das ging, aber daran war Chris schuld. Man konnte ihm nicht lange böse sein, er besaß den unwiderstehlichen Charme eines Sechsjährigen, und außerdem liebte ich ihn.

Ende der folgenden Woche packte ich Sams Koffer wieder, beförderte Chris aus dem Haus, und wir warteten auf Richard, Sams Vater. Er hatte mich angerufen und mir mitgeteilt, daß er geschäftlich nach Los Angeles müsse und am 15. Juli nach San Francisco fliegen würde, um Sam zu Mittag abzuholen. Das bedeutete, daß er an diesem Tag gegen zwei zu uns kommen würde. Und wenn Richard etwas versprach, hielt er es ein. Er war immer aufreizend pünktlich.

Prompt trudelte er am 15. Juli um zwei Uhr zehn ein und sah in seinem dunkelgrauen Anzug mit blau-weiß gestreiftem Schlips, weißem Hemd und blank polierten schwarzen Schuhen wie aus dem Ei gepellt aus. Es war ein merkwürdiges Gefühl, als er hereinkam und mir bewußt wurde, daß er der Mann war, mit dem ich verheiratet gewesen war und mit dem ich jeden Tag und auch die Nächte verbracht hatte. Er wirkte wie ein Wesen aus einer anderen Welt. Ihm erging es wahrscheinlich genauso. Ich war nicht mehr die Gillian, die er gekannt hatte.

»Sie ist fertig.« Ich versuchte, ruhig zu bleiben und Sam zuliebe ein fröhliches Gesicht zu machen. Aber es ging mir gegen den Strich, daß sie für sechs Wochen wegfuhr. Die Tage würden ohne sie so still und leer sein.

»Du siehst gut aus, Gillian. Wart ihr in der Sonne?«

»Ja. Drüben an der Bucht.« Ich ging absichtlich auf keine Details ein, und wieder fiel mir auf, wie inhaltsleer unsere Gespräche seit der Scheidung waren. Worüber hatten wir eigentlich früher gesprochen? Ich konnte mich wirklich nicht daran erinnern.

»Ich habe hier eine Liste der Orte, an denen Samantha und ich uns in den nächsten sechs Wochen aufhalten werden. Falls du wegfährst, so übermittle bitte meiner Sekretärin deinen Reiseplan, damit wir dich in dringenden Fällen erreichen können.« Sein Gesicht sah knochentrocken aus.

»Mach dir deshalb keine Sorgen. Du wirst von mir hören. Ich werde Sam anrufen.« Er sah nicht sonderlich erfreut aus; ich bückte mich, umarmte Sam herzlich und gab ihr einen richtigen Schmatz.

»Leb wohl, Mami. Schick mir ein paar hübsche Ansichtskarten ... und grüße Onkel Crits!« ... Hoppla ... Richard registrierte den Namen und sah mich durchdringend an.

»War nett, dich wieder einmal zu sehen, Richard. Gute Reise. Leb wohl, mein Liebling. Gib acht auf dich.«

Ich winkte, als die Limousine abfuhr, während Sams Gesichtchen im Rückfenster immer kleiner wurde und sie immer noch winkte. Ohne sie würde ich einsam sein.

Als ich wieder ins Haus trat, klingelte das Telefon; ich hob ab, dankbar dafür, daß ich mit jemandem reden konnte.

»Kann ich schon nach Hause kommen? Ist der große, böse Wolf fort?«

»Ja, und Sam auch. Ich fühle mich scheußlich.«

»Hab ich mir genauso vorgestellt. In zehn Minuten bin ich bei dir, und wir können nach Bolinas fahren, sobald es dir recht ist.« Plötzlich störte mich die Erinnerung an das Mädchen, mit dem Chris geschlafen hatte, nicht mehr so sehr, und ich bekam Lust, wieder hinzufahren. Die Bitterkeit war in der letzten Woche in der Stadt vergangen, und ich wollte raus aus meiner Wohnung. Sie würde verdammt düster wirken, wenn Sam nicht herumtrampelte.

Chris hielt Wort und stand zehn Minuten später mit einer großen Flasche Wein in jeder Hand im Wohnzimmer.

»Ich war nicht sicher, ob du roten oder weißen lieber trinkst. Also brachte ich beide Sorten mit. Möchtest du ein Glas?«

»Und ob. Mehrere. Und dann fahren wir los.« Wir tranken beide zwei Glas Rotwein und fuhren dann ab. Zurück nach Bolinas. Diesmal allein und in bemerkenswert guter Laune.

9

Der folgende Monat war wieder traumhaft schön. Keiner von uns bekam viele Anrufe, die ihn in die Stadt zu einem Job riefen, und wir verbrachten die meiste Zeit am Strand, oder in einer Hängematte unter dem großen Baum neben dem Haus. Oder wir liebten einander.

Ich arbeitete während des ganzen Monats ein einziges Mal in der Stadt, und Chris zweimal. Dadurch war es um unsere Finanzen nicht allzu gut bestellt, aber wir waren glücklich. Ich steuerte meine Alimente bei, und es schien Chris nichts auszumachen, daß ich Geld zum Haushalt beitrug.

Es war eine herrliche Zeit. Ich begann zu malen, Chris schoß unzählige Filme mit Nacktaufnahmen von mir, und die Tage flogen dahin. In kurzen, geschäftsmäßigen Briefen berichtete Richard, daß es Sam gutging, und sie wirkte glücklich, wenn ich mit ihr telefonierte.

Die Episode mit dem Mädchen in Chris' Bett wiederholte sich nicht, und er war liebevoller, als ich es mir je erträumt hatte. Joe Tramino hatte unrecht gehabt. Chris und ich hatten keinerlei Sorgen. Außer vielleicht einer kleinen. – Ich hatte zweimal eine Art Sonnenstich und viermal eine leichte Lebensmittelvergiftung. Dazwischen fühlte ich mich wiederholt schwindlig. Es schien aber nichts Ernstes zu sein, denn in der übrigen Zeit fühlte ich mich ausgezeichnet. Chris wollte, daß ich einen Arzt konsultierte.

»Es könnte ein Magengeschwür sein, Gill. Warum kommst du nicht mit, wenn ich das nächste Mal in die Stadt fahre? Also in zwei Tagen; du könntest dich jetzt schon anmelden.«

»Ich glaube, es sind nur die Nerven. Aber wenn es dich beruhigt . . . okay, ich gehe hin.«

Ich ließ mir am Tag, bevor wir in die Stadt fuhren, einen Termin geben, und versuchte nicht daran zu denken. Ich wollte nicht, daß etwas nicht in Ordnung war. Das Leben war gerade so schön.

»Erhebe dich und strahle!«

»Wie spät ist es?« Ich fühlte mich wieder elend, wollte es aber Chris gegenüber nicht zugeben.

»Halb acht. Spät. Steh auf. Ich habe dir Kaffee gekocht.« Er war morgens streng sachlich, und ich bemühte mich, nicht zu zeigen, wie schlecht ich mich fühlte, während ich die Augen schloß und versuchte, bei dem Kaffeegeruch nicht zu erbrechen.

Um neun verließen wir das Haus. Er war spät dran, da er noch Unterlagen für die Dreharbeiten gesucht hatte, und ich war froh darüber. Als wir abfuhren, fühlte ich mich besser, aber ich wußte, daß ich die Fahrt über die Haarnadelkurven nicht gut vertragen würde. So kam es auch.

»Du siehst elend aus, Gill. Fühlst du dich nicht wohl?«

»Doch. Mir geht es gut.« Ich mußte aber im Gesicht grün sein, das spürte ich.

»Ich bin froh, daß du zum Arzt gehst. Meine Schwester hatte etwas Ähnliches und kümmerte sich ein Jahr lang nicht darum. Dann lag sie mit einem Magendurchbruch im Krankenhaus. Damit darf man nicht scherzen.«

»Das glaube ich gern. Ist sie jetzt gesund?«

»Natürlich. Es geht ihr fabelhaft. Also mach dir keine Sorgen. Du wirst jedenfalls Bescheid wissen.« . . . Ja . . . ich werde Bescheid wissen. »Ich möchte dir irgendwann das Haus zeigen, bevor wir an den Strand zurückkehren. Du kannst sagen, ob ich etwas ändern soll, bevor du einziehst. Ich habe auch Sams Zimmer renovieren lassen. Ich hoffe, daß es dir gefällt.« Er warf mir einen unsicheren, nervösen Blick zu, über den ich heimlich lächeln mußte. Ich hatte das Gefühl, daß wir vor der Hochzeit standen. Er sprach von dem Haus in der Art, wie es jungverheiratete Paare tun.

»Ich habe meinem Hausherrn gesagt, daß ich meine Wohnung zum ersten September aufgebe. Er meint, daß es nicht schwer ist, möblierte Wohnungen zu vermieten, er wird also sofort einen neuen Mieter finden. Das freut mich. Ich fühlte mich mies, weil ich ihm so plötzlich kündigte.« Wir hatten dieses Gespräch bis zur letzten Minute aufgeschoben, aber alles hatte »geklappt«, wie Chris einmal gesagt hatte. »Ich kann nicht warten.«

Chris beugte sich zu mir und küßte mich, wir fuhren plaudernd und schlechte Witze reißend in die Stadt. Ich fühlte mich wieder ganz in Ordnung, und wir unterhielten uns blendend.

Er setzte mich vor dem Fitzhugh-Gebäude auf dem Union Square eine halbe Stunde zu früh ab, und ich beschloß, zu I. Magnin auf der anderen Seite des Platzes zu gehen, um die Zeit zu verbringen.

Ich bemerkte an der Ecke einen Imitator und mußte laut lachen, als er meinen Gang nachahmte, dann verschwand ich im Märchenland des eleganten Geschäftes. Rechts vom Eingang lockte die Herrenabteilung, ich entschied mich aber anders. Chris würde jedenfalls nichts von dem tragen, was ich dort für ihn aussuchen würde. Irgendwie sah das Geschäft nicht so aus, als würden sie Baumwollhemden führen. Ich lächelte vor mich hin und ging weiter, bis eine Reihe von Damenpullis mir ins Auge stach, und ich sie durchzusehen begann.

Zwanzig Minuten später verließ ich nach einem neuen Parfüm duftend das Geschäft in einem aus dünner Seide gewirkten roten Rollkragenpullover. Ich brauchte etwas, das mir mehr Selbstvertrauen gab. Ich hatte das Gefühl, daß die Diagnose des Arztes nicht leicht zu verdauen sein würde.

Ich blätterte im Adressenverzeichnis im Erdgeschoß des Fitzhugh und fand den Arzt, den ich suchte. Howard Haas, Dr. med., Zimmer 312. Im Fitzhugh waren nur

Arztordinationen untergebracht, und während ich im Fahrstuhl nach oben fuhr, hatte ich das komische Gefühl, ich könnte in diesem Haus durch jede beliebige Tür treten, es wäre immer das gleiche. Aber ich war bei Dr. Haas angemeldet. Mein Arzt in New York hatte ihn mir empfohlen, als wir hierher übersiedelten.

Ich nannte der Empfangsdame meinen Namen und nahm dann zwischen sechs oder sieben anderen Patienten Platz. Die Magazine waren langweilig, die Luft war stickig. Ich wurde allmählich nervös, und von dem neuen Parfüm wurde mir übel.

»Mrs. Forrester, bitte.« Es hatte nicht lange gedauert.

Ich folgte der Schwester zu einer schweren Eichentür im Hintergrund des Büros, die in die Ordination führte. Die ganze Einrichtung wirkte irgendwie altmodisch, und ich konnte mir Dr. Haas nur mit Hornbrille und einer Glatze vorstellen. Es war aber keine Rede davon, sondern er sah aus wie fünfundvierzig und spielte offensichtlich viel Tennis. Sein Haar war nur leicht ergraut, und seine Augen blau; er schüttelte mir lächelnd die Hand.

»Wollen Sie sich nicht setzen, Mrs. Forrester.« Trotz des gewinnenden Lächelns lag mir ein Nein auf der Zunge, aber es blieb mir wohl keine andere Wahl.

»Danke.« Ich fühlte mich wie ein Kind, das in einer neuen Schule zum Direktor gerufen wird, und wußte nicht, wie ich beginnen sollte.

»Ich möchte zuerst einige Angaben über bisherige Erkrankungen, und dann können wir auf Ihr spezielles Problem eingehen. Wenn es überhaupt eines gibt.« Er lächelte mir wieder zu, und ich leierte meine wichtigsten Daten herunter, die mir kaum wert erschienen, notiert zu werden. Eine Mandeloperation, als ich sieben war, häufige Ohrenschmerzen als Kind, und dann die Geburt von Sam. Das war's so ungefähr. »Hört sich nach einem gesunden Organismus an. Warum kommen Sie zu mir?«

Ich erzählte ihm von dem Schwindelgefühl, der Übelkeit und dem Brechreiz, er nickte, ohne sich Notizen zu machen. Er schien nicht sonderlich beeindruckt.

»Und wann hatten Sie Ihre letzte Menstruation?«

»Meine Periode?« Ich hatte darüber nachgedacht, es aber wieder verdrängt. »Vor ein paar Wochen, das glaube ich jedenfalls.« Ich fühlte mich matt.

»Sie glauben? Sie sind nicht sicher?« Er sah mich an, als ob ich ein kleines Dummerchen wäre.

»Nein, ich bin sicher, wann es war, aber sie dauerte nur wenige Stunden.«

»Ist das für Sie eher ungewöhnlich?«

»Ja.« Ich hätte mich gerne über seinen Ton amüsiert, brachte es aber nicht zuwege. Er sprach zu mir, als wäre ich ein kleines, ein wenig zurückgebliebenes Kind, und seine Worte kamen langsam und überdeutlich wie Tennisbälle in Zeitlupentempo über den Schreibtisch.

»Wie war Ihre vorletzte Periode?«

»Ebenso. Aber ich dachte, das sei eine Folge des Klimawechsels. Oder vielleicht der Sorgen oder so ähnlich.« Es war eine sehr lahme Ausrede.

»Die Periode ist aber nie ausgeblieben?«

»Nein.« Ich wollte schon »Sir« hinzufügen, beherrschte mich aber. Ich war jedenfalls eingeschüchtert. Und verängstigt.

»Keine Veränderungen an Ihren Brüsten? Sind sie voller geworden?« Ich hatte nichts bemerkt. »Also sehen wir einmal nach.« Wieder sein gewinnendes Lächeln, und nun begann ich zu beten, aber dafür war es eigentlich etwas zu spät. Daß ich ihn aufgesucht hatte, war so ähnlich, als hätte ich auf einer Liste nachgesehen, ob ich eine Prüfung bestanden hatte oder durchgefallen war, wobei ich genau wußte, daß ich sowieso nicht gelernt hatte. Aber man hofft immer. Ich zumindest tue es.

Also untersuchte mich Dr. Haas. Und stellte fest: ich war

seit zwei Monaten schwanger. Vielleicht auch seit zweieinhalb. Schweinehund.

»Meinen Glückwunsch, Mrs. Forrester. Das Baby wird voraussichtlich im März zur Welt kommen.« Glückwunsch? »Wir werden der Form halber noch den Schwangerschaftstest durchführen, aber es besteht nicht der geringste Zweifel. Sie sind schwanger.« Er lächelte.

»Aber ich bin nicht ... das heißt ... äh ... danke, Doktor.« Ich hatte ihm zwar von meiner Mandeloperation erzählt, aber vergessen zu erwähnen, daß ich nicht mehr verheiratet war. Glückwunsch, verdammter Mist.

Ich sollte in einem Monat wieder zur Untersuchung kommen, und dann fuhr ich im Fahrstuhl nach unten, wie ein Stein, der in einen Schacht fällt. So fühlte ich mich zumindest. Wie sollte ich es Chris beibringen? Er sollte mich abholen, und nach meiner Uhr mußte er schon seit zehn Minuten warten. Vielleicht würde er gar nicht da sein. Bei dem Gedanken hob sich meine Stimmung etwas ... vielleicht hatte er es vergessen ... vielleicht ... ich beschloß zu warten und es ihm erst mitzuteilen, sobald wir wieder in Bolinas waren und friedlich unter dem Baum neben dem Haus saßen.

Als ich aus dem Fahrstuhl trat, wartete er schon, und mir wurde wieder schwer ums Herz. Am liebsten hätte ich geheult.

Ich öffnete den Wagenschlag, setzte mich neben ihn und versuchte zu lächeln. *»Hi.«*

»Was hat der Arzt gesagt?«

»Ich bin schwanger.«

»Was bist du?« Das ganze Gespräch, während wir durch den hektischen Verkehr in der Innenstadt fuhren, konnte ungekürzt aus einem Laurel-und-Hardy-Film stammen. Es verlief ganz anders, als ich es mir vorgestellt hatte, aber es war mir herausgerutscht. Wahrscheinlich absichtlich. »Einen Augenblick, Gill. Was meinst du damit, du bist schwanger? Du verwendest doch etwas.«

»Schön, ich verwende etwas. Trotzdem bin ich schwanger. Herzlichen Glückwunsch.«

»Bist du verrückt?«

»Nein. Der Arzt hat es festgestellt.«

»Hast du ihm gesagt, daß du nicht verheiratet bist?« Chris war blaß geworden.

»Nein, das habe ich vergessen.«

»Ach, um Himmels willen.« Ich lachte nervös und sah ihn an, dann bedauerte ich meinen Heiterkeitsanfall. Er sah aus, als würde er jeden Augenblick explodieren. »Wie lang bist du schon schwanger?«

»Zwei oder zweieinhalb Monate. Hör zu, Chris ... es tut mir leid ... ich bin nicht schuld daran und es ist nun einmal so, verdammt noch mal.«

»Okay, ich verstehe. Aber es ist ein ziemlicher Schock für mich. Hast du denn nicht gemerkt, daß deine Periode ausblieb? Und warum, zum Teufel, hast du es mir nicht gesagt?«

»Ich bekam meine Periode ... aber nur schwach ...«

»Schwach? Ich kann es nicht glauben.«

»Wohin, zum Teufel, fährst du überhaupt?« Wir waren seit einer Viertelstunde ziellos auf der Market Street unterwegs.

»Was weiß ich?« Er sah in den Rückspiegel, dann wieder zu mir. Dann hellte sich sein Gesicht auf. »Jetzt weiß ich's. Wir fahren nach San José.«

»San José? Wozu denn?« Vielleicht wollte er mich ermorden und meine Leiche irgendwo auf der Halbinsel verscharren.

»Weil es in San José eine prima Familienplanung gibt, die Abtreibungen organisieren. Dort sitzt ein Freund von mir.«

»Bravo!« Auf der Fahrt nach San José sprachen wir kein einziges Wort. Gelegentlich warfen wir einander Blicke zu, aber keiner redete. Wahrscheinlich hatte er keine Lust, und ich hatte Angst. Ich hatte das Gefühl, das schrecklichste Verbrechen aller Zeiten begangen zu haben.

In San José zeigte sich Chris' Freund sehr nett, notierte alle Daten, die er brauchte, und versprach uns anzurufen; als ich zum Wagen zurückging, fühlte ich mich einsam und schuldbewußt. Die Fahrt hinaus hatte eineinhalb Stunden gedauert, während der Verkehrsspitze würde die Rückfahrt noch länger werden, und dann hatten wir noch die Fahrt nach Bolinas vor uns. Beim Gedanken daran fühlte ich mich vollkommen ausgepumpt; an die Abtreibung wollte ich schon gar nicht denken. Alles, nur das nicht.

Auf der Rückfahrt nach San Francisco bemühte sich Chris, leichte Konversation zu machen, die ich unerträglich fand. Er fühlte sich sichtlich wohler. Die Tatsache, daß er etwas unternommen hatte, um es loszuwerden, verschaffte ihm ein Gefühl der Erleichterung. Und mir ein Gefühl von Verzweiflung.

»Chris, bleib bitte stehen.« Wir waren kurz vor San Francisco, aber mir war alles egal, ich konnte nicht länger warten.

»Hier? Ist dir nicht gut?«

»Ja. Ich meine, nein, nicht so. Bleib bitte stehen.« Er hielt den Wagen an, und ich wandte mich ihm zu. »Chris, ich bekomme das Baby.«

»Jetzt?« Es klang wie ein Aufschrei, und er sah aus, als ob seine bereits angegriffenen Nerven versagen würden.

»Nein, nicht jetzt. Im März. Ich will keine Abtreibung.«

»Was sagst du da?«

»Du hast mich richtig verstanden. Ich werde das Baby bekommen. Ich erwarte nicht, daß du mich heiratest, aber verlange nicht von mir, daß ich es abtreiben soll. Das werde ich nicht tun.«

»Warum denn? Um Himmels willen, Gill, warum? Es wird unsere Beziehung zerstören, ganz zu schweigen davon, daß es dein Leben total verändern wird. Du hast schon ein Kind, wozu willst du ein zweites haben?«

»Weil ich dich liebe und unser Kind haben will. Zutiefst in

meinem Herzen bin ich gegen eine Abtreibung, wenn sie nicht sein muß. Wenn zwei Menschen so zueinander stehen wie wir beide, ist es ein Verbrechen, das Kind nicht zu bekommen, das dieser Verbindung entstammt. Ich kann nicht anders, Chris, ich muß es einfach bekommen.« Meine Augen schwammen in Tränen.

»Ist das dein Ernst?«

»Ja.«

»Du mein Gott. Na schön, du mußt tun, was du für dich für das Beste hältst. Wir werden noch darüber sprechen. Aber du nimmst verdammt viel auf dich, Gill.«

»Das weiß ich. Es würde aber mein Gewissen noch mehr belasten, wenn ich mich seiner entledige. Ich werde es bekommen, ob du zu mir stehst oder nicht.« Die letzten Worte waren nur gespielte Tapferkeit, aber er reagierte nicht darauf.

»Okay, Kleine. Die Entscheidung liegt bei dir.« Er schaltete wieder auf »drive« und fuhr stumm in die Stadt.

10

An diesem Abend fuhren wir nach Bolinas zurück, ohne sein Haus auf der Sacramento Street zu besichtigen, ohne Abendessen und ohne viele Worte. Aber ich war zu müde, um mir etwas daraus zu machen. Es war ein schwerer Tag gewesen, ich fiel ins Bett und schlief sofort ein.

Am nächsten Morgen drehte ich mich im Bett um und sah, daß Chris mit einem unglücklichen Gesichtsausdruck, der gut zu dem meinen paßte, zur Decke starrte.

»Chris . . . es tut mir wirklich leid.« . . . Eigentlich stimmte das gar nicht. Nur war ich zu feig, es zu gestehen.

»Dazu hast du keinen Grund. Vielleicht ist es für dich das richtige. Das Baby zu bekommen, meine ich.«

»Wie stehst du dazu?« Ich mußte es wissen. Er wälzte sich auf die Seite, stützte sich auf den Ellbogen und sah mich lange an, bevor er antwortete.

»Für mich ist es nicht das richtige. Aber du hast gestern erklärt, das würde dir nichts ausmachen. Bist du noch immer dieser Ansicht?«

»Ja.« Meine Stimme war zu einem schwachen Flüstern herabgesunken. Er würde mich also verlassen. »Wir trennen uns?«

»Nein. Du kehrst nach New York zurück.« Was das gleiche bedeutete. Mein Herz wurde schwer, ich wollte schreien, weinen oder sofort sterben. Ich wollte auf keinen Fall zurück nach New York.

»Ich fahre nicht zurück, Chris. Du kannst mich verlassen, aber ich bleibe hier.«

»Du mußt fort von hier, Gill. Wenn du nur das geringste für mich übrig hast. Du tust etwas, das du tun willst. Also bist du es mir schuldig, auch etwas zu tun, das ich will.« Es klang sehr vernünftig, war es aber keinesfalls. Zumindest nicht für mich.

»Was hat meine Rückkehr nach New York mit der Schwangerschaft zu tun? Und wie soll es weitergehen? Ich werde dich nie wiedersehen?« ... Heiliger Jesus ...

»Nein. Ich werde dich besuchen. Ich liebe dich noch immer, Gill. Aber ich würde der Belastung durch deine Anwesenheit einfach nicht gewachsen sein. Daß du schwanger bist und daß alle davon wissen. Verdammt, Gill, wir arbeiten in der gleichen Branche, und du weißt genau, daß die Geschichte sofort überall die Runde macht. Joe Tramino wird schon dafür sorgen. Und nicht nur er.« Er klang verbittert und deprimiert.

»Wen kümmert das schon? Okay, wir bekommen also ein Kind. Wie viele andere Leute. Wir lieben einander. Was soll das Theater also? Gehörst du plötzlich so sehr zum Establishment, daß du findest, wir müssen heiraten? Das ist reiner, totaler, hundertprozentiger Unsinn. Das weißt du genau.«

»Nein, das weiß ich nicht. Außerdem werde ich mich schuldbewußt fühlen. Du weißt doch, wie ich bin, ich komme, ich gehe, ich verschwinde manchmal für einige Zeit. Das wird nicht immer so bleiben, aber gerade jetzt brauche ich es. Oder zumindest muß ich das Gefühl haben, daß ich es tun kann. Und wenn du mit einem langen Gesicht und einem dicken Bauch herumsitzt, werde ich wahnsinnig.«

»Dann werde ich eben kein langes Gesicht machen.«

»Doch, das wirst du unweigerlich. Ich könnte es dir nicht einmal verdenken. Meiner Meinung nach bist du verrückt. Ich an deiner Stelle würde es loswerden. Heute noch.«

»Wir sind verschieden, das ist alles.«

»Du sagst es. Hör zu, ich habe dir von allem Anfang an gesagt, daß mich Verantwortung um den Verstand bringt. Wofür hältst du ein Kind? Es ist eine irre Verpflichtung.«

»Was, zum Teufel, soll ich darauf antworten, Chris?«

»Ich will nicht, daß du antwortest. Ich will nur eines: daß du nach New York fährst. Darauf bestehe ich, und wenn ich dich hintragen muß. Deine Wohnung hast du schon gekündigt, du bist also frank und frei. Du mußt nur deine Sachen packen und dich in ein Flugzeug setzen. Und genau das wirst du auch tun, selbst wenn ich dich dazu knebeln und fesseln muß. Falls du anfangen willst, mit mir zu diskutieren, spar dir die Mühe. Du hast keine Chance. Du hast zwei Wochen Zeit. Du kannst die Frist um zwei Tage überziehen und so lange in meiner Wohnung bleiben, aber das ist auch schon alles. Flieg nach New York, dann haben wir eine Chance, aber wenn du in San Francisco bleibst, ist es aus mit uns. Ich würde es dir nie verzeihen. Ich würde immer denken, daß du geblieben bist, um mich an die Kette zu legen. Also tu mir den Gefallen . . . verschwinde.«

Er verließ das Zimmer, während ich schluchzend ins Kissen zurücksank, und kurz darauf hörte ich ihn wegfahren.

Am Abend kam er zurück, war aber fest entschlossen. Ich mußte weg. Ende der Woche wußte auch ich, daß ich fahren würde. Es gab keine andere Möglichkeit. Er hatte es mir schließlich klargemacht. Seine erzwungene Fröhlichkeit in den Tagen vor meiner Abreise war grausamer als alles, was er mir sonst antun konnte. Er gab sich freundlicher und liebevoller als je zuvor. Und ich liebte ihn mehr als je zuvor. In diesen letzten Wochen litt ich unter seinem Verhalten, aber ich liebte ihn dennoch. Er war eben Chris. Und es war seine Art, man konnte ihm keinen Vorwurf machen. Schließlich hatte ich sogar das Gefühl, daß ich ihm mit meiner Entscheidung ein Unrecht zugefügt hatte, sogar schon dadurch, daß ich schwanger geworden war. Aber ich hatte keine Wahl. Mein Gewissen zwang mich dazu, das Kind zu bekommen.

Als Sams Vater sie zurückbrachte, fand ich einen plausiblen Grund, warum wir fortgingen, und dann half Chris mir beim Packen. Er wollte kein Risiko eingehen. Vielleicht liebte mich Chris Matthews damals, aber sein Verhalten zeigte mir etwas anderes sehr deutlich. Er wollte mich aus dem Weg haben. Und ich ging.

Es schien tausend Tage zu dauern, bis für mich die

schwerste Prüfung, der letzte Tag, kam. Alles zum letzten Mal, vom Frühstück bis zum Abendessen. Ich konnte es nicht mehr ertragen, und die letzte Nacht war das Schlimmste von allem.

»Gute Nacht, Chris.«

». . . Nacht.« Und dann, »Gill, begreifst du überhaupt? Ich . . . ich hasse es, daß ich dir das antue, aber ich kann nicht . . . ich kann einfach nicht anders. Vielleicht will im Grunde auch ich, daß du das Kind bekommst, aber ich weiß es nicht. Vielleicht werde ich mir über mich selber klar werden. Ich meine, bald . . . ich fühle mich wie ein Schweinehund.«

»Das bist du nicht. Ich weiß, alles kam so plötzlich.«

»Ja, so ist es. Und es tut mir wirklich leid, daß du schwanger wurdest. Gott, ich wünschte . . .«

»Nicht, Chris. Mir tut es jedenfalls nicht leid. Ich freue mich irgendwie, sogar wenn . . .«

»Warum willst du es bekommen, Gill?«

»Ich habe es dir ja schon erklärt. Ich will dich immer bei mir haben. Es klingt irgendwie kitschig, aber ich . . . ich will es einfach haben. Das ist alles. Ich muß.« Wir lagen händehaltend in der Dunkelheit, und ich dachte dauernd, »es ist das letzte Mal. Die letzte Nacht. Ich liege das letzte Mal in seinem Bett. Nie wieder . . .« Ich wußte, daß er nie nach New York kommen würde, er haßte die Stadt und war nicht wirklich an seinem Kind interessiert.

»Gill? Weinst du?«

»N-nein.« Aber ich erstickte fast daran.

»Weine nicht, o bitte, weine nicht. Gill, ich liebe dich. Bitte.« Wir umarmten einander weinend. Das letzte Mal . . . »Gill, es tut mir leid.«

»Es ist schon okay, Chris. Alles wird gut werden.« Nach einer Weile schlief er in meinen Armen ein, der große Junge, den ich liebte, der Mann, der mich liebte, der traurig war, der mir weh tat, mich im Stich ließ und mir bei anderen Gelegenheiten eine Freude schenkte, die ich nie vorher erlebt hatte. Christopher. Das große Kind. Der schöne Mann mit dem Gemüt eines Knaben. Der Mann, der mit mir an dem Tag, an dem wir einander kennenlernten, ohne Sattel über den Strand geritten war. Wie konnte ich ihn mit dem Gewicht meiner Probleme belasten? Ich weiß, daß ich darauf hätte bestehen sollen, wagte es aber nicht so recht.

Ich lag wach, bis es im Zimmer hell wurde, dann schmiegte ich mich an seinen Rücken und schlief ein, zu müde, um weiter zu weinen. Die letzte Nacht war vorüber. Das Ende hatte begonnen.

11

»Schau mich nicht so an, verdammt noch mal! Es wird dir guttun, wieder einige Zeit in New York zu leben. Du hast dort viele Freunde, und ich werde in ein paar Monaten in den Osten kommen. Du wirst . . . ach verdammt, Gill, ich werde es dir nicht noch einmal vorkauen, aber ich halte es nicht aus, wenn du deine Leidensmiene aufsetzt.« Wir standen im Flughafengebäude, und er sah selbst nicht sehr fröhlich aus, sein schlechtes Gewissen machte ihm zu schaffen. War es wieder meine Schuld?

»Okay, okay, es tut mir leid, ich kann nichts dafür, es . . .« Ach, verdammter Mist. Was für einen Sinn hat es? »Habe ich dir den Schlüssel für das Haus in Bolinas zurückgegeben?«

»Ja. Hast du deine Skischuhe? Ich sah sie gestern draußen im Garten herumstehen, und sie sahen ziemlich ramponiert aus. Du solltest sie nicht im Freien stehenlassen.« Braver Junge, Chris, lenke mich nur mit praktischen Dingen ab.

»Ich habe nicht . . . Sam . . . ja, ich habe sie.« Ich sah ihn an, und er schenkte mir sein aufmunterndes Lächeln – »so ist es schon besser, jetzt schaffst du es.« Wir spielten das Spiel: Der liebe Onkel Chris begleitet die liebe Tante Gillian zum Flugplatz, und Tante Gillian wird nicht hysterisch. Das hätten wir. Ein Lächeln für die Kamera. Ich hätte gern gewußt, für wen wir Theater spielten, für die Leute auf dem Flughafen, füreinander, für uns selbst. Wir spielten alle Schlußszenen ohne Happy-End, die ich je gelesen hatte; der Abstand zwischen uns wurde immer größer, wir hatten keine Beziehung mehr zueinander, zählten nur mehr die Minuten, bis Sam und ich ins Flugzeug klettern würden. Füllten sie mit Dingen aus, an die wir uns ungern erinnern würden.

Chris' übertrieben freundliche Art, seine banalen Redensarten schienen zu fordern: »Wecke keine Schuldgefühle in mir«, und mein gequältes Gesicht war wie ein Schrei »Ich hasse dich!«

»Ich habe deinen Regenmantel hinten in den Wagen gelegt.«

»Gut.«

»Wo ist Sam?« Die Aufbruchstimmung seit dem Morgen versetzte mich in Panik.

»Reg dich nicht auf. Sie spielt dort drüben mit einem Kind. Sei nicht so nervös, Gill. Du wirst sehen, es wird alles gut werden.«

»Sicherlich.« Ich nickte, sah auf meine Füße und versuchte, nichts Bösartiges zu sagen. »Ich werde dich heute abend anrufen.«

»Warum wartest du nicht bis Sonntag; da kostet es weniger, und wir können es nicht zu einer Gewohnheit machen, täglich anzurufen.« Er blickte dabei über meine Schulter auf etwas hinter mir.

»Nicht täglich. Ich dachte nur, du möchtest wissen, daß wir gut angekommen sind.« In meiner Stimme klang ein Unterton von Ärger mit.

»Wenn das Flugzeug abstürzt, werde ich davon hören. Warte, bis du dich eingelebt hast, und rufe mich dann an.« Ich nickte wieder. Mir fiel nichts mehr ein, das ich sagen konnte. »Möchtest du einen Kaugummi?« Ich schüttelte den Kopf, drehte mich um und weinte, obwohl ich einer Dame gegenüberstand, der ich reichlich merkwürdig vorkommen mußte, aber ich konnte Chris nicht mehr ins Gesicht sehen. Ich ertrug es nicht mehr.

»Alle Passagiere mit grünen Bordkarten für Flug Vierundvierzig der American Airlines nach New York werden ersucht, durch Schalter D beim Gate Zwölf an Bord zu gehen. Alle Passagiere . . .«

»Das ist dein Flug.« Ich nickte, schluckte, sah mich wieder nach Sam um.

»Ich weiß. Wir können warten. Zu viele Menschen ... hat jetzt keinen Sinn ...«

»Es hat keinen Sinn, hier zu warten, Gill. Wenn es Zeit ist zu gehen, dann soll man es rasch hinter sich bringen.« Danke, Mr. Matthews, du Hurensohn ... aber ich nickte immerzu und versuchte, nicht zu weinen.

»Ich ... äh ... o Gott, Chris!« ... Ich hielt mich an seiner Jacke fest, berührte zum letzten Mal mit der Hand seine Wange, dann wandte ich mich tränenblind ab. Ich wollte schreien, auf dem Boden des Flughafengebäudes hinknien, mich an eines der chromverkleideten Pulte der Fluglinien klammern, alles rückgängig machen, was gegen meinen Willen geschah. Ich wollte bleiben, o Gott, wie sehr wünschte ich mir zu bleiben. Ich wollte, daß Chris mich umarmte, doch er tat es nicht. Er wußte, daß ich in Tränen zerfließen würde, wenn er es tat.

»Sam, du trägst in einer Hand deinen Teddy, und mit der zweiten nimmst du die Hand deiner Mutter.« Unsere Mäntel wurden mir von Chris in die Arme gedrückt. Sam nahm meine Hand, und die Menge schob uns zum Flugzeug. Ich spürte, daß Chris neben mir wütend war, weil ich unangenehm aufgefallen war, aber das war mir verdammt egal. Ich hatte mich noch nie in meinem Leben so einsam und unglücklich gefühlt. Ich war im Begriff, alles zu verlieren, was ich liebte und am meisten begehrte, ich bezweifelte sogar, daß ich ihn jemals wiedersehen würde. Ich war wirklich versessen auf ihn, noch bevor wir abreisten. Ich liebte und haßte ihn zugleich.

»Chris ...«

»Lebwohl, Gill, ich wünsche euch einen guten Flug. Wir sprechen Sonntag miteinander.« Ich wandte mich ab, hielt Sams Hand fest und schob mich mit den übrigen Passagieren durch das Gate. Ein halbes Dutzend Leute stand schon zwischen Chris und mir, und ich blickte stur nach vorne, ich wollte nicht wieder daran erinnert werden, was ich in diesem Augenblick aufgab.

»Gill! . . . Gill!« Ich blieb mitten im Menschenstrom stehen und drehte mich zu ihm um, während Sam und ich von den Leuten gestoßen wurden, die sich an uns vorbeidrängten, aber ich mußte ihn noch einmal sehen. Ich mußte einfach. »Gill . . . ich liebe dich!« Er hatte es ausgesprochen. Diese Dinge waren es, deretwegen ich ihn liebte, die Widersprüche im letzten Augenblick, die mir ans Herz griffen, knapp bevor es auf der Betonstartbahn des Flughafens zerbrach.

»Lebwohl, Onkel Crits! . . . Lebwohl! . . . Mami, kann ich mir im Flugzeug den Film anschauen?«

»Wir werden sehen.« Ich blickte zu Chris zurück, unsere Augen sprachen aus, wofür wir am Morgen keine Worte gefunden hatten. So ging es leichter.

»Mami . . .«

»Später, Sam. Bitte.« Bitte, bitte, später, was auch immer auf mich zukam, bitte später. Wir wurden ins Flugzeug getrieben, und dann wurde San Francisco unter uns immer kleiner. Bis es verschwand. Wie Chris.

12

Während des Flugs war Samantha brav wie ein Engel, die Maschine war überfüllt, das Essen miserabel, und ich war taub vor Schmerz. Kriegsneurose. Ich lehnte mich zurück, nickte der Stewardess zu oder schüttelte den Kopf, je nachdem, und bemühte mich, Sam zuzulächeln, um ihr die Illusion zu geben, daß ich ihrem munteren Geplauder zuhörte. Was ich nicht tat. Meinen Verstand hatte ich auf dem Flughafen von San Francisco zurückgelassen, und das Herz in meiner Brust fühlte sich eher an wie eine Wassermelone aus Marmor, und ich fragte mich, was geschehen würde, wenn ich aufstand. Würde ich es womöglich verlieren?

Wir hatten fast acht Monate in San Francisco verbracht, und nun ging es zurück nach New York. Warum? Ich sah keinen Sinn darin. Ich wußte, warum, nur wußte ich es nicht wirklich. Ich fuhr zurück nach New York, weil ich schwanger war und Chris mich nicht um sich haben wollte. Warum wollte er es nicht? Damit wollte ich mich nicht näher befassen. Ich konnte es einfach nicht. Ich wollte mich der Frage nicht stellen. Auch nicht dem Gedanken, was Chris nun tun würde, da ich fort war. Eine andere kennenlernen? Sich wieder verlieben? Ein anderes Mädchen in die Wohnung nehmen? . . . Ficken, bis er nicht mehr konnte . . .

Er wollte uns in New York besuchen, aber würde er es tun? Ich glaubte es nicht. Eigentlich wußte ich, daß er nicht kommen würde. Was blieb mir übrig? Nichts. Ich war allein und schwanger. Und wieder in New York.

Die ersten drei Stunden des fünfstündigen Fluges nach New York verbrachte ich mit trüben Gedanken, die vierte Stunde verschlief ich, und in der fünften geriet ich langsam in Rage. Zum Teufel mit ihm. Zum Teufel mit allem.

Ich kehrte nach New York zurück, und ich würde es

schaffen. Ich würde jede sich bietende Chance ergreifen, bis ich mein Ziel erreichte. Chris Matthews war nicht alles in der Welt, und als dann die Maschine über den Lichtern von Long Island kreiste, packte mich die Erregung der Heimkehr. San Francisco ist vielleicht schön, ein Ort voller Friede und Sonnenschein, aber New York hatte mehr zu bieten. Spannung. Es war lebendig, es atmete und bewegte sich, reizte mich dazu, etwas zu unternehmen, es hatte beinahe einen eigenen, aufpeitschenden Rhythmus, vibrierend, hypnotisch, unwiderstehlich, und ich spürte schon seine Verlockung, als das Fahrgestell auf der Landebahn aufsetzte.

»Sind wir da, Mami?« Ich lächelte bei der Frage und nickte, ergriff Sams kleine warme Hand und sah aus dem Fenster in das von der blauen Landebefeuerung erhellte Dunkel, doch ich wußte, was dahinter lag, jenseits des Flusses. Nun waren wir wieder in New York, und wir würden diesen Umstand gut nutzen. Hallelujah. Amen.

Wir verließen das Flugzeug und marschierten zur Gepäckrutsche. Plötzlich wollte ich nur rasch unser Gepäck nehmen und die Skyline der Stadt sehen, wenn wir über die Brücke fuhren. Ich wollte die Stadt sehen und hören und riechen. Ich wollte fühlen, daß New York dort stand wie ein nackter Zigeuner und auf mich wartete.

»Wo werden wir heute nacht schlafen, Mami?« Sie sah ein wenig besorgt aus, während sie ihren Teddybär an sich drückte, und da kam mir plötzlich eine Idee.

»Du wirst schon sehen. Wir werden in einem ganz besonderen Haus schlafen.« Auf dem Weg zur Gepäckrutsche blieb ich bei einer Telefonzelle stehen, suchte im Telefonbuch eine Nummer heraus und rief an. Samantha und Gillian Forrester hatten soeben ihre Pläne geändert.

Die Wohnung, in der wir gewohnt hatten, war möbliert untervermietet worden, und ich hatte meinen Mietern vor zwei Wochen gekündigt. Wir mußten daher zwei Wochen in einem Hotel wohnen, und ich hatte zuerst eine ruhige, billige

Pension ausgesucht, nicht weit von unserer früheren Wohnung. Aber jetzt kam mir das unsinnig vor. Wir waren in New York. Zum Teufel mit »ruhiger Pension«. Für zwei Wochen konnte ich es mir leisten.

»Wen hast du angerufen, Mami?«

»Das Hotel, in dem wir wohnen werden. Es wird dir gefallen. In zwei Wochen sind wir wieder in unserer eigenen Wohnung.« Ich hatte begriffen, daß sie das brauchte. Vielleicht brauchte ich eine großartige Umgebung, um mich aus meiner Depression zu befreien, aber sie brauchte Geborgenheit. In Ordnung. Wir würden beides haben. Zuerst zwei Wochen für mich. Und dann würde Sam sich daheim, geborgen und sicher fühlen.

Unsere Koffer rotierten ziellos auf der Drehscheibe, und ich trieb einen Träger auf, der sie zum Taxi brachte.

»Wohin, Lady?« Der Taxifahrer hatte das typische Äußere eines New Yorker Taxifahrers, eine erloschene Zigarre steckte in seinem Mundwinkel und sein Gesicht war mit zwei Tage alten Bartstoppeln bedeckt.

»Zum Hotel Regency, bitte. Ecke Einundsechzigste Straße und Park Avenue.« Ich lehnte mich mit glänzenden Augen zurück, nahm Sam auf den Schoß, und wir fuhren in die Stadt. Sams und meine Stadt, sie gehörte uns. Wir würden sie erobern, sie würde uns ganz und gar gehören.

13

Im typischen Stil der New Yorker Taxifahrer rasten wir ins Zentrum, wechselten von einer Fahrspur auf die andere und gefährdeten das Leben der anderen Verkehrsteilnehmer. Es schien Sam nicht sehr zu beeindrucken, doch bei mir rief es das berauschende, hysterisch aufputschende Gefühl hervor, das man auf einer Berg-und-Tal-Bahn bekommt, wenn sich alles zu schnell bewegt und man nur verschwommene Lichter und undeutliche Formen sieht. Ich registrierte nur die Bewegung und die Geschwindigkeit, die Gefahren wurden mir nicht bewußt. In New York lernt man nicht, mit der Gefahr zu leben, man genießt sie, erwartet sie, braucht sie schließlich. Sie gehört dazu.

Wir rasten über die Queensborough Brücke, die Sechzigste Straße hinunter und stoppten bei der Verkehrsampel an der Ecke Sechzigster und Dritter. Da ging es erst los. Horden von zottigen jungen *groovies* saßen im Yellowfingers Restaurant, musterten einander und die Passanten mit kritischem Blick, die Pullover der Mädchen waren eng und durchsichtig, die Hosen der Männer waren beinahe obszön, und alles sah nach sorgfältig berechnetem *laisser aller* aus. Ich konnte ihnen nur einen kurzen Blick zuwerfen, bemerkte aber doch die Aufmachung, die Afro-Perücken, die geschminkten Gesichter, all die kleinen Details, die man in Kalifornien nie sieht, weil sich dort keiner traut, nicht wie hier in New York. Auf der gegenüberliegenden Straßenseite das Bloomingdale-Warenhaus, und in dem Cañon zwischen dem riesigen Warenhaus und dem Restaurant eine ungebändigte Blechlawine, quiekende Hupen, eingebeulte Kotflügel, wobei Con Edison zur Unterhaltung von Fahrern und Fußgängern zu einem Hindernisrennen Anlaß gab. Die ganze Gegend brodelte im Licht der Restaurants, Geschäfte, Straßenecken und Kino-Eingänge, es war eine Atmosphäre, die mich gefangennahm. Wir bogen nach rechts in die Dritte Avenue ein und fuhren mehrere Blocks weit, zwischen den anderen Wagen eingekeilt, die uns von beiden Seiten bedrängten und sich bemühten, noch bei Grün über die Kreuzung zu kommen. Dann ging's nach links zur Park Avenue, wo wir den grünen Mittelstreifen umrundeten und in der Gegenrichtung mit quietschenden Bremsen vor unserem Hotel haltmachten. Ich war plötzlich froh, daß ich vom Flughafen aus angerufen hatte. Die »ruhige« Pension wäre mein Tod gewesen. Was ich jetzt brauchte, war das Regency.

Ein livrierter Portier half uns aus dem Wagen und lächelte Sam zu, und zwei Hotelpagen holten das Gepäck. Ich bezahlte den Taxifahrer und verteilte Trinkgelder wie Zukkerwerk zu Halloween, aber es machte mir nichts aus. Das war es wert.

Wir wirbelten durch die Drehtür, Sams Hand klammerte sich an die meine, dann gingen wir zur Rezeption. Es war ein riesiges, barockes Ungetüm aus Marmor und Gold, hinter dem eine Schar von Männern Haltung angenommen hatte.

»Guten Abend, Madame. Kann ich Ihnen behilflich sein?« Er trug einen Smoking mit schwarzer Fliege und sprach mit französischem Akzent. Tadellos . . .

»Guten Abend. Ich bin Mrs. Forrester. Ich habe vor einer Stunde angerufen und ein Zimmer reservieren lassen. Ein Doppelzimmer mit Doppelbett.« Sam steckte ihre Nase über das Pult, und er lächelte uns zu.

»Allerdings. Aber es tut mir leid, Madame. Es gibt ein Problem. Ein kleines Mißverständnis . . .« Ach, verdammt. Kein Zimmer. Plötzlich fühlte ich mich wie Aschenbrödel, das von Satinrüschen im Handumdrehen zum Aschenherd zurückversetzt wurde.

»Was für ein Mißverständnis? Am Telefon wurde mir ein Zimmer zugesagt.« Ich bemühte mich, selbstbewußt auszusehen, nicht so enttäuscht, wie ich in Wirklichkeit war.

»Daß wir heute abend kein Doppelzimmer mehr frei haben, Madame. Ich dachte, Sie würden sich vielleicht für diese Nacht mit zwei nebeneinanderliegenden Zimmern einverstanden erklären, aber ich sehe, daß das wegen der kleinen Mademoiselle nicht geht.« Er sah zu Sam hinüber und lächelte. »Du möchtest sicher lieber bei deiner Mama schlafen.« Ich wollte schon die angebotenen Einzelzimmer nehmen, doch er sprach weiter. »Ich habe aber eine viel bessere Idee. Wir haben noch eine Suite frei. Sie ist ein wenig größer als das gewünschte Zimmer«, und auch beträchtlich kostspieliger. So viel konnte ich mir entschieden nicht leisten, um mich zu verwöhnen. Eine Suite? Ausgeschlossen. »Aber ich werde Ihnen einen angemessenen Preis in Rechnung stellen lassen, wenn Sie gestatten. Da Ihnen telefonisch ein Doppelzimmer versprochen wurde, werden wir den Preis für ein Doppelzimmer berechnen. Ich hoffe, die Suite wird Madame gefallen. Sie ist besonders hübsch.«

»Das ist sehr entgegenkommend von Ihnen. Danke.« Ich lächelte ihm freundlich zu und bemerkte zu meiner Freude, daß er überwältigt war. Zumindest hatte ich meinen Charme nicht ganz verloren. Außerdem war ich sehr froh, daß ich das schöne schwarze Kleid trug, das ich diesen Sommer bei Magnin gekauft hatte. So war ich wenigstens für meine Rolle passend gekleidet. Ich fühlte mich richtig zum Jet-set gehörig, während der Fahrstuhl lautlos zur siebenundzwanzigsten Etage emporschwebte.

»Auf diese Seite, bitte.« Wir folgten dem Pagen und unserem Gepäck, bogen zweimal nach links ab, und ich fühlte mich ebenso verloren wie Sam. Wir gingen durch endlose in Hellbeige gehaltene Korridore mit dicken roten Teppichen, in denen Louis XV-Tischchen mit Marmorplatten in entsprechendem Abstand voneinander standen. Die Türen waren mit kleinen goldenen Nummern bezeichnet und besaßen große Messingklinken.

Der Page schloß eine Tür am Ende des Korridors auf und

öffnete sie weit. 2709. Da wären wir. Phantastisch! Es war ein Eckzimmer mit einer imponierenden Aussicht auf New York. Wolkenkratzer blinzelten uns beeindruckend zu, das Empire State Building befand sich in einiger Entfernung, und in der Nähe lagen das Pan Am Building und General Motors. Tief unter uns konnten wir die elegante Park Avenue wie ein graugrünes Band sehen, da und dort von Verkehrsampeln unterbrochen. Und im rechten Winkel zu dem Panoramablick über die Wolkenkratzer floß der East River mit all den reizenden kleinen Villen der East Sixties zwischen dem Flußufer und uns. Mehr hätte ich mir nicht wünschen können.

Der Page zog sich diskret zurück, nachdem ich ihm gedankt und auch ein Trinkgeld gegeben hatte, und ich sah mich im Zimmer um. Es war in Gelb und gebrochenem Weiß gehalten, mit dicken Teppichen und dicken Polsterungen; die Vorhänge waren aus schwerem, cremefarbenem Seidendamast, alles wirkte ausgesprochen luxuriös. Neben der Tür, durch die wir eingetreten waren, befanden sich eine Bar und eine Kochnische, eine kleine Frühstücksecke und gegenüber ein großer Schreibtisch mit Marmorplatte. Ich hatte das Gefühl, daß man von mir eine großartige Geste erwartete, zum Beispiel, daß ich einen Scheck auf 400000 Dollar ausstellte.

Das Schlafzimmer dahinter war hell und freundlich. Die Möbel sahen nach französischer Provinz aus, die Tapeten und Bettüberwürfe wiesen das gleiche kleingeblümte Muster auf, in einer Vase stand ein großer Strauß frischer Blumen. Welcher Luxus! Und erst das Badezimmer! . . . Das Badezimmer! . . . Es war ein Traum. Alles in Pariser Porzellan, Marmor und Bronze. Die Handtücher schienen zehn Zentimeter dick zu sein, und die Badewanne einen Meter tief. Es gab auch ein Ankleidezimmer, das aussah wie ein Boudoir am französischen Hof.

»Wie gefällt es dir hier, Sam?« Ich grinste selbstzufrieden und glücklich vor mich hin.

»Mir gefällt es nicht. Ich will zurück nach San Francisco.«

Zwei große Tränen liefen über ihre Wangen, und die Zeit blieb stehen. Arme Sam.

»Ach, Liebling . . . ich verstehe dich, mir geht es auch so. Aber wir sind jetzt für eine Weile hier. Wir werden einmal zurückfahren. Hier wird es sehr schön werden. Du kannst hier zur Schule gehen und . . .« Ich glaubte selbst nicht an meine Argumente, und ich fühlte mich plötzlich schuldbewußt, weil ich mich so freute, wieder in New York zu sein. Sam sah aus, als wäre sie verraten und verkauft.

»Kann ich heute nacht in deinem Bett schlafen?«

»Sicherlich, Liebling, sicherlich. Komm, ich lege dich jetzt nieder. Hast du Hunger?« Sie schüttelte den Kopf und setzte sich auf den Bettrand; sie hielt noch immer ihren Teddybär im Arm. Sie war ein Bild des Jammers. »Möchtest du ein wenig Milch und Keks?« Vielleicht würde das helfen.

Ich nahm den beigen stromlinienförmigen Hörer ab, drückte auf die richtigen Knöpfe für den Zimmerservice und bestellte Milch und Keks für sie und eine halbe Flasche Champagner für mich. Die Satinrüschen wirkten noch immer nach. Aschenbrödel tanzte auf dem Ball.

Sam saß auf meinem Schoß, als das große, mit rosa Leinen gedeckte Tablett gebracht wurde, und sie trank Milch und kaute Kekse, während ich Champagner trank. Es war ein Anblick für Götter.

»Zeit fürs Bett, mein Schatz.« Sie nickte schläfrig, ließ sich von mir auskleiden und kletterte ins Bett.

»Fahren wir bald zurück?«

»Wir werden sehen, Liebling . . . wir werden sehen.« Ihre Lider fielen schon zu, und sie blinzelte nur noch einmal, um mir einen durchdringenden Blick zuzuwerfen.

»Morgen werde ich Onkel Crits einen Brief schreiben . . . gleich am Morgen.«

»Das ist eine gute Idee, Sam. Jetzt schlaf schön und träume süß.« Ihre Augen schlossen sich endgültig, und ich lächelte, weil das Bett ihre kleine Gestalt winzig wirken ließ. Morgen würde sie Chris »schreiben«, das hieß ein großes Blatt Papier mit einem unbestimmbaren, aber reizenden Gekritzel ... nur für ihn.

Ich löschte die Lichter im Schlafzimmer und ging wieder ins Wohnzimmer zurück; das Champagnerglas hielt ich in der Hand, das Bild der schlafenden Samantha hatte ich noch vor Augen ... und auch Chris' Bild ...

Die Szene auf dem Flughafen von San Francisco schien tausend Jahre zurückzuliegen, und die Tage in Kalifornien waren wie ein ferner Traum. Als ich die Weltstadt betrachtete, die mir zu Füßen lag, fragte ich mich, ob wir jemals wieder zurückfahren würden. Oder ob ich es überhaupt wollte. Binnen einer kurzen Stunde hatte mich New York schon verzaubert. Ich hatte andere Welten erobert, doch nun galt es, die eigene zu erobern. Ich wollte New York in die Schranken fordern und siegreich hervorgehen, ganz gleichgültig, welchen Preis ich dafür zu zahlen hatte.

14

»Guten Morgen, Mademoiselle. Wie hast du geschlafen?« Diesmal war ich vor Sam munter.

»Okay.« Sam blinzelte mich schläfrig an; sie war ein bißchen verwirrt.

»Wir sind in einem Hotel. Hast du das vergessen?«

»Ich weiß. Und ich werde Onkel Crits gleich einen Brief schreiben.« Auch daran erinnerte sie sich.

»Sehr gut. Aber wir haben heute eine Menge zu tun. Also steh auf. Und dann gehen wir bald aus.«

Zuerst hatte ich einige Anrufe zu erledigen. Ich sprach mit den Mietern meiner Wohnung, um sicher zu sein, daß sie zeitgerecht ausziehen würden, und rief einige Schulen wegen Sam an. Wir waren gerade zurecht zum Schulanfang gekommen, aber nach New Yorker Maßstäben kamen wir mit unseren Anmeldungen um ein Jahr zu spät. Zu dumm. Ich wußte aber, daß ich nur genügend Schulen anrufen mußte, dann würde eine schon Sam aufnehmen, und ich hatte recht. Die Schule lag nicht weit vom Hotel in der gleichen Straße, und ich traf eine Verabredung für den Nachmittag, um sie mit Sam zu besichtigen.

Ich trieb auch einen Babysitter auf, der mich bei Sam vertreten sollte. Sie würde die ersten beiden Wochen auswärts wohnen, während wir im Hotel logierten, und dann mit uns in die Wohnung ziehen.

Noch etwas mußte geregelt werden. Ich brauchte einen Job. Ich war gar nicht so sicher, daß es leicht sein würde, einen zu finden. Die Wirtschaft hatte während des Jahres, in dem ich weggewesen war, Einbußen erlitten, und Jobs waren rar. Meine Berufserfahrung beschränkte sich auf Werbung und Magazine, aber nach allem, was ich gehört hatte, war es zur Zeit gerade in diesen Sparten besonders schwer, etwas

Passendes zu finden, besonders da ich eine Zeitlang auswärts gearbeitet hatte. Meinen letzten Job hatte ich bei einem Innenausstattungsmagazin gehabt, das *Decor* hieß, aber ich hatte wenig Hoffnung, dort wieder unterzukommen. Freiberufliche Arbeit als Dekorateurin wie in Kalifornien, war auch eine Möglichkeit, aber ich wußte, daß ich davon in New York niemals leben konnte. Die Lebenshaltungskosten waren zu hoch. Also war das *Decor* meine einzige Hoffnung. Zumindest war es ein Ansatzpunkt, und vielleicht konnte Angus Aldridge, der Herausgeber, mir Tips geben oder vielleicht wußte er von einer freien Stelle bei einem anderen Magazin. Es konnte jedenfalls nicht schaden, es zu versuchen.

»Angus Aldridge, bitte. Hier spricht Mrs. Forrester. Gillian Forrester ... Nein ... F-O-R-R-E-S-T-E-R ... so ist es richtig ... Nein, ich warte.«

Er war charmant, elegant gekleidet und ein verdammt tüchtiger Herausgeber. Seine Anzüge waren von einem Schneider der Haute Couture, er besaß ein gewinnendes Lächeln und allwissende Augen, die allen Damen in Wichita zeigten, »wie man auszusehen hatte«. Er war neununddreißig Jahre alt, lief in seinem Urlaub Ski, vorzugsweise in Europa; er stammte aus Philadelphia, verbrachte den Sommer mit seiner Familie in Maine oder allein auf den griechischen Inseln und hatte die Schule für Journalisten in Yale besucht. Unser Herausgeber. Unser Gott. Unser Mr. Aldrigde.

Trotz seines warmen Lächelns konnte er genauso kalt und herzlos sein wie alle Herausgeber, dennoch mochte ich ihn; er gab sich wie er war, er verkörperte Philadelphia und Yale und Vierundsechzigste Straße Ost, und so fühlte er sich wohl. Er glaubte an diese Dinge. Er scherte sich keinen Deut um Wichita oder Bertrand oder die anderen Nester, in die er einmal im Monat sein Magazin versandte. Aber er machte eine gute Figur, und wenn man sich an die Spielregeln hielt, konnte man gut mit ihm auskommen.

»Ja, ich warte noch.«

»Gillian? So eine Überraschung. Wie geht es dir, meine Liebe?«

»Gut, Angus. Ausgezeichnet. Ich freue mich, mit dir zu sprechen, mir scheint, daß wir uns Jahre nicht mehr gesehen haben. Was machst du? Und natürlich, wie läuft das Magazin?«

»Wunderbar, meine Liebe. Bist du für ständig zurück? Oder kommst du nur in die Oase, um dich nach San Francisco wieder zum Leben zu erwecken?«

»Vielleicht sogar für immer. Wir werden sehen.« Aber während ich das sagte, bekam ich plötzlich wieder Sehnsucht nach San Francisco.

»Meine liebe Gillian, ich bin schon spät dran, ich muß zu einer Besprechung. Warum schaust du nicht einmal vorbei? Wie wäre es mit dem Lunch mor . . . nein, das geht nicht . . . Donnerstag? Also Donnerstag zum Lunch. Dann sprechen wir miteinander.«

»Donnerstag geht in Ordnung. Das ist wunderbar. Ich freue mich, mit dir gesprochen zu haben, Angus. Bis dann. Und arbeite dich bis Donnerstag nicht zu Tode. Ich sterbe vor Neugierde, was es Neues gibt.« Das war zwar eine Lüge, aber es ist eine ständige Redensart.

»Sehr gut, meine Liebe. Donnerstag. Um eins. Bei Henri? . . . In Ordnung, bis dann. Fein, daß du wieder hier bist.« Quatsch, gehört aber auch zum Bla-bla-bla.

Bei Henri. Genau wie früher, wenn es etwas zu »besprechen« gab . . . guten Tag, Mr. Aldridge . . . hier drüben, Mr. Aldridge . . . einen trockenen Martini, Mr. Aldridge? . . . das Spesenkonto, Mr. Aldridge! . . . Quatsch, Mr. Aldridge.

Aber ich brauchte einen Job, und ich hatte Angus immer so gemocht, wie er war. Aber warum klang ich plötzlich nach New York? Wo war Chris? San Francisco? Mein neues Ich? Oder sogar mein altes Ich . . . wo, zum Teufel, gehörte ich hin? Es hatte mich ganz durcheinandergebracht, wieder in

New York zu sein, so daß ich mich fast schizophren fühlte, als ob ich in eine fremde Haut geschlüpft wäre, als ich aus dem Flugzeug die Gangway hinunterging.

Ich hatte mir vorgenommen, Angus am Donnerstag um eine Anstellung zu bitten, und das ließ sich beim Lunch vielleicht zwangloser bewerkstelligen. Oder vielleicht würde es auch schwieriger. Das würde sich herausstellen. Auf jeden Fall konnte es nicht schaden, auf den Busch zu klopfen. Schlimmstenfalls würde er eben nein sagen. Aber ein Anfang war dann gemacht.

Und was jetzt? Sollte ich noch jemanden anrufen? Sollte ich warten, bis ich mit Angus gesprochen hatte, oder gleich eine Menge Leute kontaktieren? Vielleicht nur noch einen. John Templeton, den Herausgeber des weniger exklusiven, weniger geistreichen, handfesten *Woman's Life*. Das Magazin war härter, praxisbezogener und abwechslungsreicher. Es gab an, was man seinem Kind nach einer Mandeloperation zu essen geben soll, wie man selbstklebende Tapeten auf die Badezimmerwände klebt, welche Diät man einhalten soll, wenn der Ehemann fremdging, und wie man aus Resten von Vorhangstoff »Hauskleider« näht. John Templeton war genau wie sein Magazin der geschäftstüchtige Amerikaner, der keine Zeit vertrödelt, auf dem Standpunkt steht, zieh deine Beute an Land oder laß gleich deine Finger davon, halte mit oder du bist aus dem Rennen, ein etwas bedenklicher Zeitgenosse. Doch er und ich hatten einander die wenigen Male, die wir einander begegneten, gut verstanden, und vielleicht erinnerte er sich an mich. Ich war als freie Mitarbeiterin für ihn tätig gewesen, bevor ich zu *Decor* gewechselt hatte. Also rief ich ihn an.

Wieder das surrende Signal eines Klappenschranks, das Staccato-Klicken und ein kaum verständliches »Wmms . . . Lff.«

»Mr. Templeton, bitte.«

Dann gurrte eine nicht einschüchternde, sehr gelassene

junge Stimme »Mr. Templetons Büro«. Die Direktionssekretärin. Die glaubte, das heißt, wußte, daß sie vielleicht nicht tüchtiger oder klüger, aber auf ihre Art fast ebenso mächtig war wie Mr. Templeton. Sekretärinnen schüchtern mich jedesmal ein; sie wollen, daß »man das Anliegen ihnen mitteilt«, weil sie natürlich imstande sind, jedes Problem ebenso gut zu lösen – nur daß man, wenn man die Absicht gehabt hätte, mit ihnen zu sprechen, von Anfang an sie verlangt hätte.

»Mr. Templeton bitte. Hier spricht Gillian Forrester.«

»Tut mir leid, Miss Forrester. Mr. Templeton ist bei einer Besprechung ... Nein, er hat leider heute nachmittag keine Zeit, und morgen fährt er auf einen Tag nach Chicago. Kann ich Ihnen irgendwie behilflich sein?« Das war es. Ich hatte es ja geahnt!

»Nein, ich wollte mit Mr. Templeton persönlich sprechen ... das heißt ... ich bin eben aus Kalifornien gekommen, und ich war früher freiberuflich für *Woman's Life* tätig und ...« Ach, verdammt, was haben die Sekretärinnen nur gegen mich?

»Vielleicht möchten Sie mit unserem Personalbüro sprechen?« Tiefgekühlter Charme und selbstbewußte Herablassung, die ausdrücken, »ich habe einen Job. Sie nicht?«

»Nein, ich wollte eigentlich eine Verabredung mit Mr. Templeton treffen.« Gib acht, jetzt wird sie mir gleich sagen, sie kann nichts festsetzen, denn diese Woche ist sein Terminkalender randvoll, und nächste Woche ist Redaktionsschluß für die Zeitschrift, die gleich darauf in Druck geht, und die Woche danach ist er in Detroit ... warte nur!

»Sehr gut. Wie wäre es Freitag um neun Uhr fünfzehn? Leider ist sonst kein Termin frei ... Miss Forrester? ... Miss Forrester?«

»Verzeihen Sie, ich ... äh ... neun Uhr fünfzehn? Ich ... äh ... ja, ja, neun Uhr fünfzehn geht in Ordnung, ich meine ... diesen Freitag? ... Nein ... nein ... in

Ordnung . . . die Nummer, unter der Sie mich erreichen können? Ja, natürlich. Hotel Regency, Zimmer 1709 . . . Ich meine sechs . . . nein. Tut mir leid. Zimmer 2709 . . . So ist es . . . In Ordnung. Also bis Freitag.« Hol dich der Teufel.

So sah also der Anfang aus. Und wenn ich weder bei *Decor* noch bei *Woman's Life* etwas erreichte, konnte ich es ja woanders versuchen. Ich hatte zumindest einen Fühler ausgestreckt.

»Sam? Wie wäre es mit einem Besuch im Zoo?«

Sam und ich wanderten zur Park Avenue und dann nach Westen zum Central Park. Sie ritt zweimal auf einem Pony, während ich die Skyline bewunderte, die ein imponierender Anblick war. Die Fifth Avenue erstreckte sich in beide Richtungen, so weit ich sehen konnte, und ich stellte mir vor, wie die Leute in den Penthouses auf den Hochhäusern zu meiner Linken in großem Stil lebten, und in den Büros rechts von mir die Industriemagnaten Entscheidungen über Millionen Dollar trafen. Das Gebäude von General Motors war in die Höhe geschossen, und die Bauten der Umgebung wirkten dagegen winzig klein. Alles erschien mir wieder neu und gewaltig.

»Was würdest du zu einem guten Lunch sagen, Sam?«

»Ich bin noch nicht hungrig.«

»Komm, Liebling, sei nicht langweilig. Willst du noch ein Stück vom Zoo sehen?«

Sie schüttelte nur den Kopf, und ich bückte mich rasch, um sie zu küssen. Sie klammerte sich noch immer verzweifelt an die Welt, die wir verlassen hatten, an die Welt, die ich aus meinen Gedanken verbannte, so gut ich konnte. Chris. »Gehen wir, Sam.«

»Wohin gehen wir?« erkundigte sie sich neugierig.

»Nur über die Straße. Du wirst schon sehen. Dort hinüber!« Ich zeigte hin. »Das ist das Plaza.« Wir blieben stehen, betrachteten die Pferde und die zweirädrigen Droschken, dann stiegen wir die Stufen zu dem magischen Märchenland des Plaza-Hotels empor. Drinnen sah es wie eine eigene Stadt aus, es besaß die gleiche selbstverständliche Eleganz wie ein Ozeandampfer, war vollkommen autark und durch und durch luxuriös. Die Teppiche unter unseren Füßen fühlten sich wie Matratzen an, über uns schwebten die Kronen zahlreicher Palmen, und eine Menge energisch wirkender Leute kamen und gingen, manche wohnten im Hotel, andere kamen nur zum Lunch hierher. Es hatte eine internationale Atmosphäre an sich, die mich faszinierte. Es war New York.

»Wer ist das?« Sam war vor dem riesigen Porträt eines pausbäckigen kleinen Mädchens mit einem Mops stehengeblieben; es trug hinuntergerutschte Kniestrümpfe und einen schweren Faltenrock. Ihr Gesichtsausdruck war empörend arrogant, und man erkannte sofort, daß ihre Eltern geschieden waren und daß sie ein Kindermädchen hatte. Miss Park Avenue persönlich. Das Bild war leicht karikiert, und ich wußte, wen sie darstellen sollte.

»Das ist Eloise, Liebling. Sie ist ein kleines Mädchen aus einer Geschichte und soll hier mit ihrem Kindermädchen, ihrem Hund und ihrer Schildkröte gewohnt haben.«

»Wo war ihre Mami?«

»Ich glaube, sie war auf einer Reise.«

»Hat sie wirklich gelebt?« Sams Augen wurden immer größer. Das Aussehen des Mädchens auf dem Bild über ihr gefiel ihr.

»Nein, sie war nur eine Phantasiefigur.« Während ich das sagte, bemerkte ich ein kleines Schild auf dem Tisch unter dem Bild. »Besuchen Sie Eloises Zimmer. Wenden Sie sich an den Fahrstuhlwärter.«

»Möchtest du etwas sehen?«

»Was?«

»Eine Überraschung. Komm mit.« Wir fanden die Fahrstühle, ich erklärte dem Wärter in Andeutungen, wohin wir wollten, und wir fuhren langsam nach oben zu dem gewissen Stockwerk. Der Fahrstuhl war voll aufgedonnerter Damen und gut genährter Männer, und ich hörte hinter mir Spanisch, Französisch und vermutlich Schwedisch.

»Hier sind wir, junge Dame. Die zweite Tür rechts.« Ich dankte ihm, und er zwinkerte mir zu. Ich öffnete vorsichtig die Tür. Eloises Zimmer war der Wirklichkeit gewordene Traum eines kleinen Mädchens, und ich lächelte, als Sam nach Luft schnappte.

»Das ist Eloises Zimmer, Sam.«

»Toll! . . . du meine Güte!« Es war ein wahres Schmuckkästchen aus rosa Chintz und Gingham, angefüllt mit allem erdenklichen Spielzeug und von einer Unordnung, wie sie sich die meisten Kinder für ihr Zimmer erträumen, es aber nie durchsetzen. Eine hochgewachsene, magere Frau mit englischem Akzent spielte die »Nanny« und zeigte Sam tiefernst die interessantesten Schaustücke in dem Heiligtum. Der Besuch war ein ungeheurer Erfolg.

»Können wir in einiger Zeit wieder herkommen und es ansehen?« Sam hatte sich nur schweren Herzens davon trennen können.

»Sicherlich. Wir werden wiederkommen. Wollen wir jetzt zum Lunch gehen?« Sie nickte, noch immer benommen von der aufregenden Besichtigung, und schwebte neben mir in den Palmenhof, wo Klavier und Geigen ihre Klänge unter den Bäumen verwoben, während unzählige Damen an kleinen, mit rosa Leinentischtüchern gedeckten Tischen saßen. Das Plaza besaß immer noch die gleiche viktorianische Eleganz wie in meiner Kindheit, als ich gelegentlich von meiner Großmutter dorthin zum Tee eingeladen wurde.

Sam aß einen Hamburger und trank dazu ein großes Glas Himbeersoda, während ich mir einen Spinatsalat zu sechs Dollar zu Gemüte führte, und dann machten wir uns, zufrieden mit unserem Vormittag, auf den Heimweg.

Unterwegs schauten wir in die Schule für Sam hinein, und da sie mir gefiel, schrieb ich sie vom nächsten Tag an ein. Als wir in unser Hotel zurückkamen, staunte ich darüber, was wir alles geleistet hatten. In New York ereignet sich ununterbrochen so viel, daß man in einem halben Tag das Pensum einer ganzen Woche schafft. Ich hatte zwei Verabredungen getroffen, um Arbeit zu finden, hatte Sam in der Schule angemeldet, im Plaza geluncht und auch für Sams Unterhaltung gesorgt. Gar nicht übel.

Und nun hatte ich einige Stunden für mich. Der Babysitter war gekommen, und ich übergab ihm Sam. Ich wollte Peg Richards anrufen. Ich hatte es mir schon den ganzen Vormittag vorgenommen, und ich konnte es kaum erwarten.

Peg Richards und ich sind gemeinsam aufgewachsen und zur Schule gegangen; sie steht mir so nahe wie eine Schwester. Wir sind vollkommen verschieden, verstehen einander aber glänzend. Und jede nimmt an der anderen Anteil. Immer.

Peg Richards ist rauh, aber herzlich, gebraucht unglaubliche Ausdrücke, läßt sich nichts gefallen, ist kräftig und direkt, hat Sommersprossen und ungeheuer lebhafte braune Augen. Immer die Rädelsführerin in der Schule, wenn es um einen Streich ging, die aber auch anders sein konnte, die dem Mädchen, das ihr übel mitgespielt hatte, Bescheid stieß und sich um das Mädchen kümmerte, das niemand mochte oder beachtete. Sie trug einen Jungen-Haarschnitt, lief in flachen Schuhen herum und zeigte völliges Desinteresse an Kleidern, Make-up und allem, was uns faszinierte. Sie machte sich lange nichts aus Jungen, und sie spielten erst später eine Rolle in ihrem Leben. Sie war eben Peg. Peg Tomboy. Kapitän unseres Landhockeyteams, die sich während meines zweijährigen Aufenthalts in Europa, als ich angeblich Kunst studierte, vollkommen veränderte. Als ich zurückkam, war Peg im Briarcliff und nahm das Leben ernst. Ihre Ausdrucksweise war noch etwas rüder, aber ich glaubte, eine Spur Tusche auf ihren Wimpern zu entdecken. Drei Jahre später war sie Einkäuferin von Kinderkleidern in einem pikfeinen Warenhaus, ihre Ausdrücke waren unglaublich und sie trug endgültig Wimperntusche und falsche Wimpern. Sie lebte mit einem Journalisten zusammen, spielte viel Tennis und verwendete viel Zeit darauf, das Establishment herunterzumachen. Damals war sie dreiundzwanzig. Fünf Jahre später, als ich von Kalifornien zurückkam, war sie noch immer ledig, lebte im Augenblick mit niemandem zusammen und hatte noch immer denselben Job.

Peg hatte sich immer meiner angenommen, mich in der Schule bemuttert, mir Gesellschaft geleistet, nachdem Samantha zur Welt gekommen war und ich mich zu Hause hilflos fühlte; sie war während meiner Scheidung immer um mich gewesen und hatte mich getröstet, und sie hatte mir im Lauf der Jahre aus allen möglichen Schlamasseln geholfen. Peg ist meine zuverlässigste Freundin, treueste Verbündete und meine schärfste Kritikerin. Zwischen zwei Menschen, die einander so gut kennen, gibt es keine Scham und keine Unehrlichkeit.

Die Vermittlung in dem Warenhaus, in dem sie arbeitete, meldete sich, ich verlangte ihr Büro, und sie meldete sich eine halbe Minute später.

»Peg? Ich bin es.« Genau wie die geborene Erz-New-Yorkerin zum Vorschein gekommen war, als ich mit Angus sprach, wurde ich im Gespräch mit Peg wieder zum Schulmädchen.

»Verdammte Scheiße! Gillian! Was, zum Teufel, machst du hier? Wie lange bleibst du?«

»Für einige Zeit. Ich bin gestern abend angekommen.«

»Wo wohnst du?«

»Ob du's glaubst oder nicht, im Regency.« Sie kicherte, und ich lachte auch.

»Du Angeberin. Was ist los? Bist du im Westen reich geworden? Ich dachte, daß der Goldrausch vorbei ist.« Peg ist nicht auf den Mund gefallen.

»Stimmt. In mehr als einer Hinsicht.« Sie hatte mich an Chris erinnert, das ernüchterte mich schnell.

»Oh? Ist alles in Ordnung, Gill?«

»Ja, gewiß, mir geht es gut. Und dir?«

»Man schlägt sich durch. Wann bekomme ich dich und meine Freundin Sam zu Gesicht? Ist sie mitgekommen?«

»Natürlich. Wir können einander treffen, wann immer du willst. Ich fühle mich wie eine Fremde in dieser verdammten Stadt und weiß nicht, was ich zuerst tun soll. Ich lasse es mir jedenfalls gutgehen.«

»Wie denn auch nicht im Regency? Ich möchte nur eines wissen: übersiedelst du hierher oder bist du auf Besuch hier?«

»Seelisch das Letztere, aber praktisch . . . wir sind wieder hier.«

»Deine Romanze ist geplatzt?«

»Ich weiß es nicht, Peg. Ich glaube, ja, weiß es aber nicht bestimmt. Es ist eine lange Geschichte, und ich mußte zurückkommen.«

»Du bringst mich verdammt durcheinander. Es hätte mich nicht gewundert, wenn die Love Story zu Ende wäre. Was du mir von dem Mädchen in seinem Bett in dem Strandhaus erzählt hast, hat mir gar nicht gefallen.« Ich hatte vergessen, daß ich es ihr in meiner Verzweiflung geschrieben hatte.

»Darüber sind wir hinweggekommen.«

»Ist noch etwas anderes passiert? Mein Gott! Das hätte mir schon gereicht. Meine gute alte Gill, du lernst wohl nie, oder? Jedenfalls kannst du mir alles erzählen, was du willst, sobald wir zusammenkommen. Wie wäre es mit heute abend?«

»Heute abend? Sicherlich . . . warum nicht?«

»Klingt nicht gerade begeistert. Zum Teufel mit dir. Ich komme nach der Arbeit auf einen Drink ins Hotel. Ich will dein Wunderkind von Tochter sehen. Ich bin so froh, daß du wieder hier bist, Gill!«

»Danke, Peg. Bis später.«

»Ja, übrigens, sei schon ausgehfertig, wenn ich komme, ich lade dich zum Abendessen ins *Twenty-One* ein.«

»Was tust du?«

»Du hast richtig verstanden. Wir feiern deine Rückkehr.«

»Warum feiern wir nicht mit Zimmerservice?«

»Rutsch mir den Buckel runter.« Damit legte sie auf, und ich grinste. Es war ein feines Gefühl, daheim zu sein. Die Zeit mit Chris schien so fern, als hätte es sie nie gegeben. Ich war in New York, wo ich begonnen hatte, hoffentlich würde ich bald Arbeit finden, und an diesem Abend speiste ich im *Twenty-One*. Es war so, als würde sich New York von seiner schönsten Seite zeigen, und alles nach meinem Wunsch laufen.

15

Peg hatte in dem berühmten *Twenty-One Club* im Erdgeschoß in der Nähe der Bar einen Tisch reservieren lassen, und wir wurden vom *Maître d'hôtel*, der Peg gut zu kennen schien, zu unseren Plätzen geführt.

»Gut, gut, du hast dich wenigstens während meiner Abwesenheit in den richtigen Lokalen herumgetrieben. Nicht übel.«

»Geht alles auf Spesen.« Sie grinste wie ein Kobold und bestellte einen doppelten Martini pur. Das war auch eine neue Erfahrung.

Das Wiedersehen zwischen Peg und Samantha im Hotel war stürmisch und fröhlich verlaufen, und unsere Begrüßung kaum weniger. Sie sah besser aus denn je, und ihre Zunge war noch spitzer als früher. Sie umarmte Sam herzlich, dann beschimpfte sie mich, während wir einander herumschubsten und kicherten. Es war schön, wieder mit ihr beisammen zu sein.

Ich sah mich im Restaurant um, während sie an ihrem Drink nippte, und staunte über die Besucher. Die Crème de la Crème. Die obersten Zehntausend von New York waren zum Dinner erschienen. So wie ich auch.

In bezug auf Kleidung pendelte San Francisco zwischen extremen Hippies und 1950er Börsenmaklern, wobei es fast keine Zwischenstufe gibt. Die Frauen sind konservativ und tragen noch immer pastellfarbige Wollsachen, ärmellos und knielang, Hüte, Handschuhe, das ganze Zubehör. New York hingegen bietet eine breite Palette von Formen und Farben, die das Auge überwältigen. Vollkommen verrückte, ruhig elegante, exotisch schicke, unzählige Modelle, Farben und Stile. Was ich ja auch bemerkt hatte, als das Taxi bei der Fahrt vom Flughafen bei Yellowfinger gehalten hatte; die Menschen in New York haben Mut.

An dem Tisch neben uns saßen juwelenbehängte Frauen erfolgreicher Geschäftsleute, trugen Pariser Modelle aus kostbarer Seide und weichem Satin, kamen direkt vom Friseur, und wenn ich ihre Maniküre sah, hätte ich am liebsten meine Hände versteckt. An der Bar drängte sich eine Schar von Fünfzigjährigen in auffallenden Modellanzügen, statuenhaft wirkende Frauen mit kunstvollem Augen-Make-up und kurzgeschnittenem Haar. Zu meiner Verwunderung merkte ich, daß kurzes Haar wieder »in« war. In Kalifornien trug man es noch lang und glatt, aber in New York war natürliches Aussehen passé, es hatte zu wenig Charme und war ein Zeichen dafür, daß man auf sein Äußeres keinen Wert legte.

Der Raum selbst war dunkel, und die Tischtücher waren so steif gestärkt, daß sie aussahen, als könnten sie stehen. Von der Decke hing eine Unzahl von Spielzeugautos und Flugzeugen. Man mußte nur nach oben blicken und wußte, daß man sich im *Twenty-One* befand. Das diskrete Klirren von schönem Silberbesteck, zartem Porzellan und hauchdünnem Kristall mischte sich mit dem leisen Stimmengewirr, und der ganze Raum schien zum Leben zu erwachen.

»Da staunst du, was, du Provinzlerin?« Peg sah belustigt drein.

»So ist es. Ich hatte beinahe vergessen, wie New York aussieht. Es ist ulkig, wieder zurück zu sein. Ich fühle mich, als müßte ich die Sprache wieder von Grund auf lernen und immer auf Draht sein.«

»Ich habe den Eindruck, daß du es schaffst. Du hast den Kontakt noch nicht verloren.« Ich trug ein weißes Wollkleid, die Perlen, die mir meine Exschwiegermutter geschenkt hatte, und hatte mein Haar nach hinten gekämmt und im Nacken straff verknotet. »Der Kerl rechts von dir sieht aus, als wäre er ganz wild auf dich. Du siehst prima aus.«

»Danke, aber ich scheiß drauf.«

»Mrs. Forrester! Solche Ausdrücke im *Twenty-One*. O Gott! Ich kann dich nirgends mehr mitnehmen.«

»Ach, halt den Mund!« Ich kicherte über meinem Dubonnet.

»Erst wenn ich weiß, was dich nach New York zurückgeführt hat. Ich rieche Verrat.«

»Laß gut sein, Peg.« Ich sah mich im Saal um. Über Chris wollte ich nicht sprechen. Ich wollte nur den Abend genießen.

»Das bestätigt meinen Verdacht. Okay, du Schweigsame, willst du es mir jetzt erzählen oder später?«

»Es gibt nichts zu erzählen.«

»Ach wirklich? Hat dir deine Mutter jemals die Geschichte von Pinocchio erzählt, Gill? Du solltest deine Nase sehen . . . sie wird immer länger und länger . . .«

»Peg Richards, du fällst mir auf den Wecker. Ich bin einfach zurückgekommen, das ist alles.«

»Ich bin beleidigt. Ich habe geglaubt, wir wären Freundinnen.«

»Sind wir auch.« Meine Stimme wurde leise, und ich nahm meinen zweiten Dubonnet.

»Okay, ich lasse es sein. Was willst du essen?«

»Etwas Leichtes.«

»Bist du krank?« Peg sah mich besorgt an, und ich suchte rasch in meinem Gehirn nach möglichen Ausreden, fand aber keine.

»Nein, schwanger.«

»Was? Du heilige Scheiße! Du bist also wegen einer Abtreibung hergekommen?«

»Nein. Ich bin hierher übersiedelt.«

»Was ist mit Chris? Weiß er es?«

»Ja.«

»Und?«

»Ich bin übersiedelt.«

»Hat er dich im Stich gelassen, Gill?« In Pegs Augen

loderte Feuer; sie war wirklich die treueste Freundin, die ich hatte.

»Nein, wir haben nur gefunden, daß es so am besten ist.«

»Wir? Oder er? Es ist gar nicht deine Art.«

»Das ist nicht wichtig, Peg. Er will sich noch nicht binden, und ich kann ihn verstehen. Er ist noch nicht soweit. Es ist wirklich besser so.« Aber ich konnte Peg nicht überzeugen. Was Wunder, wenn ich selbst nicht daran glaubte.

»Du bist übergeschnappt. Du willst das Baby zur Welt bringen, Gill?«

»Ja.«

»Warum?«

»Weil ich ihn liebe. Und ich will das Kind haben.«

»Das ist ein verdammt folgenschwerer Entschluß. Hoffentlich weißt du, was du tust.«

Peg sah aus, als hätte man ihr soeben einen Eimer Eiswasser über den Kopf gegossen.

»Ich glaube schon.«

»Wie wäre es mit noch einem Drink? Ich kann ihn gebrauchen. Und du?« Sie blickte mich mit einem kläglichen Lächeln an, und ich schüttelte den Kopf.

»Hör zu, das soll unseren Abend nicht verderben. Alles ist okay, mir geht es prima, und ich weiß, was ich tue. Ehrlich, Peg. Also beruhige dich.«

»Du sagst das so leichthin. Ich mache mir gern Sorgen. Außerdem bist du nur die Mutter. Ich beabsichtige, die Patin zu sein, und das ist eine große Verantwortung.« Ich lachte, sie hob ihr Glas und trank mir zu. »Auf dein Wohl, du gottverdammte Gans. Dieser Mistkerl. Das habe ich nie erwartet. Wo, um Himmels willen, ist deine Erziehung geblieben?« Darauf lachten wir beide, und dann bestellten wir das Dinner. Das Thema kam nicht wieder aufs Tapet, doch ich wußte, daß Peg es im Geist weiter herumwälzte, und daß sie später darauf zurückkommen würde. Sie hatte zu rasch aufgegeben und sie würde so lange keine Ruhe geben, bis sie mir gegenüber ihre

Pflicht getan hatte, und mir tüchtig einheizte. Vielleicht nahm sie an, ich könnte es im Augenblick nicht verkraften. – Vielleicht hatte sie damit auch recht.

Wir blieben bis nach elf im *Twenty-One* und wollten gerade die Rechnung verlangen, als ein hochgewachsener, gutaussehender Mann an unserem Tisch stehenblieb.

»Hallo, Peg, kann ich Sie beide zu einem Drink einladen?« Er sprach zu Peg, lächelte mir aber direkt ins Gesicht.

»Abend, Matt. Was suchst du hier?«

»Ich könnte dich das gleiche fragen, verzichte aber darauf.«

»Oh, entschuldige. Das ist Gillian Forrester, Matthew Hinton.«

»Guten Abend.« Wir schüttelten einander über den Tisch hinweg die Hand, und Peg schien sich über etwas zu freuen.

»Wie steht es mit dem Drink, meine Damen?« Ich wollte schon ablehnen, doch Peg warf mir einen anzüglichen Blick zu und nahm die Einladung an.

Wir saßen noch eine halbe Stunde mit ihm zusammen und plauderten. Er war Rechtsanwalt, arbeitete in der Wall Street und war im selben Tennisklub wie Peg. Er sah aus, als wäre er Anfang Dreißig, gab sich lässig, versprühte aber etwas zu viel männlichen Charme für meinen Geschmack. Er musterte mich wie einen großen Happen Fleisch, den er vielleicht kaufen würde oder auch nicht, und das ärgerte mich.

»Wie wäre es, wenn ich Sie beide auf einen Drink und ein paar Tanzschritte zu Raffles einlade?« Doch diesmal war ich schneller als Peg.

»Nein, das geht wirklich nicht. Ich bin erst gestern abend aus Kalifornien zurückgekommen und habe den versäumten Schlaf noch nicht nachgeholt, aber jedenfalls besten Dank.«

»Sie ist meine beste Freundin, Matt, und trotzdem kenne ich niemanden, der mich so in Rage bringt. Immer als erste weg von der Party.«

»Warum gehst du nicht mit, Peg? Ich nehme ein Taxi.«

»Nein, ich passe auch. Tut mir leid, Matt.« Er zog ein

scheinbar enttäuschtes Gesicht, hob die Hände, und wir bezahlten unsere diversen Rechnungen, oder vielmehr er und Peg taten es. Ich wagte nicht daran zu denken, was das Dinner gekostet hatte, aber es war ein reizender Abend gewesen.

Matt bot uns an, uns nach Hause zu bringen, was Peg annahm. Wenige Minuten später waren wir beim Regency. Matt vermerkte es anerkennend. Ich küßte Peg auf die Wange, dankte ihr für die Einladung und versuchte sie am Reden zu hindern. Was immer sie sagen würde, es wäre sicherlich taktlos. Matt wartete geduldig auf dem Gehsteig, während der Portier zusah.

»Gefällt er dir?« flüsterte sie mir ins Ohr, als ich mich aus ihrer Umarmung löste.

»Nein, verdammt! Und wage nicht, mich zu verkuppeln! Aber danke für das Dinner.« Ich hatte ebenso heiser geflüstert wie sie und unterstrich meine Worte durch einen strengen Blick. Sie antwortete nicht, und das ist bei Peg ein schlechtes Zeichen. Ich stellte mir vor, wie sie für Matt ein ganzes Drehbuch erfand, während er sie nach Hause brachte.

»Gute Nacht, Matt. Danke, daß Sie mich nach Hause gebracht haben.« Ich schüttelte ihm kühl die Hand, ging zu der Drehtür und winkte Peg ein letztes Mal zu.

»Gillian!« Es war Matt.

»Ja?« Er war mit zwei großen Schritten bei mir.

»Ich werde Sie morgen anrufen.«

»Oh.« Aber er war schon weg, die Tür des Taxis knallte zu, der Wagen fuhr ab und war sofort in dem ewig strömenden Verkehr der Stadt untergetaucht.

16

Das Telefon klingelte, als ich am nächsten Morgen bei der zweiten Tasse Kaffee angelangt war, und ich griff geistesabwesend nach dem Hörer, während ich die Zeitung in der anderen Hand hielt.

»Hallo?«

»Wie hat er dir gefallen?«

»Peg! Du gehst mir verdammt auf die Nerven. Reg dich bitte ab. Ich habe dir doch gestern abend erklärt, was ich davon halte. Und das war mein voller Ernst.«

»Was, zum Teufel, ist mit dir los?« Das klang ungeheuer gereizt.

»Erstens einmal liebe ich noch immer Chris.«

»Das bringt dich nicht weiter. Er hat dich sitzenlassen, hast du das vergessen?«

»Okay, Peg, das genügt. Lassen wir das Thema. Gestern abend war es wirklich nett.«

»Das fand ich auch. Und . . . ach verdammt. Okay, Gill. Ich lasse dich in Ruhe. Tut mir leid. Ich möchte nur, daß du einmal mit ihm ausgehst. Es würde dir zu einem guten Start verhelfen. Er ist gesellschaftlich sehr angesehen.«

»Sicherlich, aber das reizt mich nicht mehr.«

»Okay, dann werde ich dir einen Hippie suchen, du dumme Ziege.« Sie lachte kurz, und ich fühlte mich wieder besser. »Ich wollte ja nur ein gutes Wort für Matt einlegen. Muß jetzt zu einer Besprechung. Ich rufe dich später wieder an.«

»Okay, Peg. Bis bald.«

Kaum hatte ich aufgelegt, da klingelte das Telefon wieder, und diesmal ahnte ich, wer es sein würde. Ich behielt recht.

»Gillian?«

»Ja.«

»Guten Morgen. Hier spricht Matthew Hinton.« Sieh mal an.

»Guten Morgen.« Also was? Ich war wirklich nicht in Stimmung.

»Ich wollte Sie eigentlich zum Dinner einladen, Gillian, aber es hat sich etwas anderes ergeben.« Es war eine merkwürdige Einladung, aber ich wartete darauf, was nachkam. »Einer der Seniorpartner der Firma hat mir soeben zwei Karten für die heutige Eröffnung der Opernspielzeit angeboten. Was halten Sie davon?« Ich schämte mich, daß ich plötzlich Lust darauf bekam, aber es klang zu verlockend, um darauf zu verzichten.

»Wirklich? Das wäre herrlich, Matthew. Sie verwöhnen mich aber sehr.«

»Lächerlich. Die Oper beginnt um acht, und wir können nachher noch dinieren. Ich hole Sie um halb acht ab. Paßt Ihnen das?«

»Ausgezeichnet. Bis dann also. Und besten Dank.«

Ich betrachtete mich im Spiegel und fühlte mich etwas schuldbewußt, da ich seine Einladung nur wegen der Oper angenommen hatte, aber, hol's der Teufel, es würde wirklich ein Kunstgenuß werden.

Matthew erschien pünktlich um halb acht und stieß einen langen Pfiff aus, der mir beinahe zu Kopf stieg. Ich trug ein cremefarbenes Satinkleid, das den Rest meiner kalifornischen Sonnenbräune betonte, und ich war mit mir zufrieden gewesen, als ich mich vor dem Weggehen im Spiegel betrachtet hatte.

Er sah im Smoking etwas steif, aber sehr stattlich aus, trug kleine Saphir-Manschettenknöpfe und erinnerte mich einen Augenblick lang an meinen Exehemann. Ich kehrte in die solide Welt des Establishments zurück, wenn auch nur für einen Abend. Sie war eine Million Lichtjahre von der Welt entfernt, in der ich mit Chris gelebt hatte.

Das Taxi hielt vor dem Lincoln Center, und der Springbrunnen auf der Plaza sandte seine Strahlen graziös, immer die Höhe wechselnd, gegen den Nachthimmel. Kleine Gruppen elegant gekleideter Opernbesucher bewegten sich in die gleiche Richtung wie wir, und ich kümmerte mich kaum um Matt, weil die herrlichen Toiletten und schönen Menschen meine Aufmerksamkeit zu sehr beanspruchten. Offensichtlich handelte es sich um ein gesellschaftliches Ereignis.

Fotografen sprangen aus jedem kleinen Winkel und jeder versteckten Ecke, und schossen ihre Blitzlichter in die Dunkelheit, während die Opernbesucher eintraten. Man konnte sich ausrechnen, wer in den Logen sitzen würde – sie waren noch eleganter gekleidet als das übrige Publikum, und ihr Schmuck gleißte.

»Mr. Hinton, nur einen Augenblick.« Matthew wandte den Kopf nach links, um zu sehen, wer ihn ansprach, ich folgte seinem Blick, und in diesem Augenblick flammte ein Blitzlicht auf, ein Fotograf war zu einem Schnappschuß gekommen.

»Darf ich fragen, wer die Dame ist?« erkundigte sich ein geschmeidiges, schwarzhaariges Mädchen neben dem Fotografen. Sie trug ein glänzendes rotes Kleid und hatte glattes Haar. Sie notierte meinen Namen lächelnd, während ich ungläubig zusah. Es war ein toller Anblick. Überall herrschte ein Höllenlärm, und die Leute versuchten, sich durch die Schar von Reportern und Fotografen zu drängen.

Matthew führte mich über die Treppe zu unserer Loge, und ein älterer Platzanweiser lächelte ihm zu. »Guten Abend, Mr. Hinton.« Du meine Güte!

»Gehen Sie oft in die Oper, Matt?«

»Dann und wann.« Aber etwas kam mir allmählich verdächtig vor.

Man spielte *Lucia di Lammermoor* mit Joan Sutherland, und die Vorstellung war atemberaubend. Während der Pause floß der Champagner in Strömen, und die Fotografen nützten die Galapremiere.

»Ich habe das Dinner bei Raffles bestellt, da Sie mir gestern abend nicht die Ehre geben wollten. Sind Sie damit einverstanden?«

»Wunderbar.«

Bei Raffles wurden wir von jedem Kellner, der in Sichtweite kam, mit »Guten Abend, Mr. Hinton« begrüßt. Peg hatte recht, er war sehr bekannt.

Aber der Abend verlief angenehm, das Gespräch plätscherte dahin, und er besaß Sinn für Humor. Er hatte Räucherlachs, gebratene Ente und ein Soufflé au Grand Marnier bestellt. Wir tranken wieder Champagner und tanzten eine Weile in der gedämpften Fröhlichkeit des Klubs. Die Einrichtung stammte von Cecil Beaton, und es mangelte ihr zwar etwas an Wärme, aber die Gäste rekrutierten sich offensichtlich aus der ersten Gesellschaft New Yorks.

Wir kamen um eins ins Regency zurück, und ich schüttelte ihm in der Halle die Hand, womit der Abend zu Ende war. Er war genauso verlaufen, wie ich es mir vorgestellt hatte. Die Eröffnung der Opernsaison. Mehr bedeutete es mir nicht. Bis ich am nächsten Tag die Zeitungen sah.

Am nächsten Morgen klingelte das Telefon, aber diesmal schlief ich noch.

»Du hast doch gesagt, du willst nicht mit ihm ausgehen.«

»Ha?«

»Du hast richtig gehört.« Es war Peg. »Wie war die Oper?«

»Sehr schön, danke.« Ich bemühte mich, munter zu werden, dann fiel mir eine Frage ein. »Wieso weißt du, daß ich in der Oper war? Hat Matt dich angerufen?« Die Möglichkeit ärgerte mich.

»Nein. Ich hab's aus der Zeitung.«

»Blödsinn. Er hat dich angerufen.« Ich hatte mich inzwischen aufgesetzt.

»Hat er nicht. Ich habe das heutige *Women's Wear Daily* vor mir und zitiere: ›Wer ist Playboy Matthew Hintons neueste Liebe? Mrs. Gillian Forrester natürlich. Sie wohnten gestern abend der Operneröffnung bei, das war . . . und so weiter. Sie saßen in der Loge seines Vaters, Q, und wurden später in Raffles privater Diskothek gesehen, wo die Große Welt zusammenkommt. Sie tranken Champagner und tanzten bis zum Morgengrauen.‹«

»Verdammt noch mal. Ich war um eins zu Hause.« Ich war einigermaßen konsterniert. »Playboy Matthew Hintons neueste Liebe?« Du heiliger Bimbam.

»Halt den Mund, ich bin noch nicht fertig. ›Mrs. Forrester trug ein cremefarbenes schulterfreies Satinkleid, das aussah wie ein Dior-Modell vom Vorjahr. Aber sie ist eine äußerst attraktive junge Dame. Nur so weiter, Matt.‹«

»Danke vielmals. Das Kleid ist sechs Jahre alt und stammt von einem unbekannten Modekünstler. Um Gottes willen, Peg, das ist das Schlimmste, das mir je passieren konnte. Ich bin entsetzt.«

»Tröste dich. Die *Times* brachte nur ein Foto. Du sahst recht gut darauf aus. Also . . . gefällt er dir?«

»Natürlich nicht. Ach, verdammt, was weiß ich? Ich war begeistert, weil ich zur Operneröffnung konnte, und er ist ungefähr so unterhaltend wie ein Telefonbuch. Er redet in Phrasen und ist schrecklich steif. Offen gestanden, mir gefällt es gar nicht, in allen Zeitungen als ›neueste Liebe‹ eines Playboys abgestempelt zu werden. Gütiger Gott!«

»Sei doch nicht so spießig. Genieß es.«

»Quatsch.«

»Geh zumindest eine Zeitlang mit ihm aus.«

»Was? Damit alle Zeitungen analysieren, was wir zum Dinner bestellt haben? Das lohnt sich nicht, Peg. Danke jedenfalls, daß du ihn mir vorgestellt hast.«

»Du bist eklig. Aber vielleicht hast du nicht ganz unrecht. Er ist ein bißchen langweilig. Ich werde mir die Zeitungsausschnitte jedenfalls aufheben. Meine Freundin Gillian Forrester neueste Liebe eines Playboys.«

»Du Knülch.« Diesmal lachte ich laut, während ich auflegte. Es war wirklich ziemlich komisch. Ich kam fast in Versuchung, die Zeitungsausschnitte an Chris zu schicken.

Als ich das Frühstück bestellte, kam ein riesiges Rosenbukett mit. Auf der Karte stand: »Das mit den Zeitungsmeldungen tut mir so leid. Hoffe, Sie können den Sturm durchstehen. Das nächste Mal essen wir bei Nedick.« Unterschrieben mit »Matt«. Den Sturm durchstehen, stimmte. Das war jedoch eine Publicity, die ich mir nicht gewünscht hatte. Ich legte die Blumen auf einen Tisch und hob den Hörer ab. Wahrscheinlich wieder Peg.

»Gillian? Haben Sie mir verziehen?« Es war Matt.

»Es gibt nichts zu verzeihen. Für meinen zweiten Tag in New York ist es ein vielversprechender Anfang. Jedenfalls scheinen Sie ziemlich bekannt zu sein, Mr. Hinton.«

»Bei weitem nicht so sehr, wie *Women's Wear* annimmt. Was sagen Sie zu einem Dinner heute abend?«

»Um dem Gerücht weitere Nahrung zu geben?«

»Warum nicht?«

»Tut mir leid, doch heute kann ich nicht, Matt. Aber gestern war es ein ganz bezaubernder Abend.«

»Ich bin nicht sicher, ob Sie nicht schwindeln, aber ich freue mich, wenn es zutrifft. Ich werde Sie Ende der Woche anrufen und bis dahin nachdenken, was wir noch alles unternehmen können, um die Presse auf die Folter zu spannen. Haben Sie etwas für Pferde übrig?«

»In welcher Beziehung? Als Nahrungsmittel oder zum Transport?«

»Als Unterhaltung. In Form eines Reit- und Springturniers. Reizt Sie das?«

»Eigentlich schon, aber ich muß erst sehen, ob es geht,

Matt. Ich habe noch eine Menge zu erledigen.« Ich hatte keineswegs die Absicht, mich auf eine von der Presse angeregte Liebesgeschichte einzulassen.

»Also gut, vielbeschäftigte Dame. Ich werde Sie anrufen, und wünsche Ihnen einen schönen Tag.«

»Danke, gleichfalls. Und vielen Dank für die Rosen.«

Puh! Drei Tage in New York, und ich hatte Rosen auf meinem Tisch, zwei Fotos von mir in den Gesellschaftsspalten und Dinners im *Twenty-One* und bei Raffles, dazu noch die Operneröffnung. Nicht übel, Mrs. Forrester. Gar nicht übel.

17

Der Donnerstag kam, und mit ihm mein Lunch mit Angus. Ich hätte gern von ihm einen Job bekommen, war aber eigentlich nicht nervös. Es war ein herrlicher, sonniger Herbsttag. Ich fühlte mich wohl und war guter Laune.

Ich kam drei Minuten nach eins zu Chez Henri, Angus wartete schon an der Bar, er sah mehr denn je aus wie Bill Blass und war wie aus dem Ei gepellt. Sein Haar war am Scheitel etwas dünner, dieser kleine Schönheitsfehler war aber von einem geschickten Friseur liebevoll kaschiert worden. Als ich eintrat, bannte mich sofort sein Lächeln.

»Gillian! Du siehst fabelhaft aus! Einfach umwerfend. Außerdem bist du so braungebrannt. Du trägst auch das Haar jetzt anders, nicht wahr?«

Nach, wenn ich mich nicht verzählt hatte, weiteren 147 »liebste Gillian«, brachte ich den Mut auf, ihn zu fragen, ob es eine Chance gab, in den geheiligten Räumen von *Decor* einen Job zu finden, und wurde höflich, elegant, charmant abgewiesen, wobei das Lächeln noch ein wenig breiter wurde, um mir zu zeigen, daß er wirklich sehr an mir »interessiert« war, und er es »liebend gern täte, aber« ... Er leierte die in diesem Fall üblichen Phrasen herunter, daß es »ihm schrecklich unangenehm wäre ... die Geschäfte so schlecht gingen ... aber du würdest doch bei *Decor* nicht mehr glücklich sein, Liebste, nicht wahr?« Halb und halb hatte er recht, aber ich brauchte einen Job, und hatte zuerst an ihn gedacht. Eigentlich hätte ich gern wieder dort gearbeitet, aber wenn man *Decor* einmal verläßt, dann ist es für immer. Wie ein Kloster oder ein Mutterleib. Auf Nimmerwiedersehen.

Dennoch wurde es ein netter Lunch, und ich konnte mich noch auf das Treffen mit John Templeton am nächsten Tag freuen. Doch im Gegensatz zu Donnerstag regnete es Freitag in Strömen, und meine steigende Nervosität verriet mir, wie dringend ich den Job bei *Woman's Life* brauchte.

Ich rumpelte im Bus zum Magazin, und bedauerte, daß ich keine zweite Tasse Kaffee getrunken hatte, um das hellwache, gespannte Aussehen der Leute zu bekommen, die durch ihre Arbeit angeregt werden. Ich befand mich auf dem kürzeren Ast und wollte es vertuschen. Man muß Oberwasser haben, nichts brauchen, mit Volldampf rangehen, dann fallen einem die Jobs in den Schoß wie reife Äpfel. Braucht man einen Job aus finanziellen oder gefühlsmäßigen Gründen, sieht man es. Man bekommt einen verzweifelten Zug um den Mund, das gewisse rührende, bedürftige Aussehen, und der Baum behält seine Äpfel für sich. Bedürftigkeit schreckt die Leute ab. Niemand hat etwas für den armen hungrigen kleinen Kerl übrig, der in der Ecke bei Riker sitzt. Man fühlt mit ihm, aber man will sich nicht näher mit ihm befassen oder ihm etwas schenken, denn vielleicht ist seine »Krankheit« ansteckend. Vielleicht ist auch seine Traurigkeit ansteckend, und dieses Risiko will niemand eingehen.

Um neun Uhr zehn traf ich beim schwarzen Marmoreingang von *Woman's Life* ein; die Bronzeziffern neben der Tür besagten: 353 Lexington. Die etwas protzigen Luster wurden eben abgestaubt, und als ich zu der zweiten der vier Fahrstuhlgruppen ging, stieg allmählich meine Aufregung. Während wir langsam nach oben fuhren, wuchs meine Hoffnung, glaubte ich wirklich daran, daß ich in einer Stunde mit einem Job weggehen würde.

Neun Uhr zwölf. Dritter Stock ... eine Empfangsdame ... »Mrs. Forrester, wollen Sie bitte Platz nehmen. Mr. Templetons Sekretärin wird gleich dasein.« Sieben Exemplare von *Life*, zwei von *Holiday* und die letzten Nummern von *Woman's Life* lagen auf dem niedrigen Tisch vor der Naugahyde Couch, die einem Entwurf von Mies van der Rohe nachempfunden, ihm aber bei weitem nicht ebenbürtig war. Die siebente Zigarette seit heute morgen, die zweite Welle von Übelkeit, eine kurze Erinnerung an das keimende Leben in meinem Körper, die kurze Feststellung, daß meine Handflächen feucht waren, und dann erschien ein lächelndes Mädchen in meinem Alter, das aussah, als käme sie aus Cleveland, um mich zu »Mr.« Templeton zu bringen. Ich fühlte mich plötzlich jünger, unerfahrener, weniger tüchtig und unendlich weniger brauchbar als sie. Schließlich hatte sie einen Job, oder? ... Los, Gillian, reiß dich zusammen ... drei Korridore entlang, deren einzig ersichtlicher Zweck darin bestand, Besucher zu beeindrucken und ihren Orientierungssinn völlig durcheinanderzubringen, was ihnen bei mir schon beim zweiten Korridor gelang. Dann kam ein ganz in Beige gehaltenes Vorzimmer mit einem orangenen Aschenbecher auf Miss Clevelands Tisch, einem weiteren Stuhl im Stil von Mies van der Rohe und einer Tür. Die Tür: John stand im Türrahmen, lächelte mir zu, er sah drahtig und nervös, voller Energie und herzlich aus. Er führte mich rasch hinein, schloß die Tür, bot mir Kaffee an, setzte seine Pfeife in Brand, lächelte viel, plauderte unentwegt, lobte alle Vorzüge San Franciscos und war ganz John Templeton: ein Freund von Gillian Forrester, die aus der Verbannung zurückgekehrte Freischaffende. Damit konnte ich fertig werden, das war kein Problem, ich kannte Gillian Forrester in- und auswendig. Ich wußte, wie man es anlegt. Und wenn er die Rolle des Freundes spielen wollte, dann war alles okay. Ich entspannte mich, betrachtete die Aussicht, erkundigte mich nach seinen Kindern, sagte die üblichen Dinge über New York und fragte, wie *Woman's Life* mit der Krise im Verlagswesen fertig wurde. Ich benahm mich nicht wie jemand, der vorspricht, sondern wie jemand, der in der Branche gearbeitet hat. Den Job hatte ich vergessen.

Es folgte ein Kurzbericht über die Geschäftslage sowie Berichte darüber, welche von den Konkurrenz-Illustrierten von einem Konkurs bedroht waren und welche nicht bedroht waren, sondern sich in ernsten Schwierigkeiten befanden, »wie wir alle wissen«.

Scheinbar mitten in einem Satz, während meiner zweiten Tasse Kaffee, blickte John auf, betrachtete mich einen Augenblick und platzte mit der Frage heraus: »Gillian, warum sind Sie zurückgekommen?« Paukenschlag. John Templeton war kein so vertrauter Freund, daß ich ihm Geständnisse machen konnte. Zumindest hatte ich nicht dieses Gefühl. Also? »Ich mußte«, »Ich wollte«, »Mir hat New York gefehlt«, »Ich wollte zu *Woman's Life*, um dort mitzuarbeiten« – das einzige, das vielleicht plausibel geklungen hätte, wäre die Wahrheit gewesen, aber die klang so ausgefallen, daß ich sie nicht als Erklärung anbieten konnte. Es vergingen wahrscheinlich nur drei Sekunden, die mir wie eine Ewigkeit vorkamen, in denen ich in meinen Kaffee starrte, es in meinen Ohren summte und ich mein Herz laut klopfen hörte; dann sah ich ihn an und sagte das Einleuchtendste, das ich vorbringen konnte: »Ich wollte San Francisco für einige Zeit verlassen und wieder hierher zurückkommen«, was einigermaßen vernünftig klang und doch nicht viel aussagte, außer daß ich vielleicht in Kalifornien wegen unsittlichen Lebenswandels oder dergleichen gesucht wurde. Aber er akzeptierte es und fragte mich nur, ob ich für immer zurückgekommen sei. Was ich nicht wußte. Das sagte ich ihm auch. Ich erklärte, ich sei für mindestens sechs Monate, vielleicht auch für ein Jahr, unter Umständen für immer zurückgekommen, das hinge davon ab, wie ich in New York zurechtkommen und wie sich meine Lebensumstände im nächsten Jahr gestalten würden.

»Haben Sie sich schon nach einem Job umgesehen?« fragte John.

»Ja . . . und nein. Das heißt, ich rief Sie an, nun, weil mir *Woman's Life* gefällt. Ich will nicht in die Werbebranche zurück, und Sie sagten, das Verlagsgeschäft ist ziemlich zurückgegangen. Ich fand, es ist den Versuch wert, Sie anzurufen.«

»Was ist mit Ihrem ehemaligen Job bei *Decor*? Haben Sie mit Angus Aldridge gesprochen?«

»Ja. Nichts zu machen.« Er nickte, und ich war froh, weil ich aufrichtig gewesen war. Ich hatte immer den Verdacht gehabt, daß zwischen ihnen eine gewisse Rivalität bestand, aber auf jeden Fall hatte ich mit offenen Karten gespielt.

». . . Julie Weintraub . . .« Was, Julie Weintraub? Was hatte sie damit zu tun? Weshalb, zum Teufel, fängt er jetzt mit Julie Weintraub an?

»Julie Weintraub?« Es war das einzige, das ich herausbrachte, um das Gespräch in Gang zu halten. Vielleicht würde er wiederholen, was mir entgangen war.

»Sie erinnern sich sicherlich an sie. Sie haben gemeinsam an ein paar Projekten gearbeitet. Weihnachten und . . .« Natürlich erinnerte ich mich an sie, wußte aber noch immer nicht, warum John ihren Namen ins Gespräch gebracht hatte.

»Sie hat sich, wie ich sagte, vorige Woche einen Beckenbruch zugezogen, und muß für einige Zeit, mindestens acht, vielleicht zehn oder zwölf Wochen das Bett hüten. Jean Edwards und zwei weitere Mädchen versuchen, den Großteil ihrer Arbeit zu übernehmen, aber es ergeben sich einige Probleme. Ich habe mir alles soweit überlegt, daß ich jemanden kurzfristig, vielleicht sogar nicht vollzeitlich einstellen möchte, für drei oder vier Tage pro Woche, und sehen, ob wir so zurechtkommen. Vielleicht wäre das für Sie interessant. Ich muß Sie allerdings warnen, Gillian, es gibt nur einen Schinderlohn und keine Nebeneinkünfte, aber es wäre auch keine volle Arbeitswoche und würde Ihnen mehr Zeit für Ihre Tochter lassen. Was meinen Sie?« . . . Was ich meine? Ich meine, daß mich irgend jemand, irgendwo liebt, das meine ich! Halleluiah! Warte, bis ich es Chris erzähle! »Gillian, hören Sie auf, mich anzugrinsen und sagen Sie etwas.« John erwiderte mein Lächeln. Er las mir die Antwort vom Gesicht ab.

»Ich meine, Mr. Templeton, daß mir der Baum schließlich doch einen Apfel in den Schoß fallen ließ. Ich nehme an. Ich meine, ich will den Job. Ich meine . . . es klingt herrlich! Wie ein richtiger Traum!«

»Können Sie Montag beginnen?« Ich nickte, denn ich war immer noch sprachlos. »Ausgezeichnet. Und Sie können damit rechnen, daß Sie den Job für mindestens acht Wochen haben. Ich möchte, daß Sie mit Julie darüber sprechen, was sie getan hat. Wir machen jetzt die Märznummer. Ich nehme an, das ist vorläufig alles, was Sie wissen müssen. Am Montag geht es dann mit Volldampf los.«

Ich grinste nur immerzu und segnete insgeheim Julie Weintraubs Becken.

»Ausgezeichnet, John. Klingt großartig.« Ich grinste immer noch blöd vor mich hin.

John erhob sich, wir schüttelten einander die Hände, ich nahm meinen Mantel und schien auf Wolken zu schweben. Die Sekretärin in dem beigen Vorzimmer hatte mir nichts mehr voraus, die Fahrstühle sangen mein Lieblingslied und »353« aus Bronze auf der Vorderfront wurde zu meiner Glücksnummer. Von Montag an hatte ich einen Job.

Als ich ins Hotel zurückkehrte, war mein erster Gedanke, Chris anzurufen. Ich zögerte aber, weil ich befürchtete, er würde meine Begeisterung dämpfen, sich gleichgültig oder uninteressiert zeigen, und ich wollte, daß er sich mit mir freute. Die halbe Freude über ein neues Kleid besteht darin, daß man darauf wartet, was der Herzensfreund dazu sagt. Man kann es kaum erwarten, bis er nach Luft schnappt und einem versichert, daß man noch nie schöner ausgesehen hat. Wenn er dann feststellt, es wäre zwar ein herrliches Kleid, aber du müßtest noch zehn Pfund abnehmen, oder es wäre eine wahre Pracht an einem Mädchen mit größerem Busen, oder es ist schade, daß deine Beine für diese Mode zu kurz sind . . . da stirbst du ein wenig und dein Stern verliert seinen Glanz. Mir ging es mit meinem Job so. Ich wollte nicht, daß er mir die Freude verdarb, wollte es ihm andererseits erzählen. Also wartete ich . . . Um vier Uhr hielt ich es nicht mehr aus, rief ihn an und wartete mit angehaltenem Atem eine Minute lang, während das Telefon bei Chris läutete und läutete; meine Enttäuschung wurde immer größer und größer, als mir klar wurde, daß er vielleicht gar nicht zu Hause war.

». . . Ja? . . .« Ach, er ist doch da . . . und ich fühlte mich am anderen Ende des Drahtes ungefähr vierzehn Jahre alt.

»Chris? Ich bin es. Ich habe einen Job bei *Woman's Life*. Ich beginne Montag für acht oder zehn Wochen, ich springe für eine der Redakteurinnen ein, die im Krankenhaus liegt. Ich habe den Job soeben bekommen. Ist das nicht wundervoll?« Das alles sprudelte ich in einem Atemzug hervor. Warum konnte ich es nicht erwachsener oder professioneller oder sonstwie distanzierter klingen lassen? Meine Aufregung und eine gewisse Hemmung, mit Chris zu sprechen, ließen alles so kindisch und albern klingen. Oder vielleicht hatte nur ich das Gefühl, klein zu sein und albern zu klingen.

»Das freut mich aber für dich, Gill. So bist du wenigstens für eine Zeit beschäftigt. Warum hast du nicht versucht, etwas für länger zu bekommen? So wirst du dir in zwei Monaten wieder einen Posten suchen müssen.« Darauf mußte er also gleich herumhacken . . . das heißt »Schade, daß das Kleid so kurz ist, bei deinen Beinen« . . . also gut, es war ein Versuch gewesen.

»Hör mal, Gill, du solltest hier nicht mehr anrufen. Reg dich nicht auf und werde nicht gleich wütend, es ist ohne Bedeutung. Nur vorübergehend. Ich habe eine Zimmergenossin. Sie wird die Hälfte der Miete bezahlen, das ist wirklich eine Hilfe.«

»Eine Zimmergenossin? Seit wann? Und wer, zum Teufel, ist sie, daß ich dich plötzlich nicht mehr anrufen darf? Was, zum Teufel, steckt da dahinter?« O Gott, warum tue ich das, es geht mich ja eigentlich nichts an. Warum möchte ich aber plötzlich sterben und zittere am ganzen Körper? Die dritte Zigarette . . . wen kümmert John Templetons Job überhaupt? Es ist aus, zwischen mir und Chris ist alles zu Ende, die Königin ist tot, lange lebe die Königin ...

»Schau, es ist wirklich ganz unwesentlich, Gill, du kennst sie nicht einmal, und es ist auch nur vorübergehend.« Du gemeiner Bastard, du Hurensohn ...

»Ich kenne sie, das höre ich aus deiner Stimme heraus. Wer ist sie? Es ist keine große Leidenschaft, das hast du selbst gesagt, also sag es mir, nur um meine Neugier zu befriedigen. Wer ist sie?« In meiner Stimme schwang ein leicht hysterischer Ton mit.

»Marilyn Lee.« Du Schweinehund, ich wußte es. Das war die Frau, von der er mir einmal am Strand erzählt hatte. Das einzige Mädchen, das ihm jemals wirklich etwas bedeutet hatte. Aber angeblich war das längst vorbei gewesen. Und nun war es gar nicht vorbei. Sie war wieder bei ihm. »Komm schon, Gill, beruhige dich. Es ist nur für kurze Zeit. Sie rief gestern an, sie ist nur für ein paar Wochen in der Stadt, da wohnt sie eben hier, vielleicht einen Monat lang, keine Angelegenheit von Bedeutung.«

»Willst du bitte aufhören, mir vorzumachen, es wäre keine große Sache!« Wieder verfiel ich in diesen hysterischen Ton. »Und wenn es nichts Besonderes ist, warum kann ich dich dann nicht anrufen? Hast du Angst, es könnte sie verärgern, Chris? Würde es sie stören, wenn sie weiß, daß ich anrufe? Ist sie vielleicht ein ganz klein wenig eifersüchtig? Dazu hat sie keinen Grund, mein Schatz, sie hat sich ja seit Jahren gut mit dir verstanden, sie braucht sich keine Sorgen zu machen.«

»Beruhige dich doch, es ist nicht gut für das Kind, wenn du dich aufregst.« Das Kind? Unser Kind? Seit wann interessiert er sich plötzlich für das Kind?

»Hör zu, Chris, vergiß es. Es ist schließlich dein Leben. Ich wollte dir nur von meinem Job erzählen. Ich muß jetzt sowieso Schluß machen. Mich beruhigen. Ach, und Chris ... ich werde nicht mehr anrufen. Ich wünsche dir ein angenehmes Leben.« Idiotisch; wie ein Schulmädchen. Warum kannst du nicht gelassen und cool bleiben? Er hört doch, daß du weinst, du dumme Gans.

»Gillian ... ich liebe dich, Baby, das weißt du doch.«

»Erklär das Marilyn, Chris ...« Und da schluchzte ich richtig. Ich vergaß meinen Stolz, flehte um seine Liebe. Warum mußte ich mich so aufführen? Warum? Ich haßte mich dafür, aber ich konnte nicht anders.

»Ich rufe dich nächste Woche an, Gill.«

»Spar dir die Mühe. Spar sie dir. Es könnte Marilyn mißfallen. Einmal im Leben, Chris, dieses eine Mal sei konsequent, laß die halben Gefühle. Wenn du mit ihr zusammenbleiben willst, entscheide dich für sie. Wenn du mit mir zusammenbleiben willst, dann komm nach New York. Aber verpfusch nicht ihr Leben oder meines und damit dein eigenes, indem du jede betrügst, mit der du auch nur eine Stunde verbringst. Versuche zur Abwechslung einmal, dir gegenüber ehrlich zu sein.«

»Wenn du dich wegen dieser Lappalie so anstellst, werde ich dich nicht anrufen.«

»Ausgezeichnet. Erzähl nur alles Marilyn.«

»Du solltest mich doch verstehen, Gill. Du bist die einzige, der ich je meine Gefühle gezeigt habe. Was soll ich denn tun? Soll ich dir vorgaukeln, ich sei anders? Das liegt mir nicht. So bin ich eben.« Mein Gott, jetzt tut er mir auch noch leid. Der kleine Junge, der mit seinen Füßen in den Dreck geraten ist und nun von der Welt mißverstanden wird. Der kleine liebe Chris, und die große, schlimme Marilyn, und ich böse alte Hexe. Scheiße. »Wir wollen ein andermal darüber sprechen. Ich liebe dich, Gill.«

Chris lebte also mit einer anderen zusammen. Die Erregung vom Vormittag war mit einem Schlag dahin. Die Stunde, die ich in John Templetons Büro verbracht hatte, schien einen Monat zurückzuliegen. Zum Teufel mit dem verdammten *Woman's Life*!

18

Der Montag war eine reine Freude. Ich hatte eine Beschäftigung. Ich hatte einen Job. Und ich ging den ganzen Tag darin auf.

Zwanzig Minuten vor neun schoß ich aus dem Hotel und hastete mit der Menschenmenge in die Innenstadt. Es war ein berauschendes Gefühl. Ich fuhr mit dem Bus zur Arbeit, und als die Bronzelettern in Sicht kamen, fühlte ich mich, als ob mir der ganze Verlag gehörte. Ich wechselte mit den Reinigungskräften, die wieder die Bronzelettern polierten und den Luster abstaubten, ein Lächeln und ein Guten Morgen, und fühlte mich dazugehörig. In diesem Moment war ich ein Teil von New York und war unter dem Zeichen dieser Bronzelettern geboren. Die Konservenmusik schmetterte im Fahrstuhl, der Kaffeewagen klingelte und fand reißenden Absatz, als ich in der dritten Etage ausstieg. Willkommen zu Hause.

Ich suchte John Templetons Büro und fand es, nachdem ich mehrmals um die falsche Ecke gebogen war; seine Sekretärin saß noch am gleichen Platz und war ganz in Beige gekleidet, um zum Vorzimmer zu passen.

»Mr. Templeton ist bei einer Besprechung, Mrs. Forrester. Sie sollen schon hineingehen und mit Jean, Mrs. Edwards, sprechen, er wird dann Sie und die ganze Dekorationsabteilung um elf empfangen.« Wieder gegenseitiges Lächeln und ... »Ach, Mrs. Forrester, Mrs. Edwards wird Ihnen das Büro zeigen, in dem Sie arbeiten werden. Und bitte, sehen Sie bei Mr. Porcelli wegen Ihrer Sozialversicherungsnummer vorbei. Die Lohnverrechnung ist im vierten Stockwerk.« Magische Worte. Der Job war Wirklichkeit.

Weiter hinten im Labyrinth lag Jean Edwards Büro zwischen zwei größeren. Ihres war klein, unordentlich, überall lagen Stoffmuster herum, Petit-Point-Kram, grelle Poster, ungewaschene Kaffeetassen und Papierfetzen, auf die acht oder neun Notizen kreuz und quer gekritzelt waren. Ihr Büro war hell und freundlich, und es gab viele Topfpflanzen. Ein Pfeil, auf dem in roten Buchstaben »Hinauf« stand, zeigte nach unten, und ein riesiges Poster mit der Aufschrift »Lächle« trug das Foto eines weinenden kleinen Mädchens, das auf seine Eistüte blickte, die auf dem Pflaster zu seinen Füßen lag.

Ich wartete auf Jean, während Leute kamen und gingen, hereinschauten, vorbeirannten und aussahen wie schwer beschäftigte Menschen. Ich fühlte mich wie ein Gast.

Ich blieb allein, war nervös, und es juckte mich, an die Arbeit zu gehen. Wo blieb Jean? Wo waren eigentlich alle? Es schien, als wäre ich die einzige Unbeschäftigte; es war wie ein riesiges Spiel, und ich wollte mitspielen. Immer wieder erschienen Gesichter im Türrahmen und verschwanden wieder, und die Minuten tickten dahin, während ich die drei letzten Nummern des Magazins durchblätterte.

»Warten Sie auf Jean?« Ich blickte auf, und ein hochgewachsener Mann Mitte Vierzig erwiderte meinen Blick. Er hatte schwarzes Haar, hellblaue Augen und trug einen sorgfältig gestutzten Bart.

»Ja.«

»Freund oder Feind?« Seine Augen glitzerten verschmitzt.

»Ich bin nicht sicher, aber ich glaube, ich arbeite hier.«

»Ach, die neue Sekretärin. Richtig.« Damit verlor er das Interesse an mir und lief den Korridor hinunter, bevor ich reagieren konnte, während Ärger in mir hochstieg. Sekretärin, ach wirklich!

Ich wartete weiter, bis kurz nach zehn Uhr Jean mit einem Armvoll Faltprospekten, Stoffmustern und Probeabzügen hereinstürzte. Ihr Lächeln machte an diesem Vormittag alles wieder gut, und das lange Warten in ihrem Büro hatte scheinbar nur einen Moment gedauert.

»*Hi.* Wie ich höre, erwartet mich eine neue Sekretärin in meinem Büro.« Ihre dunklen Augen blitzten belustigt, während sie mich musterte, dann mußte ich lachen. »Lassen Sie sich von ihm nicht auf den Arm nehmen, das ist so seine Art. Er ist etwas brüsk. Als ich behauptete, Sie seien die neue Frau des französischen Botschafters und seien hierhergekommen, um mit uns darüber zu sprechen, daß wir Ihr Haus fotografieren, hat ihn beinahe der Schlag getroffen.«

»Sehr gut. Wer ist er? Jemand Wichtiger?« Mir schwante so etwas. Er hatte eine Aura von beamteter Würde ausgestrahlt, als er das Zimmer betrat.

»Mehr oder weniger. Er heißt Gordon Harte und ist Erster Künstlerischer Leiter und stellvertretender Chefredakteur.«

»Das klingt eher nach ›mehr‹ als nach ›weniger‹. Schwer zu behandeln?«

»Manchmal, aber zumeist ist er nur reserviert. Wir werden alle gereizt, wenn der Redaktionsschluß für eine Nummer herankommt. Sie werden es ja miterleben.«

»Daran kann ich mich noch erinnern.«

»Gut. Hören Sie, ich habe jetzt keine Zeit, Sie zu instruieren. Wir haben in fünf Minuten eine Besprechung in der Dekorationsabteilung in Templetons Büro, und ich muß diesen Mist von meinem Schreibtisch wegbringen. Auf Julies Schreibtisch liegt eine Liste der Arbeit, die Sie in der nächsten Woche erledigen sollen. Sie müssen ein sehr ausgefallenes Speisezimmer für Dreharbeiten auftreiben, und wir machen Kinderschlafzimmer, und was, zum Teufel, war noch geplant? . . . O Gott . . . Ja richtig! Sie sollen morgen früh mit dem Redakteur für Nahrungsmittel über etwas sprechen, und John hat nächste Woche ein Interview für Sie. In ein oder zwei Wochen wird es ein bißchen weniger hektisch sein, aber bis dahin werden Sie hauptsächlich damit beschäftigt sein, sich durch das Gröbste durchzukämpfen. Okay? Bereit? Auf zu unserer Besprechung. Ich muß mir unterwegs noch die Dias von den Dreharbeiten vom letzten Freitag ansehen. Wir sprechen später miteinander, und Julies Büro, jetzt das Ihre, ist von hier aus die zweite Tür links.« Sie hatte die ganze Zeit, während sie zu mir sprach, Papiere auf ihrem Schreibtisch geordnet, Dinge in Ordner gesteckt, Fotos aufeinandergeschichtet und Notizen gemacht, aber der Redefluß wurde keine Sekunde unterbrochen. Sie war eine von den drahtigen, dynamischen Frauen Ende der Dreißig, die für ihre Karriere leben. Sie war ausdauernd, tüchtig und nett, was eine seltene Kombination war. Ich erriet auch, während ich sie beobachtete, daß sie geschieden war.

Die Besprechung in John Templetons Büro war kurz und sachlich. Vervielfältigte Blätter mit den für das Magazin vorgesehenen Features wurden verteilt, und ich hörte aufmerksam zu, als ob ich die zwei ersten Wochen in der Schule versäumt hätte und jetzt nachholen müsse.

Um zwölf folgte ich Jean durch den Korridor. Sie verschwand in ihrem Büro, und ich begab mich zwei Türen weiter zu meinem.

Ich öffnete vorsichtig die Tür und fragte mich, was ich vorfinden würde, dann blieb ich stehen und sah mich einen Moment um; was ich sah, gefiel mir. Zwei Wände waren blau, eine orange und die vierte war aus Backsteinen, auf dem Boden befand sich ein dicker brauner Spannteppich, und die Wände waren mit Fotos, Postern und komischen kleinen Plaketten bedeckt. »Zu viel von etwas Gutem ist wundervoll« wurde Mae West zugeschrieben, zwei andere lauteten »Mierda« und »Nur Mut« und hinter dem Tisch hing eine, auf der stand, »Heute nicht, Johnny Boy«. Auf dem Tisch standen zwei Topfpflanzen und in der Ecke ein riesiges Arrangement von vielfarbigen Papierblumen. Es war ein kleiner Raum, aber er sah so aus, als könnte man in ihm angenehm arbeiten; ich ließ mich in den Stuhl fallen, auf dem »Madame Direktor« stand, und kam mir für einen Augenblick wie die Gewinnerin von »Königin des Tages« vor. Die Rolle lag mir, und ich fühlte mich nicht mehr wie eine neue Schülerin am ersten Schultag.

»Ich habe erfahren, daß ich mich bei Ihnen entschuldigen

muß. Wie geht es übrigens dem Botschafter?« Gordon Harte stand mit feierlichem Gesichtsausdruck im Türrahmen, und sah mir zu, wie ich mein Büro abschätzte.

»Ich nehme an, gut, Mr. Harte. Und Ihnen?«

»Beschäftigt, danke. Warum sind Sie es eigentlich nicht?« Einen Augenblick fragte ich mich, ob er es ernst meinte, und suchte nach einer eisigen Erwiderung, doch dann sah ich, wie sein Gesicht zugänglicher wurde.

»Ich habe das Gefühl, als hätte ich plötzlich einen Job in einer Fabrik angenommen.«

»Machen Sie sich nichts vor, das haben Sie getan. Und lassen Sie sich nie von Eloise dabei ertappen, daß Sie mit leeren Händen herumsitzen. Ein Löffel genügt. Sie können ihr einreden, daß er ein Requisit für eine Fotografie ist.«

»Klingt schlimm, wie? Ich höre, daß der Künstlerische Leiter auch recht angenehm sein kann.« Ich zog eine Braue hoch und bemühte mich, nicht zu lächeln, während ich es ihm ein wenig heimzahlte. Aber ich wußte, daß er recht hatte, was Eloise betraf. Eloise Franck, Chefredakteurin und hauseigenes Schreckgespenst. Ich kannte sie noch aus den Zeiten, als ich freiberuflich für *Woman's Life* gearbeitet hatte. Sie war eine ehemalige Journalistin, mindestens sechzig, sah aus wie vierzig und hatte ein Herz aus Edelstahl. Aber sie war von Kopf bis Fuß ein Vollprofi. Ihre Untergebenen haßten sie, ihre Kollegen fürchteten sie und nur John Templeton, der ihren Wert kannte, schätzte sie. Sie wußte, wie man ein Magazin leitet, verlor nie die Übersicht und hatte ein untrügliches Gefühl dafür, was in *Woman's Life* paßte.

»Übrigens, Mrs. Forrester, morgen früh Punkt neun findet eine allgemeine Mitarbeiterbesprechung statt. Sie sollen daran teilnehmen.« Ich hatte Gordons Anwesenheit fast vergessen, während ich mit Schrecken an Eloise Franck dachte.

»Sehr gut. Ich werde zur Stelle sein, Mr. Harte.«

»Das sollten Sie auch. Jetzt machen Sie sich besser an die Arbeit.« Damit verschwand er, ein ungelöstes Rätsel. Es ließ sich schwer herausfinden, wann er etwas ernst meinte und wann er scherzte, oder ob er überhaupt scherzte. Bei allem, was er sagte, war ein sarkastischer Unterton herauszuhören. Seine Augen sahen dich an, saugten sich in die deinen ... musterten dich ringsherum ... hypnotisierten dich einen Moment und ließen dich dann los, wenn du es am wenigsten erwartetest. Als ob das ganze Leben ein Spiel wäre. Seine Größe und schlanke Gestalt betonten die Hagerkeit seines Gesichts, das mich irgendwie an ein Porträt von El Greco erinnerte ... welches war es noch, fragte ich mich. Vielleicht weil trotz des Anflugs von Humor in seinen Augen etwas wie eine erlittene Kränkung lag, die den Eindruck der Unnahbarkeit hervorrief.

»Schön, Mr. Harte, Sie tun Ihre Arbeit, und ich die meine, und hoffentlich gehen wir einander nicht auf die Nerven.« Ich murmelte in mich hinein, während ich begann, den Haufen von Zetteln auf meinem Schreibtisch durchzuackern. Es sah aus, als hätte ich eine Menge zu tun. Und eine Menge aufzuarbeiten.

Ich war so vollkommen davon in Anspruch genommen, den Papierkram auszusortieren, der sich vor mir türmte, daß ich bis knapp vor fünf Uhr nicht den Kopf hob, denn ich hatte alles außer meiner Arbeit, einschließlich Gordon Harte, vergessen.

Ich holte mir von der Maschine am anderen Ende des Korridors eine Tasse Kaffee und kehrte zu meinem Schreibtisch zurück, als das Telefon zu läuten begann.

»Wie geht es?« Es war Jean Edwards.

»Okay. Ich kämpfe mich durch. Ich habe den ganzen Tag damit verbracht, das Zeug auf Julies Schreibtisch durchzugehen, und glaube, daß ich es beinahe geschafft habe.«

»In einem Tag? Nicht übel. Wurden Sie über die morgige Mitarbeiterbesprechung informiert?«

»Ja, danke, Gordon Harte hat es mir ausgerichtet.«

»Das ist wirklich eine Ehre. Im allgemeinen spricht er nur

mit John Templeton und mit Gott. Wobei ich gar nicht so sicher bin, daß er Gott als Gesprächspartner akzeptiert.«

»Das überrascht mich nicht. Er sieht aus, als wäre er ein wirklicher . . .«

»Sprechen Sie es nicht aus, Gillian. Aber Sie haben recht. Treten Sie ihm nur nicht auf die Zehen, dann kommen Sie mit ihm aus. Er ist ein Perfektionist, aber man kann ihm nichts vorwerfen: er treibt sich selbst stärker an als uns. Er ist seit Jahren sozusagen geladen.«

»Klingt, als sollte man ihm besser nicht in den Weg kommen.«

»Das, meine Liebe, ist Ihre Angelegenheit. Jetzt muß ich aber laufen. Ich habe heute abend Gäste.«

»Okay, Jean. Bis morgen und danke für die Hilfe.« Ich legte langsam auf und dachte über Jeans letzte Bemerkung über Gordon nach. Eines war sicher, geladen oder nicht, er war ein sehr attraktiver Mann.

Dann sah ich auf die Uhr und stellte fest, daß es Zeit war, zusammenzupacken und nach Hause zu gehen. Ich hatte Sam eine Pizza versprochen, und ich freute mich darauf, ein paar Stunden mit ihr zu verbringen, bevor sie zu Bett ging.

Als ich mein Büro verließ, warf ich einen letzten Blick zurück und lächelte. Es war ein herrlicher Tag gewesen, ich fühlte mich wieder zu etwas nütze, ausgelastet und zufrieden mit dem Job, den ich gefunden hatte.

Langsam ging ich durch den Korridor und bog rechts ins Labyrinth ein. Noch einmal rechts und dann links und ich stand vor den Fahrstühlen. Ebenso Gordon Harte, der gedankenverloren vor sich hinsah, einen großen braunen Briefumschlag in einer Hand und eine große Aktentasche in der anderen trug.

»Heimarbeit?« fragte ich ihn.

»In der linken Hand ja, in der rechten, nein. Ich unterrichte Montag abends im Zeichnen nach der Natur. Die

Aktentasche enthält einige von meinen alten Aktzeichnungen, die ich der Klasse zeigen will.«

Der Fahrstuhl hielt bei uns, und wir traten in die vom Mief der Leute aus den anderen Stockwerken erfüllte Kabine. Gordon erspähte jemanden, den er kannte, und zog ihn in ein Gespräch, also verschwand ich unauffällig, ohne mich bemerkbar zu machen. Als ich bei der Drehtür anlangte, war er unmittelbar hinter mir, und wir wurden hintereinander auf die Lexington Avenue geschleudert, wie Kaugummikugeln aus einem Automaten.

»In welche Richtung gehen Sie, Mrs. Forrester? Ich gehe ins Zentrum, um mein Fahrrad zu holen. Wollen Sie mitkommen?« Ich wußte nicht recht, was ich tun sollte, willigte aber dann ein, und wir gingen langsam durch die dichte Menschenmenge auf der Lexington.

»Fahren Sie mit dem Rad ins Büro?«

»Manchmal. Sie meinen wahrscheinlich ein Fahrrad. Es ist aber ein Motorrad. Ich habe es letzten Sommer aus Spanien mitgebracht.«

»Ist das nicht schrecklich gefährlich bei diesem Verkehr?«

»Eigentlich nicht. Mich kann kaum etwas erschrecken. Ich denke einfach nicht darüber nach.« ... Vielleicht ist es Ihnen egal? ...

»Haben Sie Kinder?« Das war ein unverfängliches Gesprächsthema.

»Einen Sohn. Er studiert in Yale Architektur. Und Sie?«

»Eine Tochter, sie ist fünf und noch in dem Stadium, in dem es ihr mehr Spaß macht, Wohnungseinrichtungen auseinanderzunehmen, als sie zusammenzustellen.« Er lachte. Er hatte ein nettes Lächeln und sah menschlicher aus, wenn er vergaß, grimmig dreinzusehen. In seinen Augen hatte übrigens ein merkwürdiger Ausdruck gelegen, als ich ihn nach seinem Sohn fragte.

Unterwegs sprachen wir über New York, und ich erwähnte, wie merkwürdig ich es fand, wieder hier zu sein, und wie verschieden es von Kalifornien war. New York gefiel mir, aber ich fühlte mich nicht mehr daheim. Es war, als beobachte man Tiere im Zoo.

»Seit wann sind Sie wieder hier?«

»Seit etwa einer Woche.«

»Sie werden sich wieder daran gewöhnen und wahrscheinlich nie wieder weg wollen. Sie werden nur weiterhin darüber reden, wie sonderbar Sie alles finden. Das tun wir alle.«

»Vielleicht werde ich nächstens einmal nach Kalifornien zurückkehren.« Es tat gut, so etwas auszusprechen.

»Genau dasselbe sagte ich über Spanien. Aber dazu kommt es nie. Man kehrt niemals zurück.«

»Warum nicht?« Diese Frage kam mir reichlich naiv vor, aber sie rutschte mir heraus, als ich ihn ansah.

»Weil man weggeht, wenn man muß oder wenn es einem bestimmt ist. Und ein Teil von uns stirbt, wenn man fortgeht. Man läßt ihn zurück. Was von einem übrigbleibt, übersiedelt anderswohin.« Es klang sehr ernst, doch ich wußte, daß es wirklich so war. Ein Teil von mir war gestorben, als ich San Francisco verlassen hatte, und ein Teil von mir war bei Chris geblieben.

»Ich gebe es nicht gern zu, Mr. Harte, aber Ihre Analyse ist richtig. Was hat Sie in erster Linie veranlaßt, nach Spanien zu gehen?«

»Angeblich infolge eines Anfalls von Wahnsinn. Meine Ehe war schon in die Brüche gegangen, ich fand meinen Job langweilig und unbefriedigend, und ich war gerade zweiunddreißig Jahre alt. Ich wußte, wenn ich nicht auf der Stelle wegging, würde ich es nie tun, und ich hatte damit recht. Ich habe es nie bedauert. Ich verbrachte zehn Jahre in einer kleinen Stadt in der Nähe von Malaga, und das waren, wenn ich so zurückdenke, die besten Jahre meines Lebens. Die Leute in unserer Branche bezeichnen sie als ›verlorene Jahre‹, aber ich bin anderer Ansicht. Für mich sind sie wertvoll.«

»Haben Sie je daran gedacht, nach Spanien zurückzufahren?«

»Ja, aber es ist ein Unterschied, ob man zweiunddreißig oder neunundvierzig ist. Ich bin jetzt zu alt für solche Veränderungen. Diese Zeit liegt hinter mir. Das hier ist« – seine rechte Hand deutete auf die Skyline von New York – »›für gute und schlechte Zeiten, bis daß der Tod uns scheidet‹.« Er war ein wenig morbid.

»Das ist doch absurd. Sie könnten jederzeit zurückkehren, wenn Sie wollen.« Irgendwie ärgerte es mich, daß er sich entschieden weigerte, seinen Traum zu verwirklichen. Es war, als ob ihm nicht mehr daran läge.

»Danke für Ihr Interesse, meine Liebe, aber ich bin wirklich viel zu alt, um in Spanien von Brotkrusten zu leben oder mich als Künstler auszugeben.« Er schloß mit einem leisen, trockenen Lachen, und da bemerkte ich, daß wir an der Ecke der Sechzigsten Straße standen. Ich war beinahe zu Hause. Er schüttelte mir die Hand, und der spöttische Funke war nicht aus seinen Augen verschwunden. Aus irgendeinem Grund hatte er unser Gespräch anregend gefunden, und ich mußte zugeben, daß er, trotz seiner Neigung zum Sarkasmus, außerhalb des Büros ein beinahe umgänglicher Mann war.

Ich bog rechts in die Park Avenue ein, und als ich das Regency erreichte, dachte ich nur noch an Sam. Gordon Harte war schon aus meinen Gedanken gelöscht.

»*Hi*, Liebling. Was hast du heute gemacht?«

»Nichts. Ich mag Jane nicht. Ich will zurück zu Onkel Crits. Hier gefällt es mir nicht.« Sam sah unglücklich, verweint und zerzaust aus. Jane war die Babysitterin, und keine war von der anderen allzu begeistert. Sam konnte ein harter Brocken sein, wenn sie es darauf angelegt hatte.

»Hör mal einen Augenblick zu. Hier sind wir zu Hause, weißt du. Wir kehren bald in unsere eigene Wohnung zurück.

Dort wird es sehr nett sein, Onkel Chris wird uns bald besuchen, du wirst neue Freundinnen in der Schule finden, und . . .«

»Ich will nicht. Und im Park war ein großer, böser Hund.« Mein Gott, sah sie süß aus, die großen Augen klagten mich an. »Wo warst du den ganzen Tag? Ich habe dich gebraucht.« Da hast du's. Der Alptraum jeder arbeitenden Mutter begann mit diesem »Wo warst du den ganzen Tag?«, und das Ende war immer, »ich habe dich gebraucht« . . . O weh! . . . Aber Sam, mein Liebling, ich muß arbeiten . . . wir brauchen das Geld und . . . ich muß, Sam, ich muß einfach, das ist alles . . .

»Ich habe dich auch gebraucht. Aber ich habe gearbeitet. Ich habe doch mit dir darüber gesprochen und geglaubt, wir hätten uns geeinigt. Wie wäre es jetzt mit unserer Pizza? Pilze oder Wurst?«

»Hmmmm . . . Pilze und Wurst?« Bei der Erwähnung der Pizza hatte sie aufgestrahlt.

»Komm schon, such dir eine aus.« Ich lächelte ihr zu, ich freute mich so, zu ihr nach Hause zu kommen.

»Okay, Pilze.« Dann blickte sie mich an, und ich wußte, daß sie noch etwas auf dem Herzen hatte. »Mami . . .«

»Was, Liebling?«

»Wann wird Onkel Crits kommen?«

»Das weiß ich nicht. Wir werden ja sehen.« Bitte . . . sprechen wir nicht darüber . . . verdammt noch mal . . .

Nach einer halben Stunde kam die Pizza, und Sam und ich stürzten uns darauf, scheinbar waren alle unsere Probleme vergessen. Ich wußte nicht, wann oder ob Chris überhaupt kommen würde, und vielleicht machte es mir auch nichts mehr aus. Es durfte mir nichts mehr ausmachen. Sam und ich hatten alles, was wir brauchten. Wir hatten einander und eine großmächtige, saftige Pilz- und Käsepizza, die uns auf dem besten Louis XV-Porzellan der Regency serviert wurde. Was kann man vom Leben noch mehr verlangen? An manchen

Tagen nicht viel mehr. Ich sah Sam an und bekam Lust zu lachen. Ich fühlte mich so wohl, es war ein so schöner Tag gewesen; sie sah mich an und erwiderte mein Lächeln. Auch sie spürte die positive Ausstrahlung.

»Mami?«

»Mhm?« Ich hatte gerade einen Bissen im Mund.

»Kann ich dich um etwas bitten?«

»Sicherlich. Was . . . aber keine zweite Pizza.« Ich würde im nächsten Augenblick platzen.

»Nein, keine Pizza, Mami.« Sie sah mich enttäuscht ob meiner Einfalt an.

»Was denn?«

»Könnte ich nicht eine kleine Schwester bekommen?«

19

Der zweite Arbeitstag war noch schöner als der erste. Ich gehörte dazu. Die Mitarbeiterbesprechung unterschied sich nicht von ähnlichen Zusammenkünften, gab mir jedoch Gelegenheit, mir die übrigen Mitarbeiter anzusehen, mit denen ich in Kontakt kommen würde, und zu hören, was in der Firma los war.

John Templeton leitete die Besprechung im Stil eines Aufsichtsratsvorsitzenden in einem Film aus den frühen fünfziger Jahren, und Gordon Harte stand im Hintergrund, während ich neben Jean saß. Ich erwartete eigentlich, daß Gordon mich ansprechen würde, als wir an ihm vorbei hinausgingen, aber er tat es nicht. Er war damit beschäftigt, einem der jüngeren Redakteure ein Projekt auseinanderzusetzen, über das John gesprochen hatte. Er versuchte nicht einmal, Blickkontakt mit mir aufzunehmen.

Das einzige, was mich während der zweistündigen Besprechung direkt betraf, war der Umstand, daß der schwarze Sänger Milt Howley *Woman's Life* ein Interview gewähren wollte, und John Templeton mir diese Aufgabe zugewiesen hatte. Es war die sprichwörtliche Rosine aus dem Kuchen.

Als ich wieder in meinem Büro war, rief Matthew Hinton an, und ich erlag derVerlockung der Eröffnung des Reit- und Springturniers am folgenden Abend. Ich konnte wieder einmal nicht nein sagen.

Vor dem Lunch rief ich Hilary Price an. Ich hatte es vor einigen Tagen schon versucht, doch ihre Sekretärin hatte mir gesagt, daß sie zu den Modeschauen nach Paris geflogen war.

Ich hatte Hilary Price in meinen ersten Berufsjahren kennengelernt. Wir arbeiteten kurze Zeit beim selben Magazin, und sie war inzwischen bei einem der bedeutenderen Modejournale zu einer leitenden Position aufgestiegen. Das war etwas ganz anderes als *Woman's Life*, eine jener Modezeitschriften der Sonderklasse, die die Gesichter der Frauen grün schminken und dann Pfauenfedern darauf kleben.

Wir mochten einander vom ersten Augenblick an. Es ist keine fröhlich unbeschwerte, kumpelhafte, dicke Freundschaft wie die mit Peg, sondern sie ist gedämpfter, distanzierter, voll gegenseitigem Respekt. Ich habe immer das Gefühl, ich müsse irgendwie auf Hilarys Niveau gelangen, was in gewisser Weise gut für mich wäre. Ich strenge mich jedoch nie übermäßig an. Ich kann mich bei ihr immer noch ganz zwanglos benehmen. Irgendwie erweitert Hilary meinen Gesichtskreis. Sie bleibt immer ruhig, immer gelassen, ist diskret, elegant, witzig. Offensichtlich eine starke Persönlichkeit, aber im Grunde freundlich. Sehr chic, sehr »New York«, eine intelligente Frau, deren Lebensauffassung mir ungeheuer zusagt. Sie sieht erstaunlich auffallend aus, weil sie sehr viel Stil besitzt und beinahe blasiert wirkt. Sie ist aber trotz ihres Aussehens in Wirklichkeit eher reserviert. Sie ist fünfunddreißig und umgibt ihr Alter ständig mit der Aura eines Geheimnisses . . . Sie nennt es . . . oder verrät sich nie. Gleichfalls geschieden, hat sie in Mailand, Paris und Tokio gelebt. Ihr erster Mann war ein alternder italienischer Graf, von dem sie zuweilen als »Cecco« spricht, eine Abkürzung für Francesco. Er hatte, als sie heirateten, dicht vor dem Tod gestanden, oder zumindest hatte sie es geglaubt, er erwachte jedoch wieder soweit zum Leben, daß er drei Wochen nach ihrer Scheidung ein siebzehnjähriges Mädchen heiratete.

Das Telefon klingelte in Hilarys Büro, und beim zweiten Mal hob sie selbst ab.

»Hallo?«

»Hilary? Hier spricht Gillian.«

»Willkommen in New York, meine Liebe. Felicia hat

mir deine Botschaft übermittelt. Was bringt das Friedensvögelchen zurück nach Mekka?« Sie lachte auf ihre komische Art.

»Wer weiß? Gott, ist es schön, deine Stimme wieder zu hören. Wie war Paris?«

»Wunderbar. Und verregnet. Die Kollektionen waren scheußlich. Rom war viel besser. Ich traf übrigens meinen Exgatten Cecco. Er hat eine neue Geliebte. Ein bezauberndes Mädchen, sie sieht eher aus wie ein Palomino-Füllen.«

»Wie war er?«

»Am Leben, was an sich schon ein Wunder ist. Ich schaudere bei dem Gedanken, wie alt er schon sein muß ... Es muß ihn ein Vermögen kosten, immer wieder das Geburtsdatum in seinem Paß ändern zu lassen ... schon vor Jahren war das Papier nur noch hauchdünn ...« Wir kicherten beide, sie konnte manchmal so boshaft sein. Ich hatte Cecco nie kennengelernt, hatte aber eine schreckliche Vorstellung von ihm. »Und du, Gillian ... wie geht es dir, Schatz? Du hast meinen letzten Brief nicht beantwortet. Ich war ein wenig besorgt.«

Ihre Stimme klang kehlig und sie war sarkastisch wie immer. Unter dem Sarkasmus spürte man aber eine Wärme und einen Unterton, der darauf schließen ließ, daß sie den Menschen mochte, mit dem sie sprach. Es war eine Technik, die sie beherrschte, die sie sich vielleicht angeeignet hatte, die ich jedoch für aufrichtig hielt. Es war fabelhaft, Hilary zuzuhören; sie bat mich um eine kurze Zusammenfassung von »allen Neuigkeiten – mit anderen Worten, Gillian, nur das Wesentliche: wann bist du zurückgekommen? wie lange bleibst du hier? und was treibst du?« Ich beantwortete die beiden ersten Fragen kurz und erzählte ihr dann von dem Job bei *Woman's Life*, von John Templeton, vom Wunder eines Jobs für acht Wochen, der für mich maßgeschneidert war, von Julie Weintraubs gebrochenem

Becken, und sogar von meiner Suche nach einem ausgefallenen Speisezimmer. Vielleicht hatte sie eine Idee.

Sie lachte wieder. »Was erzählst du von Julie Weintraub und einem Speisezimmer? Wenn ich dich recht verstehe, suchst du ein gebrochenes Becken und hast soeben Julie Weintraubs Speisezimmer verkauft, oder hast du Julies Bekken gekauft und dein Speisezimmer zerbrochen . . . und was soll ich haben? Ein Becken oder ein Speisezimmer? Ich habe beides, meine Liebe, aber du kannst keines davon haben, und es ist ganz klar, daß New York für dich zu viel ist.«

Ich lachte inzwischen schon lauter als Hilary und versuchte das Ganze zu entwirren, obwohl sie natürlich vollkommen im Bilde war.

»Ich habe Julie Weintraub nie kennengelernt, freue mich aber sehr, daß du den Job bekommen hast; scheint für dich ja genau das richtige zu sein. Übrigens habe ich einen sehr alten Freund bei dem Magazin, er heißt Gordon Harte. Bist du ihm schon über den Weg gelaufen? Obwohl ich annehme, daß das nach zwei Tagen nicht gut möglich ist.«

»Doch, wir haben einander schon kennengelernt. Er scheint recht nett zu sein, wenn er auch ein ziemlich sarkastischer Bastard ist. Ich wußte nicht, daß du mit ihm befreundet bist; du hast ihn mir gegenüber nie erwähnt.«

»Ach, er ist nicht das, was man so Freund nennt. Ich kannte vor Jahren seine Frau, als sie ein Modell und ich eben in New York gelandet war. Sie ließen sich gerade scheiden, und er war im Begriff, nach Spanien zu fahren, um eine Art Ernest Hemingway der Kunstwelt oder etwas Ähnliches zu werden. Dann traf ich ihn Jahre später in Spanien, und nachher begegneten wir einander immer wieder bei offiziellen Anlässen für die Leute von Magazinen. Er ist einer der wenigen, die diese Gelegenheiten erträglich machen. Ein sehr tüchtiger Mann. Und dabei nett; der Sarkasmus ist . . . nun, etwas, das er bewußt einsetzt, um sich die Menschen vom Leib zu halten . . . Er baut eine Mauer um sich auf, die eine Meile hoch ist . . . Jedenfalls, liebe Gillian, wie geht es deinem Christopher, der großen Liebe?« Ich hatte ihr, ebenso wie Peg, aus Kalifornien geschrieben.

Ich schwieg und konnte kurze Zeit nicht reden, oder spielte mir mein Herz einen Streich? »Hilary, ich weiß vorläufig nicht, wie es weitergeht. Ich kann darüber nicht sprechen.«

»Das genügt schon. Je weniger du sagst, desto besser. Aber wenn du mich brauchst, weißt du, wo du mich finden kannst. Warum kommst du nicht Donnerstag abend nach Büroschluß auf einen Drink zu mir, dann können wir uns lange über alles unterhalten, und ich werde sehen, wen ich zum Abendessen einladen kann. Vielleicht Gordon und vier oder fünf andere Gäste. Es ist zwar schrecklich wenig Zeit bis dahin. Kennst du noch jemanden, den ich einladen soll?«

»Nein, das überlasse ich ganz dir. Es klingt wunderbar. Aber bitte denke auch an das Speisezimmer für mich, du Genie. Hilary, du bist wirklich super. Danke. Um wieviel Uhr am Donnerstag?«

»Um sechs?«

»Paßt ausgezeichnet. Ich werde pünktlich kommen.«

Das war wirklich eine Einladung, die es wert war, angenommen zu werden. Hilary gab die niveauvollsten Dinnerparties in New York. Sie war auch eine wunderbare Helferin. Am Nachmittag rief sie mich an und sagte, daß ihr »genau das richtige Speisezimmer« eingefallen war. Es gehörte einem Ehepaar, beide waren Schauspieler, und anläßlich eines Kursus' für Bühnenbildnerei hatte sich die Frau mit Pinsel und Farbe auf ihr Speisezimmer gestürzt. Sie bezeichnete es als Umwelt; Hilarys Beschreibung war deutlicher: ». . . sieht aus, als würde dir der verdammte Dschungel über die Schulter schauen, während du ißt.« Aber sie überzeugte mich davon, daß es einen Versuch wert war. Ich rief also an und traf eine Verabredung, um mir das Zimmer auf dem Heimweg anzusehen.

Es war einfach toll. Es sah aus wie eine Filmkulisse für einen Dschungelfilm: Bäume, Früchte und Blumen waren überall hingemalt, oben hingen Wolken, der Boden war ein See, und hinter gemalten Gebüschen lugten Tiere hervor. Die Einrichtungsstücke waren von der Art, die man auf einer Safari verwendet, mit Ausnahme eines schönen Glastisches und einer Unmenge von Kerzen. Es war wirklich etwas Ausgefallenes.

Darauf machte ich Schluß mit der Arbeit. Ich hatte wenigstens einen Auftrag für das Magazin ausgeführt. Ich ging ins Regency, um ein Glas kühlen Wein zu trinken und mich ein wenig hinzulegen, bevor Sam aus dem Park nach Hause kam.

Als ich die Tür zu unserem Appartement aufschloß, klingelte das Telefon, und diesmal dachte ich gar nicht daran, daß es Chris sein könnte. Um so besser, denn er war es nicht, es war Gordon Harte.

»Hallo, ich habe von Hilary gehört, daß wir morgen abend beim Dinner Tischnachbarn sind. Kann ich Sie abholen?« Seine Stimme klang freundlicher als im Büro und eher wie bei unserem Spaziergang am Vortag.

»Das wäre sehr nett, aber ich komme etwas früher auf einen Drink. Ich habe Hilary seit meiner Abreise aus New York nicht mehr gesehen.«

»Dann will ich Sie nicht stören. Wie gefällt Ihnen die Arbeit?«

»Sie ist sehr interessant, nur ein bißchen hektisch. Ich bin etwas außer Übung.«

»Ich bin sicher, Sie kommen gut zurecht. Ich wollte Sie heute zum Lunch einladen, aber Sie waren verschwunden. Wir werden es ein andermal nachholen.«

»Ich würde mich freuen.«

»Dann betrachten Sie es als fix. Ich wünsche Ihnen noch einen netten Abend, Gillian. Auf Wiedersehen morgen.«

»Wiedersehen.« Ein merkwürdiger Anruf und ein merkwürdiger Mann, es war, als bestünde eine riesige Kluft zwischen ihm und der übrigen Welt. Er wirkte kühl, auch dann, wenn seine Worte freundlich waren, und das war ein wenig verwirrend. Jedenfalls war an ihm mehr dran als an Matthew Hinton – Gordon Harte besaß Geist, Gediegenheit und Seele. Man merkte, daß er irgendwie, irgendwo, irgendwann im Leben enttäuscht worden war. Wodurch? Oder durch wen? Während ich darüber nachdachte, schlief ich ein.

Ich erwachte, als das Telefon wieder zu klingeln begann, streckte verschlafen die Hand aus, ohne mir bewußt zu werden, was ich tat, und war vom wachen Zustand meilenweit entfernt. Diesmal war es Chris. Ich konnte an nichts anderes denken, als an schöne und glückliche Tage und wie sehr ich ihn liebte. Ich lächelte verschlafen, sandte ihm tausend Küsse, lauschte dem Klang seiner Stimme. Dann wälzte ich mich herum und blickte auf die Uhr ... es war vier Uhr fünfzehn ... das ist ein Uhr fünfzehn in San Francisco ... und dann fiel mir Marilyn ein; bevor ich mich zurückhalten konnte, fragte ich in gehässigem Ton: »Wo ist denn deine Marilyn? Kommt sie zum Lunch nicht nach Hause?« ... Autsch. Jetzt hatte ich damit alles verdorben. Ich spürte, wie Chris zurückfuhr, als ob ich ihn geohrfeigt hätte. Danach sprachen wir über meine Arbeit, das Wetter, Chris' Pläne, seine Filme, und vermieden strikt das Thema Marilyn und alles, was sonst von Bedeutung war. Es war ein unangenehmes Gespräch. Wir trieben unsere Spielchen, und Marilyn war so gegenwärtig, als hörte sie am Nebenanschluß mit. Wir waren befangen, ich war verärgert und verletzt, und Christopher fühlte sich unbehaglich. Das war in Ordnung. Er hätte sich noch viel schlechter fühlen sollen. Aber er sah keinen Grund dafür.

20

Die Eröffnung des Reit- und Springturniers am Mittwoch war wie die Operneröffnung ein gesellschaftliches Ereignis. Man sah und wurde gesehen. Matt zeigte sich ebenso charmant wie immer, aber die Politur war allmählich an einigen Stellen abgekratzt. Dieser Prominentenauftrieb langweilte mich bereits. Nachher dinierten wir bei La Caravelle, wo wieder alle vor »Monsieur Inton« katzbuckelten. Diesmal behandelten uns die Zeitungen zurückhaltender als beim ersten Mal, wenn sie uns auch nicht völlig ignorierten. Sie konstatierten unsere Anwesenheit nur, indem sie ein Foto von uns am Rennplatz veröffentlichten. Doch diesmal rief mich Peg nicht an.

Donnerstag erschien ich zum Interview mit Milt Howley im United Nations Plaza, in dem er ein Penthouse bewohnte. Während ich mich konzentrierte, blieb ich einen kurzen Moment auf dem Gehsteig stehen und starrte nach oben, wie immer beeindruckt von den turmhoch aufragenden Wolkenkratzern New Yorks. Alle Gebäude ragten steil empor, alles war gigantisch. Es hatte etwas Atemloses, Überwältigendes, Aufreizendes an sich, und man wußte jede Minute jeden Tages, daß man »hier« war. Es war das Mekka. Es war Sodom, es war die Hölle und der Garten Eden, und wie jeder Mensch, der das Leben liebt, war ich verzaubert. Selbst wenn ich die Stadt am nächsten Tag verließ und nie zurückkäme, hatte ich einen Augenblick lang ein fünfzig Stockwerke hohes Gebäude gesehen, und New York und ich hatten uns geeinigt. Es war genauso, wie ich es mir bei der Landung unseres Flugzeugs in New York vorgenommen hatte. Ich hatte die Stadt an ihrer empfindlichsten Stelle gepackt. Aber sie hatte mich verschlungen.

Ein kleines blondes Mädchen ließ mich in Milt Howleys Appartement ein; sie war seine derzeitige »alte Dame«, wie er es nannte, seine Geliebte. Damit begann für mich ein bewegter Tag. Er raste vom Rockefeller Center zu Doubleday, um Platten zu signieren, dann zum Büro seines Agenten, um Verträge zu unterschreiben, zu einem Drei-Uhr-Lunch bei Mama Leone, wo es mir gelang, ihm ein paar Informationen zwischen dem Salat und den Spumoni zu entlocken. Er war ein interessanter Mann. Er hatte vor zehn Jahren als Bluessänger im Chattanooga angefangen und in Hollywood einen unbedeutenden Erfolg erzielt, bevor er in die Protestszene abtriftete, die ihn siebenunddreißig Mal ins Gefängnis brachte und ihn so gefangennahm, daß er die große Karriere verpaßte. Doch jetzt war er ganz oben. Mr. Superstar, drei Alben in einem Jahr, wobei von jedem über eine Million Exemplare verkauft worden waren, zwei Filmverträge und Auftritte in Las Vegas, Hollywood und New York. Der perfekte Topstar.

Nach dem Lunch fuhr ich mit ihm in einer Mietlimousine zum Flughafen. Er flog ins Weiße Haus zum Dinner. Es war anstrengend und anregend, und er gefiel mir. Er war der totale Mann und ein Fressen für jeden Interviewer. Er wirkte direkt und menschlich und besaß einen derben Sinn für Humor, der den Druck seines 24-Stunden-Tages etwas erträglicher machte.

Sein Diener hatte am Nachmittag seinen Koffer im Wagen verstaut, und während wir zum Flughafen fuhren, beantwortete er ruhig meine Fragen, während er den Kofferinhalt kontrollierte und einen doppelten Bourbon trank; ihm machte es nichts aus, daß er sich in einem dahinrasenden Fahrzeug befand, einen Drink zu sich nahm, interviewt wurde und unterwegs zu einem Dinner mit dem Präsidenten der Vereinigten Staaten war. Er hatte beachtlich viel Stil.

Zum Abschied, bevor er durch das Gate zu seinem Flugzeug ging, beugte er sich zu mir, küßte mich auf die Wange und flüsterte mir ins Ohr: »Sie sind eine prima Frau, Gillian . . . und eine dufte Biene.«

Ich lachte und winkte, während er das Flugzeug bestieg. Mir blieben genau einundsiebzig Minuten, um zu Hilary zu kommen.

Als Hilary die Tür öffnete, sah sie wunderbar aus. Eine Mischung aus Henri Bendel und Paris und Hilary. Großartig zusammengestellt, ganz die Art Frau, die andere Frauen beneiden, die aber bei Männern ein unsicheres Gefühl hervorruft – sie würden nie Lust verspüren, ihr Haar durcheinanderzubringen. Sie ist der Typ Frau, die viel Zeit mit Homosexuellen, anderen Frauen und alten Freunden verbringt. Alle ihre Liebhaber sind vorübergehende Episoden, manche davon ungebührlich jung, aber immer sehr attraktiv, und die meisten werden schließlich zu guten Freunden. Es mußte nicht leicht sein, Hilary zu lieben. Ich hätte sie bedauert, wenn ich es gewagt hätte. Mitleid war etwas, woran man bei Hilary Price nicht zu denken wagte. Da schon eher an Respekt. Eigentlich das gleiche Gefühl, das ich einst für meine Großmutter empfunden hatte. Zähe, zielbewußte Frauen, bei denen man sich zusammenreißt, sie nötigen Achtung ab. Das sind die Frauen, die ihre Freundinnen in den Himmel heben, die für diese Freundinnen einerseits alles tun und zugleich andererseits ihre Männer und Söhne entmannen würden.

Hilary verfügt über ein unglaublich sicheres Stilgefühl. Alles, was sie in die Hand nimmt, wird vollkommen: ihre Maniküre, ihre Wohnung, die Dinners, die sie gibt, ihre Arbeit und ihre Freundschaften. Es gibt aber auch eine andere Hilary, die kalt und sehr grausam sein kann, aber das ist sie nur Leuten gegenüber, die ihre Pläne durchkreuzen. Ich hatte nie Gelegenheit, mir ihren Zorn zuzuziehen, und dafür bin ich dem Schicksal dankbar. Ich habe gesehen, wie sie Menschen nur mit Worten fertigmachte, und das ist schrecklich und furchterregend zugleich. Vielleicht spüren das Männer instinktiv, und das bringt sie dazu, auf Distanz zu bleiben oder ihr aus dem Weg zu gehen.

Ich konnte mit Hilary nie so zwanglos gelöst sein wie mit Peg oder anderen meiner Freundinnen. Ich würde in ihrer Gegenwart weder in den Zähnen herumstochern noch Kraftausdrücke benützen wie sonst oder in Blue Jeans und einem ungebügelten Sweatshirt bei ihr aufkreuzen. Aber ich teilte etwas mit Hilary, was ich mit den anderen nicht gemeinsam habe. Meine anderen Freundinnen haben mich als Kind gekannt, und wenn wir zusammenkommen, werden wir wieder zu Schulmädchen – wir sehen unsere Beziehungen aus demselben Blickwinkel wie damals, als sie begannen. Als jedoch Hilary und ich Freundinnen wurden, waren wir beide erwachsene Menschen, deshalb erwarten wir auch vielleicht mehr voneinander. Außerdem kann man sich Hilary kaum als Schulmädchen vorstellen, außer sie käme in einem Kleid von Chanel und mit tadellos frisiertem Haar zur Schule. Ich kann mir auch nicht vorstellen, daß Hilary Hockey spielt. Im Salon von Madame de Sevigné sicherlich, aber nicht auf dem Hockeyfeld, so wie wir damals aussahen.

Bevor die ersten Gäste eintrafen, hatten wir eineinhalb Stunden Zeit, und wir erzählten einander beinahe alles, was wir auf dem Herzen hatten. Hilary erwähnte kurz und ohne größere Bewegung, daß sie einen neuen Freund hatte. Einen jungen Deutschen namens Rolf. Er war ein Dichter, jünger als sie und, laut Hilary, »ein schöner Junge«. Er wurde zum Dinner erwartet. Sie lebte weiterhin allein, weil ihr das besser behagte. Darum beneidete ich sie. So etwas würde mir nie besser behagen. Hilarys Traumprinzen waren alle tot und verschwunden, falls sie überhaupt existiert hatten. Meiner wartete noch in den Kulissen meiner Träume auf seinen Auftritt. Denn wie sehr ich Chris auch geliebt haben mochte, er war sogar für mich nie ein Traumprinz gewesen.

Ich hatte nicht über Chris sprechen wollen, aber Hilary brachte das Gespräch auf ihn, während sie sich ihren zweiten Drink mixte. »Gillian, wenn es klappt, in Ordnung. Und noch besser, wenn es zu deinen Bedingungen klappt. Wenn nicht, so fern dir der Gedanke auch sein mag, versuche dich dazu durchzuringen, daß du an ihm nicht viel verloren hast. Ich bin sicher, daß Chris ein charmanter Junge ist, aber ich glaube nicht, daß er für dich der Richtige ist. Offen gesagt, du verdienst etwas Besseres. Und du brauchst mehr, als Chris bereit ist, dir zu geben. Er ist mir zu ähnlich, er glaubt nicht an die Dinge, an die du glaubst, und ich bin auch nicht der Meinung, daß du bereit bist, auf sie zu verzichten. Aber wie immer du dich entscheidest, du weißt, ich bin da, um dir zu helfen oder zuzuhören. Viel mehr kann ich dir nicht anbieten.«

Hilarys Worte rührten mich, es störte mich nur, daß sie fand, Chris sei für mich nicht gut genug. Er war es, er war es ... Ich wollte, daß er es war, gleichgültig mit wieviel ich mich abfinden oder wieviel Hindernisse ich überwinden mußte. Ich wollte noch immer, daß es klappte.

Hilary verschwand in ihrer Bibliothek, suchte einige Minuten lang nach etwas, während ich meine Gedanken sammelte, und kam mit einem Buch in der Hand zurück. Es war in Leder gebunden und sehr alt, sah aus wie etwas, das zu Hilary oder zu meiner Großmutter paßte. »Hier, das klingt für dich vielleicht altmodisch, aber es liegt viel Weisheit darin.« Sie schlug das Deckblatt auf, auf das eine schwere Hand mit brauner Tinte geschrieben hatte:

> Wer mit Gewalt das Glück erzwingt,
> Der zerbricht des Lebens leichte Flügel.
> Doch wer das Glück am Wegrand pflückt,
> Lebt ewig auf dem Sonnenhügel.

Darunter standen der Buchstabe L. und ein Datum.

»Das war der erste Mann, mit dem ich geschlafen habe, Gillian. Er war um dreißig Jahre älter als ich, ich war damals siebzehn. Er war der größte Violinvirtuose Europas, und ich liebte ihn so, daß ich dachte, ich müsse sterben, als er mir sagte, ich sei »jetzt ein großes Mädchen« und brauche ihn nicht mehr. Ich wollte sterben, aber das sagt sich so leicht. Man tut es doch nie, und ich habe verstanden, daß in diesen Worten eine große Weisheit liegt. Ich versuche nach ihr zu leben.«

Ich war gerührt und hielt das Buch noch in der Hand, als die Türglocke läutete. Hilary öffnete, und herein trat ein hochgewachsener, gutaussehender Junge, etwa drei Jahre jünger als ich, mit blondem Haar und grünen Augen. Er verfügte über die spröde Grazie eines Jünglings, ohne dessen Schlaksigkeit. Es war ein geradezu sinnliches Vergnügen, seine Bewegungen zu beobachten, und ein wenig peinlich, seine bedingungslose Bewunderung für Hilary zu erleben. Das war Rolf. Er küßte mir die Hand, nannte mich »Madame« und gab mir das Gefühl, tausend Jahre alt zu sein. Nur war genau das die Einstellung, die Hilary von ihm erwartete, was ihr an ihm gefiel. Es überforderte sie nicht. Mir wurde klar, daß sie nun die Rolle des Violinvirtuosen angenommen hatte, des Mannes, der sie vor zwanzig Jahren erweckt hatte. Sie entließ alle diese kleinen Jungen, wenn sie das Gefühl hatte, daß sie sie nicht mehr brauchten, wie eine Tanzlehrerin in einem Mädchenpensionat. Es war eine merkwürdige Erkenntnis, und ich hätte gern gewußt, ob sie jedem eine Bronzeplakette mit den Zeilen des Gedichts, das ich eben gelesen hatte, als Promotionsgeschenk überreichte. Es war ein komischer Gedanke, und ich lachte leise, was Hilarys Aufmerksamkeit auf mich lenkte und Rolf aus der Fassung brachte, als ob er etwas Ungehöriges gesagt hätte. Armer Rolf.

Kurz darauf trafen die übrigen Gäste ein. Ein weiterer Redakteur aus Hilarys Büro, ein überaus elegantes italienisches Mädchen, Paola di San Fraschino, die Tochter eines Adeligen. Sie sprach ein entzückendes Englisch und war offensichtlich sehr gut erzogen. Nach ihr trat ein lebhaftes Mädchen ein, das ziemlich ungraziös aussah, ziemlich merkwürdig lachte, aber ein offenes Gesicht hatte. Sie hatte soeben ihr zweites Buch veröffentlicht, sah aber gar nicht wie eine Schriftstellerin aus. Sie hatte einen sehr sicheren Sinn für Humor und belebte die Gesellschaft beträchtlich. Ihr Mann war Musikkritiker für eine englische Zeitung, und sie wirkten wie Landjunker. Sie trug eine Art Kaftan mit marokkanischem Schmuck, hatte nichts von Paolas oder Hilarys sicherem Geschmack, bewies aber dennoch einen gewissen Stil. Ihr Mann besaß keine von den ätherischen Eigenschaften Rolfs, was eine erfrischende Abwechslung war. Ich fand es ein wenig mühsam, mit dem goldenen Dichter zu sprechen. Danach klingelte die Türglocke noch zweimal, das erste Mal war es ein schrecklich von sich eingenommener, aber fabelhaft aussehender Franzose, Besitzer einer Kunstgalerie auf der Madison Avenue, das zweite Mal war es Gordon Harte, der Paola und Rolf anscheinend kannte. Er und Hilary umarmten einander, dann steuerte er auf die Bar zu, um sich seinen Drink selbst zu mixen, er fühlte sich offenbar hier zu Hause. Mehr als Rolf, der sich benahm, als dürfe er ohne Hilarys Erlaubnis keinen Gegenstand anrühren. Bevor Rolf etwas tat oder den Mund öffnete, blickte er zu Hilary, um ihr Einverständnis einzuholen, und das machte mich langsam nervös. Es erinnerte mich an die ersten Jahre meiner Ehe, und es war mir peinlich, sehen zu müssen, wie sich jemand anderer genauso aufführte.

Der Abend verlief wunderbar. Es war, als würde man auf einem Trapez vor und zurück schweben, als gehöre man zu einer akrobatischen Nummer. Wir wechselten von japanischer Literatur zu französischen Wandteppichen, zur neuesten Pariser Mode, zu Russell Bakers letzten Artikeln, zu der politischen Bedeutung der amerikanischen bzw. russischen

Literatur um die Jahrhundertwende, zur Homosexualität in Italien, zu Spekulationen über das Abtreten der Kirche und der Religionsgemeinschaften in unserer Gesellschaft . . . weiter zu orientalischen Kulten, Yoga-Philosophie und I Ging. Es war anstrengend und erheiternd, ein Abend, wie man ihn nur einmal in einem halben Jahr ertragen kann. So lange braucht man, um das Gehörte zu verarbeiten. Es war ein für Hilary typischer Abend mit Leuten aus dem Kunstbetrieb und dem Verlagswesen, Literaten mit ihrem Halbwissen.

Die Schriftstellerin und Gordon beeindruckten mich am meisten. Sie schienen allseits gebildet und informiert zu sein, aber zugleich waren sie nüchterner als ihre Gesprächspartner. Unendlich »wirklichkeits«-bezogener, eine Eigenschaft, die für mich seit meiner Zeit mit Chris wichtig geworden war. Die Zeit, in der ich gerne theoretisierte, war vorbei. Ich hatte einen gesunden Sinn für die Realität entwickelt.

Gordon brachte mich ins Hotel zurück, und wir sprachen über nichts Besonderes, der überspitzte Intellektualismus des Abends hatte sich zerstreut, als die Partygäste heimgefahren waren. Als wir beim Hotel ankamen, erwartete ich, daß er mich zu einem Drink einlud. Er tat es nicht, sondern blickte mich an und fragte: »Wie wäre es mit einem Dinner morgen?« Er sah plötzlich verletzlich und freundlich aus. Ich freute mich, mit ihm zu dinieren.

»Mit Vergnügen.«

»Gut. Ich werde Sie am Vormittag anrufen und Ihnen mitteilen, um welche Zeit ich Sie abhole. Ich habe um fünf eine Besprechung mit John, also wird es vermutlich gegen acht werden.«

»Paßt mir. Danke, Gordon. Und danke auch, daß Sie mich nach Hause gebracht haben. Gute Nacht.«

Ich konnte das Dinner am nächsten Abend kaum erwarten, und während ich im Fahrstuhl nach oben fuhr, nahm ich mir vor, mir ein neues Kleid zu kaufen.

21

»Wohin gehst du, Mami?«

»Ich gehe zum Dinner aus, mein Liebling.«

»Schon wieder?« Autsch, Sam . . .

»Ja, aber ich verspreche dir, daß ich an diesem Wochenende zu Hause bleibe.« Ein magerer Kompromiß.

»Ist das ein neues Kleid?«

»Was ist das? Die Inquisition?«

»Was heißt das?«

»Es heißt, daß du mich mit Fragen löcherst, Sam.«

»Also ist es ein neues Kleid?«

»Ja.«

»Es gefällt mir.«

»Da bin ich wirklich erleichtert. Danke.« Sie lag auf der Couch und betrachtete mich mit kritischen Blicken.

»Weißt du, Mami, du wirst in der Mitte dicker. Du siehst nicht mehr so mager aus wie früher.«

»Was meinst du mit dicker?« Mein Herz wurde schwer. Ich hatte nicht gedacht, daß man es schon sehen könnte.

»Nur ein bißchen. Keine Sorge.« Das Telefon läutete, und ich küßte Sam auf die Stirn.

»Ich nehm's gelassen. Nimm jetzt dein Bad, und ich gehe zum Telefon. Vorwärts.«

Sie verschwand, und einen Augenblick lang dachte ich wehmütig, es wäre Gordon, der seine Pläne ändern mußte. Er war im Büro festgehalten oder hatte sich beim Lunch vergiftet oder einen Knöchel gebrochen, irgend etwas . . . etwa kalte Füße oder eine andere Verabredung . . . Okay, Gordon . . . ich verstehe . . . aber was ist mit meinem neuen Kleid?

»Hallo? . . . Ja, ich bin am Apparat . . . Hallo, Chris . . . ja . . . was ist los? . . . Nein, ich bin nicht nervös . . . nein . . . nein . . . ich bin allein . . . okay, okay . . . ich habe mich gerade fertig gemacht, um zum Abendessen auszugehen ... Was, zum Teufel, meinst du mit ›ich hätte mich bald getröstet?‹ ... Nur ein Dinner mit einem Freund von Hilary (warum mußte ich es so darstellen?) ... nein, er ist kein schmieriger italienischer Graf, er arbeitet bei uns im Magazin. *Woman's Life* ... weißt du, du könntest dir diese Bemerkungen sparen. Für jemanden, der mit einem Mädchen zusammenlebt, bist du schon reichlich empfindlich, mein Lieber ... Ach, wirklich? ... Und warum ist das etwas anderes? ... Möchtest du, daß ich dir erkläre, warum? ... Kaum. Ich bin noch immer schwanger, oder hast du diese Bagatelle vergessen? ... Es ist nicht zu spät wofür? ... Vergiß es, das kommt nicht in Frage ... Wie geht es Marilyn? Okay, ich will nichts davon hören ... Keine Erklärungen, Christopher. Es ist ganz klar, ich brauche keinen zusätzlichen Kommentar ... Du fährst weg? ... Wann? ... Ich werde es glauben, wenn ich es sehe ... Hör zu, Chris, könntest du bitte aufhören, auf dem Thema ›Ausgehen zum Dinner‹ herumzureiten ... ich bin hier, weil du es so wolltest, es war nicht meine Idee ... Gut, wir wollen von etwas anderem sprechen ... wir wollen doch Onkel Chris nicht vergrämen, oder? ... Es geht ihr gut ... ja, sie fragt noch nach dir ... Du bist aber heute besorgt um unsere kleine Familie, nicht wahr? ... Warum ... macht dir Marilyn etwa die Hölle heiß??? ... Hör zu, Chris, ich glaube, es wäre besser, du würdest eine Zeitlang nicht anrufen. Ich kann es nicht ertragen. Es verschlimmert meine Lage nur. Du hast Marilyn, du brauchst mich nicht, und ich kann mich nicht damit abfinden. Ich werde dich anrufen ... Ah, ich verstehe, sehr gut ... Hör zu, geh zum Teufel, du hast sie, also laß mich in Ruhe ... dann schreib mir ... Nein, ich gehe nächste Woche zum Arzt. Ich nehme an, daß alles in Ordnung ist, ich weiß nicht ... Ein wenig müde, aber okay ... Chris, wie geht es dir wirklich? ... Du fehlst mir so verdammt sehr, daß ich es kaum ertragen kann ...

Nein, ich gehe nicht deshalb mit Hilarys Freund aus . . .« Die Türglocke läutete. Ich geriet in Panik. »Hör zu, Chris, ich muß auflegen. Ich werde dich anrufen . . . okay, okay, in Ordnung . . . Nein, ruf nicht an . . . also gut, dann ruf an . . . Erst Montag? . . . Ach richtig, das Wochenende . . . ich hatte ganz vergessen . . . Hör zu, ich muß weg von dem verdammten Telefon. Ich liebe dich . . . Chris? . . . Ja, ja, ich weiß . . .« Das war vielleicht ein Telefongespräch, während Gordon vor der Tür wartete.

Gordon und ich verbrachten einen wunderschönen Abend. Er führte mich in ein kleines italienisches Restaurant irgendwo in den Zwanzigern Ost, und dann fuhren wir ins Zentrum zu einem Penthouse-Restaurant am Central Park South auf einen Drink. Das Restaurant lag auf einem unscheinbaren kleinen Bürohaus, doch kaum verließen wir den Fahrstuhl, war es, als kämen wir in eine andere Welt. Die Innenausstattung war ostindisch. Ein Mädchen in einem Gold-Sari begrüßte uns und schlug reichbestickte Vorhänge zur Seite, um uns in die dahinterliegenden Räume zu geleiten. In der Luft schwebten die schweren Duftwolken von Räucherstäbchen, die Tische waren lang und niedrig, und der Raum schien von einer Musik zu pulsieren, die sich fremdartig anhörte, auf die ich aber unwillkürlich reagierte. Ich wollte mich im Rhythmus der sinnlichen Klänge aus dem Osten wiegen und dabei die Augen schließen. Auf jedem Tisch stand eine einzige Rose, die Kellner waren hochgewachsen und dunkelhäutig, viele von ihnen trugen Bärte und manche einen Turban.

Wir tranken exotische Getränke, und ich betrachtete schweigend die Aussicht. Es schien, als präsentierte sich New York, wohin man auch ging, in immer neuen Perspektiven. Diese bot einen anderen Blickwinkel nach Norden, unten lag der Central Park wie ein Kinderspielzeug unter der Weihnachtsbeleuchtung und war an drei Seiten von Gebäuden umrahmt. Ich war eine Million Meilen von allen Orten entfernt, an denen ich je gewesen war, als wäre die Szenerie jenseits der Fenster nur eine naturgetreu ausgeführte Dekoration, die einen an New York erinnern sollte, sonst nichts.

Gordon bestellte einen mundigen Weißwein und Rosengebäck; nachdem uns der Kellner bedient hatte und sich zurückzog, sah mir Gordon scheinbar unendlich lang in die Augen, als wolle er Fragen stellen, ohne Worte zu gebrauchen, und vielleicht die Antworten in meinen Augen lesen.

»Warum sind Sie nicht im Westen geblieben, Gillian?« Er machte den Eindruck, als wüßte er die Antwort, aber er starrte mich weiterhin an, während er auf meine Antwort wartete.

»Ich wollte hierher zurückkommen.«

»Das ist nicht die Wahrheit. Also schön, sind Sie davongelaufen? Dazu wären Sie fähig.«

»Ich bin nicht sicher, ob ich Sie richtig verstehe. Nein, ich bin nicht davongelaufen. Ich bin einfach zurückgekommen.«

»War es wegen eines Mannes?« Ich zögerte längere Zeit, dann nickte ich.

»Und Sie? Warum haben Sie Spanien verlassen?« Wie du mir, so ich dir.

»Ich war hungrig.«

»Jetzt sagen Sie zur Abwechslung nicht die Wahrheit.« Ich lächelte ihm zu und nahm die Rose aus der Vase, um mit den Blumenblättern zu spielen.

»Also sagen wir, meine Zeit war dort abgelaufen.«

»Sind Sie davongelaufen? Oder tat sie es?« Diese Frage paßte meiner Meinung nach zu der seinen.

»Keines von beiden und beides. Sie beging Selbstmord, und danach lief ich davon.« In seinem Gesicht lag stille Traurigkeit, doch nichts von dem Schock, den ich empfand. Er war der offenherzigste Mann, dem ich je begegnet war.

»Es tut mir leid, Gordon.« Ich blickte zur Seite, ich bedauerte, daß wir mit den Fragen begonnen hatten. Es war ein gefährliches Spiel. Jeder von uns hatte seine schmerzhaften Erfahrungen.

Sein Gesicht war ernst und traurig, und er wandte sich ab. Ich konnte ihm nicht in die Augen sehen. »Schon gut, es ist lange her. Sie hieß Juanita und war das schönste Mädchen, das ich je gekannt habe. Gut und unschuldig wie ein Kind. Ich fand heraus, daß sie in Malaga Prostituierte gewesen war. Deshalb beging sie Selbstmord. Das Komische daran ist, daß es mir gleichgültig gewesen wäre. Es machte mir nichts aus, es änderte nichts, und ich hatte es ohnehin geahnt. Aber das wußte sie nicht. Der Mann, der es mir erzählte, sagte es auch ihr, und sie war bereits tot, als ich nach Hause kam. Danach reiste ich ab. Ich konnte es dort nicht mehr aushalten. Ich war in Spanien niemals wirklich heimisch geworden, aber ich liebte dieses Land.« Ich nickte wieder, ich hatte das Gefühl, daß damit alles gesagt war und daß man nichts mehr hinzuzufügen brauchte. »Und wie war Ihr Mann, Gillian?«

»Wie alle Männer.« Ich wollte nicht über Chris sprechen, denn ich konnte Gordon gegenüber nicht so aufrichtig sein, wie er mit mir. Chris lag für mich nicht so weit zurück wie Juanita für ihn, ich war damit noch nicht fertig, und während seine Geschichte ein Bericht war, würde meine eher wie ein wahres Geständnis wirken.

»Ist die Beziehung noch aufrecht?«

»Nein . . . also, nicht wirklich. Wir sprechen noch miteinander. Aber ich glaube, es ist vorbei.« Tief in meinem Herzen wußte ich, daß ich log, weil ich nicht glaubte, daß es vorbei war. Ich hielt es für möglich, hoffte aber das Gegenteil.

»Wie war er?«

»Wie mein Vater.«

»Und wie war Ihr Vater?«

»Mit einem Wort . . . ein Macho.« Ich grinste ihn an. Es war angenehm erleichternd, das auszusprechen.

»Was verstehen Sie darunter, Gillian?«

»Schlimme Dinge. Aber ich hatte bis vor kurzem die Ähnlichkeit zwischen den beiden nicht erkannt.«

»Waren Sie mit diesem Mann glücklich?«

»Eine Zeitlang. Ja, sehr glücklich. Er hat schließlich auch einige Vorzüge, sonst wäre ich nicht so lang bei ihm geblieben. Ich glaube aber, er ist im Grunde ein Macho wie mein Vater. Kein netter Mann. Ich glaube es zumindest nicht. Er kann mir vieles nicht geben, das ich brauche. Das wußte ich, aber ich wollte es nicht wahrhaben.« Es war so merkwürdig, über Chris zu sprechen, als ob er schon zur Vergangenheit gehörte.

»Warum sind Sie dann bei ihm geblieben, wenn Sie mir nicht erklären können, warum Sie fortgingen, denn die Tatsache, daß er ein ›Macho‹ war, erklärt an und für sich gar nichts. Er gefiel Ihnen offensichtlich so.« Treffer. Gordon hatte recht, das war der springende Punkt.

»Also gut. Ich ging weg, weil er mich dazu zwang. Ich blieb, weil ... weil ich ihn liebte, ihn brauchte, ich wollte unsere Liebe erhalten. Solange ich mich an seine Bedingungen hielt, war alles eitel Wonne. Ach, und ich blieb, weil es noch andere Gründe gab. Es ist eine ziemlich komplexe Beziehung.«

»Und sie besteht gefühlsmäßig noch, nicht wahr, Gillian?«

»Ja und nein. Ach, verflixt, Gordon, es hängt eine Menge dran.« Ich begegnete seinem Blick. »Es ist vorbei, weil ich nicht glaube, daß er mich liebt, und es ist nicht vorbei, weil ich ein Kind von ihm bekomme. In diesem Sinn wird es also nie vorbei sein.« Und dann war ich fassungslos darüber, was ich eben gesagt hatte.

»Weiß jemand davon?« Er sah vollkommen gelassen aus.

»Nur eine Freundin. Und er weiß es natürlich auch. Aber es scheint keinen großen Eindruck auf ihn zu machen.«

»Haben Sie an eine Abtreibung gedacht? Ich nehme es an.«

»Ja, ich habe daran gedacht. Aber ich will das Kind bekommen. Ich werde mir damit eine ziemliche Bürde aufhalsen, aber ich kann nicht anders handeln. Für mich kommt nichts anderes in Frage.«

»Dann tun Sie das Richtige. Ich würde es niemandem erzählen, Gillian. So sehr ich Ihren Entschluß bewundere, es ist schließlich für jemanden wie Sie nicht der übliche Lebensstil.«

»Das weiß ich. Ich hatte auch vor, es für mich zu behalten. Ich weiß nicht, was heute mit mir los ist. Es ist mir einfach herausgerutscht.« Ich versuche zu lächeln, ohne ihn anzusehen, da ergriff er meine Hand.

»Machen Sie kein so betrübtes Gesicht, Gillian. Sie werden es durchstehen.«

»Danke für das Vertrauensvotum . . . zuweilen brauche ich es.« Wieder lächelte ich ihm zu. Es war merkwürdig, beinahe war es so, als wäre für uns die Stunde der Wahrheit gekommen. In weniger als einer Stunde hatten wir jeder seinen Finger auf die Wunden und Narben des anderen gelegt. Als wollten wir erfahren, was jedem vorher widerfahren war. Dann, fast unabsichtlich, warf ich ihm den Ball wieder zu.

»Was war mit Ihrer Ehe?«

»In gewissem Sinn hat sie nie bestanden, Gillian.«

»Aber Sie sagten doch . . .« Ich war verblüfft. Er wirkte zu ehrlich, als daß er in diesem Punkt die Unwahrheit sagen würde.

»Um Himmels willen, sehen Sie mich nicht so entgeistert an, Kind! Ich war verheiratet. Ich meinte nur, die Ehe hätte ebensogut nicht existieren können. Sie war kurz, schmerzvoll und jeden Gefühls bar.«

»Wie, zum Teufel, kam es dann dazu, daß Sie geheiratet haben?« Es sah ihm so gar nicht ähnlich.

»Nur schön langsam. Ich mußte heiraten. Ich war zumindest dieser Ansicht. Es war vor fünfundzwanzig Jahren, ich hatte vor kurzem eine junge Dame kennengelernt und . . .«

»Sie wurde schwanger.«

»Richtig. Sie war gegen eine Abtreibung, also beschloß ich,

mich korrekt zu verhalten, und heiratete sie. Aber es war ein unhaltbarer Zustand. Sobald Greg geboren war, ließen wir uns scheiden, und damit war es vorbei.«

»Sie verdanken der Ehe wenigstens Greg. Stehen Sie einander nahe?« Sein Blick verschleierte sich bei meiner Frage, und um seinen Mund lag ein bitterer Zug. »Wir haben kaum Kontakt, meine Liebe. Greg ist ein charmanter junger Mann. Intelligent, geistreich, selbständig, und ein Fremder. Als ich wegging, löschte ich ihn aus meinen Gedanken und versuchte zu vergessen, daß er existierte. Als er ein kleines Kind war, habe ich ihn nie gesehen, vergessen Sie nicht, ich war zehn Jahre lang in Spanien. Als ich zurückkam, war er bereits fünfzehn. Es ist schwierig, der Vater eines fünfzehnjährigen Jungen zu werden, den man nicht einmal kennt.«

»Vielleicht wird es sich einmal ändern.«

»Vielleicht, aber es ist äußerst unwahrscheinlich. Er hält mich für einen krassen Materialisten. Er hat damit vollkommen recht, ich bin einer. Um seine Achtung zu erringen, müßte ich etwas Weltbewegendes tun. Zum Beispiel als Künstler für die Freiheit von Afghanistan werben oder etwas dergleichen. Das entspricht nicht meinen Plänen. Und nun, junge Dame, haben wir lang genug über unsere trübe Vergangenheit gesprochen. Ich möchte Sie jetzt nach Hause bringen, es wird langsam spät.« Er winkte dem beturbanten Kellner, und es war klar, daß die vertraulichen Mitteilungen zu Ende waren. Gordon Harte hatte den Abend gut unter Kontrolle. Dann blickte er mich an, und die Gespanntheit wich aus seinem Gesicht.

»Sie müssen eine merkwürdige Macht über mich besitzen, meine Liebe. Ich habe seit Jahren nicht mehr so gesprochen.« Es war ein seltenes Kompliment, und er ergriff meine Hand, als wir von den Kissen aufstanden, auf denen wir gesessen hatten. Sein Griff war sanft, aber bestimmt, und er ließ meine Hand nicht los, während wir im Fahrstuhl ins Erdgeschoß fuhren und ins Freie traten. Es war eine schöne Nacht, die

Luft war warm, es wehte eine leichte Brise, und die vor die Kutschen gespannten Pferde auf der gegenüberliegenden Straßenseite wieherten leise.

»Diese Stadt kommt mir vor wie eine Filmdekoration. So unwirklich.« Ich sah mich wieder um und merkte, daß Gordon mich beobachtete.

»Kommen Sie, Gillian. Gehen wir zu Fuß zum Hotel.« Zum Regency waren es nur drei Blocks, und sein Arm um meine Schultern gab mir das richtige Gefühl von Sicherheit. Wir sprachen nicht auf dem kurzen Weg, und beim Hotel blieb er vor der Drehtür stehen und blickte mit einem kaum merklichen Lächeln auf mich nieder.

»Was halten Sie morgen von einem Lunch in ländlicher Umgebung? Ich besuche Freunde in Bedford. Die Landluft würde Ihnen guttun.« Nicht »ich wäre gern mit Ihnen beisammen«, sondern »die Landluft würde Ihnen guttun«. Ich hätte gern die Worte von ihm gehört, merkte aber, daß sie so gemeint waren.

»Gerne, Gordon.«

»Wollen Sie nicht Ihre Tochter mitbringen?«

»Sie hat andere Pläne, aber besten Dank. Sie verbringt den Tag bei einer Schulfreundin.«

»Sehr gut, dann werde ich Sie also um elf Uhr abholen. Bedauern Sie den heutigen Abend nicht, Kleine. Sie mußten sich einmal aussprechen ... und ich auch.« Er traf keine Anstalten, mich zu küssen, sondern berührte nur sanft meine Schulter, bevor er fortging.

Wir winkten einander noch einmal, als ich ins Foyer trat, und ich schwebte am Portier vorbei, neugierig, was mir das Schicksal noch bescheren würde, und fürchtete, daß der Zauber am nächsten Tag verflogen sein würde.

»Würden Sie mir bitte die Landkarte aus dem Handschuhfach geben, Gillian?« Wir fuhren über den East River Drive, das

Dach seines Wagens war geöffnet, und er war kühl gewesen, als er mich abgeholt hatte. Er machte nicht die leiseste Anspielung auf unsere gegenseitigen Geständnisse am gestrigen Abend und gab sich sehr zurückhaltend.

»Sicherlich.« Ich öffnete das Türchen am Armaturenbrett, nahm die Landkarte heraus und gab sie ihm.

»Schlagen Sie sie bitte auf.« Sein Ton befremdete mich ein wenig, aber ich entfaltete sie gehorsam, dann mußte ich lachen. In ihr befand sich eine Karikatur von mir und Mr. Gordon Harte; wir aßen Hot dogs unter einer Straßenlaterne vor dem Gebäude, in dem *Woman's Life* untergebracht ist, während ein Chihuahua und ein Bernhardiner pflichtgemäß an dem Laternenpfahl das Hinterbein hoben und so ziemlich der gesamte Mitarbeiterstab des Magazins sich aus den Fenstern des Verlags beugte. Die Bildunterschrift lautete: »Machen wir uns von all dem los«, und als ich Gordon ansah, freute er sich über mein Entzücken.

»Das heißt, daß Sie mir diese Woche einen Lunch schulden.«

»Einverstanden. Das ist super, Gordon.«

»Sie auch.«

Der Lunch in Bedford war köstlich, seine Freunde gefielen mir, und der Nachmittag verging im Flug.

Um fünf Uhr war ich wieder im Hotel, gerade rechtzeitig, um Samantha in Empfang zu nehmen.

Am Sonntag übersiedelten Sam und ich mit Pegs Hilfe in unsere alte Wohnung, und ich vermißte die Annehmlichkeiten des Regency schmerzlich, zum Unterschied von Sam. Sie war begeistert, wieder zu Hause zu sein. Ich weniger. Der Sonntagabend verging mit Fußbodenschrubben und dem Säubern von Schränken, und ich hatte kaum Zeit, zu Bett zu gehen, bevor eine neue Arbeitswoche begann.

»Samantha! ... Frühstück ... Beeile dich, du wirst zu spät in die Schule kommen!« Und ich zur Arbeit. Es war eine organisatorische Höchstleistung, das knarrende Räderwerk unseres Haushalts in Gang zu bringen, Sam für die Schule und mich zur Arbeit fertig zu machen. Meine Routine hatte Speck angesetzt, und alles Punkt acht Uhr morgens fertigzukriegen, war, als wollte man mit Rollschuhen auf einen Eisberg klettern. Mir war es in San Francisco leichter gefallen, aufzustehen und um sechs Uhr fertig zu sein.

»Sam! Los! . . . Wo bist du?«

»Ich komme schon, Mami!« Und sie sauste in einem Cowboykostüm herein, das ihr Chris geschenkt hatte. »Da bin ich!«

»Okay, Liebling, iß deine Cornflakes. Wir sind ziemlich spät dran.«

»Cowboys essen keine Cornflakes.« Sie sah mich entrüstet an.

»O doch, deswegen sind sie so stark. Beeil dich, Sam. Iß!« Ich jonglierte mit Zeitung und Kaffee herum, während ich mich fragte, ob meine Schuhe geputzt werden mußten.

Im Büro hatte ich die obligaten tausend Anrufe zu erledigen, die Dreharbeiten für die Kinderzimmer vorzubereiten, die Sache mit dem Speisezimmer unter Dach zu bringen, und John Templeton hatte eine Menge unbedeutendere Dinge, um die ich mich kümmern sollte.

Gordon und ich trafen einander, wie ausgemacht, am Dienstag zum Lunch, und er lud mich für Mittwoch abend zu einer Presseparty in Abendkleidung in das *Museum of Modern Art* ein.

Mittwoch nachmittag hastete ich vom Büro nach Hause, zog ein schwarzes Samtkleid und einen Abendmantel aus himbeerfarbenem Satin an, und wartete darauf, daß er mich um sieben abholte. Während ich wartete, mischte sich in meine gehobene Stimmung ein bedrückendes Gefühl. Chris hatte sich die ganze Woche nicht gemeldet. Das schmerzte wie üblich. Ich sehnte mich nach Chris Matthews, nach seinen Armen, die mich an sich drückten, nach seiner ruhigen Stimme, sogar nach seiner Gleichgültigkeit, nach allem.

»Mami! Es klingelt!« Sams Stimme hallte durch die Wohnung.

»Ja, ich gehe schon.« Ich hatte es nicht einmal gehört. Es war Gordon.

»Schon fertig? Meine Güte, sehen Sie blendend aus! Hinreißend, Gillian.« Er musterte mich anerkennend und küßte mich flüchtig auf die Stirn.

»Danke, Sir. Wie war Ihr Tag?«

»Wie immer. Ist etwas nicht in Ordnung, Gillian?«

»Nein. Warum?«

»Sie sehen aus, als hätten Sie einen schweren Tag hinter sich, als würde Sie etwas bedrücken.« Sehr gut beobachtet, Mr. Harte.

»Nein. Wirklich nicht. Vielleicht bin ich ein bißchen müde, aber das ist alles. Möchten Sie einen Drink, bevor wir gehen?«

»Nein, ich glaube, wir sollten uns auf den Weg machen.«

»Wer bist du?« Samantha stand plötzlich im Türrahmen und betrachtete die Szene.

»Gordon, das ist Samantha. Das ist Mr. Harte, Sam.«

»Wer ist das?«

»Jemand, mit dem ich arbeite, und ein Freund von Tante Hilary.« Ich beobachtete die beiden gespannt, ich befürchtete, sie könnte ihm die Laune verderben, indem sie etwas Taktloses sagte. Ich wußte, daß er nicht an Kinder gewöhnt war.

»Darf ich deinen Bart angreifen? Ist er echt?« Samantha näherte sich ihm vorsichtig, und Gordon bückte sich, um mit ihr zu sprechen.

»Ja, und er ist echt. Hallo, Samantha.« Ich befürchtete schon, daß sie daran reißen würde, aber sie streichelte den Bart nur, und ich atmete erleichtert auf.

»Fühlt sich an wie bei einem Pferd. Weißt du?«

»Das ist als Kompliment gedacht«, interpretierte ich.

»Hast du Pferde gern, Samantha?«

»Ja! Sehr!« Es folgte ein längeres Fachgespräch, und ich stellte überrascht fest, wieviel Gordon über Pferde wußte; noch mehr überraschte es mich, daß er einen Schreibblock von meinem Schreibtisch nahm und einige rasche Skizzen für Sam machte, die sie entzückten. Gordon und Samantha machten sich miteinander bekannt.

»Wir sollten jetzt doch gehen, Gillian. Ich hoffe, wir sehen uns mal wieder, Samantha.«

»Sicherlich. Komm wieder zu Besuch, Mr. Gordon.«

»Mr. Harte, Sam. Gute Nacht, Liebling! Sei lieb zu Jane.« Wir umarmten einander heftig und wechselten eine Reihe nasser Küsse, dann drückte Gordon auf den Knopf, um den Fahrstuhl zu holen.

»Das war nett von Ihnen, Gordon, vielen Dank.« Wir warteten unten auf ein Taxi, und meine Laune war wieder gestiegen. Ich war froh, daß er Samantha gefiel.

»Ich mag sie. Sie ist aufgeweckt und hat eine direkte Art.«

»Das stimmt!« Ich lachte und schüttelte den Kopf, während ein Taxi hielt, mit dem wir rasch zum Museum fuhren.

Der Abend war wunderbar, es war ein herrliches Gefühl, in seinem Kielwasser zu segeln, allen vorgestellt zu werden und zu erleben, wie sehr man sich um uns bemühte. Gordon war Aufsichtsratsmitglied, was er nicht erwähnt hatte. Hilary war anwesend, ohne Rolf, sie sah in einem schwarzen, langen, eng anliegenden Strickkleid und einem ebenso langen, eng anliegenden weißen Mantel hinreißend aus. Gordon forderte sie auf, nachher mit uns zu essen, was ich als sehr aufmerksam empfand, aber sie lehnte ab.

Diesmal führte mich Gordon ins »Lutèce« zum Dinner, wo er empfangen wurde, als ob ihm das Lokal gehörte oder als ob er zumindest für die Miete aufkam.

Im Museum hatten wir Matthew Hinton getroffen, der sich in Begleitung einer auffallenden rothaarigen Schönheit befand, die sich gleichsam verzweifelt dankbar an seinen Arm klammerte. Wir begrüßten einander eher etwas kühl, und es war nicht zu übersehen, daß er für die Dame, die *Woman's Wear* vor einer Woche als »seine neueste Liebe« bezeichnet hatte, ebensowenig Interesse empfand wie ich für ihn. Er war nett, aber es war nicht viel an ihm dran.

Wahrscheinlich würden Gordon Harte und ich in den Gesellschaftsspalten nicht erwähnt werden, aber ich verbrachte einen wunderschönen Abend.

22

Freitag war die Hölle los. Die Schauspieler, denen das exzentrische Speisezimmer gehörte, standen inmitten einer Schar von Technikern, die mit den Aufnahmen beginnen wollten. Vier Stunden später waren wir noch immer nicht über den Anfang hinausgekommen. Sie brachten es fertig, sich während der Aufnahmen zu betrinken, die Einrichtung war ständig zerwühlt und unordentlich, und sie trieben den Fotografen zum Wahnsinn. Um Mitternacht war der Hexenkessel vorbei, und ich fragte mich, ob wir eine einzige brauchbare Aufnahme im Kasten hatten. Dabei waren wir noch nicht einmal fertig; wir hatten allen als Entschädigung für ihre »Geduld« ein Dinner versprochen. Um zwei Uhr morgens kroch ich endlich erschöpft nach Hause, ich fühlte mich hundeelend.

Eine Stunde nachdem ich zu Bett gegangen war, stand ich auf, mußte erbrechen, bekam Schüttelfrost, Krämpfe, glaubte, ich würde das Kind verlieren. Ich hätte Peg oder den Arzt anrufen sollen, oder sogar Gordon. Jemand Vernünftigen. Aber ich konnte nicht klar denken. Ich hatte das animalische Gefühl, das einen überkommt, wenn man von plötzlicher heftiger Übelkeit überfallen wird. Also handelte ich instinktiv, emotional, und rief Chris an.

»Hallo?«

»Chris ... Ich glaube, ich verliere das Baby. Ich fühle mich so entsetzlich. Wir haben bis ein Uhr gearbeitet ... Nein, um Gottes willen, ich meine es ernst. Nein, ich bin nicht betrunken ... ich bin krank ... was soll ich tun?«

»Um Himmels willen, Gillian, hör auf zu weinen. Warum rufst du mich an? Ich kann von hier aus doch nichts tun, und du weißt, was ich dir gesagt habe. Ruf einen Arzt an ... Hör zu, ich kann jetzt nicht mit dir sprechen. Ich werde dich Montag anrufen.«

Montag? Montag? Was, zum Teufel, meint er mit »Montag«? Der gemeine Kerl ... Ich zog mir etwas über und fuhr zur Erste-Hilfe-Station im Lenox Hill Hospital, wo ich die Nacht verbrachte und wegen Erschöpfung und Hysterie behandelt wurde.

Zu Mittag schickte man mich nach Hause, ich kam mir dumm vor und war noch immer wie zerschlagen. Gordon rief mich unmittelbar nachdem ich nach Hause kam an.

»Wo waren Sie heute schon früh am Morgen? Ich rief so gegen neun an. Wie ich höre, ging es bei den Aufnahmen gestern nacht zu wie in einem Irrenhaus.«

»Ja, genauso war es.« Dann erzählte ich ihm von der Nacht im Krankenhaus, verschwieg jedoch meinen Anruf bei Chris.

Gordon zeigte Verständnis und sagte, er würde sich am Sonntag wieder nach mir erkundigen, und warum ich mir nicht den Montag freinehmen wollte?

Ich schlief den ganzen Tag, und als ich aufwachte, waren Blumen von ihm gekommen, ein Körbchen, das aussah wie ein Nest, gefüllt mit kleinen blauen und orangenen Blumen. Auf der Karte stand »Arbeit ist Opium für das Volk, aber Sie scheinen einen schlechten Trip gehabt zu haben. Ruhen Sie sich ordentlich aus. Es entschuldigt sich Ihr Künstlerischer Leiter, Gordon Harte.« Lustig, aufmerksam und nett, denn der Kartengruß war nicht großartig mit »G.« oder etwas ähnlich Provozierendem unterzeichnet.

Sonntag rief er wieder an, und ich fühlte mich besser, aber noch immer ziemlich erledigt, also verzichtete er darauf, vorbeizukommen, und lud mich statt dessen für Donnerstag zum Dinner ein.

Während ich Sonntag nachmittag im Bett lag, zufrieden mit der zu nichts verpflichtenden Beziehung zu Gordon, und mich vielleicht ein wenig überlegen fühlte, als ob ich diesmal die Entwicklung »im Griff« hätte, läutete es an der Tür. Wer, zum Teufel, konnte das sein? Ich stand auf, um nachzusehen. Es war Gordon.

»Ich habe es mir überlegt. Außerdem meint Hilary, Sie hätten es gern, wenn Sie sonntags unverhofft Besuch bekommen. Ich komme vom Lunch mit ihr, und sie läßt Sie herzlich grüßen. Darf ich hinaufkommen?«

»Natürlich«, aber ich ärgerte mich, war richtig wütend. Ich sah schrecklich aus, außerdem hatte er versprochen, nicht vorbeizukommen, ich fühlte mich nicht gut, und unangesagte Besuche von ihm empfand ich als »Druck ausüben«.

»Sie scheinen nicht allzu erfreut zu sein, mich zu sehen, Mrs. Forrester.«

»Nur überrascht. Möchten Sie eine Tasse Tee?«

»Ja, aber ich werde ihn zubereiten, Sie marschieren wieder ins Bett.«

»Nein, mir geht es schon besser, ich bleibe auf. Es geht mir wirklich gut ...« Ich wollte auf jeden Fall verhindern, daß er sich bei mir auf den Bettrand setzte und den guten Onkel Doktor spielte.

»Ich finde, Sie sehen gut aus, allerdings sind meine medizinischen Kenntnisse eher bescheiden. Ich werde den Tee zubereiten ...«

Nach vielem Herumrumoren kam er aus der Küche, setzte sich hin, übersah meinen desolaten Zustand, machte gepflegte Konversation und sah sich nachsichtig um. Samantha war nicht zu Hause, und die Wohnung wirkte entsetzlich still.

Ich machte großspurige Bemerkungen über nichts und guckte in meine Teetasse, um die Tatsache zu überspielen, daß ich mich unbehaglich fühlte, als Gordon aufstand, um den Kaffeetisch herumging, sich setzte und mich küßte. Sein Bart kratzte, sein Mund fühlte sich weich an, und ich war so verlegen, daß ich seine Küsse erwiderte. Er küßte mich, dann lehnte er sich ein wenig zurück, blickte mich an und umarmte mich.

Eine zärtliche Umarmung. Von der Art, nach der ich mich sehnte, als ich acht Jahre alt war, und nach der ich mich in den folgenden zwanzig Jahren weiterhin sehnte. Nun kam Gordon Harte und umarmte mich, während ich plötzlich zu weinen begann.

Dann versuchte ich, es zu bagatellisieren, aus Angst, er könnte sich nicht damit begnügen und mehr verlangen, und ich wollte auf keinen Fall in eine solche Situation geraten.

»Du willst umworben werden, nicht wahr?«

»Was?« Das klang so lächerlich, daß ich lachen mußte.

»Mrs. Forrester, wir könnten in der nächsten Zeit zweimal pro Woche gemeinsam zum Essen ausgehen und uns mit Händchenhalten begnügen. Ich könnte dich ›umwerben‹, wir könnten einander liebenswürdige Schmeicheleien sagen, und in drei Wochen würdest du vermutlich soweit sein, mit mir ins Bett zu gehen; oder wir könnten auch jetzt gleich ins Bett gehen und schon diese drei Wochen genießen. Was meinst du dazu?«

»Ich kann nicht. Es tut mir leid, aber ich kann nicht. Es würde mich ganz durcheinanderbringen, und ich könnte nicht damit fertigwerden. Ich kenne mich.« Ich flüsterte fast und blickte auf meine im Schoß zusammengepreßten Hände.

»Also gut . . .« Ich war ein klein wenig enttäuscht, daß er meine Ablehnung so widerspruchslos hinnahm, aber vor allem fühlte ich mich erleichtert.

Wir sprachen leise miteinander, hörten auf das monotone Geräusch des Regens, küßten einander eine Weile auf der Couch in meinem Wohnzimmer, und jedesmal, wenn wir einander küßten, begehrte ich ihn mehr, und wir umarmten einander länger, bis er meine Brust kußte und mein ganzer Körper sich ihm entgegendrängte; plötzlich gingen wir Hand in Hand in mein Schlafzimmer, küßten und streichelten einander unterwegs, beinahe hätten wir eine Lampe umgeworfen, da wir uns so beeilten, ins Bett zu kommen. Er zog sich aus, und ich bemerkte erschrocken, daß er keine Unterwäsche trug . . . »Gordon Harte, du siehst die ganze Zeit so überaus seriös aus, und dabei gehst du ohne Unterhosen in der Redaktion herum! Was geschieht, wenn dein Zipverschluß einmal klemmt?« Ich lachte, es kam mir wirklich komisch vor.

»Ist noch nie vorgekommen.«

»Und wenn du einen Unfall hast? Meine Großmutter sagte immer . . .«

Er brüllte vor Lachen, kam zu mir und half mir, meine restlichen Kleidungsstücke auszuziehen . . . »Gillian, du bist schön.« Es klang, als meinte er es ernst, dann rollten unsere Körper zusammen, verschmolzen ineinander, berührten einander und trennten sich, und vereinigten sich wieder. Wir liebten uns, lagen beieinander, fühlten uns ganz nahe und vertraut, gaben uns ungezwungen. Wir waren Freunde geworden. Wir hatten uns aufeinander eingestimmt. Das erste Mal in meinem Leben hatte ich nicht das Gefühl, ich müsse »Ich liebe dich« sagen, um etwas zu rechtfertigen, von dem es mein Leben lang geheißen hatte, man dürfe es nicht tun. Wir liebkosten einander ohne Reue und lachten, und ich war mit mir und der Welt zufrieden.

Ich genoß es mit Gordon mehr als mit Chris, was mir seltsam vorkam, weil ich Gordon nicht liebte. An diesem Nachmittag hörte ich auf, auf Chris böse zu sein. Ich schlief nicht mit Gordon, um mich an Chris zu rächen. Ich schlief mit Gordon, weil ich es tun wollte und ihn mochte. Aus keinem anderen Grund.

Ich lag lächelnd in Gordons Armen, während er mit dem Finger Achterschleifen um meine Brüste zeichnete, und dachte an das Gedicht auf dem Deckblatt von Hilarys Buch . . . »Doch wer das Glück am Wegrand pflückt, wird ewig vom Sonnenschein beglückt . . .«

23

Der Oktober war in jeder Hinsicht ein guter Monat, ein warmer Monat voll Begegnungen mit Menschen und Unternehmungen. Samantha fühlte sich in der Schule wohl, und wenn ich mich auch nicht in New York verliebt hatte, so hatte ich doch zumindest alle Vorurteile abgebaut. New York hatte mir Glück gebracht, es zeigte sich von seiner besten Seite und führte sich gut auf. Es gibt in New York eine Zeit im Herbst, die plötzlich kommt und nicht lang anhält, aber das genügt, damit man sie dankbar in Erinnerung behält. Wenn man danach weggeht, wird man immer an ein New York in goldenen Farbtönen denken, bleibt man aber dort, dann erlebt man den Schmutz, den Ruß, den Schneematsch und später den Gestank und die sengende Hitze des New Yorker Sommers. Aber im Herbst wird es bunt, rot, golden und braun, die Luft ist klar, bewegt und frisch, die Straßen sehen sauberer aus, die Leute marschieren nach den unhörbaren Klängen einer Marschmusik, überall duftet es nach heißen Kastanien, an den Wochenenden sieht man viel Jugend in der Stadt, man merkt, daß auch nette junge Menschen dort leben, denn die Sommerwochenenden auf dem Land sind vorbei, und zum Skilaufen ist es noch zu früh. Es ist die Zeit des Jahres, die ich am meisten liebe, und wenn es in meinem Herzen einen stillen Winkel für New York gibt, dann lebt dort das Bild dieser Stadt zu genau dieser Jahreszeit. Und ein Widerschein des Zaubers, den sie zwei, drei oder auch vier Wochen lang im Spätherbst ausstrahlt.

Als ob die Stadt selbst mein letztes Jahr in New York verschönern wollte, erlebte ich diese zauberhaften Wochen noch einmal, und sie waren frischer und lebendiger und herrlicher als je zuvor. Für mich ist die Stadt New York ein Miststück, man kommt mit ihr nicht so leicht zurecht, ich bewundere ihren Lebensrhythmus nicht, muß ihr aber gegen meinen Willen Bewunderung zollen für ihre Bedeutung, ihre Ziele, und wenn sie Stil zeigt. Und das ist im Oktober der Fall.

Gordon und ich kamen zwei bis drei Mal wöchentlich zusammen, gingen etwa einmal davon in ein wirklich »nettes« Lokal, trafen einander manchmal nach der Arbeit irgendwo, oder einer von uns kochte bei mir oder bei ihm zu Hause das Abendessen. Mitte des Monats legten wir unser Geld zusammen, gingen unsere Adreßbücher durch und gaben eine Party. Es ging verrückt und lustig zu, alle Räume waren überfüllt, und man hörte überall die gleichen Witze wie auf den meisten Partys in New York.

Gordon hatte einen vollen Terminkalender, und ich war auch mit Arbeit eingedeckt, so daß unsere Beziehung nie im Alltäglichen versandete.

Keiner von uns beiden stellte Vermutungen darüber an, wie der andere seine freie Zeit verbrachte, alles ergab sich von selbst, wie das Wetter. Das Leben ging weiter.

Halloween kam und ging vorbei. Samantha fühlte sich reich und glücklich mit den Schätzen, die sie in unserem Haus und bei Gordon gesammelt hatte. Er hatte sie zu sich mitgenommen, um seine Nachbarn auf die Probe zu stellen, und sie waren darüber entzückt. Inzwischen waren sie und Gordon unzertrennliche Freunde geworden.

Wir beschlossen, das Erntedankfest gemeinsam, ohne den üblichen Wirbel in meiner Wohnung zu feiern, und ich wollte eben das Büro verlassen, um unseren Puter zu holen, als das Telefon läutete. Es war Julie Weintraub.

»*Hi*. Ich habe soeben mit meinem Arzt gesprochen, und es sieht so aus, als würden Sie den Job noch einen Monat haben. Was meinen Sie dazu? Ich genieße nämlich die Ruhe, und es gibt hier ein paar nette Assistenzärzte, deretwegen es sich lohnt, hier zu bleiben. Wer braucht schon unter solchen Umständen John Templeton?« Ihre Worte klangen lustig, aber ihre Stimme klang enttäuscht. Mit Nieten im Körper und einem Streckverband auf dem Rücken zu liegen, ist kein Spaß, ganz gleich wie die Assistenten sind. Wenn ich die Wahl hätte, wäre mir sogar Eloise Franck lieber. Arme Julie.

»Haben Sie es John schon mitgeteilt, Julie?«

»Ja, ich habe ihn schon angerufen. Er muß jeden Augenblick mit der guten Nachricht für sie durch den Korridor gesaust kommen.«

»Aber, aber, Sie wissen doch, daß alle hier Sie möglichst bald wiederhaben wollen. Ich höre immer nur die Frage, ›wann kommt Julie zurück?‹« Was nicht ganz der Wahrheit entsprach, aber ihr vielleicht helfen würde.

»Unsinn. Es war jedenfalls eine nette Geste. Ich habe übrigens Fotos von Ihrer letzten Nummer gesehen. Gefällt mir, vielleicht bin ich meinen Job ohnehin los, wenn ich hier rauskomme . . .« Ich wußte, daß sie sich deswegen Sorgen machte.

»Jetzt reden Sie Unsinn. Ich bin hier eine Art Aushilfskraft. Nur vorübergehend. Ich werde, wenn Ihnen das lieber ist, weiße Handschuhe bei der Arbeit tragen.« Darauf brach sie in ein Lachen aus, das besser zu ihr paßte . . . »Hören Sie, im Ernst, was hat der Arzt gesagt? Wie verläuft der Heilungsprozeß?«

»Ich weiß nicht recht, keiner sagt mir etwas. Ich habe nur verstanden, daß sie etwas verschieben wollen, das bedeutet, daß mich noch ein orthopädischer Chirurg unters Messer bekommt und ich wieder in den Operationssaal muß, der nicht gerade mein Lieblingsaufenthaltsort ist. Es bedeutet auch weitere vier Wochen Krankenhausaufenthalt. Das ist schon einigermaßen deprimierend«, und so klang ihre Stimme auch.

»Halten Sie die Ohren steif, Julie. Besser man bringt jetzt alles in Ordnung und Sie müssen nicht in einem halben Jahr wieder ins Krankenhaus. Damit darf man nicht spaßen. Sie glauben außerdem doch nicht, ich werde mich alle sechs

Monate hier für Sie zu Tode schinden, oder?« Julie kicherte wieder. »Ich werde Sie dieses Wochenende besuchen und Ihnen alle Neuigkeiten erzählen ... da fällt mir ein, Sie erinnern sich doch an das kleine, zweisitzige Sofa in Johns Büro?«

»Ja.«

»Man erzählt sich, daß Lucius Barclay gestern nachmittag dort Eloise aufs Kreuz gelegt hat«, wobei Lucius der schwule Kosmetikredakteur war. Nicht einmal Emanzen konnten sich darüber aufregen, daß wir einen männlichen Kosmetikredakteur hatten. Denn Lucius hatte absolut nichts Männliches an sich. Aber schon gar nicht.

Der Scherz hatte seinen Zweck erreicht, und Julie am anderen Ende konnte sich vor Lachen kaum fassen.

»Bitte, tun Sie mir das nicht an ... es tut mir weh«, und dann kicherte sie wieder fröhlich ... »Sie haben es sowieso falsch mitbekommen. Ich hörte die Geschichte heute morgen anders: Eloise hat Lucius aufs Kreuz gelegt«, und jetzt lachten wir alle beide.

»Ich muß jetzt Schluß machen, Julie, aber ich komme am Wochenende vorbei. Kann ich Ihnen etwas mitbringen?«

»Ja, Sex.«

»Was, bei so vielen Assistenzärzten? Hören Sie, heben Sie einen für mich auf. Halten Sie durch, Julie, Sie fehlen uns. Ich kann es nicht erwarten, Ihnen Ihren Job zurückzugeben. Ich möchte zu Hause bleiben und Arbeitslosenunterstützung kriegen.«

»Blödsinn, Sie haben keinen Anspruch darauf. Sie müssen sechs Monate gearbeitet haben und dann gefeuert worden sein. Falls Sie annehmen, ich halte es noch sechs Monate hier aus, müssen Sie verrückt sein. Also achten Sie schön auf meinen Job ... Bis bald. Und, Gillian ... besten Dank.«

»Reden Sie keine Dummheiten. Der Dank gebührt Ihnen, jetzt machen wir aber Schluß, bevor wir sentimental werden oder ich gefeuert werde. Wiedersehen ... und alles Gute.«

Die arme Julie, ihr Krankheitsbericht hörte sich nicht gut an, und ich fragte mich, wie es wirklich um sie stand, als das Telefon klingelte. »Mr. Templeton möchte Sie in fünf Minuten sprechen, Mrs. Forrester.«

Als ich eine halbe Stunde später aus Johns Büro kam, war mir die Lust am Lachen vergangen.

John hatte mit Julie gesprochen, aber auch mit ihrem Arzt. Julies Genesung machte keinerlei Fortschritte, und ihr Hämoglobinspiegel war niedrig. Man vermutete etwas Schlimmes. Sie waren nicht sicher, aber sie hatten den Verdacht und wollten operieren, um sich Gewißheit zu verschaffen. Sie befürchteten, es könnte sich um Knochenkrebs handeln. Julie wußte nichts davon.

Als John zu Ende gesprochen hatte, fühlte ich mich schwach, klapprig und elend. Er trug mir vollkommenes Stillschweigen gegenüber jedermann auf. Er hatte, Gott sei Dank, so viel Taktgefühl, in diesem Zusammenhang nicht von einer eventuellen Verlängerung meines Jobs auf unbegrenzte Zeit zu sprechen. Ich hätte sonst erbrechen müssen oder wäre in Tränen ausgebrochen.

So schlich ich also zurück in mein Büro, schloß die Tür und lehnte mich dagegen, während mir die Tränen über das Gesicht liefen und ich mich fragte, wie ich Julie zu Thanksgiving gegenübertreten sollte. Es war eine jener schrecklichen melodramatischen Ironien des Schicksals, die immer wieder passieren, manchmal sogar Leuten, die man kennt.

Am nächsten Tag waren Sam, Gordon und ich beim Thanksgiving-Dinner vereint. Es war stimmungsvoll und gemütlich, und ich versuchte, nicht an Julie zu denken.

Zu der Zeit war ich im fünften Monat schwanger und hatte Christopher seit über zehn Wochen nicht zu Gesicht bekommen. Er fehlte mir noch immer, aber ich hatte mich damit abgefunden. Mein Job machte mir weiterhin Freude, Gordon sorgte für die nötige Wärme in meinem Leben, ich fühlte mich zufrieden. Das Baby gehörte mir mehr als Chris, und ich hatte die Gewohnheit aufgegeben, unter den Männern nach Chris zu suchen. Ich entdeckte immer mehr Männer, die Gordon glichen oder einfach sie selbst waren.

In der Thanksgiving-Nacht, als Gordon kurz nach Mitternacht meine Wohnung verließ und das Telefon um zwei Uhr klingelte, verlor ich fast das Bewußtsein, als ich Chris' Stimme vernahm.

»Gill, ich befinde mich jetzt auf dem Flughafen. Ich muß nächsten Monat einen Film in New York drehen. Das Flugzeug kommt in sechs Stunden an. American Airlines. Hol mich ab.«

24

Das Flugzeug hielt genau vor meinem Aussichtsfenster, und zerknittert aussehende Passagiere begannen, die Gangway hinunterzusteigen. Es waren meist Männer, die in Plastiksäkken steckende Anzüge auf Kleiderbügeln und Aktentaschen trugen. Auch ein paar Frauen, sowie eine Frau mit zwei kleinen Kindern. Menschen. Immer mehr Leute. Und nirgends Chris. Wo blieb er? Hatte er das Flugzeug versäumt? Hatte ich den Namen der Fluglinie falsch verstanden? Würde er mit dem nächsten Flug kommen? ... Dann war er plötzlich da, lächelnd, ein bißchen schläfrig und noch besser aussehend, als ich ihn in Erinnerung hatte. Wäre er stehen geblieben, hätte ich mich ihm in die Arme geworfen, aber er kam auf mich zu, und wir gingen weiter, ohne stehenzubleiben.

»*Hi*, Gillie, wie geht's?« ... Wie es geht? ... Nach fast drei Monaten ... Du Scheißkerl ...

»Ausgezeichnet.«

»Bekomme ich keinen Kuß?« Er hielt mir die Wange zum Kuß hin, während wir zur Gepäckrutsche marschierten.

»Warte, bis wir zu Hause sind.«

»Ach, macht die junge Dame jetzt auf cool?« Es schien ihn zu belustigen.

Alles amüsierte ihn, am meisten ich, und ich kam mir mit meinem Pelzhut albern vor, während ich überlegte, was ich sagen könnte, um ein Gespräch in Gang zu bringen.

Er war vollkommen damit in Anspruch genommen, seine Koffer einzusammeln. Das Flugzeug war ziemlich voll gewesen. Ich beobachtete ihn, wobei ich mich fragte, was mich eigentlich an diesen Mann fesselte. Warum fühlte ich mich noch immer zu ihm hingezogen, wieso stand die Welt still, wenn ich ihn sah, wie konnte ich noch immer an einen

Traumprinzen denken, wenn ich Chris anblickte? Aber so war es eben.

Ich runzelte die Stirn, während ich zu ihm hinblickte. Er wirkte größer und breiter, als ich ihn in Erinnerung hatte, er war so braun und gesund. So anders als die blassen Menschen mit dem typischen Aussehen eines Städters, die man in New Yorks Straßen trifft.

Er nahm seinen letzten Koffer vom Rundlauf, und wir gingen zum Ausgang, um ein Taxi zu suchen. Die Fahrt in die Stadt war ein wenig ungewohnt, weil es mir merkwürdig vorkam, nicht per Telefon mit ihm zu sprechen. Ich hatte mich daran gewöhnt, es mit einer unkörperlichen Stimme zu tun zu haben und nicht in die Augen dieses großen, sonngebräunten Mannes zu blicken. Er bemerkte meinen Hut, der ihm gefiel, und machte eine kurze Bemerkung darüber, daß man mir die Schwangerschaft nicht ansah.

»Was hast du angestellt, bist du es losgeworden?«

»Es ist der Mantel, Chris. Meine Kleider verbergen meinen Zustand noch recht gut.«

»Ja, ich könnte wetten, daß du gar nicht schwanger bist.« Ich wußte, daß er es nicht ernst meinte, aber es war eine für ihn typische Bemerkung, die mich in Rage brachte. Irgendwie schaffte ich es, ihn nicht anzufahren.

Zu Hause ließ Chris seine Koffer im Vorzimmer fallen und marschierte in die Küche, wo Samantha die Tugenden ihrer Lehrerin aufzählte.

»ONKEL CRITS!« Lauter Jubel, Indianergeheul, Umarmungen, Herumgehüpfe und wieder Jubelschreie. Es war ein schönes Bild, die beiden zusammen zu beobachten. Die beiden Menschen, die ich am meisten auf der Welt liebte, ließen einander nicht los, umarmten einander und lachten. Auch ich mußte lachen, ich fühlte mich wie in den glücklichen Tagen in Kalifornien. Ich dachte an Sonnenschein, Strand und Liebe.

»Onkel Crits, ich werde dir jetzt mein Zimmer zeigen, aber du darfst nicht mitkommen, Mami.«

»In Ordnung. Ich mache inzwischen das Frühstück.« Sie verschwanden Hand in Hand im Korridor, wobei ihm Samantha alle Neuigkeiten aus der Schule erzählte, und Chris fragte, ob sie ein braves Mädchen gewesen sei und Honig auf ihre Cornflakes getan hatte, wie er es ihr gezeigt hatte.

Die arme Sam brauchte Chris fast ebenso sehr wie ich. Von allen Männern, die sie je gekannt hatte, kam er ihrem Idealbild von einem Vater am nächsten, und unsere Zeit in Kalifornien entsprach am ehesten einem normalen Familienleben.

»Frühstück! Kommt und holt es euch!«

»Okayyy . . .« kam es vom anderen Ende des Korridors gedämpft zurück. Dann erschien Chris mit einem Springseil um die Schultern, Samantha hopste hinterdrein und rief »hopp, hopp, Pferdchen.«

»Pferde kriegen an meinem Frühstückstisch nichts zu essen, Mr. Matthews.«

»Seit wann? Das muß sich aber erst in den letzten zwei Monaten geändert haben.« Wir lachten und aßen Eier und Waffeln, Toast und Speck. Wir aßen, plauderten und scherzten miteinander, und ich erkannte erst jetzt, wie schrecklich mir Chris gefehlt hatte. So sehr, wie ich gedachte hatte, und dann noch zwanzigfach mehr.

Meine Haushaltshelferin erschien, als das Frühstück vorbei war, half mir, den Tisch abzuraumen und wollte mit Samantha in den Park gehen . . .

»Ich will nicht in den Park, ich will bei Onkel Crits bleiben.« Sie sah aus, als würde sie zu weinen beginnen.

»Los, Partner, deine Mutter und ich haben viel zu besprechen. Du gehst in den Park und siehst nach, ob du Heu für die Pferde findest. Ich werde hier sein, wenn du zurückkommst, also hopp, hopp, los mit dir . . .«

Sie war unentschlossen, ging dann aber brav und winkte

über die Schulter zurück. »Wiedersehen, Onkel Crits, bis später. Wiedersehen, Mami.«

»Du verwöhnst sie immer noch allzu sehr, Gillian. Darin hat sich nichts geändert.«

»Sie braucht eben viel Liebe.«

»Sie bekommt viel Liebe, sie braucht mehr deine Zeit. Die kannst du nicht durch Verwöhnen wettmachen. Wenn du nicht deine verdammten Alimente bekämst, würdest du sie nicht von diesem Mädchen in den Park führen lassen, und das wäre besser für euch beide.«

»Ich muß doch arbeiten, verdammt noch mal.«

»Darum geht es nicht ... Ich werde jetzt erst mal ein Bad nehmen. Welches ist unser Zimmer?«

»Ich werde es dir zeigen.« Während ich durch den Korridor ging, ärgerte ich mich über Chris. Was verstand er schon von Kindern?

»Bitte, laß mein Bad ein, Gill! Ich werde inzwischen die Koffer auspacken.«

Ich drehte die Hähne voll auf und wehrte mich innerlich dagegen, daß ich wieder Befehle entgegennahm ... Ja, Sir, Mr. Chris. Ihr Bad rinnt schon ein, Euer Ehren, Sir ... Laß dir dein verdammtes Bad selbst ein ...

Er kam splitternackt ins Badezimmer, und die sonst von der Badehose bedeckten Körperteile waren deutlich heller als die übrige Haut.

»Du guckst.«

»Mach dich nicht lächerlich.«

»Los, zieh dich aus und laß uns zusammen baden.«

»Ich habe gebadet, bevor ich zum Flugplatz fuhr. Ich werde für dich auspacken.«

»Nein. Ich werde selbst auspacken. Zieh dich aus und komm ins Bad. Ich will dein rundes Bäuchlein sehen.«

»Ich will jetzt nicht baden.«

»Du wirst baden! Also, los, Mädchen, setz dich in Bewegung ...« Er lag lang ausgestreckt in der Wanne, sah mich eindringlich an ... »Du kannst jetzt auch langsam den Hut abnehmen. Ich sagte zwar, daß er mir gefällt, aber jetzt hat er seinen Zweck erfüllt.«

»Danke. Ja, okay.« Ich begann mich auszuziehen, dabei kam ich mir komisch vor, weil Chris zusah.

Dann stand ich nackt neben der Wanne, Chris streckte die Hand aus, um mir ins Bad zu helfen. »Ja, du bist schwanger.«

»Wer hat es dir verraten?«

»Würdest du mir den Rücken waschen, Gill?«

»Sicherlich.« So seifte ich also seinen Rücken mit meiner Gardeniaseife ein und lächelte beim Wiedersehen mit seinen Leberflecken und Sommersprossen. Ich hätte mit verbundenen Augen einen Plan der Flecken auf seinem Körper zeichnen können. Ich kannte ihn, seine Seele und seinen Körper, jeden Zoll von ihm. Alles, was ich tat, machte mich glücklich ... Wenn mir jemand diese Woche prophezeit hätte, daß ich am Tag nach Thanksgiving Chris Matthews den Rücken waschen würde, hätte ich ihn ausgelacht. Aber so war es, und ich grinste von einem Ohr zum anderen.

»Worüber freust du dich, kleines dickes Mädchen?«

»Was meinst du mit ›kleines dickes Mädchen‹?«

»Ich meine, kleines dickes Mädchen, worüber lächelst du?«

»Über nichts. Uns. Dich. Es ist so nett, dich wieder bei mir zu haben, Chris. Es ist nicht das gleiche, wenn man nur per Telefon in Verbindung steht, das ist kein Ersatz. Da fehlen mir die Worte, ich vergesse, wie du aussiehst, wenn du etwas Bestimmtes sagst. Du hast mir so schrecklich gefehlt.«

»Ja, ich weiß.« Aus irgendeinem Grund kam mir im rechten Augenblick wieder Marilyn in den Sinn. Ich sah ihm an, daß auch er an sie dachte, und sie teilte unser Badewasser mit uns.

»Okay, wasch mir jetzt die Brust.«

»Hör mal, Chris, das kannst du aber selbst besorgen.«

»Nein, ich kann nicht. Ich will, daß du es machst. Wasch

mir die Brust. Und willst du mir Montag einen Gefallen erweisen? Besorge dir doch bitte eine anständige Seife. Wirf dieses nach Orchideen stinkende Zeug weg.«

»Es sind keine Orchideen, sondern Gardenien. Von Magnin.«

»Also wirf sie weg, kaufe eine Seife vom Gemischtwarenhändler.«

»Du Plebejer.«

»Vielleicht bin ich ein Plebejer, aber ich bin nicht schwul, und ich will nicht nach so einer verdammten Gardenie stinken. Jetzt wasch mir aber endlich die Brust.«

Also seifte ich seine Brust ein, beugte mich vor und küßte ihn . . . er lächelte wieder.

»Komm her, kleines dickes Mädchen . . . komm her, du«; wir schmierten einander mit Seife voll, wie in einem französischen Lustspielfilm, und versuchten zu bumsen, rutschten herum, schwappten den Fußboden voll Wasser und lachten ausgelassen wie Kinder.

»Komm jetzt . . .« Chris zog mich aus der Wanne, noch halb mit Seife bedeckt, wir legten uns auf den Fußboden des Badezimmers und fickten.

Dann grinsten wir einander an.

»Chris?«

»Ja, Kleines?«

»Ich liebe dich.«

»Ich weiß. Ich liebe dich auch.« Er drückte mich an sich und stand auf. »Ich muß duschen, damit ich die Seife loswerde. Würdest du mir ein Glas Milch bringen?«

»Natürlich.« Das Leben war wieder normal, Chris sang lauthals unter der Dusche, während ich über und über mit Seife verschmiert war, die auf meinem dicken Bauch trocknete, und nackt in der Küche ein Glas Milch für ihn einschenkte. Dabei dachte ich unwillkürlich an Gordon. Die Liebe mit ihm war etwas ganz anderes, als die mit Chris. Er entsprach meiner gesetzten, vernünftigen Hälfte, das hier war meine junge, unvernünftige Hälfte. Diese Hälfte bewahrte noch alle meine Träume in sich, die ich einfach nicht aufgeben konnte.

Ich stellte das Glas Milch auf das Waschbecken neben der Dusche und ging ins Schlafzimmer, während Chris weiterhin das Badezimmer in Dampfwolken hüllte. Plötzlich läutete das Telefon.

»Gillian? Was hältst du von einem gemeinsamen Lunch?« Es war Gordon ... du lieber Gott ... was sollte ich sagen? Chris war wenigstens unter der Dusche und konnte nicht mithören.

»Ich kann nicht. Es ist etwas dazwischen gekommen, unser gemeinsames Wochenende fällt sozusagen ins Wasser.«

»Ist etwas passiert?«

»Nein, aber ich kann es dir im Augenblick nicht erklären. Wir sehen uns Montag zum Lunch.«

»Bist du sicher, daß du keine Hilfe brauchst?«

»Ja, wirklich, ich bin ganz sicher. Keine Sorge. Und Gordon ... es tut mir wirklich leid.«

»In Ordnung. Ich habe ohnedies eine Menge Arbeit. Wiedersehen am Montag. Aber ich werde dich später noch einmal anrufen. Auf Wiedersehen.«

»Wer war das?« ertönte Chris' Stimme, während er seine Milch trank. Ich hatte nicht bemerkt, daß er die Dusche abgedreht hatte.

»Ein Freund aus dem Verlag.«

»Oooooohh ... hat das dicke kleine Mädchen einen jungen Liebhaber?«

»Nein. Und hör auf, mich dickes kleines Mädchen zu nennen.«

»In Ordnung.« Er warf mir eine Kußhand zu.

Es fiel mir auf, daß er sich bei mir ganz zu Hause fühlte, das war eine seiner typischen Eigenschaften. Ich ging zur Badewanne, um mir die Seife abzuspülen und mich noch einmal zu waschen. Ich dachte an Gordon und was ich ihm und Chris gesagt beziehungsweise verschwiegen hatte. Nein, Gordon war kein »junger Liebhaber«. Außerdem war »nichts passiert«. Außer daß ich beide belogen hatte, und das war eigentlich nicht meine Art. Chris' Anwesenheit bürgte für einen interessanten Monat.

Als ich ins Schlafzimmer zurückging, klatschte mich Chris auf den Po ... »Schlüpf in deine Klamotten, Gill. Ich möchte spazierengehen.«

»Okay, Liebster ...« Die Tür wurde zugeschlagen, und sogleich kreischte Samantha »Onkel Crits« durch die Wohnung. »Onkel Crits! Onkel Crits! ... *Hi*, Mami. Rate, wen ich auf dem Heimweg getroffen habe. Gorrdon.« Sie rollte das R im Mund wie eine Murmel. »Ich sagte ihm, daß Onkel Crits hier ist, und das fand er sehr nett. Er sagte, ich soll euch grüßen.«

O verdammt. Das wurde aber ein fröhliches Thanksgiving ... Ich war ein überwältigender Versager.

25

Ich stand vor der Tür zu Gordons Büro und zögerte einen Augenblick. Was, zum Teufel, sollte ich ihm sagen?

»Kann ich Ihnen helfen, Mrs. Forrester?« Seine Sekretärin sah mich neugierig an, und mir blieb keine Wahl mehr. Ich mußte eintreten. Ich drehte vorsichtig den Türknopf mit der rechten Hand, während ich mit der linken anklopfte, dann setzte ich einen Fuß ins Zimmer. Er war mitten in einer Besprechung. Als er mich sah, ließ mich sein Blick bis ins Mark erstarren.

»Ja, Gillian?« Seine Augen wirkten kalt und ausdruckslos, und sein Gesicht war gespannt.

»Verzeih, ich wußte nicht, daß du beschäftigt bist. Ich komme später wieder.«

»Ich werde dich anrufen, sobald die Besprechung vorbei ist.« Seine Augen wandten sich von mir ab, und ich fühlte mich überflüssig. Ich schloß die Tür leise hinter mir und ging langsam zu meinem Büro; ich fragte mich, was mich erwartete.

Geistesabwesend kaufte ich mir eine Tasse Kaffee und ein Blätterteiggebäck beim Kaffeewagen und setzte mich an meinen Schreibtisch. Was immer auf mich zukam, es würde nichts Angenehmes sein, das war mir klar. Ich konnte ihm keinen Vorwurf machen. Ich weiß, wie ich mich an seiner Stelle gefühlt hätte. Scheußlich. Und stocksauer.

Eine Stunde später klingelte das Telefon, während ich zerstreut und erfolglos versuchte, mit meiner Arbeit weiterzukommen.

»Gillian, wir treffen uns in zehn Minuten unten.«

»Gordon, ich . . .«

»Ich will jetzt nicht mit dir diskutieren, wir werden miteinander sprechen.«

»Ausgezeichnet.« Er hörte das Wort nicht mehr, denn er hatte schon aufgelegt. Ich schloß die Augen und versuchte, wieder vernünftig zu überlegen, dann stand ich auf, um mich auf den Weg zu machen. Es wäre eine Ironie des Schicksals gewesen, wenn wir einander im Fahrstuhl getroffen hätten, aber das blieb mir erspart. Er wartete auf der Straße, und sobald ich bei ihm angelangt war, begann er in einem Tempo durch die Lexington zu rennen, bei dem ich kaum mithalten konnte.

»Warum hast du mir nicht erzählt, daß er kommt? Hast du geglaubt, ich könnte es nicht verkraften?«

»Natürlich nicht. Ich wußte nicht, daß er kommt. Er rief unmittelbar, nachdem du weggegangen warst, an und ein paar Stunden später war er bereits hier.«

»Mit welchem Recht ist er gekommen?« Das war eine Frage, die sich schwer beantworten ließ. Wir überquerten die Straße bei Rotlicht, ohne uns um den Verkehr zu kümmern, in einem halsbrecherischen Tempo. Gordon war sichtlich wütend.

»Es handelt sich nicht um Rechte, Gordon. Er dreht hier einen Film und weiß nicht, wie die Dinge jetzt stehen.«

»Wie stehen sie eigentlich jetzt? Ich weiß es nämlich auch nicht. Ist er nun dein Geliebter oder bin ich es?«

»Er ist der Vater meines Kindes. Ich habe mit ihm zusammengelebt. Wir haben uns unter widrigen Umständen getrennt.«

»Mein Gott, welche Tragik. Wenn ich mich recht erinnere, bestanden die widrigen Umstände, die du soeben erwähnt hast, darin, daß er dich hinausgeworfen hat. Hast du das vergessen? Oder spielt es keine Rolle? Er mußte nur in ein Flugzeug steigen und ankommen, und alles ist in Ordnung. Ich nehme an, daß er bei dir wohnt?« Das »Ja« blieb mir in der Kehle stecken; Gordon packte mich am Arm und drehte mich zu sich herum. »Oder etwa nicht?«

»Ja! Es stimmt! Was macht das schon aus, um Himmels willen?«

»Eine Menge. Ich will diesen Hurensohn nicht in deiner Nähe wissen, Gillian! Keinen Augenblick!« Die Leute begannen uns anzustarren, und Gordons Griff um meinen Arm preßte mir Tränen in die Augen.

»Gordon, ich muß mir über das alles erst klar werden. Bitte.«

»Du mußt um Himmels willen erwachsen werden und zu dir selbst ehrlich sein. Es gibt nichts, worüber du dir klar werden müßtest. Der Mann will dich nicht. Verstehst du das nicht?«

»Vielleicht will er mich doch.« Ich erschrak über meine Antwort.

»Das ist es also, nicht wahr? Ich begreife jetzt wenigstens. Ich bin ein guter Pausenfüller, wenn er nicht da ist. Du Miststück!« Er hob den Arm, und einen Augenblick dachte ich, er würde mich schlagen, aber er beherrschte sich. »Ich werde dir jetzt etwas sagen. Willst du wissen, warum die Männer in deinem Leben dich so schlecht behandelt haben? Weil du scharf darauf bist, daß sie es tun. Du wüßtest sonst nicht, was du mit ihnen anfangen sollst. Du sehnst dich danach. Ich bin der erste Mann, der anständig zu dir war, und sieh doch nur, was dabei herauskommt. Schau mich gründlich an, denn es ist das letzte Mal, daß du mich siehst.« Er starrte mich an, seine Augen loderten, und ich wurde von Entsetzen erfaßt, als mir klar wurde, was er meinte.

»Es gibt nichts, was ich sagen kann, Gordon. Ich will dir gegenüber nicht unaufrichtig sein. Ich habe diesen Mann geliebt. Aber du bedeutest mir genauso viel. Ich liebe dich, ich brauche dich.«

»Du willst mich nur ausnutzen. Dafür bin ich mir zu schade. Dafür ist es jetzt auch verdammt zu spät. Um die zweite Geige zu spielen, bin ich zu alt. Ich habe nicht die Absicht, mit einem Hippie-Filmer und seiner versauten Freundin ein Dreiecksverhältnis einzugehen. Denn genau das bist du. Versaut!« Er hatte mich an beiden Armen gepackt und schüttelte mich, bis meine Zähne aufeinanderschlugen. Plötzlich sah ich erschrocken, daß ein Polizist von der anderen Straßenseite auf uns zukam.

»Gordon! Laß uns anderswo weiterreden ... es ...«

»Es gibt nichts mehr zu besprechen.« Er schüttelte mich ein letztes Mal, dann stieß er mich von sich. »Geh!« Er lief weg und um die nächste Ecke, und einen Augenblick später stand der Polizist vor mir.

»Alles in Ordnung, Lady?«

»Ja, Inspektor, es geht mir gut, danke.«

»Hat ausgesehen, als wollte Ihnen der Bursche zu schaffen machen. Ich wollte es mir näher ansehen.«

»Nur ein kleines Mißverständnis.« Ich machte mich einigermaßen auf den Rückweg ins Büro. Der Auftritt mit Gordon war furchtbar gewesen. Ich hatte ihn verloren, es war aus. Und wofür? In ein paar Wochen würde Chris wieder abreisen. Vielleicht diesmal für immer. Was, zum Teufel, hatte ich getan?

Der Gedanke, ins Büro zurückzukehren, war trostlos. Ich war nicht in der Verfassung, mich mit meinen geschäftlichen Aufgaben zu befassen. Ich wollte nur nach Hause und mich im hintersten Winkel verkriechen. Aber ich wollte Chris im Augenblick nicht sehen, also war es für mich das beste, mich in die Arbeit zu stürzen.

Der Tag wollte kein Ende nehmen, und mein Kummer wurde zur Qual. Plötzlich konnte ich es nicht länger ertragen. Ich ließ den Kopf auf die Arme sinken und schluchzte. Das Telefon klingelte, und ich hob nicht ab, es war mir egal, wer es war, er konnte warten, die Tränen hörten nicht auf zu fließen. Der verdammte Chris Matthews brachte nur eines fertig: mir mein Leben zu verpfuschen.

»Gillian?« Ich hörte eine Stimme, doch bevor ich durch die Tränen sehen konnte, wer ins Zimmer gekommen war, hatte er mich in die Arme geschlossen. »Liebling ... verzeih mir.« Er zog mich auf die Beine, und ich weinte in seinen Armen weiter.

»Ach Gordon ... ich ... ich ...« Ich fand keine Worte.

»Schschhh . . .«

»Ich werde ihm sagen, er soll weggehen und nicht mehr wiederkommen. Ich werde ihm sagen, daß . . .«

»Sei still. Du wirst ihm gar nichts sagen. Wir werden warten, bis er geht, und sehen, wie du dich dann fühlst.« Ich sah ihn erstaunt an.

»Das kannst du nicht tun!«

»Ich kann alles tun, was ich will. Du hast wahrscheinlich recht, du mußt dich innerlich von ihm lösen. Wenn du dich also mit einem gelegentlichen Anfall von Depression meinerseits abfinden kannst, lassen wir den Dingen ihren Lauf. Was hältst du davon?« Er gab mir einen zärtlichen Kuß auf jedes Auge, und meine Tränen begannen wieder zu fließen. Er war so unwahrscheinlich gut zu mir. Immer.

»Es hört sich herrlich an, wenn du sicher bist, daß du dir damit nicht zu viel zumutest.«

»Ich bin sicher.«

Er drückte mich fest an sich, und eine halbe Stunde später begleitete er mich nach Hause.

Während ich den Schlüssel im Schloß umdrehte, hatte ich Angst davor, Chris gegenüberzutreten.

Als ich hineinkam, machten Chris und Samantha gerade Radau, ihr Spielzeug lag im ganzen Wohnzimmer verstreut.

»*Hi*, Sam. *Hi*, Chris, wie ist es bei dir gegangen?«

»Soweit alles in Ordnung. Aber sie sind eine komische Gesellschaft. Sie versuchen noch immer, sich darüber klarzuwerden, worüber sie eigentlich einen Film drehen wollen. Ein wildes Durcheinander.«

»Gib nur acht auf meine silbernen Löffel, wenn die guten Leutchen in der Nähe sind!«

»Ja, Ma'am. Wie hast du den Tag verbracht?«

»Gut. Nichts Besonderes los. Sieht aus, als würde ich in den nächsten Wochen ganz schön unter Druck stehen. Möglich, daß ich auch manchmal bis spät abends arbeiten muß.« Was eine Notlüge war, weil ich diese Zeit mit Gordon verbringen wollte.

»Keine Bange. Wenn die Dreharbeiten beginnen, werde ich wahrscheinlich zumeist nicht vor elf, zwölf Uhr nach Hause kommen.«

»In Ordnung.«

»Du findest es vielleicht in Ordnung. Es entspricht zwar ganz und gar nicht meiner Vorstellung von einem angenehmen Leben, man muß aber sein Brot verdienen, und in diesem Fall ist die Bezahlung wenigstens gut.« Mir fiel auf, daß er mir nicht anbot, sich an der Lebensmittelrechnung zu beteiligen.

»Hör mal, du hast den kleinen Koffer nicht ausgepackt, Chris. Soll ich es für dich tun?« Er stand nämlich mitten im Zimmer.

»Okay, wirf den Inhalt nur in eine Schublade.« Als ob ich ein Dutzend Schubladen leerstehen hätte, die nur auf Chris warteten. Es war wirklich unglaublich, er war erst drei Tage in New York, und ich hatte schon das Gefühl, als wäre er der Herr im Haus und ich bei ihm zu Besuch.

Ich ging mit der Seife, die ich im Drugstore gekauft hatte, in mein Schlafzimmer, packte sie aus und verabschiedete mich im Geist vom Gardenienduft meiner Magnin-Seife. Ich bückte mich, um Chris' Handkoffer zu öffnen, und werkte minutenlang mit dem Schloß herum, ehe ich es aufbrachte. Dann sah ich, daß der Koffer voller Pullover und Unterwäsche war, außerdem seinen Skidress und auch noch gelbe Zettel enthielt – »ich liebe dich, m.« ... »wer küßt dich jetzt? m.« ... »mehr als gestern und weniger als morgen, m.« ... »komm bald nach Hause, m.« Ich sammelte sie und legte sie fein säuberlich geschichtet auf Chris' Nachttisch. Da meldete sie sich wieder, Marilyn in meinem Schlafzimmer, in meiner Badewanne, in meiner Küche, unaufhörlich kam sie mir in die Quere. Chris schaute herein und fragte: »Was ist das?«

»Sieh es dir an. Botschaften von der Dame deines Herzens.« Ich hatte fast den Eindruck, als hätte Chris den Koffer stehen lassen, damit ich sie fand.

»Du glaubst doch nicht . . .« Seine Stimme erstarb.

»Nein, das glaube ich nicht . . . aber jedenfalls freue ich mich auch nicht darüber. Es gibt etwa ein Dutzend davon. Ich habe nur vier oder fünf gelesen. Was mir leid tut.«

Er antwortete nicht, las sie aber, zerriß sie und spülte sie die Toilette hinunter. Er mußte sie aber vorher noch lesen. Jeden einzelnen von diesen verdammten Zetteln.

Diese erste Woche, die ich mit Chris verbrachte, war merkwürdig. Wir kamen abwechselnd ziemlich direkt auf das Thema Marilyn zu sprechen oder versuchten ziemlich taktvoll, es gänzlich zu vermeiden. In beiden Fällen stand sie zumeist im Vordergrund unserer Überlegungen, oder zumindest war es bei mir so. Ich merkte auch, daß ich mich geändert hatte, daß ich ein wenig unabhängiger geworden war. Ich hatte eine bestimmte Vorstellung von Chris gewonnen, die aber nicht mehr mit der Wirklichkeit übereinstimmte. Es war schwieriger, mit einem Menschen aus Fleisch und Blut zu leben, als mit einem Erinnerungsbild. Ich sah ihn jetzt in einem anderen Licht, das nicht immer schmeichelhaft war. Mir wurde auch klar, daß Gordon mich in verschiedener Hinsicht verwöhnt hatte. Es war angenehm, mit ihm zusammenzusein, er war aufmerksam, kümmerte sich um mich, verbrachte viel Zeit damit, Schwierigkeiten aus dem Weg zu räumen, statt welche zu verursachen. Aber trotz allem strahlte, lächelte und himmelte ich Chris noch immer an, fühlte mich albern und bemühte mich, ihm zu gefallen, ganz fasziniert von der Tatsache, daß ich nur die Hand ausstrecken mußte, um ihn wieder zu berühren. Trotz meiner Gefühle für Gordon. Chris blieb eben Chris.

Am Donnerstag dieser Woche wurde Julie wieder operiert, vom Krankenhaus war zu erfahren, daß ihr Zustand den

Umständen entsprechend war, daß sie in der Intensivstation lag, und daß man sie derzeit nicht besuchen könne. Meine Erfahrungen mit der Ausdrucksweise ärztlicher Bulletins waren gering, aber dennoch ausreichend, um mir ungefähr ein Bild machen zu können. Den Umständen entsprechend besagte nicht besonders viel, aber der Aufenthalt in der Intensivstation war schon ein klarer Hinweis. Dorthin kam man nicht mit einer gebrochenen Zehe, sondern man mußte mit der Wahrscheinlichkeit rechnen, daß man nicht wieder lebend herauskam, und es war unwahrscheinlich, daß man den Aufenthalt dort als angenehm empfand. Es war ein technisches Wunderwerk von einer Station, spezialisiert auf sehr, sehr kranke Menschen, mit Monitoren, die dem Personal genau anzeigten, was im Körper des Patienten vorging und wie seine Chancen standen, daß sein Körper die Krise überstehen würde. Sie gaben diese Art von Information niemand Außenstehendem weiter, so daß es keine Möglichkeit gab zu erfahren, wie es um Julie wirklich stand, außer »den Umständen entsprechend«.

Am Freitag ließ mich John Templeton zusammen mit Jean, Gordon, Eloise Franck und drei anderen Leuten, die ich nur von Sehen kannte, in sein Büro kommen. Sobald wir Platz genommen hatten und John über Julie zu sprechen begann, war mir klar, daß wir zum engeren Kreis gehörten, der die Wahrheit über Julie erfuhr. Wir sollten nun das neueste Bulletin zu hören bekommen.

»Julie wurde gestern operiert, wie Sie alle wissen. Man hat eine Knochengewebe-Biopsie gemacht. Sie hat ... (Pause; man konnte sich bei John darauf verlassen, daß er es spannend machte) ... Knochenkrebs. Die Prognose ist ein wenig unbestimmt. Es kann ein Jahr oder auch zwei Jahre dauern, oder auch nur eine Frage von Wochen sein. Sie wissen es einfach nicht. Es hängt viel davon ab, wie sie sich vom

Operationsschock erholt. Sie ist sehr schwach, und die Ärzte werden uns über ihren Zustand auf dem laufenden halten. Man kann sie nicht besuchen, aber sobald wir weiteres erfahren, werde ich es Ihnen mitteilen. Inzwischen können wir nur für sie beten, und ich bitte Sie nochmals, diese Information nicht an das übrige Personal weiterzugeben. Dafür ist später noch Zeit genug. Wenn sie sich in den nächsten Wochen erholt, wird sie so viele Besuche wie möglich empfangen können. Bis dahin hat es kaum Sinn, darüber zu sprechen. Ich danke Ihnen, und es tut mir sehr leid. Ich fühle mich ihretwegen ebenso elend wie Sie.«

Es folgten gemurmelte »Danke, John«, Stühlerücken, viele Zigaretten wurden angezündet, und wir verließen das Büro, ohne miteinander zu sprechen, mit düsteren Mienen, und hatten das Gefühl, allein und machtlos zu sein.

Gordon begleitete mich zu meinem Büro, trat mit mir ein und schloß die Tür hinter sich. Er nahm mich in die Arme, und wir schwankten zusammen hin und her. Wir weinten beide. Gordon Harte, der Mann, der so vieles erlebt hatte, der Juanita verloren hatte, weinte um Julie Weintraub; wir hielten uns aneinander fest und weinten auch um uns.

26

Erstaunlicherweise litt die Beziehung zu Gordon nur wenig durch Chris' plötzliches Auftauchen. Dank Gordon. Er bemühte sich ungeheuer, alles beim alten zu lassen. Sein Stimmungsbarometer stieg weder, noch fiel es; er übte keinen Druck auf mich aus, obwohl wir einander seltener sahen. Und, als unvermeidliche Folge, weniger oft miteinander schliefen.

Im Gegensatz zu dem Verhältnis zu Gordon, verlief das Leben mit Chris stürmisch, mit Hochs und Tiefs, stündlichen Veränderungen unterworfen wie immer. Es gab schöne Augenblicke, denen Zornausbrüche, Tränen und Bitterkeit meinerseits folgten, wegen der ständig gegenwärtigen Rivalin Marilyn. Wir verbrachten immer mehr Zeit damit, über unsere Probleme zu reden, und es war klar, daß die Situation nach einer Lösung verlangte, entweder Wiederherstellung des ursprünglichen Zustandes oder Entscheidung für die eine oder andere Alternative. Dieser Zustand war zu lange eingefroren worden, und während Chris es dabei belassen wollte, wollte ich eine endgültige, saubere Lösung.

Julie lag zwei Wochen nach der Operation im Koma und erholte sich dann schneller, als wir alle in unseren Gebeten zu hoffen gewagt hatten. Sie war mager und schwach, war aber wunderbar bei Laune. Ihr Sinn für Humor war der gleiche wie eh und je, sie interessierte sich weiterhin für das Magazin, sie machte einige sehr brauchbare Vorschläge für die nächste Nummer, und ihr Zimmer wurde zu einer Art Freizeitklub samt Erfrischungsbar für alle Mitarbeiter des Magazins. Den ganzen Tag lang gingen Kollegen bei ihr ein und aus, und man konnte jederzeit mindestens fünf oder sechs Redakteure an ihrem Krankenbett antreffen. Und man mußte anerkennen, daß Eloise Franck schier Unwahrscheinliches leistete. Sie war jeden Tag anwesend, ohne herumzusitzen wie die morbid Veranlagten, die kommen, um die lysoformgeschwängerte Luft zu atmen und die Sterbenden zu beobachten, sondern sie war ganz sie selbst, zäh, stets gutgelaunt, aktiv und boshaft. Sie organisierte eine Blutspendeaktion im Magazin und bei den anderen Zeitschriften, deren Redakteure sie kannte, um die Kosten der ständigen Transfusionen zu senken, die Julie erhielt. Eloise mochte ein zäher Brocken sein, aber ich hatte Respekt vor ihr, und sie hatte außerdem vor allem ein Herz. Sie und noch andere überraschten mich. Es ist erstaunlich, wer als erster zu Hilfe kommt, wenn alles in Scherben fällt. Die Leute, von denen man erwartet, daß sie als erste auftauchen, lassen einen manchmal im Stich, und die Kerle weit draußen am Rand der Szene kommen herein, überraschen einen mit ehrlicher Zuneigung. Es war schön, dies zu beobachten. Eloise wurde viel menschlicher, ebenso wie wir anderen. Wir alle bildeten einen Zauberkreis um Julie, versuchten, ihr Auftrieb zu geben, spendeten Blut und bemühten uns, ihr darüber hinaus noch den magischen Lebenswillen einzuflößen, der den Kranken veranlaßt, weitermachen zu wollen.

Ich hatte Chris aufgefordert, mit mir Julie zu besuchen, doch er lehnte ab.

»Was für einen Sinn soll das haben, Gill? Es bringt keinem von uns beiden etwas, sie kennt mich überhaupt nicht. Außerdem sind mir Krankenhäuser und Begräbnisse einfach zuwider. Es wäre Heuchelei, so als würde ich in die Kirche gehen, obwohl ich nicht daran glaube, wie du ja weißt.«

»Es ist ein Gebot der Menschlichkeit, Chris. Oder glaubst du auch daran nicht?« . . . Das war ein Anlaß, uns gegenseitig in die Haare zu geraten. Nichts ist jedoch vollkommen eindeutig gut oder schlecht, und so war es auch bei Chris. Wäre er ganz schlecht gewesen, wirklich der Bösewicht, aus dem Wilden Westen, so wäre alles einfacher gewesen. Aber das war nicht der Fall. Er war gut und böse, liebens- und hassenswert, schön und häßlich. Er war eine komplexe, schillernde Persönlichkeit, und sogar an seinen schwarzen Tagen blieb die Tatsache bestehen, daß ich ihn liebte.

Als sich unser gemeinsamer Monat dem Ende zuneigte, war ich noch zu keinem endgültigen Entschluß gelangt, und er wohl auch nicht, aber er war nicht deshalb nach New York gekommen, damit ich einen Entschluß faßte. Es wäre nur schön gewesen, wenn ich es geschafft hätte.

Die letzten gemeinsamen Tage waren von Zärtlichkeit gekennzeichnet, weil wir nicht wußten, wann wir einander wiedersehen würden, und ich bemühte mich, alles besonders intensiv zu erleben, um es im Gedächtnis zu behalten. Es war wie die Dämmerung, wie ein schöner Sommerabend, wenn die Glühwürmchen herauskommen. Ich liebte Chris wieder so leidenschaftlich wie in Kalifornien, und seine Beziehungen zu Marilyn waren im Moment vergessen. Ich hatte mich mit der Tatsache abgefunden, daß er zu ihr zurückkehrte; ich konnte nichts dagegen unternehmen.

Gordon schien zu spüren, wie es um mich stand, und forderte mich in den letzten fünf oder sechs Tagen vor Chris' Abreise nicht auf, mit ihm zusammenzukommen. Er ging mir aus dem Weg, und ich war ihm dankbar dafür. Ich wollte nur mit Chris allein sein. Ich nahm mir einen Tag frei, wir fuhren nach dem ersten Schneefall mit Samantha aufs Land, trugen Schneeballschlachten aus, spazierten durch die Schneelandschaft, küßten einander, lachten und sangen Weihnachtslieder. Am nächsten Mittwoch war Weihnachtsabend, und ich hatte gehofft, daß ich ihn mit Chris verbringen würde, doch er war anscheinend entschlossen, zurückzufahren. Seine Dreharbeiten waren beendet, und er hatte keinen Grund, länger zu bleiben, außer meinetwegen. Das hatte jedoch bei Chris nie eine große Rolle gespielt. Wann immer er beschloß zu fahren, tat er es.

Ich erwartete, daß er am Wochenende abreisen würde, obwohl er es nicht ausdrücklich gesagt hatte, und ich bereitete mich darauf vor, von ihm Abschied zu nehmen. Ich hatte noch Weihnachtseinkäufe zu besorgen, schob sie aber bis zum Tag nach seiner Abreise auf. Ich wollte keine Sekunde von unserem Zusammensein verlieren.

Als ich Freitag erwachte, war Chris schon angekleidet. In seinem Gesicht erkannte ich, daß eine seiner »Ich-habe-dir-etwas-zu-sagen«-Erklärungen kam, und ich machte mich darauf gefaßt, daß er am Nachmittag abreisen würde.

»Ich habe meinen Abreisetermin festgelegt.«

»Bitte, sag es rund heraus.«

»Du meine Güte, Gill, mach doch bitte kein solches Leichenbitter-Gesicht. Du willst mir wohl mit Gewalt Schuldgefühle anzüchten. Am liebsten möchte ich dann gleich abreisen, nur um den Abschied hinter mir zu haben.«

»Tut mir leid. Nur ... du weißt ja, was es für mich bedeutet.«

»Was kann ich dafür? Ich wollte dir also feierlich mitteilen, mein Plagegeist, daß ich am Tag nach Weihnachten, also Donnerstag den sechsundzwanzigsten, abreisen werde. In Ordnung? Hoffentlich hast du noch keine anderen Pläne gefaßt.«

»Was für Pläne? Christopher Matthews, ich liebe dich!!! Hurra!! Halleluja! Laß uns heute noch Weihnachtseinkäufe machen.«

»Du mein Gott ... ich fahre lieber gleich weg ... in New York? Weißt du, wie es in den Geschäften zugeht? Und du sollst dich in deinem Zustand nicht in solche Menschenmassen wagen.«

»Ach was, sei doch nicht so besorgt, wir müssen ja nicht lange bleiben. Auf jeden Fall will ich Sam den Weihnachtsmann zeigen.«

»Warum muß sie den Weihnachtsmann sehen? Weißt du

nicht, daß es ungesund ist, die Gehirne der Kinder mit solchem Unsinn zu vernebeln?«

»Aber, Chris, sei doch kein Spielverderber. Bitte!!!«

»Ja, ja, aber zum Ausgleich geschieht nachher, was ich will.«

»Abgemacht ... Chris ... Was ist eigentlich mit Marilyn?«

»Was soll mit Marilyn sein?«

»Na ja, daß sie zu Weihnachten allein ist.«

»Hör zu, du scheinst zu vergessen, daß ich nicht mit ihr verheiratet bin. Es ist ganz allein mein Problem, Gillian, und ich werde mit dir einfach nicht mehr darüber diskutieren. Das ist mein Ernst. Das Thema ist erledigt.«

»Okay, bring mir bitte eine Tasse Kaffee. Ich bin in einer halben Stunde ausgehbereit.«

Ich kaufte Chris bei Patek-Phillippe eine Uhr, was ein unglaublicher Leichtsinn meinerseits war, aber ich wußte, daß sie ihm gefallen würde. Er liebte schöne Dinge, und die Uhr war ein Schmuckstück. Wie ein Bild von Salvador Dali, so flach, wie es überhaupt möglich war, mit einem schönen, elegant-einfachen Zifferblatt und einem schwarzen Wildlederuhrband. Für meine Mutter kaufte ich einen Schlafrock, für meinen Vater einen Luftbefeuchter, obwohl er schon ein Dutzend besaß, aber es fiel mir nichts Besseres ein. Für Hilary und Peg kaufte ich kleine, lustige Aufmerksamkeiten. Für Julie das aufregendste Bettjäckchen, das ich auftreiben konnte, und drei Pornobücher. Und für Gordon kaufte ich einen antiken, in Leder gebundenen Don Quichote. Ich hatte vor einigen Tagen für Samantha ein komplett eingerichtetes Puppenhaus bestellt. Chris würde dagegen sein, aber Sam würde begeistert sein.

John Templeton ließ ich eine Flasche Scotch schicken, phantasielos, aber sicherlich willkommen, und für Jean Edwards und die Mädchen im Magazin hatte ich vergangene Woche in einem Ramschladen komische Hüte besorgt, die uns Anlaß zur Heiterkeit geben würden.

Am dreiundzwanzigsten besuchten Gordon und ich Julie im Krankenhaus; sie sah gar nicht gut aus. Sie hatte die geweiteten, glänzenden Augen von Fieberkranken. Wir brachten ihr eine Flasche Champagner und unsere Geschenke, und die Szene erschütterte mich so sehr, daß ich mich ein- oder zweimal abwenden mußte, um mich zusammenzureißen.

Danach übergab ich Gordon sein Geschenk, und er schenkte mir eine reizende, handgearbeitete Lederschachtel, »eine Zaubertruhe für deine Schätze, Gillian ... auch für alte Liebesbriefe geeignet«. Darin lag eine Karte mit einem Gedicht, unterschrieben »In Liebe, G.« ... und ich war gerührt. Es war ein seltsames Geschenk, konventionell und doch schrecklich persönlich ... typisch Gordon ... ich hatte mir immer so eine Schatulle gewünscht, in der man Eukalyptusbonbons aufbewahren konnte und getrocknete Blumen, Knöpfe von Hemden und anderen Kleinkram, der für niemanden etwas bedeutet, weil er praktisch wertlos ist, außer für jemanden wie mich, der damit eine liebe Erinnerung verbindet. Gordon wollte Weihnachten in Maryland bei seiner Schwester verbringen, was die Lage für mich vereinfachte.

Am Weihnachtsabend blieben Chris und ich zu Hause, erhitzten Popcorn im Kamin und jagten Samantha alle zehn Minuten zurück ins Bett. Wir schmückten den Weihnachtsbaum und küßten einander, er übernahm den oberen Teil und ich den unteren, da ich nicht auf Leitern steigen durfte.

»Also, kleines dickes Mädchen, bist du jetzt bereit, dein Geschenk entgegenzunehmen?« Seine Augen glänzten.

»Ja. Und wie steht es mit dir?«

»Klar.«

Ich holte die Schachtel von Cartier und begann mir Sorgen zu machen. Vielleicht war es doch nicht das richtige Geschenk für ihn, die Verpackung sah neben der kleinen, in billiges Papier gewickelten Schachtel, die er mir in die Hand drückte, geradezu protzig aus.

»Zuerst du«, bat ich. Chris war einverstanden und begann

das Papier herunterzureißen, während er zu erraten versuchte, was sich in der Schachtel befand. Er hielt sie ungeöffnet in der Hand; ich hielt den Atem an und war unglücklich, weil ich ihm etwas für seine Stereoanlage oder einen Skipullover oder neue Skischuhe hätte kaufen sollen . . .

Er öffnete die Schachtel, grinste breit wie ein kleiner Junge und gluckste vor Fröhlichkeit. Ich fühlte mich wie der Weihnachtsmann persönlich. Sie gefiel ihm! Sie gefiel ihm! Hipp, hipp, hurra! Er legte sie ums Handgelenk, zog sie auf, verglich die Zeit, polierte sie, betrachtete sie, und dann erdrückte er mich fast vor Freude.

»Du bist dran . . .«

»In Ordnung, also los.« Ich begann ungeduldig, das blaue Stanniolpapier von der kleinen Schachtel zu reißen. Unter dem Papier war eine Kartonschachtel in Silber und Rot, wie man sie in Ramschläden bekommt. Ich hob den Deckel ab, und darunter lag eine mitternachtsblaue Samtschachtel, deren steifes Scharnier aufsprang und die stolzen Buchstaben »Tiffany & Co« enthüllte, sowie einen unglaublich blitzenden, blau-weißen Diamanten, der auf dem Samtpölsterchen lag. Er blitzte mich an und hing an einer dünnen Goldkette. Es war ein Anhänger. Ich konnte kaum atmen, so überrascht war ich, am liebsten hätte ich zu weinen begonnen.

»Du elender Schwindler. Du Hochstapler, du abgefeimter Schurke. Ich liebe dich so sehr, wie konntest du mir so etwas Wertvolles schenken?« Ich umarmte ihn, drückte ihn an mich und schluckte. »Er ist so wunderschön, Liebster . . . Himmlisch!«

»Ich weiß nicht, vielleicht brauche ich einmal Geld, dann kann ich ihn ja verkaufen.« Eine für Chris typische Bemerkung.

»Das wirst du nicht tun. Häng ihn mir um. Meine Hände zittern zu sehr.« Ich ging zum Spiegel, und er leuchtete mich an wie ein kleiner Scheinwerfer. Ein Prachtstück. –

Wir löschten das Licht aus und betrachteten eine Zeitlang

den Baum, dann gingen wir zu Bett, liebten uns, blieben Hand in Hand, fast im Halbschlaf, liegen.

»Hör mal, Gill . . .«

»Ja, Liebster?«

»Wir wollen irgendwann heiraten, bevor das Baby zur Welt kommt.«

»Du meinst, ich soll dich heiraten?«

»Mhmm. Das sagte ich doch klar und deutlich, oder?«

»Ich bin einverstanden.« Ich fragte nicht nach Marilyn, dachte aber an sie. Ich glaubte nicht, daß es ernst gemeint war. Aber ich hoffte mit aller Kraft, daß er es tun möge. Als ich ihn fester an mich drückte, bemerkte ich, daß er die Uhr trug; ich lächelte und berührte den Diamanten an meinem Hals, dann schlief ich endgültig ein.

27

Am nächsten Morgen war Christtag, und Samantha wirbelte herum und quietschte vor Freude. Wie ich vorausgesehen hatte, erntete das Puppenhaus den überschwenglichen Beifall Sams und einen mißbilligenden Blick von Chris.

Am Ende des Tages machten wir noch einen langen Spaziergang im Central Park. Es lag ein wenig Schnee, und der Park war menschenleer. Alle feierten mit Familie und geladenen Gästen. Es war schön, den Park für uns allein zu haben.

»Chris?«

»Hmmm . . .?«

»War das, dein Heiratsantrag gestern abend, ernst gemeint?«

»Ja. Warum nicht? Man lebt nur einmal, und es wäre doch wirklich nicht richtig, wenn das Kind unehelich zur Welt käme.«

»Heiratest du mich nur deswegen?«

»Nein, mein Dummes. Was glaubst du denn? So bin ich nicht gebaut. Ich finde nur, daß ich dich aus dem Verkehr ziehen sollte, bevor dieser Gordon sich entschließt, mit dir im Rollstuhl zum Traualtar zu fahren.«

»Chris! Er ist nicht so alt, und wie kommst du auf den Gedanken, daß er mich überhaupt heiraten würde?«

»Ich bin vielleicht gutmütig, aber nicht geistig beschränkt. Außerdem kann ich lesen.«

»Ach, das Gedicht.«

»Ja, das. Und einiges mehr. Außerdem habe ich so ein Gefühl . . . Was glaubst du, wann könntest du übersiedeln? Du solltest mir ungefähr zwei Wochen Vorbereitungszeit lassen . . . . ähhh . . . ›um mein Haus in Ordnung zu bringen‹.«

»Ja. So lange wirst du schon brauchen. Ich kann ohnedies nicht früher von hier weg. Ich kann sie im Magazin nicht von heute auf morgen vor vollendete Tatsachen stellen. Wie wirst du es überhaupt regeln, Chris ... ich meine bei dir zu Hause?« Ich dachte an Marilyn.

»Überlaß das nur mir. Bring du erst deine Angelegenheiten in Ordnung und komm zu mir, sobald du damit fertig bist.«

»Es wird mich doch einige Zeit kosten, die Wohnung wieder zu vermieten und hier alles zu regeln. Außerdem wird das Magazin ...«

»Du und dein gottverdammtes Magazin, Gill. Ich brauche dich doch mehr als sie.«

»Seit wann? ... Ist das wahr, Chris?«

»Was meinst du denn?« Wir küßten uns wieder und gingen Hand in Hand nach Hause.

An diesem Abend lag ich im Bett, betrachtete seine in einer Ecke aufgestapelten Gepäckstücke, und da kam mir erst richtig zu Bewußtsein, wie sehr mich seine Abreise bewegte. Ich begann zu weinen, weil ich es bedauerte, daß er wegfuhr, aber es hing noch mehr damit zusammen.

»Es ist nicht so einfach, Chris. Es gibt eine Menge Probleme. Zum Beispiel Marilyn, und ihre Vorgängerinnen; vielleicht wird es auch später eine Marilyn geben. Damit könnte ich nicht fertigwerden. Wir sind auch sonst so verschieden, manchmal ärgere ich dich doch so sehr ... ach, verdammt, ich weiß nicht. Manchmal mache ich mir wirklich Sorgen wegen uns.«

»Meinst du damit, daß du mich nicht heiraten willst? Gib mir gleich meinen Diamanten zurück.«

»Du bist wohl verrückt. Nein, im Ernst. Ich meine nicht, daß ich dich nicht heiraten will, sondern ich meine, daß ich Angst habe.«

»Vor mir?«

»Nein . . . oder doch. In gewissem Sinn.«

»Dann heirate mich eben nicht.«

»Aber ich will dich ja heiraten . . . ach, du verstehst mich nicht . . .«

»Ich verstehe dich schon. Halt jetzt den Mund und schlafe. Mein Gott, selbst wenn du im Himmel wärst, würdest du etwas finden, um dir Sorgen zu machen. Hör auf, bissig zu sein und schlaf ein.«

»Ich bin nicht bissig . . .«

»Doch, das bist du. Schlaf jetzt. Ich muß morgen frühzeitig aufstehen.« . . . Das war so typisch Chris. Ich wollte mit ihm reden.

»Wie bald willst du heiraten, Liebster?«

»Hörst du noch immer nicht auf? Sobald du soweit bist. Im Kreißsaal, wenn es dich glücklich macht. Okay?«

»Okay. Gute Nacht. Hallo, Chris?«

»Was ist denn schon wieder?«

»Fröhliche Weihnachten.«

»Gute Nacht.« Er sprach schon halb im Schlaf.

Am nächsten Morgen sah ich mit dem sprichwörtlichen schweren Herzen zu, wie er wegfuhr. Trennungen machen mich immer traurig, und ich fühlte mich so schrecklich allein, als er fort war.

Als ich in die Wohnung zurückkam, empfand ich das verzweifelte Bedürfnis, Gordon anzurufen und mich bei ihm auszuweinen, aber ich fand, daß es eine Gemeinheit wäre, und hatte mich auch noch nicht entschieden, was ich ihm sagen sollte. Im Grunde war es ja relativ einfach. »Gordon, ich ziehe weg. Chris und ich heiraten.« Aber wie soll man das jemandem beibringen, der einen liebte? Wie fängt man so etwas nur an?

Am Montag kündigte ich bei John Templeton, und es gelang mir, Gordon während des ganzen Tages auszuweichen, wobei ich mir Vorwürfe machte, hartherzig und feig zu sein. Den Rest der Woche lag ich mit einer schweren Erkältung zu Hause, pendelte zwischen Bett und Wohnzimmer, wo die für unsere Übersiedlung bereitstehenden Kisten sich rasch füllten. Ich wollte sofort nach Neujahr abreisen, was immer auch kommen mochte.

Ich hatte die ganze Woche nichts von Gordon gehört, hatte aber beschlossen, es ihm zu Silvester bei Hilary beizubringen. Vielleicht würde es bei Champagner und in Gesellschaft leichter gehen.

Hilary gab wieder eines ihrer vornehmen, aber intellektuellen Soupers. Sie brachte um Mitternacht einen launigen Trinkspruch aus und erhob ihr Glas auf das Wohl ihrer Gäste. Wir standen auf und prosteten ihr zu, dann setzten sich alle wieder in kleinen Gruppen zusammen. Die Gespräche wurden mit gedämpften Stimmen fortgesetzt, der Raum war von Kerzen erhellt und die zauberhafte melancholisch-zärtliche Atmosphäre des Silvesterabends hüllte uns alle ein.

Dann hob Gordon den Blick, sah, daß ich ihn beobachtete, lächelte ganz leicht und sagte leise, so daß die anderen es nicht hören konnten:

»Auf dein Wohl, Gillian. Möge dir das neue Jahr Erkenntnis und Frieden bringen. Möge dein Kind dir Freude machen, und möge Chris dich gut behandeln. *Vaya con Dios.*« Tränen füllten meine Augen, während er das Glas erhob und sein Blick dem meinen begegnete. Er wußte es.

Als ich John Templeton das nächste Mal im Korridor über den Weg lief, sah er mich mit einem gequälten, müden Blick an.

»Warum muß ich immer meine besten Mitarbeiter verlieren?«

»Danke für das Kompliment, John, aber Sie werden auch ohne mich sehr gut zurechtkommen. So wie vor meiner

Zeit.« Er schüttelte nur den Kopf und ging weiter, dann sah ich ihn erst bei der Abschiedsparty wieder, die sie Freitag für mich gaben. Gordon und ich gingen gemeinsam hin und unterhielten uns nur wenig miteinander. Er hatte sich seit der Party bei Hilary freundlich, aber zurückhaltend gezeigt und schien einiges auf dem Herzen zu haben. Dann erfuhr ich den eigentlichen Grund, als ich von den Mitarbeitern des Magazins Abschied nahm. Auch Gordon verließ New York. Als er mich nach Hause begleitete, fragte ich mich, warum er es mir nicht erzählt hatte. Er mußte sich schon einige Zeit mit dem Gedanken getragen haben.

»Wann hast du dich dazu entschlossen?«

»Ach, ich habe mich schon einige Zeit damit beschäftigt.« Doch er wich meinem Blick aus und klang unbestimmt.

»Nimmst du einen anderen Job an?«

»Nein, ich fahre wieder nach Europa.«

»Nach Spanien?«

»Nein, nach Èze. Ein kleiner Ort in Südfrankreich. Vielleicht ist es dort inzwischen vor Pizzalokalen und Touristen schon unerträglich geworden. Aber vor zehn Jahren war es schön und ruhig, ich fahre einfach wieder hin und sehe es mir an. Ich will den Rest meines Lebens damit verbringen, in einem solchen Ort zu malen, und meine Jahre nicht in diesem giftigen Dschungel vergeuden.«

»Ich freue mich, daß du dich dazu entschlossen hast, Gordon. Ich glaube, es ist das richtige für dich.«

Er nickte lächelnd und küßte mich auf die Stirn, als er sich beim Hotel von mir trennte.

»Auf Wiedersehen morgen.«

»Gut, ich rufe dich an.« Aber er machte nicht den Eindruck, als wäre er mit dem Herzen dabei. Wir hatten beschlossen, meinen letzten Tag in New York, den Sonnabend, gemeinsam zu verbringen. Ich reiste am Sonntagmorgen ab.

An diesem Abend besuchte ich Julie im Krankenhaus, und

das war meine schwerste Pflicht vor meiner Abreise. Was sollte ich sagen? »Danke für den Job«? »Viel Glück«? »Auf bald«? Nein, ich würde nur meine ganze Kraft aufbieten, um nicht zu weinen.

Wir plauderten ein wenig, aber Julie war zerstreut, und bevor ich ging, schlief sie ein. Ihr Geist war durch das Demerol oder ähnliche Mittel, die sie ihr verabreichten, sehr angegriffen. Sie war zusammengeschrumpft und geschwächt und sah in dem großen Bett alt und grau, winzig und zerbrechlich aus.

Ich betrachtete die Schlafende, tätschelte ihren Arm, und sie öffnete ein Auge und lächelte. Ich küßte sie auf die Wange und murmelte etwas, ohne nachzudenken, vermutlich war es nur »danke, Julie«, sie schloß die Augen wieder und schlief ein. Während ich mir ein letztes Mal ihr Bild einprägte, murmelte ich *»Vaya con Dios«*. Die gleichen Worte, die Gordon zu mir gesagt hatte.

28

Sam und ich wohnten während der letzten zwei Tage in New York wieder im Regency. Durch ein Wunder bekamen wir wieder dieselbe Suite. Wir würden also von dem gleichen Hotel abreisen, in dem wir bei unserer Ankunft abgestiegen waren. Stilvoll. Außer, daß sich in den vier Monaten, die wir in New York verbracht hatten, so viel ereignet hatte, daß man das Gefühl hatte, wir hätten uns jahrelang hier aufgehalten.

Als wir das Frühstück beendet hatten, klingelte das Telefon. Es war Gordon.

»Hier spricht Ihr Reiseleiter und Fremdenführer, Mrs. Forrester. Wir haben den ganzen heutigen Tag für Sie vorgeplant«, und ich kicherte und war gespannt, was nun kommen würde. »Zuerst werden Sie vom Reiseleiter abgeholt und zu Punkt eins der heutigen Tour gebracht: Ecke Neunundfünfzigste Straße und Fünfte Avenue, wo Sie von einem alten Gaul um den Central Park gezogen werden. Das Pferd könnte unter Umständen *en route* sterben; in diesem Fall wird Ihr Reiseleiter Sie sich auf die Schultern laden, und Sie können den Rest des Weges reiten. Bitte tragen Sie aber keine Schuhe mit Sporen, denn Ihr Reiseleiter ist sehr kitzlig. Danke im voraus für Ihre Rücksichtnahme, Mrs. Forrester. Als nächster Programmpunkt folgt ein Lunch im Hotel Plaza, im Edwardian Room, und danach haben Sie die Wahl zwischen a) einem kurzen Besuch in den Parke-Bernet-Auktionsgalerien, b) einem Rundgang im Museum of Modern Art, c) einem Einkaufsbummel, oder d) Sie können Ihrem Reiseleiter sagen, er soll verschwinden, und Sie fahren nach Hause und ruhen sich aus. Danach werden Sie für eineinhalb Drinks zur Sherry-Netherland-Bar gebracht, bitte zeigen Sie dem Barkeeper Ihren Gutschein. Dann übersiedeln Sie zum

Dinner ins La Caravelle, geben Ihre Kamera an der Garderobe ab, und tragen, wenn möglich, Goldschuhe sowie einen Pullover mit Nerzkragen oder Fuchs, das wäre standesgemäß. Nach dem Dinner im La Caravelle geht es zu Raffles, wo Sie mit Ihrem Reiseleiter tanzen können. Bitte tragen Sie wieder keine Sporen; Ihr Reiseleiter hat auch äußerst empfindliche Füße. Nachher werden Sie – das ist unsere spezielle und daher geheimgehaltene Überraschung – in eines von New Yorks bezauberndsten Verstecken geführt. Das, Mrs. Forrester, wäre der Tagesplan, den wir für Sie ausgearbeitet haben. Willkommen in New York.« Wieder fiel mir auf, was für ein netter Kerl und erstklassiger Kamerad er war.

»Gordon Harte, du bist vielleicht eine Nummer. Um wieviel Uhr geht es los?«

»Wie wäre es um elf?«

»Also . . .«

»Sagen wir halb zwölf. Ich treffe dich unten in der Halle.«

»Ach, noch etwas, Gordon!«

»Ja?«

»Ich habe Sam versprochen, ich würde sie ›zum Abschied‹ in den Zoo führen.«

»Kein Problem. Wann soll es sein?«

»Jetzt habe ich einen Babysitter für sie engagiert. Vielleicht nach ihrem Nachmittagsschlaf? Sagen wir gegen vier?«

»Ausgezeichnet. Frag sie, ob ich mitkommen darf.«

»Ich glaube, das läßt sich arrangieren. Bis bald also, und vielen Dank.«

Gordon erschien Punkt halb zwölf in der Halle, er sah schrecklich zufrieden aus.

»Also, Herr Reiseleiter, was kommt als erster Programmpunkt?«

»Die Kutsche, aber zuerst erwartet dich dein Triumphwagen.« Als wir durch die Drehtür gingen, sah ich mich nach seinem Wagen um und fragte mich, wem wohl der feuerwehrrote, auffallende Rolls-Royce gehörte, der direkt vor dem

Hotel parkte. Seine Nummernschilder hatten ein »Z« am Ende, was ihn als Mietwagen auswies, vermutlich für einen reichen Texaner oder zumindest für jemanden mit viel Sinn für Humor.

»Madame«, und schon öffnete Gordon den Schlag des roten Rolls mit einer schwungvollen Geste und über das ganze Gesicht grinsend. Daneben stand ein livrierter Chauffeur, der aussah, als nähme er die Szene ernst. Es war umwerfend komisch, und ich brüllte vor Lachen; ich konnte fast nicht mehr aufhören. Ich blickte Gordon an, dann wieder den Wagen, und lachte, daß mir die Tränen über das Gesicht liefen.

»Ach Gordon, das ist ein grandioser Einfall.«

»Komm schon, steig ein. Dein letzter Tag in New York soll dir ewig im Gedächtnis bleiben.« In dem Rolls gab es eine Bar, einen Fernsehapparat, eine Stereoanlage, ein Telefon und eine Vase mit einer langstieligen roten Rose. Es hatte viel Ähnlichkeit mit einem Film mit Rock Hudson und Doris Day.

Wir absolvierten das ganze Programm, das Gordon geplant hatte, nur daß wir nach dem Lunch anstatt der Auswahlmöglichkeiten a), b), c) oder d) einen Spaziergang einlegten und dann Sam vom Hotel abholten. Sie war begeistert von dem roten Wagen und fragte sofort mit aufgerissenen Augen: »Ist er ein Geschenk? Können wir ihn behalten?« Gordon und ich begannen wieder zu lachen.

»Nein, Liebling, der ist nur für heute, eine Art Scherz. Es ist ein Abschiedsgeschenk von Gordon, nur für den heutigen Tag.«

»Ich glaube nicht, daß es ein Scherz ist. Mir gefällt das Auto.«

»Samantha, du wirst dich daran erinnern, wenn du ein großes Mädchen bist«, sagte Gordon vollkommen ernst, und ich äußerte den Verdacht, daß er damit wahrscheinlich recht behalten würde.

Als wir zur Ecke Vierundsechzigste Straße und Fifth Avenue kamen, hielt der Chauffeur an, eilte zu meiner Seite, um uns beim Aussteigen zu helfen, und wir gingen in den Zoo. Gordon hatte auch eine Kamera dabei, die ich vorher nicht bemerkt hatte.

»Ich möchte ein paar Fotos schießen. Einverstanden? Wenn du dagegen bist, lasse ich es sein.«

»Nein, ganz im Gegenteil. Ich möchte selbst ein paar Erinnerungsfotos haben. Aber sieh zu, daß du den Wagen aufs Bild bekommst«, sagte ich lachend und blickte mich nach Sam um.

»Ich habe kein einziges Foto von dir, Gillian, und ich hätte gern welche ... wer weiß, vielleicht sehen wir einander nicht wieder ...«

»Ach, Gordon, sag doch nicht so etwas. Natürlich werden wir uns wiedersehen.« Ich war mir nicht so sicher.

»Èze und San Francisco liegen nicht in unmittelbarer Nähe, meine Liebe. Wenn man jemanden verläßt, weiß man nie, was das Schicksal uns bestimmt. Wenn ich Lebewohl sage, habe ich stets das Gefühl, daß es für immer ist.«

»Das ist bei mir anders, wenn ich Lebewohl sage, denke ich immer, daß wir einander wiedersehen werden.«

»Glaubst du daran?«

»Nein, ich rechne nicht damit. Im Grunde nicht.« Ich war traurig und sah Gordon an, doch er blickte weg.

Also machte Gordon eine Stunde lang Fotos von Samantha mit Ballons, Knallbonbons, beim Ponyreiten, wie sie Seehunde beobachtete, und von mir. Es waren Schnappschüsse. Er erwischte uns immer wieder, wenn wir den Mund voller Knallbonbons oder die Augen geschlossen hatten, wenn wir winkten oder lachten. Er knipste und knipste, lief auf die andere Seite und knipste wieder ... klick, klick, klick, klick ... der letzte Tag im Leben von Gordon und Gillian ... »Sing mir keine Lieder, erzähl mir keine Geschichten, wein keine Tränen« ... aber denke gut von mir.

Das letzte Foto des Films knipste der Chauffeur, ein Gruppenbild von uns dreien, wie wir vor der geöffneten Tür des roten Rolls standen, Samantha hatte einen grellroten Luftballon in der Hand, und als ich in den Wagen stieg, wurde mir bewußt, daß es das einzige Foto sein würde, auf dem auch Gordon zu sehen war. Der Rest des Tages verlief genau nach dem Plan unseres Reiseführers, und um Mitternacht verließen wir Raffles und fuhren zu der großen »geheimen Überraschung«. Wir hatten den Rolls noch immer dabei und fuhren in den oberen Stadtteil nach Osten, wie ich richtig annahm, zu Gordons Wohnung.

Wir hielten vor dem Haus und gingen nach oben. Er schloß die Tür auf, trat vor mir ein, betätigte den Lichtschalter, zündete Kerzen an und kam dann zurück, um mir aus dem Mantel zu helfen. Das Zimmer sah sehr hübsch aus – überall gab es Blumen, auf dem Kaffeetisch vor der Couch stand eine Champagnerflasche in einem Eiskübel. Er zündete das Kaminfeuer an und ließ ein Tonband laufen, alles sah perfekt aus. Ein einigermaßen übertriebener Aufwand für eine Dame, die im Begriff stand, abzureisen und in fünftausend Kilometer Entfernung einen anderen zu heiraten, dessen Kind sie erwartete. Aber es war ein entzückender Einfall. Ich wußte, daß das Leben mit Chris seinen eigenen Reiz haben würde, viele zärtliche Momente und auch viele Probleme. Das Leben mit Chris war von anderem Zuschnitt; Kerzenlicht und Champagner paßten nicht recht dazu. Leider heiratet man nur selten das Kerzenlicht und den Champagner. Statt dessen heiratet man die Blue Jeans und die zerknitterten T-Shirts, Coca-Cola und verbrannten Toast, und man bewahrt das Kerzenlicht und den Champagner in der Zauberschachtel auf. Auf lange Sicht lebt man mit Coca-Cola und verbranntem Toast bestimmt problemloser.

Als hätte Gordon meine Gedanken gelesen, überreichte er mir den Champagnerpfropfen und sagte: »Für deine Zauberschachtel.« Ich nahm ihn und erwiderte sein Lächeln, darauf nahm er für einen Moment den Pfropfen zurück und schrieb etwas darauf. Als er ihn mir zurückgab, stand nur das Datum darauf, sonst nichts.

»Ich will deine Kinder in fünfzig Jahren nicht mit einer Menge Initialen verwirren, die ihnen nichts sagen.« Es stimmte mich ein wenig traurig, daß er das sagte, weil ich wußte, daß es ihm ernst war.

»Wann fährst du nach Europa?«

»Ach, in ungefähr einem Monat.«

»Wie denkt eigentlich Greg darüber? Hast du es ihm schon gesagt?«

»Ja, ich rief ihn gestern an. Ich glaube, Gillian, es macht Eindruck auf ihn. Ich habe anscheinend endlich etwas getan, was mein Sohn billigt. Ich ›gebe‹ meine materialistische Haltung ›auf‹, deretwegen er mich verachtet, und unternehme etwas, das er anerkennt. Er will mich nächsten Sommer drüben besuchen. Ich glaube, daß er es ernst meint.«

»Davon bin ich überzeugt. Ich muß ihm recht geben. Ich würde gern selbst einen Sommer in Südfrankreich verbringen.«

»Was, und dafür das Sonnenland Kalifornien verlassen?«

Ich versuchte zu lachen, dann sah ich ihn einen endlosen Moment lang an. »Wirst du mir schreiben, Gordon?«

»Vielleicht, obwohl das nicht zu meinen guten Eigenschaften gehört. Und ich glaube nicht, daß Chris es für eine so gute Idee halten würde. Doch ich werde dich wissen lassen, wo ich mich aufhalte.« Er hielt schon eine gewisse Distanz ein, das war deutlich zu merken.

»Es wird Chris bestimmt nichts ausmachen ... Und ich will mit dir in Verbindung bleiben ... Bitte ...«

»Sei nicht so sicher. Er ist nicht dumm, und er mag mich nicht. Das weiß ich. Ich nehme es ihm auch nicht übel. An seiner Stelle würde ich es genauso halten. Gib dir keine Blöße, Gillian, einen Anlaß, dich zu verletzen.« Ich nickte wortlos, und er schenkte den Inhalt der Flasche in zwei Gläser ein.

Louis Roederer 1956, die Lieblingsmarke von Charles de Gaulle. Und von Gordon Harte.

Wir leerten unsere Gläser, dann starrten wir schweigend ins Feuer, jeder mit seinen eigenen Gedanken beschäftigt. Wir hatten uns so zivilisiert, so beherrscht verhalten, hatten so viel mit unseren Blicken nur angedeutet und so wenig mit Worten ausgedrückt. Der Abschied von Gordon würde einer der schwersten Augenblicke in meinem Leben sein . . . der letzte Augenblick des Zusammenseins . . . der allerletzte Blick. Ich hatte das alles schon einmal durchgemacht, mit Chris, und es würde diesmal um nichts leichter sein.

Ich betrachtete Gordons Profil, der neben mir auf der Couch saß. Der ausdrucksstarke Kopf war ein wenig von mir abgewandt, der Bart sprang vor, er hatte die Augen geschlossen; dann vollführte seine Hand eine abrupte Bewegung, und Glas klirrte, als seine Sektflöte am Kamin zersplitterte. Ich wußte, was er mit der Geste gemeint hatte. Vielleicht brachte das Wegschleudern des Glases und sein Zerbrechen die Endgültigkeit seines Verlustes stärker zum Ausdruck.

Gordon erhob sich wortlos, holte meinen Mantel, und wir gingen langsam zur Tür.

Auf der Rückfahrt zum Hotel saßen wir stumm da, hielten einander bei den Händen und blickten auf die vorbeirollende Stadt hinaus. Reste vom letzten Schnee lagen noch im Rinnstein, gefroren noch einmal, wurden noch um eine Spur grauer.

Der Wagen hielt vor dem Hotel, und Gordon wollte aussteigen, während der Fahrer die Tür auf meiner Seite des Wagens öffnete.

»Nein, steig nicht aus. Bitte.« Meine Stimme klang heiser. Gordon drückte mich fest an sich und küßte mich auf die Stirn. Ich hob mein Gesicht zu dem seinen empor, und wir küßten einander, ich hatte die Augen fest geschlossen, Tränen sickerten langsam aus den Augenwinkeln zu meinem Haaransatz. Dann schlug ich die Augen auf und sah, daß Gordon auch weinte ...

»Ich liebe dich, Gordon ...«

»Leb wohl, mein Liebling. Vergiß nie, wieviel mir an dir liegt.«

Ich stieg aus dem Wagen, lief zu der Drehtür und blickte nicht zurück ... leb wohl ... leb wohl ... auf Wiedersehen, kein endgültiges Adieu ...

Aber es hatte keinen Sinn, sich vorzustellen, wie ich vielleicht mit Gordon zusammengelebt hätte. Ich hatte mich für Chris entschieden. Ich liebte Chris. Ich fuhr im Fahrstuhl nach oben, hatte die Augen fest geschlossen und sagte mir leise vor ... ich liebe Chris ... ich liebe Chris ... ich liebe ...

29

Der Flug nach Kalifornien verlief ruhig, aber ein wenig eigenartig. Ich hatte das Gefühl, in einem Kokon zwischen zwei Welten zu hängen, ein geeigneter Ort, um sich zu verstecken und nachzudenken. Ich hatte fünf Stunden Zeit, um Gordons Welt vollkommen zu verlassen und in Chris' Welt einzutauchen, und ich war dankbar für die wenigen Stunden, in denen ich niemandem gehörte als mir selbst. Es war unheimlich, wie meine Metamorphose vor sich ging.

Während ich hoch über den Wolkenkratzern New Yorks dahinschwebte, klopfte mein Herz schmerzhaft, als ich auf die schnell kleiner werdenden Orte hinabblickte, die mir in den vergangenen Monaten so viel bedeutet hatten. Und als ob ich auf der anderen Seite meines Regenbogens hinabglitte, begann ich wachsende Erregung zu fühlen, als wir tief über der Halbinsel kreisten und uns San Francisco näherten. Ich kam zurück zu Chris . . . zu Chris . . . zu Chris!

Ich sah Sam an und drückte ihre Hand. Ich hatte das Gefühl, daß wir endlich nach Hause kamen. Hallelujah, Baby!

Wir landeten pünktlich, und in der Ankunftshalle erwartete uns Chris. In mir wurde es ganz licht. Er hatte nur für mich sein berühmtes Lächeln aufgesetzt. Wir blickten einander in die Augen, und die Welt war wieder in Ordnung. New York, Gordon, Julie Weintraub waren eine Million Meilen entfernt, auf einem anderen Planeten.

»Du siehst müde aus. War der Flug unangenehm?«

»Nein, der Flug war angenehm. Die letzte Woche in New York war anstrengend. Es gab noch verdammt viel zu erledigen«, nicht bloß die Arbeit in der Firma, aber es ließ sich leichter so allgemein ausdrücken.

Wir holten unser Gepäck und luden es in den VW-Bus, den sich Chris von einem Freund geliehen hatte. Ich wartete darauf, daß Sam ihm von dem Rolls am Tag vorher erzählte, und hielt ein wenig den Atem an. Ich wollte gerade dazu keine Erklärungen abgeben. Aber sie erwähnte den Rolls mit keinem Wort. Ich nahm an, es würde eines Tages herauskommen, wenn man es am wenigsten erwartete, vielleicht Monate später. Dann hatte es seine Bedeutung verloren.

Wir fuhren in die Stadt, und ich sah mich mit dem unbeschreiblichen Gefühl um, »Mein Gott, da ist es ... einfach toll!« Diesen überwältigenden Eindruck macht San Francisco auf mich, mir bleibt die Luft weg, es schluckt mich mit Haut und Haaren, ich fühle mich, als würde ich fliegen können. Ich wollte durch die ganze Stadt fahren und alles aufsuchen, was ich liebte, aber das war nicht Chris' Art. Es wäre ihm nie eingefallen, daß ich mir so etwas wünschte. Wir fuhren auf dem kürzesten Weg nach Hause, wo wir die Koffer ins Wohnzimmer stellten, und ich sah gleich nach, was der Kühlschrank enthielt. Nichts. Ein schönes Willkommen daheim. Zwei halbvolle Flaschen Sodawasser, drei Coke, eine verschimmelte Zitrone und ein Tiegel Erdnußbutter, der wahrscheinlich seit Juli drinnen stand.

»Da drinnen gibt es nichts zu essen, Chris.«

»Ich weiß. Es ist ja noch früh genug. Wir können in den Supermarkt gehen. Du nimmst meinen Wagen, während ich den Bus zurückbringe.«

»Was geschieht mit Sam?«

»Wir nehmen sie mit.«

»Okay, aber ich will sie früh zu Bett bringen. Durch die Zeitdifferenz wird es für sie ohnehin spät, und sie ist von der Reise ermüdet.«

»Mir kommt sie gar nicht müde vor.« Sie rannte durch die Wohnung und hatte von »ihrem« Zimmer Besitz ergriffen.

Mir kam deutlich zu Bewußtsein, daß ich zurück war. Der Kühlschrank war leer, und wir gingen in den Supermarkt. Weit und breit weder Rosen noch Champagner. Das gehörte der Vergangenheit an. Aber das hatte ich schließlich gewußt.

Ich hatte verschimmelte Zitronen und abgestandenes Sodawasser statt Rosen und Champagner gewählt. Ich hätte die Rosen und den Champagner haben können, aber ich wollte sie in Wirklichkeit gar nicht. Ich wollte mit Chris im Supermarkt einkaufen und in einem geliehenen VW-Bus herumfahren.

»Woran denkst du, Gill?«

»Daß ich dich liebe.« Ich meinte jedes Wort ehrlich. Ich war daheim, und ich fühlte mich glücklich. Ich zog meine Jacke an, mit einer Sicherheitsnadel an der Stelle, wo der Reißverschluß nicht hielt, und einen Pullover von Chris, dazu meinen Regenmantel, und wir gingen weg, um den Bus zurückzubringen und Lebensmittel einzukaufen. Wir sahen aus wie eine Familie, und Chris sah prachtvoll aus. Ich war so glücklich, ich hatte das Gefühl, ich würde sofort platzen.

Als wir das Haus verließen, fiel mir etwas ein. »Chris? Wo bringen wir das Baby unter?«

»Reg dich nur nicht auf, bitte. Du bist seit einer Stunde hier und kommandierst schon mit mir herum. Wir werden es schon irgendwo unterbringen. Mach dir doch jetzt darüber keine Sorgen.«

»Ich mache mir keine Sorgen. Ich dachte nur daran.«

»Dann hör auf, so viel zu denken. Wir treffen uns in zehn Minuten am Safeway.« Er gab mir einen flüchtigen Kuß auf die Wange und fuhr weg. Dann reversierte er plötzlich, beinahe wäre er mit meinem Wagen zusammengestoßen, als ich den starten wollte ...

»Gib acht auf den Choker!«

»Okay ... He du! ... Hör auf, mit mir herumzukommandieren!« Ich zahlte ihm mit gleicher Münze heim.

»Du kannst mich mal!« Er fuhr grinsend davon.

»Du mich auch, Kumpel ...« Gott, es war so herzerfrischend, wieder hier zu sein. Es war nicht elegant oder ein Leben wie im Märchen, aber es war mein ganz persönliches Märchenland, und zugleich war es wirklich. Schön und wirklich. Wie Chris.

30

Chris lebte in einem baufälligen viktorianischen Haus auf der Sacramento Street, gerade noch nahe genug beim eleganten Viertel Pacific Heights, um von der angenehmen Umgebung zu profitieren, aber nicht nah genug, um dazu zu gehören. Wir befanden uns am westlichen Stadtrand, und in diesem Sektor hielt sich der Nebel fast bis Mittag, während in der Innenstadt die Sonne schien. Um fünf Uhr nachmittags fiel der Nebel wieder ein, und nachts konnte man die Nebelhörner der Schiffe schwach in der Ferne hören.

Für mich war San Francisco immer eine verzauberte Stadt gewesen, eine Art Traumstadt. Es besitzt die architektonische Schönheit, die auf vielen Ansichtskarten abgebildet wurde, und einen angenehmen Lebensstil, der mich an Europa erinnert. Die Menschen sind freundlich, nicht in der gekünstelten Art von Los Angeles, sondern wie in den kleinen Städten des Westens. Es ist teils eine typische Stadt, und teils wieder nicht. Man kann innerhalb von Minuten auf dem Land oder am Strand sein, und die Berge sind nur ein paar Stunden entfernt. Die Luft ist noch frisch, und wir hatten einen kleinen Garten, in dem Samantha nach Würmern grub und Schnecken suchte.

Das Haus wirkte wie ein Luftschutzbunker. Es hätte wirklich sehr reizvoll sein können, wenn Chris sich entschlossen hätte, ein wenig Zeit aufzuwenden, um es in Ordnung zu bringen, aber er schützte immer andere Arbeiten vor, also wurde es von Tag zu Tag schäbiger und verfiel immer mehr. In San Francisco sind viktorianische Häuser ziemlich häufig. Ihr Äußeres ist meist sehr reizvoll, aber im Inneren haben sich die Fußböden gesenkt, die Decken hängen durch, und die Fensterrahmen sind verzogen.

Am Morgen nach unserer Ankunft drehte ich mich im Bett

um, blickte zur Decke und aus dem Fenster, auf die Bäume, die im Garten wuchsen. Es war still, und ich fühlte mich wie auf dem Land. Ich warf einen Blick auf den schlafenden Chris und grinste. Auch ohne Christopher würde ich San Francisco mögen. Schließlich hatte ich mich in die Stadt verliebt, bevor ich mich in Chris verliebt hatte. Ich hörte Samantha herumtappen und stand auf, um ihr das Frühstück zuzubereiten. Keine Hilfe mehr für Mutter. Das war ein Punkt der Vereinbarung mit Chris. Sam und ich waren allein herausgekommen.

Chris drehte sich um, als ich aufstand, und öffnete ein Auge. »...viel Uhr ist es? Komm doch zurück ins Bett ...«

»Ich muß Sam füttern«, und ich küßte ihn. »Guten Morgen. Es ist so schön, wieder hier zu sein, Chris.«

»Sicherlich, Schatz. Bitte, bring mir doch ein Glas Orangensaft.«

»Ich weiß was Besseres. Du bleibst im Bett, und ich rufe dich, wenn das Frühstück fertig ist.«

»Okay.« Er drehte sich um und schlief wieder ein; dabei sah er aus wie ein kleiner Junge, sein Haar war ganz zerrauft, er hatte die Arme über den Kopf gelegt und die Decke fast ganz über den Kopf gezogen.

Das Frühstück war lang, und es ging lebhaft zu, als wir beschlossen, was wir den Tag über unternehmen würden. Chris hatte einiges zu erledigen, und Sam wollte »Julius besuchen«, d. h. den Julius-Kahn-Spielplatz im Presidio.

»Du kannst Julius auch morgen besuchen, Sam. Wir werden zu Hause bleiben, auspacken und das Haus ein wenig saubermachen. Wie wäre es, wenn du Mami heute ein wenig hilfst?«

»Ich will nicht«, und schon fing das Gejammer an.

»Wie wäre es dann, wenn du Würmer im Garten suchst?« War es eigentlich ich, die so etwas vorschlug?

»Das ist eine gute Idee, Mami. Ich werde versuchen,

einige besonders große für dich zu finden.« Wie mich das freut.

Ich hatte vom Auspacken gesprochen, aber in Wirklichkeit wollte ich das Haus in Ordnung bringen. Früher war es Chris' Wohnung gewesen, aber wenn wir heiraten würden, mußten wir im Haus einige Adaptierungen vornehmen. Die technische Seite der Angelegenheit würde Chris besorgen müssen, aber ich würde eine Generalreinigung mit einer Menge Wasser und Seife vornehmen, zumindest neue Vorhänge anbringen und einen Bettüberwurf besorgen . . . und dann die Badezimmer! . . .

Ich suchte nach Reinigungsgerät, während Chris zur Tür ging und rief: »Bis später, ihr Rasselbande!« Marilyn mochte gute Seiten gehabt haben, aber übertriebene Reinlichkeit im Haushalt gehörte nicht dazu. Wahrscheinlich machte das einen Teil ihres Charmes aus.

Gegen zwei sah die Wohnung schon beträchtlich besser aus, und ich ging mit Sam fort, um Blumen zu kaufen. »Wie wäre es mit Losen, Mami?«

»Und wie wäre es mit Gänseblümchen, Samantha, und Kornblumen und vielleicht ein paar hübschen roten Blumen?«

»Lote Losen.«

»Nein, etwas anderes Lotes. Rosen sind zu teuer.«

»Sind wir jetzt arm? Werden wir huuungern?« Ihre großen Augen blickten zu mir auf, halb mit Tränen gefüllt und halb voll Erwartung auf diese neue Erfahrung.

»Nein, wir werden ganz bestimmt nicht ›huuungern‹. Wir wollen nur nicht zuviel Geld ausgeben, das ist alles.«

»Oh.« Sie schien beinahe enttäuscht. »Wann kriegen wir das Baby?«

»Es dauert noch einige Zeit. Fast zwei ganze Monate. Du mußt noch Geduld haben.«

»Ach . . . warum nicht heute?«

»Das Haus ist noch nicht fertig.« Dabei erinnerte ich mich

daran, daß ich am Morgen den richtigen Platz für das Kind entdeckt hatte und es Chris sagen wollte. Es war eine Art begehbarer Schrank mit einem Fenster, gerade groß genug für ein Kinderbett, einen Stuhl und eine kleine Kommode. Er lag neben unserem Zimmer. Wir benutzten die Garderobe nicht, und sie konnte, richtig adaptiert, wirklich hübsch sein. Auf diese Weise würde das Baby von uns leicht zu erreichen sein, ohne im gleichen Zimmer zu schlafen. Diese Anordnung würde nicht ewig funktionieren, aber für etwa sechs Monate würde es gerade das richtige sein. Danach konnten wir das Baby in Sams Zimmer verlegen.

Chris' Haus war recht geräumig, obwohl es klein aussah. Es besaß ein Wohnzimmer, ein kleines Speisezimmer und eine Küche im Erdgeschoß, zwei Schlafzimmer im ersten Stock und darüber ein helles Studio, das Chris als sein Büro eingerichtet hatte. Das war sein geheiligtes Reich, und es kam absolut nicht in Frage, das Baby dort oben unterzubringen. Außerdem war es zugig, und die Heizung reichte nicht bis nach oben. Es besaß aber einen großen Kamin, in dem Chris die meiste Zeit ein Feuer unterhielt.

Als Chris nach Hause kam, erzählte ich ihm von meiner Idee zur Unterbringung des Babys, und er versprach, sich Farbe zu besorgen und es zu verschönern.

»Hör mal, Gillian, es riecht hier so merkwürdig. Was ist das?«

»Das, mein Liebling, ist ein ungewohnter, Sauberkeit genannter Geruch. Ich habe den ganzen Morgen die Wohnung geschrubbt.«

»Darfst du das denn tun? Mach doch jetzt keine Dummheiten. Hast du dabei etwas gehoben?«

»Nein, ich habe nichts gehoben.« Ich küßte ihn, während ich über seinen Kopf hinweg lächelte. Es klang allmählich so, als lägen ihm das Baby oder ich am Herzen. Das war neu und verursachte bei mir ein prickelndes Gefühl.

Chris beugte sich vor und flüsterte mir ins Ohr: »Schick Sam weg!«

»Was meinst du?«

»Du sollst Sam loswerden . . . ich will mit dir ins Bett gehen . . .«

»Ach . . . Sam, Liebling, wie war es mit der Ausbeute an Würmern heute morgen? Hast du welche gefunden?«

»Nicht einen, sie müssen geschlafen haben.«

»Möchtest du nicht noch einmal nachsehen, ehe es draußen zu kalt wird?«

»Mach ich. Willst du auch welche, Onkel Crits? Mami mag Würmer.«

»Sicherlich, bring mir auch ein paar.« Sie lief zur Hintertür hinaus und ging mit zwei alten Löffeln, einem Zahnstocher und einem Pappbecher auf Würmerjagd.

Chris faßte mich an der Hand, und wir begannen die Treppe emporzulaufen. »He, warte doch eine Minute, du stürmischer Liebhaber!«

»Nicht warten. Ich habe schon den ganzen Tag an nichts anderes denken können. Komm, Weib.« Wir rannten lachend und kichernd nach oben, und ich stürzte beinahe über die oberste Stufe, was uns ein wenig ernüchterte, aber nicht für lange.

»Ich habe welche gefunden. Drei Stück.« Sam platzte herein. Die Tür wurde aufgerissen, sie hatte ein Häufchen Erde in der Hand und etwas Rosiges, das sich wand. »Hallo, seid ihr beide krank? Warum schlaft ihr denn?«

»Wir haben nur ein Nickerchen gemacht. Deine Mutter ist müde.«

»Also gut, da sind sie. Hier hast du sie.« Sie drückte das ganze eklige Zeug Chris in die Hand, dann marschierte sie singend hinaus.

»Mein Gott, Gillian, ich glaube, ich muß erbrechen.«

»Ich zuerst.« Wir liefen beide lachend ins Badezimmer.

Chris kam als erster hin, warf die Würmer in die Toilette und zog die Spülung. »Wer hat den Blödsinn aufgebracht, daß Mädchen zart besaitet wie Mimosen sind? Hat Sam das noch niemand erklärt?«

»Komm schon, Chris, sei kein Spielverderber.«

»Kein Spielverderber? Du hast nicht einmal eine Hand nach dieser kleinen Handvoll chinesischer Spezialitäten ausgestreckt.« Wir begannen wieder zu lachen, während ich die Badewanne einlaufen ließ.

»Fahren wir doch vor dem Abendessen noch ein wenig spazieren. Ich habe mir die Umgebung noch gar nicht näher angesehen. Wir haben den ganzen Tag im Haus herumgewerkt.«

»Wie kommst du auf die Idee, Gill?«

»Komm doch, Chris, bitte. Nur mir zuliebe.«

»Schön, schön, aber nur kurz. Im Fernsehen wird ein Spiel übertragen, das ich mir ansehen will.«

»Sehr wohl, Sir.«

»Sag mir übrigens, Mrs. Forrester, wann heiraten wir eigentlich? Oder hast du es dir anders überlegt?« Er sagte es schalkhaft, aber ich wußte, daß er es ernst meinte. Ich hatte es mir nicht anders überlegt, damit war also alles in Ordnung.

»Ja, ich muß noch auf meinem Terminkalender nachsehen. Wie wäre es mit Sonnabend?«

»Warum nicht morgen?«

»Hast du eine Heiratslizenz?«

»Nein.« Er sah niedergeschlagen aus.

»Deshalb geht es morgen nicht. Heute ist Montag, wir können uns morgen eine Lizenz besorgen, dann haben wir Mittwoch, Donnerstag, Freitag zur Verfügung ... wenn du willst, können wir am Freitag heiraten.«

»Nein, Freitag habe ich einen Job. Sonnabend wird es gehen ... Gill? ... Bist du sicher, daß du überhaupt willst? Ich meine, weißt du es wirklich? Ich bringe nicht die besten Voraussetzungen für einen Ehemann mit.«

»Klingt, als würdest du es dir anders überlegen, Mr. Matthews.«

»Es ist nicht an mir, es mir anders zu überlegen. Du bist es, die absolut sicher sein muß.«

»Junge, Junge, ist das eine Wandlung! Ich bin sicher, jetzt halte den Mund und ab in die Wanne, sonst komme ich nicht zu meiner Spazierfahrt.«

Chris fuhr mit uns den Broadway entlang, an großen alten Villen vorbei, dann auf dem Divisadero den steilen Hügel nach unten, wo Steve McQueen die Verfolgungsjagd im *Bullitt* gedreht hatte, zu dem Haus, in dem *Pal Joey* gedreht worden war, und als wir am Fuß des Hügels anlangten, lag die Bucht und Sausalito auf der anderen Seite mit den Bergen dahinter vor uns. In diesem Augenblick empfand ich das gleiche, was die Pioniere gefühlt haben müssen, als sie die Berge überwunden hatten und den Pazifik erblickten. Die Straßen hatten sich verändert, aber ich hätte wetten können, daß die Gefühle die gleichen geblieben waren. Mir blieb die Luft weg, und ich hatte an dieser Stelle immer wieder dieses Gefühl. Wir fuhren bis hinunter zur Marina, blieben im Wagen am Strand sitzen, blickten über das Wasser und beobachteten, wie der Nebel sich langsam hereinwälzte und durch die Golden-Gate-Brücke drang, als würde er durch die Brückenkonstruktion zusammengehalten. Er bewegte sich langsam auf Alcatraz zu, und die Nebelhörner begannen zu heulen. Nach einer Weile fragte Chris: »Habt ihr genug?«

»Nein, aber du kannst uns jetzt nach Hause bringen.«

»Nein, nein, ich will den Union Square sehen!« protestierte Sam auf dem Rücksitz. »Und die Hare-Krishna-Leute mit den orangefarbenen Locken und den Glocken.«

»Die sind jetzt wahrscheinlich daheim, Samantha, aber wir können zum Union Square fahren, wenn du willst.«

Chris war wirklich kein Spielverderber.

»Was ist mit deinem Spiel im Fernsehen?« Ich wollte nicht übertreiben . . .

»Wir haben noch Zeit.« Er lächelte uns zu. Ich glaube, es machte auch ihm Spaß.

Wir fuhren die Lombard hinunter und dann über jenen Abschnitt, wo sie, knapp bevor man zur Leavenworth Street kommt, in engen Kurven verläuft. Sam quiekte während der Fahrt und war restlos begeistert. Unterwegs konnten wir die Bay-Brücke und Oakland sehen. Dann ging es die Powell hinauf, hinter einem Wagen der Drahtseiltram her, wir winkten den Leuten, zumeist Touristen, zu und sie winkten zurück. Der Union Square bot das gewohnte Bild; es ist ein Stadtteil, der mich nicht besonders begeistert, aber Sam gefiel er, obwohl auch sie enttäuscht war, weil die Hare Krishnas schon nach Hause gegangen waren. Auf dem Heimweg machte Chris einen Abstecher durch Chinatown, was wieder ein besonderes Erlebnis für Sam war.

»Hört mal, wollt ihr vielleicht ein chinesisches Dinner?«

»Nein, komm nur, du willst doch das Match sehen. Das war jetzt genug. Aber es ist lieb von dir, daß du fragst.«

»Nein, ich habe es ernst gemeint. Wir bleiben stehen und essen zeitig zu Abend.«

»Nein, Chris, komm, laß uns nach Hause fahren.«

»Sei still . . . Sam, was meinst du?«

»Ich will hier Dinner essen. Können wir, Onkel Crits, können wir???«

»Ja, Ma'am.« Wir fuhren in die St. Mary's Garage und gingen hinüber in das Menschengewimmel auf der Grand Avenue.

Das Dinner war köstlich, und wie gewöhnlich aß ich zuviel. Chris und Samantha aßen mit Stäbchen, oder zumindest Chris tat es. Sam half kräftig mit den Fingern nach und stocherte nur mit den Stäbchen herum. Ich benutzte eine Gabel, was mir eine Menge verächtlicher Bemerkungen von den beiden eintrug. Aber ich war hungrig und kam mit den Stäbchen nicht zurecht.

Auf der Heimfahrt kamen wir durch den Broadway-Tunnel, und das war für Sam die Krönung eines himmlischen Abends. Ein Tunnel! Es war auch für mich ein himmlischer Abend gewesen. Chris und ich sahen einander über ihren Kopf hinweg an, ich warf ihm eine Kußhand zu und hauchte: »Danke für alles, ich liebe dich.« Er hauchte zurück »ich auch«, und wir meinten es bei Gott ehrlich. Was auch immer in den letzten Monaten geschehen war, was immer Chris Unrechtes getan hatte, oder Marilyn oder auch ich oder wer immer, alles wurde durch diesen Blick ausgelöscht. Schlimme Zeiten mochten wiederkommen, aber eine Prophezeiung war in Erfüllung gegangen. »Die guten Zeiten kommen«, heißt es im Lied. Sie waren gekommen. Sie waren endlich wirklich gekommen.

31

Am Dienstagmorgen brachte ich Sam wieder in ihre alte Schule, dann fuhr ich mit Chris in die Stadt, um die Heiratslizenz zu besorgen. Dort wimmelte es von Mexikanern mit kleinen Kindern und merkwürdig aussehenden Leuten, die entweder zu alt aussahen, um noch zu heiraten, oder so, als hätten sie es eigentlich gar nicht vor. Die meisten jungen Leute heiraten heutzutage anscheinend nicht mehr, denn wir waren die einzigen unserer Altersstufe, die ich sah. Aber wir sahen ja auch gar nicht typisch aus – ich war im siebenten Monat schwanger und war plötzlich ziemlich in die Breite gegangen. Ich trug meine Jeans und einen Pullover von Chris, mein Bauch stand vor, und der Beamte sah mich kopfschüttelnd an. »Ich hoffe, Sie schaffen es bis zum Standesamt, Lady.« Dann warf er Chris einen strafenden Blick zu, worauf dieser verlegen wegschaute und ich hämisch grinste.

»Hast du gesehen, was sich der Kerl herausnimmt, ich meine, hast du ihn dir richtig angesehen?«

»Ja, na und? Was kümmert er dich?« Sieh mal, wie empfindlich er war. Armer Chris.

Wir holten Sam ab, und er setzte uns beim Haus ab. »Ich habe noch etwas zu erledigen, bis später.«

»Was denn?«

»Nur eine Kleinigkeit, also los, steigt jetzt schon aus.« Er war seit dem Vorfall auf dem Standesamt schlechter Laune. Idiotisch, daß er sich darüber ärgerte, aber er war wirklich durcheinander.

»Okay, bis später.« Während ich mit Sam ins Haus ging, fragte ich mich, ob Chris vielleicht mit Marilyn zusammentraf. Es war nur ein plötzlicher Einfall, es gab keinen Grund, warum ich auf die Idee kam, die beiden letzten Tage waren vollkommen gewesen, aber der Gedanke hakte sich in meinem Kopf fest und ließ sich nicht vertreiben. Ich fragte mich, ob ich je aufhören würde, mir deshalb Sorgen zu machen oder ihm zu mißtrauen. Er hatte gelernt, daß seine frühere Offenheit ihm Nachteile brachte. Ich bezweifelte, daß er das nächste Mal, wenn er sich eine Extratour leistete, mir gegenüber genauso aufrichtig sein würde. Ich war also den ganzen Nachmittag über unruhig, und als er nach Hause kam, war ich so erleichtert, ihn wieder bei mir zu haben, daß es mir egal war, wo er sich aufgehalten hatte. Ich fragte ihn absichtlich nicht, was er unternommen hatte, weil ich im tiefsten Herzen noch immer überzeugt war, daß er etwas angestellt hatte, von dem ich nichts wissen wollte.

»Fragst du mich denn nicht, wo ich war?«

»Nein. Erwartest du es?«

»Was hast du denn?«

»Nichts. Warum?«

»Du siehst komisch aus. Fühlst du dich wohl?«

»Ja, mir geht es gut«, aber ich dachte dabei wieder an Marilyn.

»Komm her, mein dummes Kleines. Glaubst du . . .?« Ich druckste herum, weil ich genau wußte, was er meinte, und ich war eigentlich davon überzeugt, schämte mich aber. »Hör mal, Gillian, du lieber Gott . . . wein doch nicht, du hast keinen Grund zu weinen, alles ist in Ordnung . . . he . . . Baby . . .« Ich dumme Gans lag weinend in seinen Armen und gestand ihm, woran ich den ganzen Nachmittag gedacht hatte.

»Ich habe es dir erklärt. Es ist aus und vorbei. Du brauchst dir darüber keine Gedanken zu machen. Komm jetzt mit mir zum Wagen.« Er nahm mich bei der Hand, führte mich die Stufen hinab, öffnete den Wagenschlag und begann, Zeitungen von einem Gegenstand auf dem Rücksitz herunterzureißen. Es war eine Wiege, eine wunderschöne, antike Wiege aus dunklem, glänzendem Holz mit zarten Schnitzereien.

»Ach, Chris ...«

»Heute wurde in Stockton eine Auktion abgehalten. Ich wollte dich überraschen. Gefällt sie dir?«

»Ach, Chris ...« Ich weinte schon wieder.

»Weshalb weinst du denn jetzt?«

»Ach, Chris ...«

»Das hast du heute schon einmal gesagt, jetzt komm, du dummes Mädchen. Schenk mir ein Lächeln. So ist es schon viel besser.«

»Ich werde dir helfen, sie aus dem Wagen zu heben.«

»Nein, Ma'am, solange du noch in dir trägst, was einmal in der Wiege liegen wird, trage ich die Wiege. Halte mir nur die Türen auf.« Dann trug er die Wiege über die Stufen ins Haus.

»Zerbrich nichts.« Ich öffnete die Türen, so weit es nur ging.

»Du verstellst mit deinem Bäuchlein den Weg.« Er grinste mir über die Schulter zu, während er die Wiege im Vorzimmer absetzte.

»Chris? ... weißt du was? Du hast dich verändert.«

»Du auch.« Wir sahen einander lange in die Augen und wußten, daß es der Wahrheit entsprach.

32

Die nächsten Tage verliefen ruhig. Sam war vormittags in der Schule, und Chris hielt sich die meiste Zeit in seinem Studio auf, arbeitete dort an verschiedenen Projekten, beschäftigte sich mit Arbeiten, bei denen er nicht gestört werden durfte. Zum Lunch kam er nach unten, und wir verbrachten eine ruhige halbe Stunde miteinander, bevor ich Sam in der Schule abholte. Wir hatten uns aufeinander eingespielt, und ich hatte das Gefühl, ich wäre nie fort gewesen, nur ging jetzt alles besser.

Am Donnerstag kündigte ich Chris beim Lunch an, daß ich in die Stadt fahren wollte, um einzukaufen.

»Was denn?«

»Ein Hochzeitskleid.«

»Du willst mich auf den Arm nehmen. Gillian, das ist doch nicht dein Ernst?«

»Doch. Ich will etwas Neues tragen. Du weißt ja, etwas Altes, etwas Neues . . .«

»Du hast ja etwas Neues: das Baby. Führt die Abteilung für Umstandskleider heutzutage auch Hochzeitskleider?«

»Komm, Chris, tu mir doch den Gefallen. Ich will etwas Neues haben.«

»Hast du schon über die Farbe nachgedacht? Vielleicht rot?«

»Chris! Ich hätte mit dir nicht darüber reden sollen.«

»Nein. Du kannst es selbstverständlich haben. Es ist deine Angelegenheit. Schließlich ist es auch deine Hochzeit.«

»Es ist natürlich auch die deine. Aber ich will hübsch aussehen, und ich habe nichts anzuziehen.«

»Wozu willst du hübsch aussehen? Hast du jemanden eingeladen?«

»Nein, aber auch darüber wollte ich mit dir sprechen . . .«

»O nein, Gillian, da mach ich nicht mit. Du und ich, wir gehen hinüber zum Friedensrichter und werden getraut. Dabei brauchen wir kein Publikum. Du kannst tragen, was immer du willst, aber du wirst niemanden einladen. Das ist mein voller Ernst.« Er sah sehr entschlossen aus.

»Okay, Liebster. Okay. Reg dich deshalb nicht auf.«

»Ich bin nicht aufgeregt.« Dennoch sah er ärgerlich drein und verschwand wieder in seine Dachkammer, während ich das Lunchgeschirr spülte.

Als Sam sich am Nachmittag zu ihrem Schläfchen niedergelegt hatte, zog ich mich an und marschierte ins Studio, um Chris mitzuteilen, daß ich jetzt wegging.

»Was ist daran nicht in Ordnung?«

»Woran?«

»An dem Kleid, das du jetzt trägst?«

»Ich kann zu unserer Hochzeit nicht gut ein schwarzes Kleid tragen, Chris. Es würde nach einem Begräbnis aussehen. Sei doch vernünftig ...«

»Schon gut, schon gut. Wenn du schon dabei bist, besorge dir auch einen Schleier ... mit Kirschen aus Plastik.« Er hatte zu seiner guten Laune zurückgefunden. Er schien das Ganze sehr komisch zu finden. Als ich die Tür hinter mir schloß, begann er aus vollem Hals zu singen: »Da kommt die Braut!«

»Hör auf, Christopher«, aber er sang nur um so lauter.

Ich beschloß, mich gründlich umzusehen, parkte den Wagen in der Garage auf dem Union Square und ging dann zu I. Magnin. Sie hatten in allen Schaufenstern Kleider für Kreuzfahrten ausgestellt, und als ich eintrat, fühlte ich mich mehr in New York als in San Francisco. Alle hatten sich feingemacht. Die Sacramento Street schien so weit entfernt zu sein wie der Mond.

Ich fuhr mit dem Fahrstuhl in die Damenabteilung und suchte nach der Aufschrift »Umstandskleider« auf der langen Liste der verschiedenen Abteilungen, die über der Fahrstuhltür hing. Die Fahrstuhlführerin sah mich an und lächelte: »Sechste Etage«. Ich konnte nicht widerstehen, erwiderte ihren Blick und fragte »Hochzeitskleider?«, worauf ihr Gesicht zu einer Maske erstarrte. Ich lachte und sagte, die sechste sei schon die richtige.

»Ich dachte einen Moment schon, Sie meinen es ernst.«

Ich lachte wieder, während ich ausstieg . . . O doch, meine Liebe, ich meine es ernst. Ja, wirklich.

Die Umstandskleider hatten so wenig Chic und waren so hausbacken wie überall, und ich marschierte an den Kleiderständern entlang, ohne etwas zu finden. Die Stoffe hatten keinen Körper, die Farben waren entsetzlich, alle Kleider hatten knapp über dem Bauch eine Schleife oder einen hohen Gürtel oder einen anderen Firlefanz, der mir mißfiel.

»Kann ich Ihnen helfen?«

»Ich suche etwas für die Hochzeit meiner Schwester, und da es eine Feier im engsten Kreis sein wird, möchte ich nichts allzu Elegantes.« Das waren die wesentlichen Angaben zu ihrer Information.

Wir suchten und suchten und fanden nichts. Schwarz war unmöglich, Weiß war unmöglich, Rot war unmöglich, und ich war so gut wie geschafft, nachdem wir den Rest nach und nach anprobiert hatten. »Wie wäre es mit einem Kleid und einem Mantel darüber? Wir haben gestern etwas hereinbekommen, das Ihnen recht gut passen könnte. Es ist tadellos gearbeitet und hellgrau.«

Grau? Für eine Hochzeit? Ich brauchte wirklich keinen Mantel.

Aber es erwies sich als ein wunderbar weiches, graues Kleid mit langen Ärmeln und ideal geradem Schnitt, mit einer Knopfreihe vorne, einem weichen, spitzen Kragen und breiten Manschetten; kein Gürtel, keine Schleife über dem

Bauch, nur zwei sehr große, schräg sitzende Taschen auf beiden Seiten; die Knöpfe waren mit dem gleichen grauen Stoff überzogen. Der Mantel war vollkommen schlicht, die Rückenpartie zeigte die gleiche gerade, einfache Linie und hatte einen Kettengürtel in Gold. Es sah wunderbar aus ... mit den Perlen meiner Großmutter und schwarzen Schuhen ... und ...

»Wieviel?«

»Hundertfünfundvierzig.« Verflixt, aber hol's der Teufel, es war meine Hochzeit, und ich konnte das Ensemble immer wieder tragen. Ich kam schließlich dadurch auch noch zu einem Mantel.

»Ich nehme es.«

»Es paßt Ihnen wirklich ausgezeichnet. Es wird auch Ihrem Mann gefallen.«

»Ja, sicherlich.« Vielleicht. Aber hundertfünfundvierzig? Ich hatte noch immer ziemlich viel Geld auf dem Sparbuch, also versuchte ich mich selbst auf der Heimfahrt davon zu überzeugen, daß ich vernünftig gehandelt hatte.

Als ich nach Hause kam, aßen Chris und Sam in der Küche Eiscreme.

»Was hast du gekauft, Mami?«

»Ein neues Kleid.«

»Zeig es mir.«

»Erst am Samstag. Das ist in zwei Tagen.« Chris begann wieder den Hochzeitsmarsch von Mendelssohn zu summen. Ich ging in unser Zimmer und hängte es hinten in meinen Schrank, dabei war ich äußerst befriedigt. Es war wirklich schön. Das gleiche leuchtende Grau wie der Nebel. Mein Hochzeitskleid.

Freitag frühmorgens sprang Chris aus dem Bett, gab mir einen Schubs und bat mich, ihm ein Glas Orangensaft zu bringen.

»Jetzt?«

»Ja. Jetzt! Ich muß um acht in Oakland sein. Wir drehen einen Film, und ich muß rechtzeitig dort antanzen. Komm, Lady, beweg dich!«

»Bin schon unterwegs.« Ich wälzte mich aus dem Bett, nicht gerade erfreut über die frühe Störung.

Chris hatte die Arme voll mit Schachteln, Notizen und allen möglichen Dingen, die insgesamt nicht besonders aussahen. Er gab mir rasch einen Kuß und sagte, er würde spät nach Hause kommen und ich solle nicht mit dem Dinner auf ihn warten. »Jetzt leg dich wieder hin.«

Ich sah zur Tür hinaus, während er den Motor startete, winkte und rief laut »Ich liebe dich!«; ich hätte gern gewußt, ob die ganze Nachbarschaft durch mein Geschrei oder durch das Keuchen und Rasseln seines Wagens, als er startete, oder durch sein »Ich liebe dich auch«, als er wegfuhr, geweckt wurde. Dann legte ich mich für eine kurze Weile hin, ehe ich aufstand, um Sam zu füttern und sie in die Schule zu bringen.

Das Haus wirkte ohne Chris still, und Sam war verdrossen. Ich nahm an, daß sie sich vielleicht erkältet hatte, und wollte Chris bitten, das Heizgerät in ihrem Schlafzimmer nachzusehen. Ich fand, daß es nicht richtig funktionierte.

Auf dem Rückweg ging ich in die Eisenhandlung in unserer Straße, um die Farbe für das Kinderzimmer zu kaufen. Ein schönes, sattes Gelb. Wenn ich sie nicht kaufte, würde Chris sich nie zum Ausmalen entschließen. Ich legte sie in den Wagen und fuhr nach Hause.

Als ich aus dem Auto stieg, klingelte das Telefon, hörte aber auf, als ich die Tür aufschloß. Wahrscheinlich eine Fehlverbindung. Die Anrufe für Chris gingen für gewöhnlich an den Kundendienst, und niemand konnte wissen, daß ich schon zurück war.

Das Haus war in Ordnung, also ging ich wieder in unser Zimmer, öffnete den Schrank und bewunderte wieder das Kleid. Es sah großartig aus, deshalb beschloß ich, es noch einmal zu probieren.

Ich drehte mich vor dem Spiegel; ich trug schwarze Schuhe, die Perlen meiner Großmutter und meine Krokotasche. Ich steckte mein Haar auf und fühlte mich ganz als Braut. Es war ein großer Unterschied zu meiner ersten Hochzeit ... ein sehr großer Unterschied. Ich lächelte mir im Spiegel zu. »Wie hast du dich nur verändert, Gillian Forrester!«

Das Telefon läutete wieder, während ich mich vor dem Spiegel zurechtmachte, aber diesmal kam ich rechtzeitig zum Apparat.

»Mrs. Matthews?« Ich erkannte die Stimme nicht. Vielleicht jemand von einem Geschäft, der neue Kunden suchte. Ich war schon im Begriff »Tut mir leid, wir brauchen nichts ... hier spricht die Putzfrau« zu sagen.

»Erst morgen. Ja?« Ich sah keinen Grund, meinen Namen zu nennen. Es konnte niemand sein, den wir kannten.

»Hier spricht Tom Bardi. Ich bin ein Freund von Chris.«

»Ja?« Ich erinnerte mich dunkel, den Namen einmal gehört zu haben.

»Mrs. ... äh ... wir haben heute morgen drüben in Oakland zusammen an einem Film gearbeitet und ...«

»Ja?« Mein Gott, stimmte etwas nicht? »Ist etwas passiert?«

»Chris ist von einem Gerüst gestürzt, als er versuchte, eine Aufnahme zu machen; es tut mir schrecklich leid, Ihnen das so sagen zu müssen, aber ... er ist tot. Er brach sich das Genick, als er aufschlug. Ich rufe Sie vom St. Mary's Krankenhaus in Oakland an ... Sind Sie wohlauf? ... Sind Sie noch am Apparat?«

»Ja ... ich bin noch hier.« Ich war gefühllos. Ich wußte einfach nicht, was ich sagen sollte.

»Wie heißen Sie?«

»Gillian.«

»Sind Sie in Ordnung, Gillian? Sind Sie sicher? Hören Sie, können Sie jetzt hierher kommen?«

»Nein, Chris hat den Wagen.«

»In Ordnung. Bleiben Sie dort. Setzen Sie sich hin und trinken Sie eine Tasse Kaffee. Ich komme sofort hinüber und bringe Sie hierher.«

»Warum?«

»Nun ja, sie wollen wissen, welche Verfügung sie mit . . . der Leiche treffen wollen.« Die Leiche? Die Leiche? Chris, nicht »die Leiche«. Chris, Chris, und ich begann zu wimmern.

»Bitte halten Sie durch. Ich komme gleich zu Ihnen.«

Ich saß auf meinem Bett, ohne mich zu regen, nicht einmal imstande, den Kopf zu bewegen oder mich umzudrehen. Ich saß in meinem neuen grauen Kleid da, blickte auf meine Schuhe und wimmerte. Dann hörte ich Schritte die Treppe heraufkommen, kräftige Männerschritte, er nahm zwei Stufen auf einmal . . . Chris! Es war eine Lüge, es war der Anruf eines Verrückten, Chris würde mich gleich in die Arme schließen und mir sagen, daß es nur ein schlechter Scherz war . . . Chris . . . ich blickte auf, ein fremder Mann stand in unserem Zimmer und sah mitfühlend und unsicher auf mich nieder.

»Ich bin Tom.« Ich nickte nur.

»Fühlen Sie sich halbwegs in Ordnung?« Ich nickte wieder, aber ich meinte es nicht wirklich.

»Soll ich Ihnen eine Tasse Kaffee machen?« Ich schüttelte den Kopf. Ich stand auf, ohne zu wissen, was ich tun oder wohin ich gehen sollte, aber ich wußte, daß der Mann aus einem bestimmten Grund gekommen war.

»Mein Gott, Sie sind schwanger . . . Heiliger Jesus . . . Oh, das tut mir leid.«

Das wußte ich, er meinte es wirklich, aber es war mir im

Augenblick vollkommen egal. Ich stand auf und erblickte mich im Spiegel, während Tom Bardi hinter mir stand. Ich trug noch immer mein neues Kleid, mit allen Preiszetteln dran.

»Ich muß mich umziehen. Ich bin in einer Minute soweit.« Ich begann wieder zu wimmern. »Es ist mein Hochzeitskleid.« Er sah mich eine Minute lang an, als hielte er mich für hysterisch. Er sah nervös aus, als zweifelte er daran, daß er mit dieser Aufgabe fertigwerden könnte.

»Nein, es stimmt schon. Wir wollten morgen heiraten.« Ich mußte mich zusammenreißen, um diese Erklärung abzugeben.

»Oh, ich dachte, Sie wären ... ich meine, Chris erzählte immer von seiner Frau ... und einem kleinen Jungen namens Sam ... Er sagte aber keinen Ton von einem Baby.«

»Ein kleines Mädchen, Sam, ich meine Samantha ... O Gott, was soll ich nur tun? Ich muß sie bald von der Schule abholen.«

»Welche Schule?«

»Die Thomas-Ellis-Schule.«

»Ich mach das schon, ziehen Sie sich an, und ich rufe inzwischen die Schule an, sage ihnen, sie sollen sie eine Weile dort behalten. Wir werden nicht lange brauchen ... ich meine ...« Er wandte sich um, um nach unten zu laufen. »Wo steht das Telefon?« rief er zurück.

»In der Küche, hinter der Tür.«

Ich zog wieder meine Jeans und Chris' Pullover an und nahm meine Handtasche; das Kleid lag, halb umgedreht, auf dem ungemachten Bett, neben dem T-Shirt, in dem Chris geschlafen hatte ... Jesus, o grundgütiger Gott, Herrgott ... was hast Du mir angetan?

Ich klapperte in meinen Holzsandalen die Treppe nach unten und hörte, wie Tom den Hörer auflegte.

»Es ist alles erledigt, sie können sie bis halb fünf dort behalten. Wir werden bestimmt vorher zurück sein.« Er sah mich wieder unsicher an. »Haben Sie schon eine Ahnung, was Sie verfügen wollen? Ich meine, die Leute drüben wollen es wissen. Was werden Sie mit ihm machen?«

Ich hatte nicht daran gedacht. »Ich weiß nicht. Vielleicht sollte ich seine Mutter anrufen ...« Wo, zum Teufel, wohnte sie nur? »Lassen Sie mich einen Augenblick nachdenken ... Chicago? ... Nein ... Detroit ...? Nein ... Denver. Das war es. Ich hatte sie einmal kennengelernt, als sie Chris auf der Durchreise besucht hatte. Sie hatten keinen sehr engen Kontakt, und sein Vater war schon gestorben.

Ich wählte das Fernamt. »Denver Auskunft, bitte.«

»Tut mir leid, das können Sie selbst wählen: drei-null-drei, dann fünf-fünf-fünf ...«

»Hören Sie, ich bin ganz durcheinander, könnten Sie es für mich tun? Mein Mann wurde soeben bei einem Unfall getötet.«

»Oh ... ja ... oh, es tut mir leid. Einen Augenblick, bitte.«

»Auskunft, bitte welche Stadt? Kann ich Ihnen helfen?«

»Ja. Denver. Helen Matthews. Ich kenne die Adresse nicht.«

Nach einer Pause meldete sie sich wieder. »Die Nummer ist 663-7015.« Ich wiederholte sie. Warum klang meine Stimme so ruhig, warum klang sie so unverändert? 663-7015 ... 663-7015 ... Wähle jetzt die Nummer, bring es der netten alten Dame bei, los, sag ihr, Chris ist tot. Richtig, Mrs. Matthews, er ist tot ... O mein Gott ... ich drückte mehrmals auf den Knopf. »Fräulein? ... Fräulein? ...«

»Ja, Ma'am. Soll ich Sie jetzt mit der Nummer verbinden?«

»Ja. Bitte.«

»Den Anschluß? Oder persönliche Voranmeldung?«

»Anschluß. Nein, persönlich ... ach, wie Sie wollen ... es ist mir egal.«

»Tut mir leid, aber ich muß wissen, wofür Sie sich entscheiden.«

»Ach, ich weiß nicht ... also schön, persönliche Voranmeldung für Mrs. Helen Matthews.«

Sie wählte, und das Telefon klingelte zweimal.

»Hallo?«

»Hallo. Wir haben eine Voranmeldung für Mrs. Helen Matthews.«

»Ich bin am Apparat.« Ihre Stimme hatte ein wenig Ähnlichkeit mit der Chris'.

»Sprechen Sie bitte.«

»Hallo ... Jane?«

»Nein, Mrs. Matthews. Hier spricht Gillian Forrester. Ich bin eine Freundin von Chris. Ich weiß nicht, ob Sie sich an mich erinnern. Ich habe Sie vorigen Sommer kennengelernt, als Sie hier waren ... ich ...«

»Ja, ich erinnere mich. Wie geht es Ihnen?« Es klang ein wenig erstaunt.

»Gut, danke. Wie geht es Ihnen?« O Gott, ich brachte es nicht heraus. Ich blickte Tom Bardi an und wußte jetzt, was er empfunden hatte, als er mich anrief. Ich kniff die Augen zusammen, setzte mich und hielt den Hörer mit beiden Händen fest, um zu verhindern, daß er zitterte.

»Wenn Sie Chris suchen, er ist nicht hier. Er ist in San Francisco. Wo befinden Sie sich im Augenblick? Die Verbindung ist leider sehr schlecht.« Das stimmte, und das würde sich in einigen Minuten nicht ändern.

»Ich bin ebenfalls in San Francisco ... das heißt ... Mrs. Matthews, Chris hatte vor kurzem einen Unfall. Er ist ... tot ... es tut mir leid. Es tut mir wirklich leid ...« Du lieber Gott, verliere jetzt nicht die Fassung, tu ihr das nicht an. »Mrs. Matthews, es tut mir leid, Sie damit zu belasten, aber das Krankenhaus will wissen, was geschehen soll, also ... ich dachte, ich rufe Sie an und frage, was ...« O Gott, sie weinte. Die nette alte Dame, die ich im vergangenen Sommer kennengelernt hatte, schluchzte. »Mrs. Matthews? Ist alles in Ordnung?« Eine dumme Frage; ich sah wieder zu Tom hin.

Er blickte aus dem Fenster, mit dem Rücken zu mir, er schien in sich zusammenzusinken.

»Ja, ich bin soweit in Ordnung.« Sie riß sich zusammen. »Ich weiß nicht, was ich Ihnen sagen soll. Sein Vater liegt in Neu-Mexiko begraben, wo wir gelebt haben, und sein Bruder ist in Washington beigesetzt. Er ist in Vietnam gefallen.« O Gott, warum mußte ihr auch das noch zustoßen? Chris hatte mir von seinem Bruder erzählt.

»Wollen Sie, daß ich ihn nach Denver bringe, Mrs. Matthews?«

»Nein, das hat wohl keinen Sinn. Meine Tochter lebt in Fresno. Ich glaube, Sie lassen ihn am besten in San Francisco bestatten. Ich fliege noch heute hinüber. Ich muß vorher noch seine Schwester verständigen.«

»Sie können hier bei mir wohnen. Im Haus ...« Sein Haus ... unser Haus ... o Gott, was würde sie dazu sagen, daß wir zusammenlebten? Ich kam ein bißchen spät darauf, mir deswegen Sorgen zu machen.

»Nein, ich werde mit meiner Tochter Jane in einem Hotel wohnen.«

»Ich werde Sie vom Flughafen abholen. Rufen Sie mich an und sagen Sie mir, wann Sie hier sind.«

»Das ist nicht notwendig, meine Liebe.«

»Ich will aber ... Mrs. Matthews ... es tut mir so schrecklich leid.« Wieder brach meine Stimme.

»Das weiß ich, meine Liebe.« Auch ihre Stimme klang tränenerstickt.

Ich nickte, und wir legten auf.

Tom Bardi beobachtete mich und reichte mir eine Tasse Kaffee. »Wollen Sie etwas Stärkeres?« Ich schüttelte den Kopf und nahm einen Schluck Kaffee. Er war kalt. »Wir sollten uns jetzt auf den Weg machen.« Ich nickte und ging zur Tür.

»Oh, ich möchte noch jemanden anrufen. Bitte ...« Peg.

Ich mußte es Peg erzählen. An wen sonst konnte ich mich wenden? Wer sonst hatte mich im Lauf der Jahre weinen und verzweifeln und sterben sehen? Peg.

Ich wählte ihre Nummer im Büro.

»Miss Richards, bitte.«

»Einen Augenblick, bitte ... Miss Richards' Büro.«

»Ich möchte mit ihr persönlich sprechen.«

»Tut mir leid, Miss Richards ist bei einer Besprechung.«

»Holen Sie sie. Sagen Sie ihr, ich bin Gillian Forrester. Sie wird das Gespräch bestimmt annehmen.«

»Ich muß erst nachsehen. Bleiben Sie bitte am Apparat.« Peggy würde kommen. Und sie kam.

»Gillian? Was ist los? Ich bin in einer Besprechung.«

»Ich weiß. Peg ... er ist tot.« Ich brach wieder zusammen.

»Wann?«

»Heute morgen ... Unfall ... Genick gebrochen ... ein verdammtes Gerüst ...« Ich konnte die Worte kaum herausbringen.

»Ich nehme heute abend das Acht-Uhr-Flugzeug. Ich kann zumindest das Wochenende mit dir verbringen. Bist du soweit in Ordnung?«

»Nein.«

»Okay, halt nur durch, bis Tante Peg da ist, dann kannst du dich gehenlassen. Ich bin heute abend bei dir.« Warte, acht und fünf ist dreizehn, also ein Uhr morgens, minus die drei Stunden Zeitunterschied. Peg würde um zehn da sein. »Und hör zu, hol mich nicht ab. Ich werde ein Taxi nehmen. Dieselbe Adresse?«

»Ja.«

»Brauchst du sonst etwas?«

»Nur dich. O Peg, ich danke dir so sehr; dafür werde ich dir ewig dankbar sein.«

»Ich muß jetzt gehen, nimm es nicht so schwer. Hör mal, hast du Librium oder etwas dergleichen?«

»Ja, aber ich will es nicht nehmen.«

»Nimm es. Hör auf Tante Peg und nimm es.« Ich wußte, daß ich es nicht tun würde.

»Okay, nochmals danke . . . leb wohl.«

»Wiedersehen«, und wir legten auf.

Ich sah Tom Bardi an, der noch in der Küche herumstand, aber allmählich nervös wurde. »Also gehen wir.« Er sah irgendwie erleichtert aus. Vielleicht hatte er befürchtet, daß ich alle meine Bekannten der Reihe nach anrufen und ihn zuhören lassen würde.

33

Wir fuhren schweigend nach Oakland. Ich hatte nichts zu sagen und war dankbar, daß Tom nicht versuchte, ein Gespräch zu beginnen. Er chauffierte nur. Er fuhr sehr schnell. Ich blickte aus dem Fenster, keine Träne, der Kopf leer, keinerlei Gefühl. Ich fuhr nur in Chris' Wagen mit einem Mann namens Tom Bardi, den ich vor dem heutigen Tag noch nie zu Gesicht bekommen hatte. Es war merkwürdig, wirklich merkwürdig, also dachte ich nicht darüber nach. Ich rührte mich auch nicht.

Plötzlich bog der Wagen rechts ab, und ich begriff, daß wir uns auf dem Parkplatz des St.-Mary-Krankenhauses in Oakland befanden. Wir stiegen aus, und Tom ging voraus zur Unfallstation.

Drinnen befand sich eine kleine Gruppe von Langhaarigen in Blue Jeans. Sie sahen alle bestürzt aus und drängten sich zusammen, als würden sie frieren. Das Kamerateam.

Tom führte mich zur Anmeldung und sagte etwas zu der diensttuenden Schwester. Sie blickte mich an, ihre Miene drückte nur eine Frage aus. »Mrs. Matthews?«

»Ja«, log ich, denn ich glaubte nicht, daß sie mit der Wahrheit zufrieden gewesen wäre, und ich wußte, daß ich jetzt zu keiner Erklärung fähig war. Außerdem spielte es ohnehin keine Rolle.

»Wollen Sie mir bitte folgen?« Sie ging in ein kleines Zimmer voran, über dessen Tür ein rotes Licht brannte, und an der Tür besagte ein Schild »Eintritt verboten«. Chris lag in den Sachen, in denen er am Morgen weggegangen war, auf einer Bahre; er sah sehr friedlich aus, eine Seite seines Gesichts war sandig, kein sichtbarer Körperteil war verletzt. Sie hatten sich geirrt. Er war nicht tot, er schlief nur. Ich wischte ihm den Sand vom Gesicht und glättete sein Haar. Ich beugte mich nieder, um ihn zu küssen, und die Trauer schnürte mir die Kehle so zu, daß ich nur gurgelnde Geräusche von mir geben konnte. Ich legte mein Gesicht an das seine und umarmte ihn. Aber er fühlte sich seltsam an, auch seine Haut war merkwürdig. Die Leiche von Christopher Caldwell Matthews. Nicht mehr Chris selbst.

Die Schwester hatte mich von der Ecke aus beobachtet, aber das war mir vollkommen gleichgültig. Ich vergaß, daß sie dort war. Langsam kam sie auf mich zu, ergriff mich am Ellbogen und führte mich sehr zielstrebig zur Tür. Ich blickte über die Schulter zurück zu Chris, um zu sehen, ob er sich bewegen, aufstehen oder ein Auge öffnen und zwinkern würde. Es war nur einer von seinen wirklich bösen Scherzen, wie auch Tom Bardis Telefonanruf ... Schauen Sie, Schwester, wirklich, ich weiß, daß er Ihnen das nur vorspielt ...

Sie ließ meinen Ellbogen nicht los und führte mich durch den Korridor zurück zur Aufnahme. »Würden Sie das bitte unterschreiben? ... Und das?« Sie reichte mir einen Kugelschreiber. Ich unterschrieb zweimal Gillian Forrester, drehte mich um und wußte nicht, wohin ich mich wenden sollte. Ich sah sie an und fragte, was ich nun unternehmen sollte.

»Haben Sie schon ein Beerdigungsinstitut angerufen?«

»Nein, noch nicht.« Er war noch nicht einmal kalt.

»Auf der gegenüberliegenden Seite der Halle befindet sich eine Telefonzelle. Auf den gelben Seiten des Telefonbuchs werden Sie finden, was Sie suchen.« Das heißt, es auf den gelben Seiten finden, deine Finger blättern lassen ... o Gott.

Hobson ... Hobson ... das ist der richtige ... George Hobson ... »Überlaßt eure Lieben vertrauensvoll unseren Händen« ... ich kannte den Mann, der ihre Werbekampagne entworfen hatte.

Ich suchte die Nummer der Firma im Telefonbuch und rief an.

»Hobson's Heim«, eine sanfte Stimme ... o Gott.

»Hier spricht Mrs. Forrester. Ich möchte mit jemandem über ...«

»Sicherlich, einen Augenblick bitte.«

»Ja?« Eine tiefe, gedämpfte Stimme erklang an meinem Ohr. Er mußte ein Schwuler sein. Ich stellte später fest, daß es stimmte, als er in einem engen schwarzen Anzug stereotyp lächelnd durch die Vorhalle bei Hobson tänzelte.

Ich erzählte ihm die ganze Geschichte. Er meinte, er sehe keine Probleme. Einer ihrer Wagen würde Mr. Matthews um drei Uhr abholen. Ob ich einverstanden sei? Ich sagte ja, es sei mir recht.

»Und würden Sie dann um halb vier zu uns kommen, Mrs. Forrester, um alle Einzelheiten zu besprechen?«

»Ja, ich werde dort sein.«

»Sind Sie die Schwester des Verstorbenen?«

»Nein, ich bin seine Frau.«

»Verzeihung, das tut mir leid, ich habe ›Forrester‹ verstanden.« Er war ganz salbungsvolle Entschuldigung.

»Es stimmt schon, Forrester. Ich werde dem Krankenhaus mitteilen, daß Sie Mr. Matthews um drei abholen.« Es war mir verdammt egal, was er dachte. Ich war Chris' Frau, ob mit Trauschein oder ohne.

Ich sagte der Schwester in der Aufnahme, daß ein Wagen von der Firma Hobson Chris um drei abholen würde, und teilte es dann Tom mit.

»Wollen Sie jetzt zurück in die Stadt? Ich fahre Sie hin; meinen Wagen kann jemand anderer nehmen.«

»Nein, ich werde warten. Aber Sie können jetzt zurückfahren, wenn Sie wollen. Es hat keinen Sinn, daß Sie mit mir warten.«

»Ich werde bleiben.« Es klang sehr endgültig. Ich war ihm dankbar, also widersprach ich nicht.

»Wollen Sie sich hinlegen oder sonst etwas?«

»Nein, ich brauche nichts.«

»Sind Sie sicher?«

»Sicher. Danke.« Ich versuchte ihm zuzulächeln. Er erwiderte mein Lächeln nicht, sondern ging zu der Gruppe, die zuletzt mit Chris zusammen war, und sprach leise mit den Leuten. Sie standen nacheinander auf, sahen zu mir herüber, dann schnell wieder weg und schüttelten Tom die Hand. Er gab jemandem seine Wagenschlüssel, dann waren sie fort. Die stillen Leidtragenden waren gegangen.

»Ich kann auch in dem Wagen von Hobson zurückfahren, Tom. Das würde ich sogar ganz gern tun.«

»Nein, das können Sie nicht. Was würde denn Chris davon halten?« Es war ein Schlag unter die Gürtellinie, und ich zuckte zusammen.

»Gut.«

»Kommen Sie, auf der anderen Straßenseite gibt es ein Lokal, in dem man essen kann. Ich lade Sie auf einen Hamburger ein.«

»Ich könnte im Augenblick nicht . . .« Der Gedanke allein verursachte mir Übelkeit.

»Dann trinken Sie wenigstens eine Tasse Kaffee. Kommen Sie.«

Wir setzten uns, tranken Kaffee und rauchten, die Zeit verging, wir sprachen keine zehn Worte miteinander. Chris' Freund, den ich noch nie gesehen hatte, blieb bei mir sitzen; er war der beste Freund, den ich zu dieser Zeit hatte. Ich brauchte seine Gegenwart, ich klammerte mich an ihn und sprach kaum ein Wort mit ihm.

Endlich traf der Wagen von Hobson ein, ein langgestreckter, brauner Wagen, der von einem Mann gefahren wurde, der wie ein Chauffeur aussah. Es war ein Leichenwagen. Der Leichenwagen für Chris.

Chris wurde auf einer schmalen Metallbahre herausgetragen; er war mit einer grünen Plane zugedeckt und an der Bahre festgeschnallt. Sie schoben ihn hinten in den Leichenwagen, schlugen die Tür zu, und der Fahrer fragte mich:

»Wollen Sie mir nachfahren oder mich bei der Firma wieder treffen?«

»Wir werden hinter Ihnen herfahren«, entschied ich, bevor ich Tom ansah. Ich wollte Chris folgen.

Als ich zu Tom aufblickte, bemerkte ich, daß ich während der ganzen Zeit, während Chris in den Wagen gelegt wurde, seine Hand gedrückt hatte. Meine Nägel hatten sich in seine Hand gebohrt, aber er hatte kein Wort verloren. Ich glaube nicht einmal, daß er es bemerkt hatte.

Wir stiegen in Chris' Wagen, und Tom ließ den Motor an ... »Geben Sie auf den Choker acht«, sagte ich automatisch, es waren Chris' ständige Worte ... »Gib auf den Choker acht« ... am ersten Tag, an dem wir wieder hier waren ... gib auf den Choker acht; ich legte die Arme um Tom Bardi und weinte, schluchzte und würgte.

»Sind Sie abfahrbereit?« wollte der Fahrer des Leichenwagens wissen. Tom sah mich an, und ich nickte. Ich lehnte mich zurück und wünschte, ich hätte das Librium genommen, wie Peg mir geraten hatte. Doch nein, ich wollte allein damit »fertigwerden«, ohne Librium. Doch ich dankte Gott für Tom Bardi.

34

Bei Hobson wurde ich in ein kleines Büro mit eleganten, imitierten Louis-XV.-Möbeln geführt. Tom blieb draußen. Der Mann, mit dem ich am Telefon gesprochen hatte, kam herein. Ich hatte ihn schon im Vestibül gesehen. »Ich bin Mr. Ferrari. Mrs. Forrester, nicht wahr?«

»Ja.«

»Also ... wann soll das Begräbnis stattfinden?«

»Das weiß ich noch nicht.«

»Selbstverständlich. Wir werden Mr. Matthews in unserem Georgia-Schlummer-Raum unterbringen, den ich Ihnen zeigen werde, nachdem Sie diese Papiere durchgesehen haben. Dann werde ich Sie mit unserem Kosmetiker bekannt machen und wir werden uns einen Sarg aussuchen. Damit hätten Sie alle Formalitäten erledigt. Nun, heute ist Freitag, ich nehme also an, daß das Begräbnis Sonntag stattfinden wird oder vielleicht Montag.« Er lächelte mitfühlend wie ein Alligator und tätschelte meine Hand ... gütiger Gott, nimm doch deine verdammten Pfoten von mir. Er redete wie ein geschäftstüchtiger Reiseleiter auf einer Kreuzfahrt durch die Karibik, »und jetzt sehen Sie ...« Scheiße.

»Ach ja, Mrs. Forrester, wollen Sie uns irgendwann heute abend einen kompletten Anzug von Mr. Matthews bringen? Einschließlich der Schuhe.« Einen Anzug? Ich war nicht einmal sicher, ob Chris einen besaß.

»Wozu?« Ich hatte offensichtlich den Mann auf eine Weise schockiert, die er sicher nicht für möglich gehalten hatte.

»Um ihn aufzubahren.« Wieder das Lächeln, gepaart mit einer Miene, die Nachsicht mit meiner Dummheit ausdrückte.

»Ihn aufbahren? Ach, im Sarg ... nein, das wird nicht

notwendig sein. Ich möchte, daß der Sarg geschlossen bleibt. Er kann das anbehalten, was er am Leib hat.«

»Trägt er einen Anzug?«

»Nein, Mr. Ferrari, er trägt keinen Anzug. Er besitzt gar keinen Anzug, und mir gefällt die Kleidung, die er trägt.« Ich fuhr ihn an und fühlte mich gleich etwas besser. »Ich muß mit seiner Mutter noch einige Einzelheiten besprechen. Sie kommt heute abend an.«

»Aus dem Osten?«

»Nein, aus Denver.« Aber keine Angst, wir können das Begräbnis bezahlen, Mr. Ferrari. Sie werden Ihr Geld bekommen. Darum ging es in den Papieren.

Er lächelte mir zu, überzeugt davon, daß Mr. Matthews' Mutter bezüglich des Anzugs seiner Ansicht sein würde. Vielleicht hatte er recht. Sie war schließlich seine Mutter.

»Wollen wir nach unten gehen, die Särge ansehen?«

Wir verließen das kleine, einsame Büro, und Tom saß immer noch dort. Es war beruhigend, ihn noch in der Nähe zu wissen.

»Wir werden nicht lange brauchen«, tröstete ich ihn, und Tom nickte. Mr. Ferrari sah irritiert aus. Er war sichtlich dazu entschlossen, seine ganze Show vor mir abzuziehen.

Mir kam erst im Fahrstuhl zu Bewußtsein, wie ich in meinen Jeans, den Sandalen und Chris' altem Pullover aussehen mußte. Der arme Mr. Ferrari. Mit welchen Leuten man sich heutzutage abgeben mußte, aber ich fand, daß es keine Rolle mehr spielte. Vielleicht würde die Rechnung dann nicht so hoch sein. Ich wußte nicht, wie vermögend Mrs. Matthews war, und ich hätte es mit meinen Ersparnissen gerade noch bezahlen können, hätte aber dann ohne einen Pfennig dagestanden. Begräbnisse können Tausende Dollar kosten.

Mr. Ferrari öffnete die Tür, und wir traten in einen Raum voller Särge, die wie Autos in einem Schauraum ausgestellt waren, auf Plattformen, rund um den ganzen Raum, mit und ohne Kruzifixe, mit allen erdenklichen Verzierungen und Beschlägen, mit Satin, Samt und Moiré-Seide ausgeschlagen. Mr. Ferrari stellte sich schon in Positur, um mir alle Modelle im Detail zu schildern wie ein Autoverkäufer in Hochform.

»Ich nehme diesen.«

»Diesen hier?«

»Ja, diesen.«

»Sehr gut, aber wollen Sie nicht, daß ich Ihnen noch etwas anderes zeige . . .«

»Nein. Wieviel kostet er?«

Er studierte eine Liste. »Dreihundertfünfundzwanzig Dollar.«

»Sehr gut.« Ich drehte mich um, verließ den Raum und drückte auf den Fahrstuhlknopf, bevor Mr. Ferrari Atem geschöpft hatte oder mir gefolgt war.

Oben schüttelte ich Mr. Ferrari die Hand und wollte gehen.

»Mr. Matthews wird heute abend um sieben zurechtgemacht sein. Sie haben den Raum noch nicht gesehen.«

»Er wird sicherlich in Ordnung sein, Mr. Ferrari.« Ich war erschöpft und wollte nur rasch von dort wegkommen.

»Sind Sie bezüglich des Anzugs sicher?«

»Ich bin sicher. Danke.« Mit all der Würde, die ich aufbieten konnte, ging ich zur Tür; Tom folgte mir.

Als wir endlich draußen waren, sah er mich wieder an. »Wie fühlen Sie sich?«

»Viel besser. Wir müssen Sam abholen.« Ich nannte ihm die Adresse der Schule. Es war schon fast halb fünf, und sie würde sich schon fragen, was passiert war.

In der Schule verfertigte Sam im Büro einer der Aufsichtspersonen Zeichnungen und wirkte vollkommen glücklich.

»Wo warst du?«

»Ich hatte zu tun. Komm, Liebling, es ist Zeit, daß wir nach Hause fahren.«

Sie nahm ihre Jacke und marschierte zur Tür, ihre Zeichnungen trug sie zusammengerollt in einer Hand. Nachdem sie draußen war, kam die Aufsichtsdame zu mir und schüttelte mir die Hand. »Es tut mir so leid, Mrs. Forrester.«

»Ich danke Ihnen.« Ich mußte mich daran gewöhnen. In den nächsten Tagen würde ich dieses »Es tut mir leid« noch oftmals hören.

Tom wartete im Wagen, als Sam und ich hinauskamen.

»Wer ist das?«

»Ein Freund von Onkel Chris.«

»Ach so.«

Für sie war es damit in Ordnung.

Tom und sie plauderten auf der Heimfahrt, so daß ich währenddessen meinen Gedanken freien Lauf lassen konnte. Ich war so müde, daß ich wie betäubt war.

»Tom, ich möchte auf dem Heimweg bei einem Blumenladen aussteigen. Es gibt einen in unserer Straße. Haben Sie noch soviel Zeit?«

»Sicherlich.«

»Weshalb brauchst du Blumen, Mami? Wir haben doch genug zu Hause.«

»Ich muß sie jemandem schicken.« O Gott, es dämmerte mir, daß ich es ihr würde mitteilen müssen; über das Wie war ich mir noch nicht im klaren. Aber etwas würde ich auf jeden Fall sagen müssen.

Beim Blumenhändler bestellte ich um zweihundert Dollar wildwachsende Blumen in verschiedenen Farben, die bis sieben Uhr bei der Firma Hobson abgeliefert werden sollten. Ich konnte den Gedanken an weiße oder lachsfarbene Gladiolen nicht ertragen, nicht im Zusammenhang mit Chris.

Draußen vergnügten sich Sam und Tom im Wagen, und ich

lächelte müde, als ich sie sah. Ohne Tom wäre es unerträglich gewesen.

Er fuhr uns nach Hause und fragte mich, ob er noch eine Weile bei uns bleiben solle.

»Sie müssen nicht. Es geht mir gut. Aber ich könnte Ihnen etwas zum Essen machen.«

»Nein. Ich gehe nach Hause.«

»Soll ich Sie hinfahren?«

»Nein. Ich wohne nur sechs Blocks von hier. Ich werde zu Fuß gehen. Ich werde noch den Wagen parken.«

Sam und ich blieben vor dem Haus stehen, während er den Wagen abstellte und zu uns zurückkam, er sah so müde aus, wie ich mich fühlte. Er blieb einen Augenblick vor uns stehen, offensichtlich ohne zu wissen, was er sagen sollte.

»Tom ... ich weiß nicht, wie ich Ihnen danken soll, aber ... Sie haben mir sehr geholfen. Sie waren unglaublich ... wunderbar.« Wieder stiegen mir Tränen im Hals hoch.

»Sie auch, Gillian, Sie auch.« Er bückte sich, küßte mich auf die Wange, fuhr Sam durch das Haar und ging mit gesenktem Kopf die Straße hinauf. Ich glaube, er weinte, konnte es aber nicht sehen, denn meine Augen schwammen in Tränen.

»Warum weinst du, Mami? Hast du Schmerzen?«

»Ja, gewissermaßen.«

»Ich werde mich um dich kümmern, und du wirst dich gleich besser fühlen.«

»Danke, Liebling.« Wir stiegen Hand in Hand die Treppe zu dem leeren Haus hinauf, wir beide waren wieder allein.

Mrs. Matthews rief an, während Sam Abendbrot aß. Sie sagte, sie würde um neun ankommen, aber ich müsse nicht zum Flughafen fahren. Ich sagte ihr, ich würde kommen, und dann versuchte ich, einen Babysitter für Sam aufzutreiben.

Ich rief die einzige Nachbarin an, die ich kannte, und sie sagte, sie würde gern kommen. »Ach, Gillian, ich habe es in der Nachrichtensendung gehört, es tut mir so schrecklich leid«, so leid, so leid, da war es wieder.

»Danke, Mrs. Jaeger, danke vielmals.« In den Nachrichten? Du lieber Gott.

Sam war sehr brav, badete, aß ihr Abendbrot und ging ohne Protest zu Bett. Sie fragte einmal nach Chris, und ich antwortete ausweichend. Ich wollte nicht, daß sie sein Verschwinden mit den Tränen und dem Leid in Verbindung brachte, die sie in den nächsten Tagen erwarteten. Es war besser, wenn ich es ihr behutsam beibrachte, sobald ich selbst damit fertig werden konnte. Wann würde das sein? Jedenfalls nicht jetzt.

Mrs. Jaeger kam um acht, und ich fuhr zum Flughafen, um Mrs. Matthews abzuholen. Ich hatte mich umgezogen und trug jetzt etwas Einfaches, Schwarzes. Meine Blue Jeans und Chris' Pullover lagen auf unserem noch immer ungemachten Bett neben dem grauen Hochzeitskleid.

35

Ich stand auf dem Flughafen und wartete auf die Ankunft der Maschine aus Denver. Ich sah mich um und fragte mich, wer von den Wartenden Jane sein könnte. Niemand sah so aus, wie ich es erwartet hätte, also beschäftigte ich mich nicht länger damit, sondern starrte auf die Landebefeuerung auf dem Flugfeld. Ein halbes Dutzend Maschinen warteten auf den Start, andere schwebten herein.

»United Airlines, Flug 402, aus Denver, ist gelandet. Passagiere kommen durch das Gate 3 ... Flug 402 ...« Sie war unter den ersten, und ich erkannte sie sofort, eine kleine Dame, die einmal sehr hübsch gewesen sein mußte, mit grauem Haar und einem aparten schwarzen Kleid. Sie sah sich um und an mir vorbei. Ich glaube nicht, daß sie mich gleich erkannte.

»Mrs. Matthews?«

»Gillian?«

»Ja.«

»Danke, daß Sie gekommen sind, meine Liebe. Es wäre aber nicht notwendig gewesen.« Sie sah an mir vorbei und über meine Schulter, während ich ihr erklärte, es sei alles in Ordnung, und ähnliche Redensarten von mir gab.

»Ich sehe Jane nicht. Sie versprach, sie würde mich abholen.« Dann winkte sie, sah sich um und eine hochgewachsene junge Frau kam auf uns zu ... Es war Chris, verwandelt in eine Frau. Es war ein ganz seltsames Gefühl, dieses Mädchen anzuschauen und Chris zu sehen, seinen Gang, seine Gestalt, und als sie näher kam, seine Augen. Fast überlief mich ein Schauer, aber ich war fasziniert, hypnotisiert von der Erscheinung, die auf uns zukam. Ich konnte meinen Blick nicht von ihr abwenden. Sie ging geradewegs auf ihre Mutter zu und schloß sie wortlos in die Arme. Mir tat es leid, daß ich gekommen war. Mein Platz war nicht bei ihnen. Sie brauchten einander, ich war eine Fremde für sie. Ich wandte mich verlegen ab und überlegte, was ich Jane sagen sollte. »Es tut mir leid?« Nein, nicht von mir. Nicht ich auch. Als ich sie ansah und wieder von der Ähnlichkeit mit Chris frappiert war, ließ sie ihre Mutter los und machte einen Schritt auf mich zu. Dann umarmte sie mich gleichfalls.

»Ich weiß, Gillian. Ich weiß. Ich werde Ihnen nicht sagen, daß es mir leid tut. Ich weiß, was Sie empfinden. Chris hat mir letzte Woche geschrieben.«

»Wirklich? Er hat mir kein Wort davon gesagt.« Ich war so überrascht, daß ich nicht wußte, was ich sagen sollte.

»Das war ganz er. Warum holen wir dein Gepäck nicht, Mam?« Wir gingen zu dritt langsam zu der Rolltreppe zur Gepäckausgabe.

Wir sammelten Mrs. Matthews Sachen ein, und ich ging zum Parkplatz, um den Wagen zu holen.

»Er ist leider nicht sehr geräumig. Chris ... ich ... also uns gefällt er«, worauf verlegenes Schweigen folgte.

Auf der Fahrt in die Stadt wurde nur wenig gesprochen. Es gab sehr wenig zu sagen. Und dann plötzlich, als hätten wir das Gefühl, daß wir sprechen sollten, begannen wir alle zugleich zu reden und lachten dann nervös. Wir sprachen über San Francisco, über das Wetter in Denver, über das Fliegen, über alles mögliche, außer über Chris und den Unfall.

»Wann erwarten Sie das Kind, Gillian?« Das war vielleicht eine Eröffnung. Sie kam von Jane.

»Erst in zwei Monaten. Sie haben drei, nicht wahr?« Sie nickte, und während ich vermied, Mrs. Matthews anzusehen, hoffte ich, sie hätte es nicht bemerkt. Denn wir vergessen alle bei unseren freidenkenden Freunden, daß sie Eltern haben, und der große, unabhängige Christopher Caldwell Matthews hatte eine Mutter, die vielleicht nicht der Ansicht war, daß uneheliche Kinder etwas Tolles waren. Chris war auch nicht dieser Meinung gewesen, also erwartete ich von seiner Mutter eigentlich nur Entsetzen. Ich spürte, daß sie mich ansah, und riskierte einen kurzen Blick und ein nervöses Lächeln in ihre Richtung. Schließlich war ich ihr nur einmal begegnet.

Sie erwiderte meinen Blick ebenso nervös, mit leisem Lächeln in ihren großen, traurigen Augen. »Ich hoffe, es stört Sie nicht, wenn ich das sage, aber ich bin froh. Mein zweiter Sohn war auch nicht verheiratet, und Chris ...« Sie verstummte. Am liebsten hätte ich sie geküßt, konnte aber das Lenkrad nicht loslassen, also sah ich sie noch einmal an, und diesmal lächelte ich wirklich.

»Würden Sie ... dort vorbeifahren ...?«

»Nein, Mutter, warum wartest du nicht bis morgen? Fahren wir jetzt direkt zum Hotel.«

»Nein, ich will heute abend hingehen, Jane. Ich will ihn sehen ...« Der letzte Teil des Satzes verhallte wieder.

»Hmmm ... Mrs. Matthews, ich ließ den ... äh ... ich ließ ihn schließen ... Aber es läßt sich rückgängig machen, wenn Sie es wünschen ...« Rückgängig ... rückgängig ... Chris, der so still dort lag ... damit ihn alle sehen könnten, bis wir ihn bestatteten.

»Oh.« Es klang so leise. »Ist er ...? War er sehr ...?«

Ich unterbrach sie, ich wollte die Worte nicht hören. »Nein, er sieht ... gut aus.« Ich wollte sagen »schön«, konnte aber nicht. Er sah schön aus, der schlafende Junge, den ich so oft spät nachts oder früh morgens betrachtet hatte. Ganz friedlich, die Seele eines Knaben im Körper eines Mannes.

»Gillian hatte recht, Mam. Lassen wir es so.« Mrs. Matthews nickte nur.

Danach verstummte das Gespräch. Es gab nichts mehr zu sagen, und wir waren alle in unsere eigenen Gedanken versunken, bis wir zu Hobson kamen. Ich fuhr auf den Parkplatz und stellte den Wagen ab. Wir stiegen alle aus, und ich ging voran.

An dem Schreibtisch im Vestibül saß ein blaß – geisterhaft? – aussehendes Mädchen, und Mr. Ferrari sprach mit einer kleinen Gruppe von Leuten in einer Ecke. Als wir eintraten, blickte er auf, nickte kurz und machte ein Gesicht, als wäre er damit einverstanden, daß ich mich umgezogen hatte. Der Snob.

Ich ging zu dem Mädchen am Schreibtisch, und meine Stimme klang wieder heiser. »Mr. Matthews, der Georgia Raum. Welche Richtung?«

Sie: »Dort hinüber, bitte.« Sie ging durch einen langen Korridor voraus, an anderen Räumen vorbei; ich hatte Angst, durch die offenen Türen zu schauen und dort eine Leiche zu sehen, denn das wollte ich nicht. Sie blieb vor der letzten Tür stehen, und wir traten ein. Vor uns befand sich der dunkle Holzsarg, den ich vor einigen Stunden ausgesucht hatte, und die Blumen, die ich auf der Sacramento Street gekauft hatte. Sie waren schön, rot, gelb und blau und dazwischen Schleierkraut. Sie sahen so frisch und hübsch aus, nicht schwer und tot. Sie waren wie Mozart oder Debussy. Genau das, was ich gewollt hatte.

An den Enden des Sarges standen zwei riesige Kerzen in Bronzekandelabern und davor ein kleines Betpult. Zwei Sitzbänke und einige Stühle an der Wand. Die Beleuchtung war gedämpft; es sah so feierlich aus, wie eine Kirche. Es schien nicht der rechte Ort für Chris zu sein. Ich konnte beinahe hören, wie er sagte: »Ach, hör doch auf, Gill, was soll das, zum Teufel?« Aber es mußte so sein, und seine Mutter schien es für richtig zu halten.

»Die Blumen sind reizend, Gillian. Sie sind von Ihnen?« Ich nickte. Dann ging sie zu dem Sarg, und Jane drückte meinen Arm, während Mrs. Matthews an dem Betpult niederkniete; wir traten zurück und betrachteten die Frau, die zwei Söhne und ihren Mann, alle ihre Männer, verloren hatte.

Einen Augenblick später erhob sie sich, und Jane nahm ihren Platz ein, während Mrs. Matthews sich auf eine der

Bänke setzte und ihre Füße betrachtete. Ich hatte nicht mehr den Mut, sie anzublicken. Ich konnte einfach nicht.

Jane erhob sich, holte ihre Mutter von der Bank und führte sie zu mir. »Komm, Mam, es war ein langer Tag, und ich habe im Hotel gesagt, daß wir um zehn dort sein werden.«

Während wir durch den Korridor gingen, fragte ich Jane, wo sie wohnten.

»Im Sir Francis Drake.«

»Ich werde Sie dorthin bringen.«

Während der Fahrt führte Jane im Wagen ein normales Gespräch, tätschelte gelegentlich die Schulter ihrer Mutter oder drückte sie sanft an sich.

»Mrs. Matthews, ich spreche ungern jetzt davon, aber wann sollte Ihrer Meinung nach ... das Begräbnis stattfinden?« So, nun war es heraus.

»Ist Sonntag zu früh?«

»Nein, das glaube ich nicht. Vielleicht ist es besser so. Wollen Sie es in der Kirche machen? Es tut mir leid, daß ich davon anfangen muß ... so früh ... aber sie wollen es wissen ... bei Hobson, meine ich ...«

»Diese Bastarde.« Es war Jane, es klang so sehr nach Chris.

»Jane! Sie müssen ihre Arbeit tun wie jeder andere.«

Jane und ich fügten nichts hinzu, aber unsere Gefühle waren die gleichen, und Bastarde war ein gutes Wort dafür.

»Ist Chris oft zur Kirche gegangen?« Autsch.

»Nicht allzuoft.« Besser ein wenig lügen als »nie« sagen.

»Ich bin Presbyterianerin, und sein Vater war Methodist. Ich glaube nicht, daß Chris für die eine oder andere Richtung viel übrig hatte. Er hat sich nie für eine bestimmte Seite entschieden.« So konnte man es auch ausdrücken. In gewissem Sinn war es die Wahrheit.

»Es gibt in der Nähe unseres Hauses eine nette kleine presbyterianische Kirche. Ich könnte morgen mit dem Priester sprechen.«

»Darf ich mitkommen?«

»Natürlich, verzeihen Sie. Ich wollte es nicht in die Hand nehmen. Ich dachte nur . . .«

»Sie waren wunderbar, Gillian. Machen Sie sich deshalb keine Sorgen.«

»Ich werde Sie morgen vormittag abholen, und wir werden ihn gemeinsam aufsuchen.«

Jane knirschte auf dem Rücksitz mit den Zähnen. Sie war wirklich so wie Chris. Ein kirchliches Begräbnis für Chris. Aber es war nicht für Chris. Es war für seine Mutter und für uns. Dazu sind Begräbnisse da, eine Totenklage für die Lebenden, keine Feier für die Toten.

Vor dem Hotel umarmten wir einander wieder, und sie verschwanden in der Halle, das große blonde Mädchen, das so ging wie Chris, und die kleine Dame in dem schwarzen Kleid. Sie war nur ein wenig kleiner als ich, kam mir jedoch so winzig vor, vielleicht weil sie Chris' Mutter war. Ich sah auf die Uhr und beschloß, zu Hobson zurückzufahren. Nur für eine Minute. Um mit Chris allein zu sein. Es würde Mrs. Jaeger nichts ausmachen, noch ein wenig zu warten. Sie würde es verstehen.

Ich parkte den Wagen wieder, ging hinein und sah zu meiner Erleichterung, daß Mr. Ferrari gegangen war. Das blasse Mädchen saß noch an dem Schreibtisch und trank Kaffee aus einem Plastikbecher. Es erinnerte mich an den Kaffee im *Woman's Life*; ich ging durch den Korridor und dachte mir, »für sie ist es einfach ein Job«, dabei fragte ich mich, was für ein Mensch einen solchen Job haben wollte. Der Verlag war voller Leben gewesen, voller Menschen, Farben, Geräusche. Hier zu arbeiten war so, als wäre man selbst tot.

Ich erreichte Chris' Raum und trat langsam ein. Ich setzte mich auf einen der Stühle, dachte eine Weile nach, lehnte mich zurück und schloß die Augen, ruhte mich aus und dachte. An Kleinigkeiten, kurze Momente, kurze Wörtchen . . . Vor fünfzehn Stunden war Chris die Stufen vor dem Haus nach unten geklappert, und nun saß ich in diesem stillen Raum voller bunter Blumen, und Chris lag dort ... Vielleicht, vielleicht wenn ich den Atem anhalte und die Augen schließe und bis 712 zähle, wird alles verschwinden und ich werde aufwachen. Aber ich tat nichts dergleichen. Ich rang nach Luft, schlug die Augen auf, und alles war unverändert, nur ich war außer Atem, und das Baby bewegte sich heftiger, zornig über den kurzen Mangel an Sauerstoff.

Dann ging ich langsam zu dem Betpult, kniete nieder und blickte dorthin, wo Chris' Kopf lag, obwohl ich ihn nicht sehen konnte. Langsam liefen Tränen über mein Gesicht und tropften dumpf auf den Samt des Pultes. Vielleicht betete ich, ich bin aber nicht sicher, dann stand ich auf und ging. Langsam, allein, ich sehnte mich nach dem Gefühl, daß Chris bei mir, mir nahe war. Das soll man ja fühlen, doch ich empfand es nicht. Chris war in dieser Kiste eingesperrt. Er war fort, und ich war allein.

Chris' Wagen stand als einziger auf dem Parkplatz von Hobson, ich startete den Motor und dachte an den Choker. Ich fuhr durch den Nebel nach Hause und kam kurz vor Mitternacht zur Sacramento Street, ein wenig besorgt wegen Mrs. Jaeger. Ich öffnete die Tür mit meinem Schlüssel und trat ein, ließ meinen Mantel auf dem Stuhl im Vorzimmer liegen und ging zur Küche, wo sie vermutlich sein würde. Die einzige Lampe, die brannte, war die in der Küche.

»Mrs. Jaeger? ... Mrs. Jaeger?« Vielleicht war Sam aufgewacht, und ich ging nach oben, um nachzusehen. Als ich die Treppe hinter mir hatte, sah ich, daß das Licht in unserem Zimmer brannte, und durch die offene Tür erblickte ich Peg, die das Bett machte.

»O Peg, du bist ein Engel.« Ich lehnte mich an den Türrahmen und sah sie nur an.

»Nicht reden. Du gehst sofort ins Bett. Da, setz dich. Ich helfe dir.«

»Ach, Peg, du mußt todmüde sein. Nach deiner Zeit ist es drei Uhr morgens.«

»Nach deiner Zeit ist es schlimmer, also keine Diskussionen. Dazu bin ich ja hergekommen.«

»Mein Gott, Peg, was werde ich nur tun, wenn ich einmal erwachsen werde, und du bist nicht mehr bei mir?«

»Ach, halt den Mund. Schluß damit.«

»Was ist mit Mrs. Jaeger?«

»Knapp bevor du kamst, ist sie gegangen. Sie traute mir nicht recht, aber ich sprach so viel und so schnell und drängte sie gleichzeitig zur Tür, daß sie ging. Wo warst du denn?«

»Ich habe Mrs. Matthews am Flughafen abgeholt, fuhr dann mit ihnen zu Hobson, brachte sie darauf ins Hotel, und dann . . . fuhr ich zurück zu Hobson.«

»Du fuhrst zurück zu Hobson? Ich nehme an, Hobson ist das hiesige Bestattungsunternehmen. Was hast du eigentlich vor? Willst du dich und das Baby umbringen?«

»Ja, ich meine, nein. Ich meine ja, Hobson ist das hiesige Bestattungsunternehmen, und nein, ich will weder mich noch das Baby umbringen. Peg, jemand mußte sie abholen.«

»Gab es sonst niemanden?«

»Chris' Schwester . . . Verdammt, ich wollte es.«

»Schon gut. Wie wäre es jetzt mit einer heißen Schokolade oder etwas Ähnlichem? Ich habe dir aus New York Pillen mitgebracht.«

»Was für Pillen?«

»Beruhigungstabletten. Ich habe deinen Gynäkologen angerufen, und er gab mir ein Rezept für dich.«

»Mein Gott, Peg . . .«

»Hast du heute Librium genommen?«

»Ja, also . . .« Ich schüttelte den Kopf.

»Das habe ich mir gedacht.«

Ich sah mich im Zimmer um. Alles sah so aus, wie ich es verlassen hatte, nur ordentlicher, und die Kleidungsstücke waren von dem Bett verschwunden. Das neue graue Kleid hing an einem Kleiderbügel an der Schranktür.

»Peg ... würdest du das bitte wegräumen? Ich will es nicht sehen.«

»Sicherlich.« Es verschwand in den Schrank.

»Das Begräbnis findet Sonntag statt, du wirst also Montag wieder im Büro sein können.«

»Du willst mich wohl mit Gewalt loswerden? Ich habe ihnen gesagt, daß ich eine Woche wegbleibe.«

Peg ... Peg ... die unglaubliche Peg, die mir den Kopf gehalten hatte, als ich das erste Mal zuviel getrunken hatte, die immer, immer dagewesen war. Auch jetzt war sie hier, wenige Stunden nachdem ich angerufen hatte, sie war fünftausend Kilometer gereist, um bei mir zu sein, und machte mein Bett, kaum fünf Minuten nachdem sie hereingekommen war. Sie behandelte mich wie eine Patientin, sie war die Nachtschwester, die direkt aus New York eingeflogen war. Nur für mich. Es war die Art Freundschaft, die Chris nicht begreifen konnte, aber ich dankte Gott für Peg. Es gab unter zehn Millionen Menschen nur einen wie sie, und ich hatte das Glück gehabt, mit ihr zur Schule zu gehen.

Sie gab mir die Pille und die heiße Schokolade, und ich dachte an Chris bei Hobson. »Peg ...«

»Versuch nicht zu sprechen. Sag mir nur, wo ich schlafen soll. Kann ich in Sams Zimmer schlafen?«

»Du schläfst hier, Peg. Ich werde in Sams Zimmer schlafen.«

»Kommt gar nicht in Frage. Wenn du auch nur den Fuß auf den Boden setzt, verpasse ich dir einen meiner weltberühmten linken Haken!«

»Du meinst den, dessentwegen du beinahe aus der Schule geflogen bist?«

»Genau den.« Wir kicherten.

»Peg?«

»Ja?«

»Weißt du ... ich ... hmmm ...«

»Ich weiß ...« Sie machte das Licht aus, und ich begann

einzuschlafen, während sie die leere Schokoladetasse wegräumte. Sie schien einfach zu verschwinden, und ich versuchte einen Augenblick lang wachzubleiben, ich glaubte, Peg Richards zu sehen, die sich über mich beugte. Doch nein, das war unmöglich. Peg war in New York ... Es mußte Chris sein ... ich muß am Morgen daran denken, es ihm zu erzählen. Er wird es komisch finden ...

36

Der Sonnenschein strömte in mein Zimmer, und ich hörte unten Stimmen . . . Mein Gott . . . wieviel Uhr ist es? Elf Uhr fünfundvierzig. Ich sprang aus dem Bett und ging zum oberen Treppenabsatz.

»Chris? . . . Sam? . . . Warum habt ihr mich so lang schlafen lassen? Heute ist . . .« O nein, o Gott, nein . . . ich sank auf die oberste Stufe und vergrub das Gesicht in den Händen. Peg lief die Treppe empor, Sam hinter ihr; sie zog mich sanft von der Stufe hoch und führte mich ins Schlafzimmer zurück.

»Was ist mit Mami los, Tante Peg?«

»Sie ist nur sehr müde, Sam. Geh doch wieder nach unten, sei ein großes Mädchen und stell die Teller in die Spüle. Bist ein braves Mädchen.« Sam klapperte wieder nach unten. Peg ließ sich auf den Bettrand sinken. Sie setzte sich neben mich und legte einen Arm um meine Schulter, während ich zu schluchzen und zu zittern begann. »Ohhh Peg . . . ohhh.« Wir blieben so sitzen, bis Sam zurückkam, sie sah ratlos und ein wenig besorgt aus. Ich sah zu ihr hin und versuchte ein wenig zu lächeln, mußte aber nur noch mehr weinen.

»Ach, Peg . . . ich kann nicht aufhören . . . ich kann nicht . . .«

»Schon gut, Gill. Es wird schon gut werden. Warum wäschst du dir nicht ein bißchen das Gesicht?«

»Ich sollte Mrs. Matthews anrufen. Wir müssen den Pfarrer aufsuchen.«

»Jane hat angerufen. Sie und ihre Mutter kommen um eins.«

»Ich werde sie abholen.«

»Nein, sie können ein Taxi nehmen. Hör auf, die Heldin zu spielen. Du bist egoistisch, Gill. Denk an das Baby. Du hast ihn geliebt, also sorge gut für sein Kind.« Es klang hart, aber es war wie eine kalte Dusche. Peg hatte recht.

»Peg . . . bitte keine Pillen mehr . . . ja?«

»Wir werden sehen. Hör zu, du hast eine Menge Anrufe bekommen. Ein Mann namens Tom Bardi wollte wissen, ob er etwas tun könne. Ich sagte, wir werden ihn benachrichtigen. Und Hilary Price und Gordon Harte . . . und . . . warte mal, ach, John Templeton . . . und . . .«

»Woher wissen sie es?« Ich sah Peg an und begriff. »Du hast sie angerufen?«

»Nur Gordon und John Templeton. Vor meinem Abflug. Deine Mutter hat auch angerufen. Gordon muß sie angerufen haben.«

»Ich will mit keinem von ihnen sprechen . . . bitte.« Peg beobachtete mich. »Ich muß den Pfarrer anrufen. Wo, zum Teufel, ist das Telefonbuch?« Ich begann unter dem Bett herumzusuchen, als das Telefon läutete. Ich zuckte entsetzt zusammen, als es neben mir klingelte. »Heb du ab.«

Peg nahm den Hörer ab und hörte einen Moment zu. »Ich muß nachsehen, ob sie hier ist, Fräulein.« Sie sah mich an, während ich heftig den Kopf schüttelte und abwinkte . . . nein . . . nein . . . ich kann nicht . . . Sie legte die Hand über die Muschel und flüsterte: »Es ist Gordon. Willst du mit ihm sprechen?« Ich begann wieder den Kopf zu schütteln, dann blickte ich Peg zwei Sekunden lang an und griff nach dem Hörer. Sie gab ihn mir, schob Sam wieder aus dem Zimmer und schloß die Tür hinter sich.

»Ja . . . ich bin am Apparat . . . Gordon? . . . Hallo . . . danke für den Anruf . . . Peg sagte mir, daß . . . was?«

»Ich sagte, ich würde für ein paar Tage hinüber kommen, wenn ich dir damit helfen kann.«

»Nein . . . nein . . . danke, Gordon, aber mir ist lieber, du kommst nicht. Es würde . . . ich glaube, es ist keine sehr gute Idee.«

»Wie fühlst du dich, Gillian?«

»Ich weiß nicht ... ich weiß nicht. Heute sollte unsere ...« Ich begann von neuem zu weinen, während Gordon versuchte zu sprechen.

»Ich weiß nicht, was ich sagen soll. Es tut mir so leid, Gillian.« Da war es wieder, diesmal von Gordon – »Es tut mir so leid.«

»Das weiß ich.«

»Gillian, ich weiß, es ist zu früh, daß du darüber nachdenkst, aber warum kommst du nicht mit Peg zurück nach New York? Dort drüben ist niemand, der sich um dich kümmert.«

»Nein. Ich bleibe hier.« Es war meine energischste Erklärung seit zwei Tagen, außer meinem kurzen Streit mit Mr. Ferrari, und das hier war mir verdammt wichtiger, als ob Chris einen Anzug trug oder nicht. Niemand würde mich von hier losreißen. Jetzt nicht. Niemals. NEIN!

»Laß es dir noch durch den Kopf gehen. Bist du sicher, daß ich nichts tun kann?«

»Nein ... ja ... ich werde dich anrufen, wenn sich etwas ergibt. Es gibt nichts mehr zu tun. Es ist ...« Ich weinte schon wieder. »Ich kann nicht mehr sprechen ... danke für den Anruf ... danke für alles.«

»Gillian, wir sind alle bei dir. Das sollst du bitte wissen.« Ich nickte wieder, murmelte noch einmal erstickt »danke« und legte auf, während er noch in der Leitung war.

Ich rief den Pfarrer an, und als Jane und Mrs. Matthews kamen, gingen wir hinüber und besprachen es mit ihm. Es würde um halb drei stattfinden. Sie konnten es wegen der Sonntagsgottesdienste nicht früher ansetzen. Wahrscheinlich wollte er auch etwas zu Mittag essen. Wir hatten das Mittagessen durch die Besprechung mit ihm versäumt; jetzt standen wir in einer kleinen Gruppe vor der Kirche und fragten, was wir tun sollten.

»Wir wollen zum Haus zurückgehen.«

»Nein, Gillian, ich möchte noch für eine Weile zu Hobson fahren«, sagte Mrs. Matthews. Jane und Peg äußerten sich nicht dazu, und ich bot ihr an, den Wagen zu holen. Wir gingen langsam zum Haus, Jane und Peg blieben zurück und unterhielten sich leise, während Mrs. Matthews und ich über Bibelstellen und das Begräbnis sprachen. Der Kummer verband uns, und auch die Pläne, die wir machen mußten. Danach? Vielleicht das Baby. Es würde ihr Enkelkind sein, und vielleicht würde sie es lieben. Vielleicht würde es aussehen wie Chris.

Als wir das Haus erreichten, sah uns Sam vom Fenster aus, und sie und Mrs. Jaeger winkten. Sam diskutierte erregt mit Mrs. Jaeger, und ich hatte den Verdacht, daß sie herauskommen wollte.

»Steigen wir alle in den Wagen, sonst gerät Sam aus dem Häuschen und will auch mitkommen.«

Wir winkten alle und stiegen so schnell ein, wie es einer Schwangeren und einer älteren, etwas unbeholfenen Frau möglich ist.

Auf dem Weg zu Hobson sprach niemand, ich parkte wieder an der gleichen Stelle auf ihrem Parkplatz. Wir gingen, noch immer schweigend, hinein und den nun schon vertrauten Weg zu dem Raum, in dem Chris lag. Ich erwartete, daß er leer war und genau so, wie ich ihn vergangene Nacht verlassen hatte, doch als wir eintraten, standen Tom Bardi und das gesamte Kamerateam dort; sie waren im Begriff, sich in das weiße Büchlein mit Golddruck einzutragen, das Hobson auflegte, damit Gäste darin unterschreiben und beweisen konnten, daß sie ihre »Pflicht« getan hatten.

Man stellte einander vor, trat von einem Fuß auf den anderen, keiner wußte, was er sagen sollte. Nach einiger Zeit gingen sie nacheinander hinaus und drehten sich noch einmal um, eines der Mädchen weinte, und ein Junge legte den Arm um sie und führte sie hinaus. Hatte sie Chris gut gekannt?

War auch sie in ihn verliebt gewesen? Hatte sie mit ihm geschlafen? Tat ich ihr leid? Ich war neugierig und deshalb schuldbewußt.

Tom blieb noch ein paar Minuten, um mit mir zu sprechen.

»Es stand heute morgen in der Zeitung.«

»Was haben sie geschrieben?« Hoffentlich war es etwas Schönes gewesen.

»Nur eine kurze Nachricht auf Seite elf, kein Nachruf oder dergleichen.«

»Gestern wurde es in den Nachrichten erwähnt.«

»Ja . . .« er nickte und ging.

Ich trat zu dem kleinen Gästebuch, um zu sehen, wie sie hießen, und fragte mich, welcher davon zu dem Mädchen gehörte. Nur eine Menge Namen. Es waren so viele, die ich nicht kannte. Schade, daß ich nicht früher hingekommen war. Dann fiel mein Blick auf die Mitte der Liste . . . Da war er. An der zehnten Stelle. Marilyn Lee in schräger, sorgfältiger Schrift. Marilyn Lee. Sie mußte genauso unglücklich sein. Arme Marilyn. Ich hoffte, daß sie einige Minuten allein hier verbracht hatte. Die Rivalität war jetzt vorbei. Die beiden Witwen standen nebeneinander.

»Von wem sind all die Blumen, Gillian?«

»Blumen? Was für Blumen?« Ich sah mich um und bemerkte, daß mehr als nur wilde Blumen im Raum standen, mindestens ein Dutzend Arrangements, von denen manche hübsch, manche feierlich und grotesk waren. Ich war überrascht. Ich sah eine Anzahl von Rechnungsabschnitten und Karten auf dem Tisch, und mir wurde klar, daß das eine von Hobsons Dienstleistungen war. Gelbe Rechnungen, auf denen jedes Arrangement beschrieben und angegeben war, von wem es stammte; die dazu gehörige Beileidskarte war auf der Rückseite angeheftet. Weiße Chrysanthemen von einer Filmgesellschaft, deren Namen ich nicht kannte. Weiße und gelbe Rosen: Hilary Price. Verschiedene Blumen auf einem Ständer: John Templeton und der Stab. Eine Menge Maiglöckchen: G. Harte. . . . Gordon . . . und andere, deren Namen ich nicht kannte. Unsere Freunde, zumeist meine Freunde. Ich ergriff Pegs Arm und begann wieder zu weinen. Für die arme Mrs. Matthews wurde es dadurch nicht leichter.

Wir saßen ein paar Stunden dort, einige Leute kamen herein und gingen wieder, nickten uns zu, einer oder zwei schüttelten Mrs. Matthews die Hand und murmelten das immer gleiche »Es tut mir leid«. Wie oft hatte sie es schon gehört? Für ihren Mann, für ihren zweiten Sohn, und nun für Chris.

Gegen Ende des Tages trat ein gutaussehender Mann in einem dunklen Anzug ein; ich nahm einen Augenblick lang an, er sei ein Angestellter von Hobson. Er sah so ernst, so ordentlich aus, doch Mrs. Matthews erhob sich und sagte: »Gillian, das ist mein Schwiegersohn Don Lindquist.« Wir schüttelten einander die Hände, er küßte Mrs. Matthews und legte dann Jane den Arm um die Schultern.

Wir wechselten ein paar höfliche Floskeln, ich stellte Peg vor, dann trat er zu Chris' Sarg und beugte den Kopf.

Als er zu unserer kleinen Gruppe zurückkehrte, schlug er uns vor, uns alle nach Hause zu bringen und uns dann zum Dinner abzuholen. Ich lehnte dankend ab, und Peg warf mir einen Blick zu, aber ich konnte die Szene einfach nicht länger ertragen.

»Ich bin mit dem Wagen hergekommen.«

»Ach so.« Ich würde nicht mehr den Chauffeur für Jane und ihre Mutter spielen, was mich ein wenig aus der Fassung brachte. Ich hatte eine meiner Beschäftigungen verloren, eines der Dinge, die mich beschäftigten, die mir halfen, nicht den Verstand zu verlieren . . . Oh.

Als sie gegangen waren, sah Peg mich an und stand auf. »Okay, Kleines, du fährst mich nach Hause.«

»Nein, das tue ich nicht«, sagte ich herausfordernd. Ich wollte *nicht* weggehen. »Fahr du nach Hause zu Sam. Es ist spät, und die letzten zwei Tage haben sie verdammt durcheinandergebracht. Sag ihr, ich komme später.«

»Genau darum geht es, Gillian. Wenn ich allein nach Hause komme, gerät Sam nur noch mehr durcheinander. Du kommst mit. Wenn du willst, kannst du später hierher zurückkommen.« Die gute alte Peg war am Werk. Sie hatte recht. Ich stand auf, zog den Mantel an, folgte ihr und blickte »nur noch einmal« auf Chris' Sarg zurück.

»Wo warst du den ganzen Tag? Niemand spielt mit mir. Nur die dicke, alte Mrs. Jaeger. Ich mag Mrs. Jaeger nicht.« Sam war wütend, sie fühlte sich ausgeschlossen. »Wo ist Onkel Crits?« Auf ihn war sie auch wütend. Wir alle hatten sie im Stich gelassen. Sie fing an zu weinen. Ich nahm sie in die Arme, wiegte sie vor und zurück und tröstete mich damit ebenso wie sie.

»Wie wäre es, wenn wir zusammen baden?« Sie war sichtlich getröstet, vergaß Chris vorläufig und lief die Treppe nach oben.

Peg wollte das Abendessen bereiten, also ging ich nach oben und war erleichtert, weil ich nicht mehr über Chris sprechen mußte; das warme Bad würde mir auch guttun. Ich hatte wieder das bleierne Gefühl; den ganzen Tag über hatte ich leichte Krämpfe im Rücken gehabt. Das Baby lag allmählich sehr tief, und meine Beine waren zentnerschwer, als ich die Treppe hochstieg.

Beim Abendessen war Sam ausgelassen, wir lachten alle drei, kicherten und erzählten dumme Witze, um Sam zu unterhalten. Ich lachte zu laut, alles schien mir so komisch. Es war eine Erleichterung, fern von Hobson zu sein, fern von der schwarzen Holzkiste, fern von den gelben Rechnungen mit den Beileidskarten, dem stickigen Blumenduft und von Mrs. Matthews und Jane und ... es kam alles zusammen. Der Witz über den 400 Pfund schweren Kanari klang plötzlich wieder toll, so daß Sam, Peg und ich lachten, bis uns die Tränen über die Wangen liefen.

Wir brachten Sam zu Bett und gingen dann ins Vorzimmer. »Peg . . .«

»Nein.« Wir blickten einander herausfordernd an, ich war nahe daran, sie zu hassen. Sie würde mich nicht daran hindern, dorthin zurückzufahren. »Nein, Gillian, du fährst nicht hin.«

»Doch.« Sie stand zwischen mir und der Treppe, und ich fragte mich, ob mich doch schließlich einer ihrer berühmten linken Haken erwischen würde. Dann kam es mir so lächerlich vor, wie wir dort standen, daß ich wieder zu lachen begann, wir lachten uns buchstäblich beide krumm wie damals, als wir die Klosettbrille in Miss MacFarlans Toilette ausgehängt hatten; sie fiel damals hinein, und als wir sie schreien hörten, liefen wir den Korridor hinunter, blieben dann außer Atem bei der Hintertreppe stehen und lachten uns krumm wie jetzt.

»Was ist denn so komisch?« Sam war wieder da.

»Zurück ins Bett, junge Dame.« Peg bugsierte sie wieder in ihr Zimmer, während ich meinen Mantel nahm und die Treppe hinunterlief. Als Peg herauskam, war ich schon an der Eingangstür, die Wagenschlüssel in der Hand. »Bis später, Peg.«

»Okay, aber wenn du um elf nicht zurück bist, rufe ich die Polizei.«

»Bis dahin bin ich zurück.« Ich warf ihr eine Kußhand zu, während ich die Tür schloß und in den Nebel hinaustrat. Ich hörte die Nebelhörner, setzte mich in den Wagen und lauschte einige Minuten lang.

37

Bei Hobson saß noch immer das gleiche blasse Mädchen in demselben Kleid, trank den gleichen Kaffee und las die Zeitung. Sie konnte wenigstens lesen, und dann fiel mir etwas ein. »Könnte ich die Zeitung einen Augenblick haben?« Sie blickte auf wie ein erstauntes Kaninchen. Niemand fragte sie etwas anderes als: »Wie komme ich zu Mr. Jones?« oder »Wo ist der griechische Grottenraum?« Sie reichte mir die Zeitung, und ich schlug die Seite elf auf. Wo, zum Teufel, steht es? Dann sah ich es in einer kleinen Rubrik am Ende der Seite: »In Safford Field in Oakland stürzte gestern der dreiunddreißigjährige Christopher Caldwell Matthews, wohnhaft Sacramento Street 2629, von einem Kran, während er einen Dokumentarfilm drehte. Er wurde sofort ins St.-Mary's-Krankenhaus in Oakland gebracht, hatte sich aber bei dem Aufschlag das Genick gebrochen, so daß jede Hilfe zu spät kam.« Das war alles. Damit hatten sie alles gesagt, nicht wahr? Die Leute würden es lesen und denken »Ach, zu dumm«, oder »Diese verrückten Hippies«, oder »Bei diesen Filmleuten weiß man nie«, oder . . . ach verdammt. »Danke.« Ich gab ihr die Zeitung zurück, während sie mich noch immer überrascht ansah. Ich lächelte ihr zu, aber das war zu viel für sie. Es stand nicht im Hobson-Leitfaden.

Ich ging wieder zu Chris' Raum, als hätte ich mein Leben lang nichts anderes getan, als würde ich eine uralte Tante im Pflegeheim besuchen. Als wäre Chris immer dort gewesen, und als hätte ich ihn immer bei Hobson besucht. Dadurch hatte ich wenigstens ein Ziel. Aber es war der tote Chris. Der lebendige Chris lebte auf meiner Seite unseres zerwühlten Bettes, in den Pantoffeln, die in entgegengesetzten Ecken des

Zimmers standen, in der abgenützten Zahnbürste, die noch auf der Waschmuschel lag, in dem Studio, in dem ich seither nicht gewesen war ... Es war krankhaft, sich an den toten Chris zu klammern, doch in diesem Augenblick war er für mich lebendiger als der lebende Chris. Der lebende Chris würde mir später in flüchtigen Momenten erscheinen, für Augenblicke, wenn ich das Geschirr spülte oder zu hören glaubte, daß er oben die Tür schloß. Dieser Chris würde immer bei mir sein, doch er wurde vorübergehend durch den Chris verdrängt, der in diesem Sarg lag und von Menschen besucht wurde, die ihre Namen in das Buch eintrugen.

Im Georgia-Schlummer-Raum sah ich im Buch nach, wer inzwischen dagewesen war. Auf der Liste standen zwei neue Namen, und ich fragte mich, ob Marilyn wiedergekommen war. Ich zog den Mantel aus und sammelte die Blumenblätter ein, die in den letzten Stunden abgefallen waren. Ich wollte nicht, daß der Raum unordentlich aussah. Das wollten wir nicht. Plötzlich fuhr ich zusammen, weil ich bemerkte, daß sich noch jemand in dem Raum befand. Ich drehte mich um, als ob ein Geist hinter mir stünde. Es war Tom Bardi, der ruhig in der Ecke saß und eine Zigarette rauchte.

»Hi.«

»Hi.« Wir versanken wieder in unser wohltuendes Schweigen. Ich wollte mit Chris allein sein. Aber es war besser, Tom dabei zu haben. Jetzt mußte ich sitzenbleiben, vor mich hinstarren und durfte nicht dem ständigen Wunsch nachgeben, zu dem Sarg zu gehen, ihn zu betrachten und mich zu fragen, ob Chris wirklich in ihm lag.

Wir saßen herum und rauchten unaufhörlich. Niemand kam, niemand ging vorbei, nichts rührte sich.

»Es ist halb zwölf. Wollen Sie nicht nach Hause fahren, Gill?«

»Nein ... ich ... werde heute nacht hierbleiben. Sie finden es wahrscheinlich verrückt, aber es ist eine Tradition ... in meiner Familie ... ich will es auch tun.«

»Peg nahm an, daß Sie es tun würden.«

»Peg? Wann? Hat sie Sie angerufen?« Ich begann zu begreifen.

Er sagte zu rasch »nein«, schüttelte zu heftig den Kopf. Ich wußte, daß er log. Peg hatte angerufen, deshalb hatte Tom Bardi hier gesessen, als ich eintraf. Er mußte in seinen Wagen gesprungen und geradewegs hergefahren sein, damit er in der Ecke saß, wenn ich hereinkam. Peg hatte es wieder geschafft. Tom ebenfalls. Was, zum Teufel, hätte ich ohne sie getan? Ich hätte ihnen ihre Eigenmächtigkeit übelgenommen, aber ich brauchte sie. Ich brauchte sie wirklich ... Zwei Uhr ... drei Uhr ... fünf Uhr ...

»Tom?« Er schlief, in eine Ecke der Polsterbank zurückgelehnt. Ich hatte ihm sagen wollen, daß ich etwas tun würde, daß er weggehen könne, wenn er wollte, aber ich mußte es tun. Ich würde den Sarg aufmachen. Ich wollte mich vergewissern, daß es wirklich Chris war, daß er seine Arbeitskleidung trug, daß sie ihn nicht doch noch in einen Anzug gesteckt hatten.

Ich ging auf Zehenspitzen zu dem dunklen Holzsarg, nahm die Rosen herunter, die seine Mutter bestellt hatte, trat zurück und hielt den Atem an. Es war scheußlich, aber ich mußte es tun. Jetzt oder nie. Morgen würde es zu spät sein. Die Matthews würden wieder hier sein, sie würden entsetzt sein, und dann würde er ihnen allen gehören und dem Pfarrer und den Menschen in der Kirche. Heute nacht gehörte er noch mir. Immer noch Chris. Nicht »der dreiunddreißigjährige Christopher Caldwell Matthews ...« Ich war noch immer Gill. Nicht »Geliebte im Herrn, wir sind hier versammelt«. Warum verwenden sie diesen Ausdruck nur bei Hochzeiten und Begräbnissen? Geliebte ... von wem? Von Gott? Wenn er mich so sehr liebt, warum hat er mir das angetan? Ich dachte an Gordons *»Vaya con Dios«*. Dios mußte vergangenen Freitag den falschen Schalter betätigt haben.

Ich sah mich nach Tom um, der noch immer schlief ... okay, also los. Mitten in der Seitenwand des Sarges steckte ein reich verzierter Schlüssel in einem Schloß. Er ließ sich leicht drehen, und ich versuchte den Deckel hochzuheben. Ein verdammt schweres Ding. Aber ich brachte ihn hoch, und er blieb oben mitsamt dem grauen Samt. Ich blickte hinein, da lag Chris ... Chris ... er sah genauso aus wie am Freitag im Krankenhaus, nur daß man den Sand von seinem Gesicht entfernt hatte. Und noch etwas stimmte nicht ... sein Haar! Sie hatten sein Haar ganz verkehrt frisiert. Ich ging zu meiner Handtasche, holte meinen Kamm und kämmte ihn so, wie er das Haar trug, über die Ohren fallend und vorne ein bißchen zerrauft. Ich beugte mich vor und küßte das Haar auf seiner Stirn, wie ich es mit Sam mache, wenn ich sie frisiert habe. Ich versuchte, seine Hand zu halten, doch sie war steif. Wie eine Wachspuppe. Er sah so bleich aus. Ich kniete am Betpult und beobachtete ihn, ich war sicher, daß er sich bewegt oder geatmet hatte. Schließlich stand ich auf und schloß ihn in die Arme. Es war so merkwürdig, er gab nicht nach, sein Körper bewegte sich nicht mehr, dieser geschmeidige Körper mit der weichen Haut. Im Zimmer wurde es allmählich hell, das Licht fiel auf sein Gesicht, es war der gleiche Chris, der neben mir im Bett gelegen hatte, der schlafende Mann-Junge, den ich an so vielen Morgen betrachtet hatte, wenn die Nacht zu einem blassen Grau verblaßte. Meine Tränen fielen auf seine Hände, dann auf sein Hemd, und liefen mir über den Hals. Gute Tränen. Nicht das verzweifelte Schluchzen der letzten zwei Tage. Ich weinte um Chris, nicht um mich. Ich küßte ihn auf die Wangen, auf die Augen und auf die Hände, die so merkwürdig auf seiner Brust gefaltet waren. Ich legte ein weißes Blümchen neben ihn und nahm die dünne Goldkette von seinem Hals. Vielleicht verstieß ich damit gegen das Gesetz. Aber er hatte sie immer getragen, und ich wußte, daß er nichts dagegen haben würde, wenn ich sie mir nahm. Es war das gleiche wie ein Ehering ... für immer, bis der Tod euch scheidet. Ich blickte weg, als ich den Deckel schloß. Ich wollte nicht zusehen, wie sein Gesicht verschwand.

Ich sah zu Tom hinüber, der noch immer auf der Bank schlief, und setzte mich auf einen der Stühle. Der Morgen dämmerte, immer noch grau, und Tom, Chris und ich waren beisammen. Ich war froh, daß ich es getan hatte, denn ich hatte dem Tod ins Antlitz geblickt, ihn berührt und geküßt. Ich hatte den toten Chris in diesem Sarg begraben, ich hatte mich von dem toten Chris verabschiedet, und der lebende Chris begann wieder zum Leben zu erwachen. Ich würde nie wieder den Körper sehen oder das Gesicht berühren, aber ich würde das Lächeln sehen und das Lachen hören, mich an sein Rufen erinnern und sein Gesicht sehen, wenn ich am Morgen erwachte und ein vertrautes Geräusch hörte. Chris war zu mir zurückgekehrt und würde immer bei mir bleiben; ich legte den Kopf zurück und schlief ein.

Etwas schüttelte mich, und ich blickte erstaunt in Tom Bardis Gesicht, ich wußte nicht mehr, wo ich mich befand.

»Möchten Sie Kaffee?«

»Ja, wieviel Uhr ist es?«

»Halb neun. Sie müssen lange geschlafen haben. Ich bin selbst stundenlang weggewesen.« Ja, lange. Er kam mit dampfendem Kaffee in zwei Plastiktassen zurück. Wir tranken und plauderten. Der Raum wirkte im Tageslicht nicht mehr so schrecklich, wenn die Sonne durch die Fenster hereinschien.

Wir tranken den Kaffee aus, und Mrs. Matthews kam mit Jane und Don, alle sahen sehr gepflegt und fein aus. Mrs. Matthews in einem anderen schwarzen Kleid, Jane in einem marineblauen Mantelkleid und Don im gleichen dunklen Anzug.

Tom wollte mich nach Hause bringen, aber wir waren beide mit unseren Wagen gekommen, also fuhren wir hintereinander durch die leeren Straßen zum vornehmen Viertel der Stadt. Es war noch zu früh für den Sonntagsverkehr. Mrs. Matthews hatte mir vorgeschlagen, ich solle direkt in die Kirche kommen, es war also nicht notwendig, daß ich zurückfuhr, und ich war froh, weil ich ein paar Stunden zu Hause für mich hatte. Ich hatte von Chris und von Hobson Abschied genommen, und ich fragte mich, wer morgen im Georgia-Raum liegen würde. Ich würde ihn nie vergessen. Jahre später würde ich vorbeikommen, in den Korridor blicken, der von der Straße aus sichtbar war, und mich fragen, wer jetzt im Georgia-Schlummer-Raum lag.

Tom winkte, als ich vor unserem Haus anhielt, und fuhr weiter. Ich hatte ihn auf eine Tasse Kaffee einladen wollen, aber es war in Ordnung. Peg und Sam saßen beim Frühstück, und ich setzte mich auf eine Tasse Kaffee zu ihnen, ich war erschöpfter, als in all den Tagen seit Freitag, aber viel friedlicher, viel ruhiger. Nach dem Frühstück ging ich nach oben und legte mich auf unser Bett; ich schlief nicht, sondern lag nur dort und war dankbar, daß Peg und Sam im Garten und nicht bei mir waren. Heute war ein Tag, an dem ich allein sein wollte.

Um halb zwei kam Peg nach oben, um zu sehen, wie es mir ging, und steckte den Kopf zur Tür herein. »Du hast noch ungefähr eine halbe Stunde Zeit.« Das erinnerte mich an meine Hochzeit, bei der Peg Brautjungfer gewesen war. Sie brummte und meckerte und beklagte sich darüber, daß sie »diesen idiotischen Schleier, den du ausgesucht hast, Gill, du Miststück« tragen mußte, aber sie hatte sich schließlich als Rädelsführerin sehr brautjüngferlich betragen, nur hatte sie ihren Schleier genau vorn verbrannt, als sie eine Zigarette rauchte, bevor wir durch den Mittelgang schritten. Peg.

Ich frisierte mich und machte mich fertig bis auf das Kleid. Ich hatte noch nicht entschieden, was ich anziehen würde. Das schwarze Kleid, das ich in New York getragen hatte, sah so abgetragen aus, und mein Mantel war aus Tweed und nicht dunkel genug. Mein dunkelblaues Kleid war mir zu eng, mein aschgraues Kleid hatte vorn einen riesigen Eierfleck, den ich Samantha verdankte, und ich hatte vergessen, es zur Reinigung zu bringen, nachdem ich nach San Francisco zurückgekehrt war; blieb also das »Hochzeitskleid«, das blaßgraue Kleid, das Chris nicht einmal gesehen hatte, es hing hinten im Schrank, wohin Peg es auf mein Ersuchen am Abend ihrer Ankunft getan hatte.

Zwanzig Minuten später stand ich in dem Kleid, dem Mantel, den schwarzen Schuhen, mit den Perlen meiner Großmutter vor dem Spiegel, die Haare hatte ich in einem einfachen Knoten im Nacken aufgesteckt; ich sah genauso aus, wie ich an meinem Hochzeitstag mit Chris ausgesehen hätte. Es war einen Tag und ein ganzes Leben zu spät für die Hochzeit. Ich griff in den Ausschnitt meines Kleides, um die Goldkette zu berühren, die ich an diesem Morgen von Chris' Hals genommen hatte ... zu spät ... viel zu spät.

38

Mrs. Matthews und die Lindquists warteten im Büro des Pfarrers hinter der Kirche. Dort trafen wir zusammen; unsere Mienen waren düster, wir waren alle feierlich gekleidet und jeder war in seine oder ihre Gedanken versunken. Wir sprachen kurz mit dem Pfarrer, dann ging er, und wir hörten, wie die Musik leise im Hintergrund einsetzte. Ich hatte ganz vergessen, mit dem Organisten zu sprechen, und erkannte nicht, was er spielte. Es klang nur sehr melodisch und traurig. Dann gingen wir in die Kirche, und ich trat mit Chris' Familie in die erste Bankreihe. Peg und Tom Bardi saßen unmittelbar hinter uns, und ich wandte mich um, um Peg noch einmal anzusehen. Ich langte nach hinten, und sie drückte mir die Hand, dann bemerkte ich, daß siebzig oder achtzig Menschen in der Kirche verteilt saßen. Nicht besonders viele, keines von den pompösen Riesenbegräbnissen, wie bei meiner Großmutter, aber doch eine Menge Leute für Chris, für einen Mann, der eigentlich nicht mit vielen Leuten verkehrt hatte. Mir fiel ein Mädchen in schwarzem Kleid und Schleier auf, drüben links, und ich blickte noch einmal hin, weil ich wußte, wen ich vor mir hatte. Es war Marilyn. Unsere Blicke begegneten einander, zwischen uns gab es keine Vertrautheit, keine Bindung wie mit Chris' Familie. Aber wir verstanden einander besser, als Chris' Familie uns beide verstehen konnte. Wir waren jetzt beide allein. Chris war fort. Ich drehte mich wieder um und sah auf den Pfarrer.

Chris lag in seinem Sarg, von Blumen umgeben.

»Geliebte im Herrn ... er möge in Frieden ruhen. Amen.« Wir standen zu einem stillen Gebet auf, die Orgel spielte etwas, das wie Bach klang, und ich bedauerte, daß ich nicht daran gedacht hatte, etwas von Ravel zu verlangen. Die Sargträger von Hobson rollten den Sarg durch den Mittelgang, Mrs. Matthews trat an Dons Arm hinaus und folgte ihm, sie sah noch kleiner aus als vorher. Jane folgte ihr, ich schloß mich ihnen an und fragte mich, ob Marilyn uns folgen würde. Ich spürte, wie uns alle beobachteten, während wir hinausgingen, uns mit den Augen folgten; einige von ihnen schnüffelten, und ein paar schluchzten laut. Sie konnten sich so gehenlassen, wir nicht. Ich wußte, daß Marilyn nicht schluchzte. Es sind immer die Leute, die den »Verstorbenen« am wenigsten kennen, die so weinen.

Draußen stiegen wir in Hobsons lange, braune Limousine, hinter dem Sarg. Peg stieg in Tom Bardis Wagen, und die Prozession begann, die Sacramento hinunter zur Gough zu fahren und dann hinaus auf die Überlandstraße nach Daly City, an der die Lagerplätze der Gebrauchtwagenhändler und die Friedhöfe liegen.

Jane und Don unterhielten sich während der Fahrt; Mrs. Matthews und ich schwiegen. Wir saßen nebeneinander, sie blickte zu Boden, während ich aus dem Fenster sah und mir bewußt wurde, daß es sich um die gleiche Straße handelte, auf der wir vor einer Woche nach meiner Ankunft mit Sam vom Flughafen hereingefahren waren. Ein geliehener Volkswagen-Bus, und eine braune Limousine. Tausend Welten und nur eine Woche voneinander entfernt.

Auf dem Friedhof erschien der Pfarrer wieder; wir vier gingen zu dem Grab, hinter uns kamen Peg, Tom und fünf Leute, die ich nicht kannte . . . und Marilyn. Zuerst hatte ich Marilyn nicht gesehen. Sie stand ein wenig abseits, sah schön und tragisch aus, der Schleier bildete eine weiche, graue Wolke über ihrem Gesicht, ließ ihre Augen noch größer wirken, als sie waren, das schwarze Kleid war traumhaft. Sie wirkte wunderbar graziös, sie hatte Stil. In ihrer Haltung lag auch Stolz und Würde. Sie stand vollkommen allein da, und doch war sie trotz unserer Anwesenheit Chris' wegen gekommen. Sie blickte mir geradewegs in die Augen, war vollkommen beherrscht, doch sie war zu Chris gekommen. Wie wir auch. Ich bewunderte sie, weil sie gekommen war, und bewunderte ihre Haltung. An ihrer Stelle hätte ich genauso gehandelt, aber ich hätte wahrscheinlich verlegen oder nervös gewirkt. Nichts davon war Marilyn anzumerken.

Der Pfarrer sprach das Vaterunser, und wir senkten die Köpfe. Dann folgte Stille. Ich fuhr zusammen, als seine Stimme dröhnte: »Christopher Caldwell Matthews, wir übergeben dich der Erde und den Händen Gottes«; ich fügte lautlos hinzu: *»Vaya con Dios.«*

Wir gingen zu unseren Wagen, und als wir wegfuhren, blickte ich noch einmal zurück und sah Marilyn, die noch aufrecht, stolz und einsam dort stand, eine Witwe mit einem schwarzen Schleier.

39

Die Lindquists verließen San Francisco unmittelbar nach dem Begräbnis und nahmen Mrs. Matthews mit. Sie würde eine Weile bei ihnen in Fresno bleiben. Ich versprach anzurufen, sobald das Baby auf die Welt gekommen war, und dann waren sie fort. Als sie mich zu Hause absetzten, stand Tom Bardis Wagen davor. Peg, Tom und Sam unterhielten sich und verstummten, als ich ins Haus trat.

»*Hi*, Mami. Wo ist Onkel Crits?« Es klang traurig und klagend, und die Kinderaugen sahen fragend zu mir empor, diesmal verlangten sie eine Antwort. Jetzt oder nie. Ich holte tief Atem.

»Komm, Sam, setzen wir uns für einen Augenblick nieder.«

»Ist er weggegangen wie mein wirklicher Daddy?«

»Nein. Das nicht.« Ich wollte nicht, daß sie den Eindruck bekam, das Leben bestehe aus einer Reihe von Männern, die weggingen und dann von Zeit zu Zeit wieder auf Besuch kamen. Vielleicht war es so, aber nicht bei Chris, nicht diesmal. »Erinnerst du dich daran, wie Oma Jean in den Himmel kam?«

»Du meinst Daddys Mami?«

»Ja.« Peg und Tom standen ruhig auf, gingen in die Küche und schlossen die Tür lautlos hinter sich. Ich hatte den Eindruck, daß Peggy weinte, war aber nicht sicher. Ich sah Sam an. Ich mußte sie als Kind sehen, mich in sie hineindenken und ihr etwas sagen, das sie immer bei sich bewahren konnte, etwas Bleibendes von Chris.

»Weißt du, Liebling . . . manchmal liebt Gott einen Menschen ganz besonders und findet, daß er alles getan hat, was er tun mußte, und dann nimmt er ihn zu sich hinauf in den Himmel.«

»Liebt er jeden Menschen so?«

»Ja, er liebt alle, aber er läßt manche Leute sehr lange Zeit hier unten. Und andere wieder nimmt er ein bißchen früher zu sich.«

»Mami ... liebt er dich so sehr?« Ihr Kinn begann zu zittern.

»Sam, mein Liebling, ich bleibe bei dir.« Ich hatte erkannt, wohin ihre Überlegung führte. »Aber er brauchte Onkel Chris, damit er ihm bei einigen Dingen hilft. Also ist Onkel Chris jetzt im Himmel, bei Gott und Oma Jean.«

»Wird er jemals zurückkommen, um uns zu besuchen?«

»Nicht so, wie du meinst, Sam. Aber jedesmal, wenn du an Onkel Chris denkst, wird es wie ein Besuch sein. Wenn du an Onkel Chris denkst, wird er immer bei dir sein. Wir können von ihm sprechen und an ihn denken und ihn weiterhin liebhaben. Das meint man, wenn man ewig sagt.«

»Aber ich will, daß er hier bei uns ist.« Dieser Blick ... o Gott ... dieser Blick ...

»Ich auch, aber Gott will es eben anders. Er wird uns sehr fehlen, aber wir haben ja einander. Ich habe dich sehr, sehr lieb.« Sie warf sich in meine Arme, und wir weinten beide. »Bitte, Sam, sei nicht traurig. Onkel Chris würde nicht wollen, daß du traurig bist. Er ist auch nicht traurig, er hat keine Schmerzen, er liebt uns noch immer ...« Wir hielten einander umschlungen, schaukelten vor und zurück, ihre Tränen vermischten sich mit meinen, ihre kleinen Finger preßten sich in meinen Nacken und hielten sich dort fest, als gelte es das Leben. Wir schaukelten und schaukelten, und als sie aufhörte, sah ich sie an und merkte, daß sie eingeschlafen war. Mein kleines wildes Indianermädchen, das letzte Woche Chris drei Würmer in die Hand gelegt hatte und das jetzt mit der Tatsache leben mußte, daß er für immer gegangen war. Ich betrachtete sie, während sich die Dunkelheit im Zimmer mehr und mehr ausbreitete, und legte sie auf die Kissen der Couch; auf ihrem Gesicht waren noch immer Tränenspuren zu sehen.

Ich stand auf und blickte hinunter in den Garten, holte noch einmal tief Luft und ging zu Tom und Peg. Sie saßen noch in der Küche, und ihre Augen waren ein wenig gerötet. Sie sahen mich verlegen an, und Peg fragte: »Möchtest du etwas trinken?«

»Ich glaube nicht, daß es mir helfen würde.«

»Wo ist sie?«

»Sie schläft auf der Couch. Ich werde sie zum Abendessen nicht wecken. Auch für sie waren es bittere Tage. Ich hoffe, sie schläft durch.«

»Soll ich sie in ihr Bett tragen?«

»Danke, Tom, das ist eine gute Idee. Ich werde auch zu Bett gehen.« Es fiel mir schwer, über die Treppe zum Schlafzimmer zu kommen. Tom ging voraus, er hielt Sam in den Armen, ihr Körper war schlaff wie bei einer Stoffpuppe. Peg ging hinter mir. Fast hätte ich sie gebeten, mich zu schieben, der Weg bis zur obersten Stufe sah so weit aus.

Ich legte mich auf mein Bett, immer noch in dem grauen Kleid, und Peg kam herein, um mir beim Auskleiden zu helfen. »Ich kann einfach nicht, Peg.«

»Ich weiß. Zieh nur das Kleid aus. Bleib eine Weile liegen.«

Ich zog das neue graue Kleid aus und legte mich hin, während sie die Jalousien herabließ und das Licht ausmachte, und ich schlief ebenso plötzlich und fest ein wie vorhin Sam.

Ich wurde erdolcht, jemand versuchte mich zu ermorden und zu schlagen, sie rissen an meinem Rücken und schlitzten meinen Bauch auf, zerrissen jeden einzelnen Muskel ... Mein Gott, hilf mir, bitte schicke mir jemand zur Hilfe ... Ich kämpfte, um den Schmerz zu überwinden, den bösen Traum loszuwerden. Ich wachte wie zerschlagen und erschöpft auf und wollte auf die Uhr neben meinem Bett sehen. Ich hob den Kopf, da erfaßte mich wieder der gleiche Schmerz, wühlte in meinem Rücken und griff auf meinen

Bauch über, als wollten scharfe Krallen meine Eingeweide zerreißen. Ich mußte laut schreien, und Peg stürzte herein, während ich versuchte, Luft zu bekommen, und der Schmerz allmählich nachließ.

»Gill, was ist los? Ich habe dich gehört . . . Mein Gott, du siehst schrecklich aus.«

»Ich fühle mich gar nicht gut.« Ich versuchte mich aufzusetzen, und wieder durchzuckte mich der Schmerz, so daß ich mich an die Decke klammerte und mich krümmte, um nicht laut aufzuschreien.

»Beweg dich möglichst wenig. Ich werde den Arzt anrufen. Wie heißt er?«

»Morse. Die Nummer steht auf dem Block in der Küche . . . sag ihm . . . ich glaube, es sind die Wehen . . . sag ihm . . .« Wieder durchfuhr mich der Schmerz. Ich lag im Bett und kämpfte gegen die aufsteigende Panik an, versuchte, die Wellen des Schmerzes durchzustehen, und wartete auf Pegs Rückkehr.

»Er sagte, ich soll dich sofort ins Krankenhaus bringen. Kannst du bis zum Wagen gehen?«

Ich versuchte aufzustehen, konnte mich aber nicht einmal aufsetzen, und als ich versuchte, mich zum Bettrand zu wälzen, bemerkte ich, daß die Stelle, wo ich gelegen hatte, blutig war.

»O mein Gott . . . heiliger Jesus, Peg . . .«

»Jetzt reg dich nur nicht auf, Gill. Ich habe Tom angerufen, er wird bei Sam bleiben. Er kann dich auch zum Wagen tragen.«

Ich legte mich wieder hin, und die Schmerzen waren so arg, daß ich nicht sprechen konnte. Pegs Gestalt verschwamm, verschwand ganz, kam wieder, und der Schmerz traf mich wieder voll, ergriff mich, hob mich hoch und schleuderte mich dann gegen etwas Hartes, das sich anfühlte wie scharfe Felskanten. Ich wollte Pegs Hand halten, konnte aber nicht ruhig genug liegen. Dann sah ich Tom Bardi im Türrahmen.

Später stand er über mir, und bald wurde ich mit der Decke aus dem Bett gehoben und dann in Chris' Wagen gesetzt. Tom und Peg wechselten Blicke, dann muß ich ohnmächtig geworden sein, denn als ich das nächste Mal die Augen aufschlug, waren tausend Lichter über mir, große Unruhe, dazu Menschen und metallische Geräusche; ich fühlte mich wie in einem Nebel, als ob ich unmittelbar unter den Lichtern schwebte und über den Menschen, zwischen Jenseits und Diesseits hing. Ich blieb eine Weile in diesem Zustand, und dann ... o Gott ... o mein Gott ... sie zerreißen mich ... sie bringen mich um ... o Gott ... Chris ... Peg ... bitte, sie sollen aufhören ... ich kann es nicht mehr aushalten, ich kann nicht mehr, ich kann nicht ... ich kann nicht ... und alles versank in tiefer Schwärze.

Ich erwachte in einem fremden Raum, hatte das Gefühl, als müßte ich erbrechen. Ich sah Peg, dann verschwand alles. Immer wieder erschien ihr Bild und verging. Ich erwachte und sah Peg, dann verschwand sie. Irgendwo in einer anderen Welt lag ein Mensch in einem Bett, an Transfusionen und Schläuche angeschlossen, und alles mögliche wurde mit ihm angestellt. Ich konnte es deutlich sehen, wußte aber nicht, um wen es sich handelte. Ich war neugierig, aber doch nicht so, um zu fragen. Ich war zu müde ... zu müde ...

O du mein Gott, tun mir die Eingeweide weh. »Peg ...? Was ist geschehen?« Ich wandte mich an sie, um sie zu fragen ... mein Bauch ... er ist flach ... das Baby ... »Peg ... Peg ... das Baby?« Aber ich wußte es schon. Ich wußte, was geschehen war. Das Kind war tot.

»Leg dich wieder hin, Gillian, du warst lange bewußtlos.«

»Es ist mir gleich.« Ich wurde von Schluchzen geschüttelt, wodurch die Schmerzen immer heftiger auflebten.

Nach einiger Zeit fragte ich, wie spät es sei. »Zwei Uhr.«

»Nachmittags ...? Du meine Güte ...«

»Ja, Gill . . . und . . . es ist Dienstag . . .«
»Dienstag . . .? O Gott!«

Schwestern kamen und gingen, Peg kam und ging, und die Zeit verstrich. Es gab nichts mehr, weshalb ich mich beeilen oder worüber ich nachdenken mußte. Sam war zu Hause in der Obhut von Peg und Mrs. Jaeger, und Chris und das Kind waren gestorben. Nichts war mehr wichtig. Nichts und niemand. Nicht Chris, nicht das Kind, nicht Sam, nicht ich. Nichts mehr.

Peg mußte wieder telefoniert haben, denn es kamen immer wieder Blumen von Hilary und Gordon und »John Templeton und der Stab«. Es sah aus wie eine Neuauflage des Begräbnisses. Nur war ich diesmal seelisch nicht beteiligt. Es war mir verdammt egal.

Ich entdeckte auch, daß es in Krankenhäusern üblich ist, eine Frau, die soeben ihr Kind verloren hat, mit allen anderen Wöchnerinnen zusammenzulegen. Das ist eine der psychologisch unmenschlichsten Grausamkeiten der modernen Medizin, aber sie ist eine Tatsache. Man liegt im Bett, hört, wie die Babys durch den Korridor gerollt werden, wie sie schreien. Und wünscht sich, man wäre tot. Man teilte mir genau mit, wieviel das Kind gewogen hatte, wie groß es gewesen war, welcher Blutgruppe es angehört und wie lange es gelebt hatte. Sieben Stunden und dreiundzwanzig Minuten. Und ich hatte ihn nie zu sehen bekommen. Es war ein Junge gewesen.

Ende der Woche fühlte ich mich kräftiger, und sie beschlossen, mich am Sonntag zu entlassen. Ich mußte ohnehin nach Hause, denn Peg mußte nach New York zurückfliegen.

»Ich bleibe noch eine Woche.«

»Nein, das tust du nicht. Du bist lang genug hiergeblieben, hast mich bei meinen periodisch eintretenden Katastrophen betreut.«

»Hör auf, das alles zu dramatisieren. Ich bleibe.«

»Hör zu, Peg, ich werde eine Agentur anrufen und eine Heimhilfe kommen lassen. Ich soll drei Wochen lang mehr oder minder Ruhe halten. Du hast doch nicht vor, so lang wegzubleiben, oder?« Peg gab langsam nach, und wir einigten uns auf einen Kompromiß. Sie würde mir bis zum nächsten Mittwoch zur Verfügung stehen.

Am Sonntag verließ ich das Krankenhaus. Mit mir ein halbes Dutzend glücklicher Frauen, die ihre Kinder in pastellfarbene Decken gewickelt hatten. Peg holte mich mit dem Wagen ab, ich ließ mir meinen kleinen Übernachtungskoffer von der Schwester geben, stieg zu ihr ein und konnte nur sagen: »Komm, Peg, laß uns, zum Teufel, von hier verschwinden.«

Sie trat auf das Gaspedal, und wir waren in die Sacramento Street unterwegs.

Zu Hause war alles tadellos in Ordnung. Überall war die tüchtige Hand der perfekten Hausfrau Peg Richards spürbar. Sam erwartete mich an der Tür mit einem kleinen Blumenstrauß, den sie im Garten gepflückt hatte. Es war so schön, sie wieder bei mir zu haben. Ich war schuldbewußt, weil ich so wenig an sie gedacht hatte, als ich im Krankenhaus lag. Ich hatte auch beinahe aufgehört, mir ihretwegen Sorgen zu machen. Aber da war sie nun, meine süße Sam.

Peg bugsierte mich nach oben, packte mich ins Bett, brachte mir eine Tasse Tee, und ich fühlte mich wie eine Königin. Eine kranke Königin zwar, aber dennoch eine *Königin*. Ich hatte absolut nichts zu tun, als im Bett zu liegen und mich bedienen zu lassen.

Ich fühlte mich noch sehr schwach, und es war angenehm, daß mir Peg so vieles abnahm. Das Telefon läutete nach meiner Heimkehr zweimal. Das erste Mal war es Mrs. Matthews, das zweite Mal Gordon. Peg sah mich beide Male an, aber ich schüttelte den Kopf. Noch nicht. Alle wußten Bescheid. Das genügte fürs erste. Ich hatte noch zu wenig

Distanz. Mrs. Matthews würde mir ja doch nur sagen, wie leid es ihr tat, und mir tat es selbst genügend leid, außerdem hatte ich ihren Schmerz nur vergrößert. Gordon würde nur herüberkommen wollen oder vorschlagen, daß ich nach New York zurückkommen sollte, und ich wollte davon nichts hören. Ich hatte mich für Blue Jeans und Gänseblümchen entschieden ... und ich hielt noch immer daran fest. Von New York wollte ich nichts hören, auch nicht vom Magazin oder von sonst etwas. Das alles lag hinter mir, wie immer mein Leben sich entwickelt hatte.

Ich sah meine Post durch und stellte fest, daß Gordon das Foto von uns dreien vor dem Rolls geschickt hatte. Ich sah es einmal an und warf es auf den Tisch neben meinem Bett, während Peg mir dabei zusah. »Das war vor so langer Zeit, Peg.« Sie nickte und schob das Foto wieder in den Umschlag zurück.

Das einzig Positive, das der Krankenhausaufenthalt für mich gebracht hatte, war der zeitliche Abstand, den ich zu den brutalen Schicksalsschlägen gewonnen hatte, die mich aus meinem glücklichen Leben gerissen hatten. Eine Zeitlang war ich daran gehindert, durch das Haus zu wandern, Gegenstände zu berühren, sie anzusehen und erinnert zu werden. Das hatte Zeit. Als erstes mußte ich mich ausruhen, und ich würde mehr als genug Zeit dafür haben.

Die nächsten Tage vergingen wie im Flug, und am Mittwoch fuhr Peg nach vielen Umarmungen und Lebewohls und Dankesbezeigungen weg, die nie dem Ausmaß der Hilfe entsprachen; sie gelobte, anzurufen und zu schreiben. Sie versprach sogar, im Frühjahr auf eine Woche herüberzukommen. Tom Bardi brachte sie zum Flughafen, und ich begann mich zu fragen, ob er nicht einen zusätzlichen Grund dafür hatte, als nur gefällig zu sein. Die zum Großteil gemeinsam verbrachten anderthalb Wochen hatten zwischen ihnen die gleiche Beziehung geschaffen, wie sie bei Seereisen entsteht. Sie waren aus ihrer eigenen Welt gerissen worden und dauernd zusammen gewesen, nicht auf einer Vergnügungsreise, sondern durch eine Reihe von Unglücksfällen, und sie hatten einen Schutzkreis um sich gebildet, in dem sie sich selbst eingeschlossen hatten. Vielleicht würden sie, wie nach einer Seereise, nichts Gemeinsames finden, wenn sie einander wieder trafen, falls es je dazu kam. Peg sprach vor ihrer Abreise nicht darüber, also konnte ich nur Vermutungen anstellen.

Tom gehörte ganz zu Chris' Welt, war ihm in seiner Direktheit und seiner Art, die keine Unklarheiten duldete, sehr ähnlich, doch er war unkomplizierter als Chris und wirkte warmherziger; er hatte nicht Chris' manchmal geradezu unbarmherzige Aufrichtigkeit. Auch nicht seine Brillanz. Aber ich hatte den Eindruck, daß man eben deshalb leichter mit ihm zusammenleben konnte. Er war auch weniger beredt. Bevor Peg wegfuhr, bemerkte ich, daß er mit einer Art Ehrfurcht zu ihr aufsah. Eine Haltung, über die ich jedenfalls nachdenken mußte.

Ich hatte nun wieder eine Haushaltshilfe. Sie schlief in Sams Zimmer, und die ganze Routinearbeit wurde erledigt, während ich langsam meine Kräfte zurückgewann und der seelische Schmerz allmählich nachließ. Wie ich Sam versprochen hatte, war Chris immer bei uns. Wir sprachen von ihm, die Erinnerung an sein Gesicht erhellte meine Tage, und der Klang seiner Stimme erfüllte meine Träume. Ich schlief die meiste Zeit, zuviel für mein Gefühl. Es war eine Art Flucht vor der Wirklichkeit, und im Schlaf gab es immer Chris. Er wartete immer darauf, daß ich einschlief, um dann die Hand auszustrecken und mich an seine Seite zu ziehen, fort von dem leeren Haus ... und von der Wirklichkeit.

40

Im März erfuhr ich aus einem Brief von John Templeton, daß Julie Weintraub fast drei Wochen im Koma gelegen hatte und dann friedlich entschlummert war, ohne das Bewußtsein wiederzuerlangen. Das war eine Gnade gewesen, da die letzten Tage, die sie bei klarem Bewußtsein verbracht hatte, von qualvollen Schmerzen erfüllt gewesen waren. Ich hatte den Eindruck, daß damit ein ganzer Band meines Lebens abgeschlossen war. Chris, das Baby, Julie. Alle waren tot. In meinem Leben mehrten sich die Gespenster. Ich stand nun wieder auf eigenen Füßen, verbrachte viel Zeit im Haus, malte ein wenig, beschäftigte mich mit Samantha und ließ die Zeit verstreichen, ohne sie bewußt zu erleben. Es schien nichts zu geben, womit ich die Leere ausfüllen konnte. Ich hatte etwas von dem Gewicht, das ich verloren hatte, wiedergewonnen und hatte infolge meiner langen Spaziergänge mit Sam eine gesunde Farbe.

Tom Bardi kam häufig vorbei, brachte kleine Geschenke für Sam mit und aß gelegentlich mit uns zu Abend. Er hatte nie sehr viel zu erzählen, aber seine Anwesenheit war eine angenehme Abwechslung, Sam und ich freuten uns über seinen Besuch. Er erwähnte Peg fast nie, doch wenn ich es tat, richtete er sich auf, um alles mitzubekommen, was ich von ihr berichtete. Es war nett, ihn zu beobachten, und ich hätte gern gewußt, ob Peg von seinem Interesse wußte oder ob sie darüber gesprochen hatten, und ich die letzte war, die es erfahren würde.

Eines Tages konnte ich der Versuchung nicht widerstehen. »Haben Sie eigentlich etwas von Peg gehört?«

»Nein.« Dabei wurde er rot.

»Warum rufen Sie sie nicht einmal an?«

»Sie anrufen?« Er sah so konsterniert aus, daß ich das

Thema fallenließ. Sie waren schließlich erwachsen; Peg war einer der unkompliziertesten Menschen, die ich kannte, und Tom sah auch aus, als könnte er selbst auf sich aufpassen, also beschloß ich, mein loses Mundwerk zu halten und mich um meine eigenen Angelegenheiten zu kümmern.

Ich hatte zweimal von Gordon gehört, bevor er nach Frankreich abreiste, er bat mich leidenschaftlich, an mich zu denken und auch an ihn, und zu ihm zu kommen. Aber ich wollte San Francisco nicht verlassen. Und auch Chris nicht.

Ich hatte noch immer Chris' Habseligkeiten nicht durchgesehen, und wenn ich mich allzu einsam fühlte, öffnete ich seinen Schrank, betrachtete seine Stiefel, die Jeans und Pullover, und sein Geruch hüllte mich ein, dann war es, als wäre Chris nur für eine Weile weggegangen. Sein Studio blieb unangetastet. Ich war einmal dort oben gewesen, um einige Papiere zu suchen, aber dann nicht wieder. Alle im Hause wußten, daß der Zutritt zum Atelier verboten war. Ich hatte es zu einer Art Heiligtum erklärt.

Ich schrieb Peg regelmäßig und erzählte ihr, was wir so trieben, und sie antwortete fallweise. Ich wußte, daß sie ihrer Arbeit überdrüssig war, und einmal erwähnte sie, daß sie vielleicht herüberkommen würde. Aber dann schrieb sie nicht wieder davon. Sie wußte, daß meine Tür ihr immer offenstand, und ich hoffte, sie würde sich einmal entschließen zu kommen.

Sie begann mir in ihren Briefen Anstöße zu geben ... »Du mußt mit Männern zusammentreffen ... Du solltest Dir einen Job suchen ... Du könntest eine Reise unternehmen ...« Nie schlug sie jedoch vor, ich solle nach New York zurückkommen. So dumm war sie nicht.

Sams Schuljahr ging mit Ablauf des Monats Mai zu Ende, und ich saß eines Morgens mit ihr beim Frühstück und dachte, daß es fünf Monate her war, seit Chris gestorben war. Manchmal erschien es mir, als hätten Sam und ich immer allein gelebt, und manchmal hatte ich den Eindruck, als wäre er erst an diesem Morgen durch das Zimmer gegangen. Ich hielt diesen Schwebezustand aufrecht, hielt Chris am Leben, um nicht meine Wurzeln zu verlieren, um mich mit ihnen am Leben festzuklammern.

Ich war einsam, aber nicht so, wie ich es in New York erlebt hatte, als ich dorthin übersiedelt war. Das war unangenehm, zermürbend, quälend gewesen, voll permanentem Verdruß, schwierigen Entscheidungen und dauernder Enttäuschung, obwohl ich es damals nicht so empfunden haben mochte. Es war eine Zeit voller Zorn. Doch das Frühjahr nach Chris' Tod enthielt keinen Zorn, hatte nichts mit dem damaligen Zustand gemein, außer daß ich wieder allein war. Es hatte etwas Endgültiges, ein stilles Sichbescheiden an sich. Mein Schiff lag vor Anker, meine Reise war vorläufig hier zu Ende. Ich wollte auch nirgendwo anders sein, außer an dem Ort, an dem ich mich im Augenblick befand. Ich malte mehr, las viel und zog mich immer mehr in mich zurück. Ich bekam immer mehr Ähnlichkeit mit einer Nonne; ich hatte auch das Gefühl, mich in einem dunklen Tunnel vorwärts zu bewegen, den ich durchquerte, und sobald ich an sein Ende kam . . . falls ich jemals an sein Ende kam . . . dann würde ich sehen, was mich erwartete.

Sam sollte im Juni ihren Vater besuchen, und ich überlegte, ob ich in die Berge am Tahoc-See fahren sollte, um in eine andere Umgebung zu kommen, doch ich konnte mich nicht endgültig entschließen. Ich fühlte mich zu Hause glücklich, wo mich alles an Chris erinnerte. Ich war glücklich, weil ich in seinem Bett schlief, glücklich, weil ich seine Pullover und Arbeitshemden trug. Endlich hatte ich Chris geheiratet. Aber ich hatte einen Toten geheiratet, und er nahm mich mit sich. Ich war beinahe ebenso tot wie er.

»Sam, es läutet. Sei ein großes Mädchen und sieh nach, wer draußen ist. Ich bin hier oben, aber bevor du öffnest, frag zuerst, wer es ist.« Dann stürmte Tom die Treppe zu mir nach oben, er nahm zwei Stufen auf einmal und stürzte ins Zimmer.

»Peg kommt!«

»Wann?«

»Morgen.« Er grinste von einem Ohr zum anderen.

»Wirklich? Bist du ganz sicher? Woher weißt du es?« Es schien mir merkwürdig, daß sie mich nicht angerufen hatte.

»Sie hat mich eben angerufen.« Es klang beinahe beleidigt, weil ich an seinen Worten zweifelte. Als ob ich durch meine Fragen an der Tatsache etwas ändern könnte.

Ich hatte keinen diesbezüglichen Hinweis erhalten, außer einer vagen Andeutung in ihrem letzten Brief. Komisch.

»Sie kommt morgen früh an. Ich werde sie abholen.« Ich war versucht zu fragen, ob ich ihn begleiten dürfe. Schließlich hatte ich Peg fast mein ganzes Leben lang gekannt, und Tom, der für sie fast ein Fremder war, holte sie ab. Aber ich sagte nichts. Vielleicht war es Peg so lieber. Sie hatte schließlich ihn angerufen und nicht mich.

Da läutete das Telefon, und Peg meldete sich.

»Ich komme morgen hinüber.«

»Ich weiß es schon.«

»Oh!«

»Tom steht neben mir.«

»Grüß ihn von mir. Kann ich wieder bei dir wohnen?« Mein Mißtrauen verschwand. Oder beinahe.

»Sicherlich, es würde mich sehr freuen. Wie lange wirst du bleiben?«

»Eine Woche, vielleicht zwei oder sogar drei. Ich werde sehen. Ich habe drei Wochen frei, aber ich sollte auf dem Rückweg Mutter besuchen.«

»Wunderbar. Tom sagte, er wird dich abholen. Warum kommt ihr dann nicht gleich hierher? Oder . . . warte ab, wie es sich ergibt. Bis morgen. Peg, ich kann es kaum erwarten!« Wir verabschiedeten uns und legten auf.

»Wollte sie mit mir sprechen?«

»Sie war in Eile. Sie ist morgen hier, Tom.« Er sah aus wie ein kleiner Junge, genauso wie damals Chris, genauso wie gelegentlich Samantha.

Dann jagte Tom die Treppe hinunter und verschwand, und ich erblickte ihn das nächste Mal an meiner Vordertür, wo er hinter Peg stand und aussah, als hätte er den Topf mit Gold am Ende des Regenbogens gefunden. Peg warf sich in meine Arme, wir lachten und jubelten und umarmten einander, und Sam beteiligte sich auch an der stürmischen Begrüßung. Es war eine wirkliche Heimkehr.

»Willkommen bei uns. Du hast uns gefehlt.«

»Wie ich sehe, hat sich die Wohnung nicht verändert. Mein Gott, es ist wirklich herrlich, wieder hier zu sein.« Tom trug ihr Gepäck in Sams Zimmer und erschien dann wieder. Wir aßen zusammen Lunch und saßen dann noch eine Weile herum. Später gingen Peg und Tom spazieren und erklärten, sie würden anschließend ins Kino gehen. Ich ging früh zu Bett und hörte Peg nicht zurückkommen.

Am nächsten Morgen erschien sie mit einem ernsten Gesicht beim Frühstück, was bedeutete, daß sie »mit mir zu sprechen« hatte. Mutter Peg hielt die Zeit für eine Strafpredigt gekommen. Ich wappnete mich mit einer Tasse Kaffee und einem Grinsen. Peg hatte mir wirklich gefehlt.

»Gillian.« Es klang sehr entschieden.

»Ja, Peg? Oder sollte ich dich besser ›Margaret‹ nennen? Heute morgen klingst du mehr nach Margaret.« Doch sie erwiderte mein Lächeln nicht.

»Wo befindet sich Sam?«

»Mit Freundinnen spielen gegangen. Warum?«

»Weil ich mit dir zu reden habe, und ich will nicht, daß Sam zuhört. Gill, als ich gestern sagte, die Wohnung habe sich nicht verändert, wußte ich nicht, wie recht ich damit hatte. Mein Gott, Gill, seine Sachen liegen noch überall herum, seine Papiere, seine Kleider, seine Hemden, seine Zahnbürste. Was, zum Teufel, ist denn mit dir los? Du bist neunundzwanzig. Er ist tot. Du nicht. Ich wette, du hast sein Studio nicht einmal angerührt. Stimmt das? Also hast du es getan?« Bei Gott, das war ein Tiefschlag. Es traf zwar zu, aber konnte sie mich denn nicht verstehen? Wie sollte ich es denn anstellen, um es ihr begreiflich zu machen? Peg hatte ein mitfühlendes Herz und ein ausgefülltes Leben, das sie sich selbst geschaffen hatte, aber sie war nie verheiratet gewesen, hatte nie Kinder gehabt, nie den Mann verloren, den sie liebte, oder dessen Kind. Sie konnte es nicht begreifen.

»Das verstehst du nicht, Peg.«

»Doch, ich verstehe es. Ich verstehe es viel besser, als du annimmst, sogar viel besser als du selbst. Ich sehe es klarer als du. Tom gibt mir recht. Er sagt, du trägst seine Kleider, sprichst von ihm, als ob er noch immer am Leben wäre. Du unternimmst nichts, du gehst nicht aus. Mein Gott, Gill, das ist ja einfach gruselig.«

»Es ist überhaupt nicht gruselig. Ich will so leben. Wenn man dir zuhört, bekommt man den Eindruck, daß ich mich gehenlasse, weil ich seine Sachen trage, verdammt noch mal. Laß mich endlich zufrieden, ja?« Ich wurde wütend, weil sie die Wahrheit ungeschminkt aussprach. Sie hatte kein Recht dazu.

»Ich habe kein Recht dazu, so mit dir zu sprechen ... aber ich tue es trotzdem. Weil ich dich liebhabe, Gill. Ich kann es nicht ertragen, mitanzusehen, wie du dein Leben vergeudest. Du hast schon allerlei Verrücktheiten angestellt, und ich habe immer zu dir gehalten. Du kamst zurück nach New York, um sein Kind zu bekommen, und ich sagte nichts, weil ich dachte, daß du vielleicht damit recht hast. Ich an deiner Stelle hätte es nicht getan, doch ich konnte deine Beweggründe wenigstens verstehen. Aber dann ... das ist etwas anderes, das ist unnatürlich. Bitte sieh das doch ein, o bitte, Gill, sieh doch ein, daß du dir schadest ... und Sam. Was, zum Teufel, glaubst du, wie das alles auf sie wirkt?«

Wieder wußte ich, daß das alles wahr war, und steigerte mich immer mehr in meine Abwehr hinein, ohne Peg anzusehen.

Als ich endlich aufblickte, merkte ich, daß sie weinte. Um mich und um Samantha, vielleicht sogar um Chris.

Als ich sie weinen sah, stiegen mir ebenfalls Tränen in die Augen, ich legte den Kopf auf den Tisch und weinte, all die Monate des Friedens und der Anpassung hatten sich binnen zehn Minuten in nichts aufgelöst. Weil ich mich in Wahrheit nie angepaßt hatte. Ich hatte Frieden gefunden, weil ich in einem Traum gelebt und niemals der Wahrheit offen ins Auge geblickt hatte. Vielleicht hätte ich den Verlust von Chris verschmerzen können, wenn ich sein Kind geboren hätte, aber als ich das Kind verlor, stand ich mit leeren Händen da. Nichts war mir mehr geblieben. Deshalb schuf ich mir eine Traumwelt, und als deren Zentrum Chris. In diesen zehn Minuten riß der ganze Kokon, den ich um mich gesponnen hatte, weit auf, und ich war nackt und wund und blutend, allen Widerwärtigkeiten ausgesetzt, vor denen ich mich all die Monate verborgen hatte, der unbarmherzigen Wahrheit preisgegeben. Chris war endgültig tot.

Peg ließ mich ausweinen und ging ruhig in der Küche hin und her. Nur einmal legte sie mir die Hand auf die Schulter und sagte: »Es tut mir leid, Gill.« Es gelang mir, hervorzustoßen: »Dazu hast du keinen Grund.« Denn sie hatte recht, und sie hatte richtig gehandelt, es auszusprechen. Ich hatte mich falsch verhalten. Hatte schrecklich, schrecklich unrecht, und ich hatte noch dazu Sam mit hineingezogen.

»Willst du mir helfen, Peg?«

»Wie, Kleines?«

»Mir helfen, Chris' Habseligkeiten durchzusehen?«

Sie nickte. »Wann?«

»Jetzt.«

»Gleich jetzt?«

»Ja, jetzt. Wenn ich jetzt nicht damit beginne, werde ich es vielleicht nie mehr tun. Vielleicht werde ich dann immer in diesem Kokon leben, in dem ich mich eingesponnen habe.«

»Okay. Fangen wir an.« Wir saßen stundenlang beisammen, sortierten, machten Stapel und teilten alles auf. Es war für mich genauso, als hätten wir es an dem Tag nach dem Leichenbegräbnis getan; es wäre nicht anders gewesen. Der Schmerz war noch immer da. Genauso heftig.

Ich machte für Mrs. Matthews einen kleinen Haufen aus den Gegenständen, von denen ich annahm, daß sie sie haben wollte. Und einen weiteren kleinen Stapel für Jane. Ich behielt nur ein paar Erinnerungsstücke für mich, auf die ich nicht verzichten wollte, Dinge, die einst Chris gehört hatten. Doch diesmal legte ich sie in eine Schachtel. Ich würde sie aufbewahren; ich mußte sie nicht dauernd in der Hand halten und sie jede Nacht mit ins Bett nehmen. Ich wollte nur wissen, daß sie greifbar waren.

Den Rest deponierten wir in großen Stapeln in dem Schrank im Erdgeschoß, um sie bei Gelegenheit Wohltätigkeitsvereinen zu spenden.

Am Abend fiel mir ein, daß Sam bald nach Hause kommen würde, also unterbrachen wir unsere Tätigkeit. Mit den beiden unteren Stockwerken waren wir sowieso schon fertig. Die hatten wir restlos geräumt.

»Morgen machen wir uns über das Studio.«

»Willst du, daß Tom uns dabei hilft?«

»Ja.«

Am nächsten Tag durchackerten wir zu dritt den Raum, verteilten und sortierten aus. Ich schenkte Tom eine Menge von dem Inventar; es waren hauptsächlich Geräte für seinen Beruf, und er konnte sie gut verwenden. Wir arbeiteten unermüdlich den ganzen Tag, und sieben Minuten nach sechs war das Studio praktisch aufgelöst. Christopher Caldwell Matthews' irdischer Besitz war aufgeteilt und verschenkt worden. Damit ging ein Abschnitt meines Lebens zu Ende.

41

Peg war schon vierzehn Tage bei mir, und ich begann mich zu wundern. Sie erwähnte mit keinem Wort, daß sie abreisen würde, und ich wollte nicht als erste davon sprechen, um bei ihr nicht den Eindruck zu erwecken, daß ich sie aus dem Haus haben wollte. Sie verbrachte die meiste Zeit mit Tom, und ich sah sie nicht allzuoft, doch sie wirkte glücklich, und San Francisco schien ihr zu gefallen.

Sam und ich genossen unsere letzten gemeinsamen Tage, bevor sie für einen Monat zu ihrem Vater fuhr. Ich dachte daran, mir wieder einen Job zu suchen. Pegs Besuch hatte wie gewöhnlich gewirkt.

Eines Morgens studierte ich die Stellenangebote, als Peg eintrat und im Türrahmen stehenblieb, wieder mit ihrem gewissen »Ich-habe-mit-dir-zu-reden«-Blick.

»Komm, mach kein so hochoffizielles Gesicht und setz dich. Schimpf nicht gleich mit mir. Ich bin ein braves Mädchen. Ich sehe jetzt sogar die Annoncen in der Zeitung durch.«

»Mein Gott . . . sehe ich so aus?« Sie lachte.

»Ja. Was ist los?«

»Also . . . Tom und ich werden heiraten.« Sie sah aus, als würde sie für einen Augenblick den Atem anhalten.

»Peg! Das ist einfach wunderbar!« Ich sprang auf und umarmte sie. »Wann?«

»Morgen.«

»Hast du schon eine Heiratslizenz?« Die gleiche Frage hatte ich vor gar nicht so langer Zeit Chris gestellt.

»Ja.«

»Du bist vielleicht gut! Hättest du nicht schon längst etwas andeuten können?«

»Ich wußte es noch nicht. Wirklich, Gill, ich war mir nicht sicher. Dieses Gefühl ließ mich nicht los, als ich nach New

York zurückfuhr, ich hatte aber nie etwas von Tom gehört und wußte nicht, wie er darüber dachte ... und ... ach Scheiße.«

»Mein Gott, Peg, ich kann es noch gar nicht glauben. Es gibt also noch Märchen ... für manche Leute.« Wir blickten beide zur Seite, denn wir wußten, daß ihr Glück mit meinem Unglück begonnen hatte.

Dann klingelte Tom, ich küßte ihn und rief: »Herzlichen Glückwunsch!«, worauf er krebsrot wurde.

»Peg hat es dir erzählt?«

»Was erzählt?« Er wurde noch eine Nuance röter, während Peg und ich vor Lachen brüllten.

»Sie nimmt dich auf den Arm, Liebster. Ich habe es ihr schon gestanden.« Er war sichtlich erleichtert.

Thomas Hugo Bardi und Margaret Allison Richards wurden am nächsten Tag im Rathaus getraut, zusammen mit anscheinend den gleichen komischen Leuten, die an dem Tag dort gewesen waren, als Chris und ich unsere Heiratslizenz besorgt hatten, die ich noch immer aufbewahrte.

Samantha und ich waren mit einem Freund von Tom dabei, und anschließend fuhren wir alle zum Lunch nach Sausalito.

Nach dem Lunch holte Tom Pegs Sachen aus meinem Haus, und sie fuhren zu ihm nach Hause in die Flitterwochen. Nachdem sie weg waren, mußte ich daran denken, wie wenig Ähnlichkeit die Wirklichkeit mit unseren Jungmädchenträumen hatte, die in der Schule in unseren Köpfen herumgeschwirrt waren. Peg hatte immer geschworen, sie würde mit einem richtigen Cowboy oder etwas Ähnlichem durchgehen. Doch keiner unserer Träume war in Erfüllung gegangen. Es war sicherlich besser so, gestand ich mir ein. Ihr hatte das Schicksal eine bessere Chance geboten. Sie werden sich bestimmt gut vertragen. Ich fragte mich, ob Pegs Mutter schon davon wußte. Die furchterregende Mrs. Richards, die Peg so wenig ähnlich war wie Senf dem Kaviar. Sie würde noch ein paar Wörtchen zu reden haben.

Am nächsten Tag zu Mittag trafen sie wieder bei mir zum Lunch ein, plauderten mit Sam und saßen an meinem Küchentisch, als wären sie schon seit sieben Jahren verheiratet.

»Was wirst du mit deinen Besitztümern in New York anfangen?«

»Ach, eines von den Mädchen im Büro hat versprochen, sie zusammenzupacken und mir zu schicken. Ich besitze gar nicht so viel. Sie kann gleich einiges für sich behalten, sie wird ja auch meine Wohnung übernehmen«, wobei ich mich daran erinnerte, daß der Mietvertrag für Chris' Haus nächsten Monat ablief und ich ihn verlängern mußte. »Sie waren wirklich reizend im Büro. Sie hatten erwartet, daß früher oder später so etwas eintreten würde. Sie boten mir auch gleich als Hochzeitsgeschenk einen Job im Einkaufsbüro in Oakland an.«

»Du wirst also übersiedeln?«

»Zu diesem Preis kannst du dich darauf verlassen!«

»Was sagt übrigens deine Mutter dazu? Ich vergaß, dich danach zu fragen.«

»Nichts, was ich gern wiederholen würde, aber sie wird darüber hinwegkommen.«

Wir plauderten eine Weile, und ich dachte, was für ein netter Anblick es war, die beiden nebeneinander zu sehen. Aber da vermißte ich Chris ganz besonders. Alles war so eng miteinander verflochten. Es schmerzte mich, sie so glücklich zu sehen, obwohl ich es Peg nie gestanden hätte. Doch sie ahnte es wahrscheinlich.

»Gillian?«

»Ja?«

»Warum unternimmst du nicht einmal eine Reise oder einen kleinen Tapetenwechsel? Ich habe mir auch überlegt, es wäre vielleicht für dich zweckmäßiger, in eine kleinere Wohnung umzuziehen.«

»Jetzt halte einmal einen Augenblick die Luft an, Peg. Nur mit der Ruhe. Ich habe mein Haus in Ordnung gebracht und bin in allem deinem Rat gefolgt, aber das soll nicht immer so weitergehen. Damit machen wir erst einmal eine Pause. Beruhige dich. Warum kommandierst du nicht zur Abwechslung ein wenig Tom herum, stellst ihn ein bißchen unter den Pantoffel und zeigst ihm, wer der Herr im Haus ist?«

»Sei doch nicht gleich so gereizt. Ich meine es ja gut mit dir. Zumindest solltest du eine Reise unternehmen. Du hast noch keinen Job, und Sam wird in der Zeit nicht hier sein. Warum fährst du nicht nach Hawaii oder sonstwohin in die Südsee?«

»Weil ich Hawaii nicht mag. Richard und ich waren dort, bevor Sam zur Welt kam, und es hat während des ganzen Aufenthalts geregnet.«

»Dann fahr eben woandershin.«

»Ich werde darüber nachdenken.« In Wirklichkeit war es mir nicht ernst damit. Das Haus in Ordnung bringen, ging noch an, es verlassen war aber ein schwerwiegender Entschluß.

Tom und Peg verabschiedeten sich und versprachen, irgendwann morgen oder übermorgen wiederzukommen.

»Hört mal, ihr beiden, das sind jetzt eure Flitterwochen. Ihr müßt nicht bei mir babysitten.«

»Nein, uns schmeckt nur dein Kaffee«, scherzte Tom und klopfte mir auf die Schulter. Sie hatten anscheinend das Gefühl, daß sie sich um mich kümmern müßten. Es war sehr nett von ihnen. Vielleicht meinten sie auch, sie schuldeten mir etwas, weil ich sie zusammengebracht hatte. Was immer ihr Motiv war, es war nett, sie in der Nähe zu haben, sie waren ein erfreulicher Anblick, aber ich fühlte mich um so einsamer, wenn ich zusah, wie sie zusammen weggingen oder einander verliebt ansahen oder Händchen hielten, wenn sie dachten, ich merke es nicht. Chris war schon lange tot.

42

Ich hatte einen Brief von Gordon erhalten, in dem er mir mitteilte, wie gut es ihm ging und wie sehr ihm Èze gefiel. Er hatte die Absicht, wenn alles gutging, im Spätherbst eine Ausstellung in Paris zu veranstalten, wenn seine Arbeit in dem gleichen Tempo fortschritt wie bisher. Er war seßhaft geworden, hatte ein Häuschen mit einer unglaublich schönen Aussicht und einem Dachfenster gemietet und lernte Boule spielen.

Er machte mir den Vorschlag, falls ich im Sommer nach Europa käme, ihn für ein paar Tage zu besuchen oder vielleicht einen Monat bei ihm zu verbringen, »wenn dir das zusagt«, aber ich entnahm dem Ton seiner Einladung, daß er wußte, ich würde sie nicht annehmen. Ich hatte ihn monatelang nicht gesehen, es hätte ebensogut auch jahrelang sein können. Ich fühlte mich um so viel älter und so verändert. Nicht weiser, nur etwas resignierter und, ja, ich war ein anderer Mensch.

Ich war dabei, Sams Koffer für ihren Besuch bei Richard zu packen, und dachte, wie gut es sich traf, Tom und Peg bei mir zu haben. Ich würde nicht ganz so einsam sein. Das Haus würde ohne Sam so leer sein, aber es war besser, sie blieb die ganze Zeit bei Richard, als sie immer am Wochenende hin- und herfahren zu lassen oder durch den dauernden Wechsel der Bezugsperson zu verwirren, wenn ihr Vater in der Nähe gelebt hätte. Ich fragte mich, ob sie mit dem gleichen Gefühl der Fremdheit ihrem Vater gegenüber aufwachsen würde, wie es mir gegangen war. Vielleicht ist es die Schuld der Eltern, für die man bezahlen muß. Oder nur die Schuld mancher Väter.

Das Telefon klingelte . . . wahrscheinlich war es Peg.

»Hallo?«

»Allo? Allo? Oui? . . . Allo?«

»Ja, ich bin am Apparat . . . Hallo.« Eine schreckliche Verbindung; es klang, als würden die sieben Zwerge in einem Bergwerk hämmern.

»Madame Fo-ress-taire, s'il vous plaît. Nous avons un appel de la part de Monsieur Ahrte«, und das Ahrte rollte so richtig schön in der Kehle der Telefonistin, es erinnerte mich an meinen Französischlehrer in der Schule.

»C'est elle-même.« Ich bin am Apparat.

»Gillian?«

»Ja, Gordon, was, zum Teufel, ist denn los, daß du mich aus einem anderen Erdteil anrufst? Du mußt dort drüben ein Krösus geworden sein.«

»Ich habe den herrlichsten Sonnenuntergang vor mir, den ich je erlebt habe. Ich mußte dich anrufen. Ich will, daß du zu mir herüberkommst.«

»Nur wegen eines Sonnenuntergangs? Den muß ich mir entgehen lassen. Da verlangst du zuviel von mir. Es ist eine so weite Reise, Gordon. Ich will noch eine Weile hier bleiben.«

»Warum kommst du nicht herüber? Und bringst Sam mit? Es wäre für sie ideal.«

»Ihr Vater holt sie in zwei Tagen ab. Sie bleibt den Sommer über bei ihm, oder zumindest einen Monat. Ich bleibe inzwischen hier und passe auf das Haus auf.«

»Für wen?«

»Für mich.«

»Bitte, Gillian. Antworte mir nicht gleich, sondern denk darüber nach, bitte.«

»Also gut, ich werde es mir überlegen.«

»Nein, wie ich dich kenne, wirst du es nicht tun.« Ich gab ihm recht.

»Wirklich, ich werde es tun. Ich werde dir schreiben und dir mitteilen, wozu ich mich entschlossen habe.« Ich werde schreiben und absagen.

»Nein. Wenn du schreibst, bedeutet es, daß du nicht kommst. Ich werde dich in einigen Tagen nochmals anrufen. Es gibt einen direkten Flug von Los Angeles nach Nizza. Ich könnte dich dort abholen.«

»Mein Gott, ich war das letzte Mal dort, als ich ein Kind war.«

»Es ist also Zeit, die Erinnerungen wieder aufzufrischen . . . bitte.« In seiner Stimme lag wieder der gewisse bittende Unterton.

»Ich werde darüber nachdenken. Wie geht es dir sonst?«

»Wunderbar. Ich bin hier sehr glücklich. Du hattest recht.« Ich hatte also wenigstens bei ihm recht behalten. Aber ich durfte nicht ungerecht sein. Es war niemandes Schuld, daß Chris von einem Kran gestürzt war.

»Wie geht es Greg?«

»Er war während der Osterferien hier. Es hat ihm sehr gefallen, er will im Juli wiederkommen.« In Gordons Stimme schwang etwas Neues mit. Ich hörte es trotz der sieben Zwerge, die weiter an unserer Überseeverbindung werkten.

»Hör zu, das kostet dich ein Vermögen. Ich werde bald wieder mit dir sprechen.«

»Denk darüber nach, Gill . . . ich brauche dich.«

»Auf Wiedersehen.«

»Wiedersehen . . . ich werde dich Ende der Woche anrufen.«

. . . Ich brauche dich . . . ich brauche dich . . . Wie lang war es her, seit ein Mann das zu mir gesagt hatte? Monate? Noch länger? Hatte Chris mich jemals wirklich gebraucht oder mich nur begehrt? Und Gordon hatte mich vorher auch nicht gebraucht. Bis zum Ende nicht. Wie lang war es her, seit ein Mann mich gebraucht hatte? Jemals . . .? Ich brauche dich . . .

Ich rief Peg an und erzählte es ihr, sie reagierte sofort. »Fahr hin!« Es klang wie ein Befehl. Ich hatte gewußt, daß sie das sagen würde. Warum rief ich sie dann eigentlich an? Um zu hören, wie sie mir das bestätigte? Um zu hören, wie sie »Fahr hin!« befahl?

»Sei nicht albern. Das habe ich gerade nötig, nach Südfrankreich zu fliegen und auch noch alles mit Gordon zu verpfuschen.«

»Verpfuschen? Was ist verpfuscht? Er war früher gut genug für dich. Hast du etwas Besseres, von dem ich nichts weiß? Verdammt, Gillian, ich würde mir die Chance auf keinen Fall entgehen lassen.«

»Das sollte Tom besser nicht hören.«

»Schon gut, schon gut, aber wenn du nicht hinfährst . . . Kleine, dann bist du nicht ganz bei Trost.« Wir legten auf, jede gleich verstimmt über die andere. Ich ärgerte mich über Peg und über mich, weil ich sie angerufen hatte. Jetzt würde ich mir anhören müssen, wie sie mich in den nächsten Tagen bearbeiten und darauf herumreiten und mir den ganzen Sommer Vorwürfe machen würde, weil ich nicht gefahren war.

Sam reiste mit Richard ab, und sie flogen nach London. Beim Abschied sah er mich an, und ich glaube, ich tat ihm leid. »Ich bedaure sehr, Gillian, daß dir das zugestoßen ist.« Dabei kannte er nur die Hälfte von meinem Kummer.

»Danke. Mir auch. Aber es geht uns gut. Sam gefällt San Francisco.« Alles nur, um vom Hauptthema abzulenken.

»Du fährst nie mehr nach Europa. Warum kommst du in diesem Sommer nicht hinüber, um Sam abzuholen? Es wäre eine gute Gelegenheit für dich, wieder ein wenig herumzureisen.«

»Auf der Suche nach meiner Jugend?«

»Das habe ich nicht gesagt.«

»Nein, aber gedacht. Ich werde sehen.« In diesem Jahr machten alle für Europa Reklame.

Ich sagte Sam, ich würde sie bald anrufen, und sie sah sehr

nach Tränen aus, als sie fortgingen. Ich erinnerte mich daran, daß ich das gleiche Gefühl gehabt hatte, als ich ein Kind war, und es zerriß mir das Herz, als sie wegfuhren, während ich auf den Stufen winkte.

Ich saß im Haus, horchte auf die Stille, betrachtete das Spielzeug, das sie im Wohnzimmer liegengelassen hatte, und fragte mich, wie Menschen ohne Kinder mit dem Leben fertig werden können.

Das Telefon läutete wieder. Ich wünschte mir, daß es Peg sein möge. Es würde nett sein, sie und Tom hier zu haben, um wieder etwas Leben im Haus zu haben und fröhliche Stimmen zu hören.

»*Allo*?« O mein Gott, schon wieder Gordon. Ich hatte wirklich nicht darüber nachgedacht. Noch nicht. Ich brauchte Zeit. Bitte später. Noch nicht . . . ich konnte nur immer wieder sagen, noch nicht.

»Gillian? Wie lautet dein Entschluß? Aber bevor du mir antwortest, sollst du wissen, daß ich es verstehe, wenn du dich anders entschließt. Ich will dich gerne hier bei mir haben, aber ich habe für dich Verständnis. Ich habe kein Recht . . .«

»Ich komme.« Beinahe wäre ich vom Stuhl gefallen, so überrascht war ich selbst über mich.

»Wirklich?« Ich war also nicht die einzige, die verblüfft war.

»Ja. Ich habe mich soeben entschlossen. Eigentlich in diesem Augenblick.« Ich war noch immer erstaunt über meine Entscheidung.

»Wann kommst du?«

»Ich weiß nicht. Ich habe wirklich bis zu diesem Augenblick nicht daran gedacht. Wann geht das nächste Flugzeug hinüber?«

»Morgen.«

»Das ist zu bald.«

»Es muß nicht sofort sein. Das nächste geht morgen in einer Woche. Bis dahin hättest du genügend Zeit, um deine Abreise vorzubereiten. Wann reist Sam ab?«

»Sie ist soeben weggefahren, vor etwa acht Minuten.«

»Also gut. Ich hole dich morgen in einer Woche in Nizza ab. Ich werde auf dem Flugplatz sein. Und Gillian ... Liebste ... ich danke dir. Es wird dir hier gefallen, wirklich ... danke.«

Ich murmelte etwas Unbestimmtes als Antwort, und wir legten auf. Welcher Teufel hatte mich da geritten? Ich hatte mir selbst einen Europaurlaub geschenkt, nicht mehr. O doch, viel mehr. Ich hatte eine ausgestreckte Hand ergriffen und mir eingestanden, wieder gebraucht zu werden, wie auch ich Gordon brauchte. Es war ein herzliches Gefühl: Chris ... Chris ... Liebster, verzeih mir ... aber während ich in mein Zimmer ging, dachte ich an Chris. Und an Marilyn. An den wahren Chris, den nur ich kannte. Er würde mich verstehen. Er hätte es gutgeheißen.

»Peg? Ich reise. Ich habe soeben mit Gordon telefoniert. Ich fliege morgen in einer Woche.«

»Hallelujah! Wir kommen sofort zu dir hinüber.« Sie kamen mit einer Flasche spanischen Weins, die wir unter lautem Gekicher innerhalb einer Stunde austranken. Sie waren »stolz« auf mich. Allzu stolz. Ich fühlte mich trotz allem, als hätte ich Chris verraten, und in einem unbemerkten Augenblick ging ich in die Küche, um Eis zu holen. Und um mit mir ein wenig allein zu sein.

Tom stand plötzlich hinter mir und blickte auf mich nieder, während ich mit den Eiswürfeln herumhantierte. Ich versuchte, nicht zu weinen und mich nicht zu ihm umzudrehen, daraufhin faßte er mich am Arm und zog mich aus meinem Versteck beim Kühlschrank.

»Er hätte es bestimmt so gewollt, Gillian. Du hättest ihm in deinem bisherigen Zustand nicht gefallen.«

»Ich weiß. Aber ich kann nicht anders. Ich muß ... ich mußte.«

»Das weiß ich. Aber jetzt mußt du damit aufhören. Liebe ihn, Gillian, denk an ihn, denk daran, was er für ein Mensch war. Aber verwandle ihn nicht in ein Gespenst. Das war nicht seine Art. Und ebensowenig die deine. Vergiß ihn nicht. Wie wir ihn alle nicht vergessen werden. Vielleicht wirst du nie wieder jemanden so lieben wie ihn, aber ich wette, du hast den lebenden Chris nie so geliebt wie den toten.« Ich war darüber verblüfft, wie recht er hatte. Ich hatte Zweifel und Depressionen erlebt. Aber ich liebte ihn, und ich blickte Tom an, während neue Tränen über meine Wangen liefen, und bot ihm Trotz. »Ich habe ihn ehrlich und aufrichtig geliebt.«

»Das weiß ich. Nimm dich zusammen, Gill. Begnüge dich nicht mit Halbheiten. Das hast du früher nicht getan und Chris schon gar nicht.« Ich klammerte mich an Tom und schluchzte. Es war beinahe vorbei ... begnüge dich nicht mit Halbheiten ... laß dein jetziges Leben hinter dir, schreite vorwärts, nur weiter, streck die Hand aus ... um wieder Liebe zu geben und zu empfangen ... sei nur guten Mutes ... fahr nach Èze ... zu Gordon. Und ganz im Sinne von Chris.

Als wir zusammen aus der Küche kamen, blickte uns Peg streng an. »Ihr schmust wohl in der Küche, wie? Hör zu, Gill, ich weiß nicht, ob es dir recht ist, aber ... können wir uns das Haus ausleihen, während du weg bist? Wir müssen Toms Wohnung kündigen. Sie ist zu klein und macht mich verrückt. Der Mietvertrag läuft diesen Monat ab, und es sollte nicht schwer sein, etwas anderes zu finden.«

»Sicherlich! Gar keine Frage. Ihr könnt schon morgen einziehen.«

»Nun, ich glaube, die Woche können wir auch noch warten.« Es war ein beruhigendes Gefühl zu wissen, daß gute Bekannte in dem Haus wohnen würden, während ich fort war. Vor allem so lebendige Menschen. Glückliche Menschen. Unsere Freunde in Chris' Haus.

Eine Woche später fuhren mich Tom und Peg nach Los Angeles. Ich hatte vorgehabt, hinüberzufliegen und dort einfach in die andere Maschine umzusteigen, aber sie wollten mich unbedingt mit dem Wagen hinbringen und gleichzeitig Toms Eltern besuchen, und vor allem wollten sie mich zum Abflug begleiten.

»Wir wollen sicher sein, daß du nicht den ganzen Sommer in Disneyland sitzt und uns erzählst, du wärst in Frankreich gewesen.«

»Du traust mir also nicht?«

»Nein.« Sie sah aus, als meinte sie es ernst. Es war eine angenehme Fahrt hinüber, wir wechselten uns am Steuer ab, und die Fahrt verging wie im Flug.

»Pan American Flug 115, ab Gate 43, letzter Aufruf für alle Passagiere nach Nizza, Frankreich, mit Pan American Flug ...«

»Das ist er.«

»Ja.« Wir standen nervös herum und wußten nicht, was wir reden sollten. Es war das gleiche Gefühl wie bei Hobson. Gott, wie ich Abschiednehmen hasse.

»Peg, gib gut acht auf dich ... ich werde schreiben ... Tom ...« Er drückte mich an sich und reichte mich an Peg weiter, die mich ebenfalls umarmte und etwas mitgenommen aussah.

»Steig jetzt schon in das verdammte Flugzeug, bevor ich mich in meine Bestandteile auflöse, verdammt noch mal.« Das war die alte Peg.

»Lebt wohl, ihr beiden.«

Tom zeigte mir wieder einmal sein jungenhaftes Grinsen. »Wir werden gut auf das Haus aufpassen. Laß es uns zeitgerecht wissen, wann du zurückkommst, damit wir vorher noch ordentlich saubermachen.« Ich nickte, sie winkten, und ich ging durch das Gate zum Flug 115. Als ich zurückblickte, standen sie noch dort, blickten mir nach und hielten Händchen.

43

Es war noch nicht ganz Hochsaison, somit war die Maschine kaum halb ausgelastet. Es ist ein langer Flug, und die meisten Leute ziehen vor, in New York eine Pause einzulegen. Die meisten Passagiere sahen wie Europäer aus; ich saß allein in einer Reihe, hatte drei Plätze für mich, auf der anderen Seite des Ganges saß ein Mann, der gleichfalls allein reiste und typisch amerikanisch aussah. Er blickte einige Male zu mir herüber, und ich hatte den Verdacht, er wollte vielleicht ein Gespräch beginnen, also sah ich weg.

Ich schlief die meiste Zeit während des Fluges, sonst sah ich auf die Wolkendecke unter mir, dachte an Peg und was wir alles gemeinsam erlebt hatten. Auch an Tom. Er war ein verdammt guter Freund geworden, und es schien mir logisch, daß er und Peg schließlich zueinander gefunden hatten. Wer hätte das alles vor einem Jahr vermutet? Wer würde sich getrauen, Prophezeiungen für ein Jahr im voraus zu machen?

»Verzeihen Sie, aber sind Sie nicht Lillian Forrest? Ich glaube, ich habe Sie in New York kennengelernt.« Es war der Mann von der anderen Seite des Ganges. Ich war in Versuchung zu sagen: »Nein, mein Name ist Jane Jones.«

»Gillian Forrester. Sie haben sich beinahe richtig erinnert.« Ich sah wieder weg und hoffte, er würde sich damit zufriedengeben, festgestellt zu haben, wer ich war. Ich fragte ihn absichtlich nicht nach seinem Namen, um ihm damit keinen weiteren Gesprächsstoff zu bieten.

»Sie werden es nicht glauben, aber ich habe Sie auf einer Party kennengelernt, die Sie gaben, ach, es ist schon lange her, es muß im Oktober vergangenen Jahres gewesen sein. In New York. Eine großartige Party.«

»Danke.«

»Ich arbeitete damals für eine Bank in New York, da sagt

dieses Mädchen: ›Ich wurde zu einer schicken Party eingeladen, ich meine, dieses Mädchen versteht es wirklich, so etwas aufzuziehen.‹ Sie hatte vollkommen recht. Eine Superparty! Würden Sie es glauben, danach hat sie geheiratet, ich wurde nach Los Angeles versetzt, und meine Schwester bekam Zwillinge? Ich meine, das alles seit dem vorigen Herbst.« Er sah mich an, als könnte man es wirklich nicht glauben.

»Danke, ich meine, was die Party betrifft. Klingt, als hätten Sie ein bewegtes Jahr hinter sich.« Ich krümmte mich innerlich, weil ich ihn damit wahrscheinlich zu weiteren Äußerungen ermutigt hatte.

»Ja. Manchmal lehne ich mich zurück und denke, ›wer hätte vor einem Jahr gedacht, daß ich hier in Los Angeles bin‹. Ich meine, es ist eine ganz neue Welt für mich. Ein ganz neues Leben.«

»Mmmm ... ich weiß, was Sie meinen. Wer würde es glauben?« Ich wandte mich wieder ab, um aus dem Fenster auf die Wolken zu blicken.

»Wissen Sie, Lillian, Sie sehen anders aus. Fast hätte ich Sie nicht erkannt, aber ich vergesse ein Gesicht niemals.« Er starrte mich einen Moment an. »Ja, Sie haben sich verändert. Irgend etwas an der Art, wie Sie aussehen. Nicht älter, nur anders.« Stimmt, Brüderchen, »anders«, aber älter; es ist okay, du hättest es sagen können, denn es stimmt, Kleiner.

Dann wandte ich mich zum letzten Mal ab und schlief den Rest der Reise bis nach Nizza durch.

»Veuillez attacher votre ceinture de sûreté, et ne pas ...« – bitte legen Sie ... »Wir werden in ungefähr fünfzehn Minuten in Nizza landen; die Ortszeit ist drei Uhr fünfunddreißig, die Temperatur beträgt achtundsiebzig Grad Fahrenheit. Wir danken Ihnen, daß Sie mit Pan American fliegen. Wir hoffen, Sie haben einen angenehmen Flug gehabt, und wünschen Ihnen einen schönen Aufenthalt in Nizza. Sollten Sie Bu-

chungen für den Heimflug vornehmen wollen, wenden Sie sich bitte an unseren Flugkartenschalter in der Haupthalle des Flughafengebäudes. Danke und auf Wiedersehen ... *Mesdames et Messieurs, nous allons atterrir à Nice dans ... Merci et au revoir.*«

Das Flugzeug kam auf der holprigen Landebahn zum Stillstand, rollte zum Flughafengebäude und blieb dort gerade so weit von ihm stehen, daß eine Gangway zu der Maschine gerollt werden konnte. Ich ging die Stufen hinunter und sah mich um. Keine Spur von Gordon. Dann erinnerte ich mich an den Zoll. *La douane*. Gordon würde auf der anderen Seite warten. Ich war erstaunlich ruhig, nur ein wenig ärgerlich, daß ich nicht zumindest Zeit gehabt hatte, mich vor der Landung ordentlich zu frisieren. Ich hatte bis zur letzten Minute geschlafen und konnte mich nur noch in aller Eile zurechtmachen. Ich fühlte mich zerknittert; es war eine lange Reise gewesen.

Der *douanier* sah nordafrikanisch aus; er stempelte meinen Paß und mein Gepäck, ohne zweimal hinzusehen. Amerikanischer Paß. Abrakadabra, wie Zauberei. Sie können dich nicht ausstehen, aber sie reißen wenigstens dein Gepäck nicht auseinander. Nicht wie in den Staaten.

»Leben Sie wohl, Lillian ... auf Wiedersehen.« Mein Freund von jenseits des Ganges. Noch immer kein Gordon. Vielleicht war er durch den Verkehr aufgehalten worden? Aber wenn ...? Ach, nichts anderes. O bitte, lieber Gott, tu mir das nicht an. So sehr kannst du mich doch nicht hassen ... Nein, nein ... und während ich in Panik geriet, blickte ich auf, und da stand er. Größer, als ich ihn im Gedächtnis hatte, magerer, sein Bart wirkte voller, seine Augen blauer in dem sonnenverbrannten Gesicht. Er sah unsicher aus, als wüßte er nicht, ob er mich schließlich doch abholen sollte. All die letzten Monate standen zwischen uns, ihre Geschichte war in seinen Augen zu lesen, ebenso wie in den meinen, das wußte ich. Wir bewegten uns nicht.

»Geben Sie auf die Stufe acht, Madame, es ist ein sehr großer Schritt. Geben Sie auf die Stufe acht, Sir.« Von der Zollabteilung waren es zwei hohe Stufen nach unten, und ein Angestellter warnte die ankommenden Touristen. Sie haben recht, es ist ein sehr großer Schritt, Monsieur. Toms Worte hallten in meinen Ohren nach. »Sei tapfer, Gill, begnüge dich nicht mit Halbheiten . . .« Ich stieg langsam nach unten, vorsichtig, bedachtsam und blickte auf die Stufen, um meiner Grundlage sicher zu sein. Du mußt immer darauf achten, daß du eine sichere Grundlage hast. Schau auf diese Stufen . . . eins . . . zwei . . . und ich stand neben ihm.

Er sah endlos lang auf mich nieder, zweifelnd, als könnte er es noch nicht glauben. Langsam zog er mich an sich und hielt mich sanft in den Armen.

»Ich bin zurückgekommen«, flüsterte ich in seine Schulter.

Er schloß die Augen und zog mich enger an sich. »Jetzt weiß ich es. Ich dachte, ich hätte dich auch verloren.« Einen Augenblick später blickten wir einander wieder an, all unsere Jahre spiegelten sich in unseren Augen, die Menschen, die wir gewesen waren, die Menschen, die wir geliebt hatten, die Menschen, die wir auf verschiedene Art verloren hatten . . . seine Frau . . . mein Mann . . . Juanita . . . Greg . . . Chris . . . sie waren um uns versammelt und sahen zu, wie wir Hand in Hand heimkehrten.